CINQ CŒURS EN SURSIS

Portraitiste tout en délicatesse et fine analyste du couple et de la famille, sur lesquels elle pose un regard aussi tendre qu'acéré, Laure Manel n'a pas son pareil pour nous livrer de magnifiques réflexions sur l'existence. Après l'immense succès de *La Délicatesse du homard* ont paru *La Mélancolie du kangourou*, *L'Ivresse des libellules*, *L'Embarras du choix*, *Histoire d'@*, *Le Sourire des fées*, *Le Craquant de la nougatine*, *La (Toute) Dernière Fois...*, *Les Dominos de la vie*, *Ce que disent les silences* et *Cinq cœurs en sursis*. Elle a quitté l'enseignement pour se consacrer entièrement à l'écriture.

Paru au Livre de Poche :

CE QUE DISENT LES SILENCES

LE CRAQUANT DE LA NOUGATINE

LES DOMINOS DE LA VIE

LA DÉLICATESSE DU HOMARD

L'EMBARRAS DU CHOIX

HISTOIRE D'@

L'IVRESSE DES LIBELLULES

LA MÉLANCOLIE DU KANGOUROU

LE SOURIRE DES FÉES

LA (TOUTE) DERNIÈRE FOIS

LAURE MANEL

Cinq cœurs en sursis

ROMAN

MICHEL LAFON

© Éditions Michel Lafon, 2024.
ISBN : 978-2-253-25112-5 – 1ʳᵉ publication LGF

*Aux parents,
aux enfants que nous sommes tous.*

*… À nos familles,
toutes imparfaites qu'elles soient.*

*Les enfants commencent par aimer leurs parents ;
devenus grands, ils les jugent ;
quelquefois, ils leur pardonnent.*

Oscar WILDE, *Le Portrait de Dorian Gray*

*Épargne-toi du moins le tourment de la haine ;
à défaut du pardon, laisse venir l'oubli.*

Alfred DE MUSSET, « La Nuit d'octobre »

Anaïs

Vendredi 23 février 2001 : un petit événement

Cher journal,
Ça faisait longtemps… Le 17 octobre me dit la page d'avant. À tous les coups tu as cru que je t'avais abandonné. Et à vrai dire, je l'ai cru, moi aussi. C'est pas que je n'avais rien à te dire, ces derniers temps… Mais j'étais peut-être lasse de te raconter mon petit quotidien. La flemme. C'est con, parce que j'aimais bien, quand même, te raconter (à toi, à moi un peu… surtout à moi, en vrai) ce qui se passe au collège, à la maison, tout ça. Même si parfois y a rien d'intéressant (même si je trouve que si)… Ça tourne souvent autour des mêmes sujets… Les profs qui sont nuls, mes parents qui sont pas mieux, Florian qui m'agace, les histoires avec les copines (tu sais quoi ? Lisa fume !!!), les regards en coin avec Nathan… Rien de neuf, donc. Enfin… Rien de neuf jusqu'à aujourd'hui.

Et c'est ce qui me décide à t'écrire, mon confident de papier… Le seul à qui je peux tout dire.

Aujourd'hui, maman a été convoquée au commissariat. Tu vois maman à la police, toi ? J'aurais voulu être une petite souris pour y croire. Parce que, franchement, ma mère, c'est quand même pas le genre. Elle, elle est plutôt grande dame. Bonne éducation, bonnes manières, de l'élégance sur talons hauts. Elle dans un bureau de police pour être interrogée, il y a comme un décalage... ÇA NE COLLE PAS.

Bon... De toute façon, ça ne la concernait pas directement, elle est revenue comme si de rien n'était. Ça n'a pas du tout eu l'air de l'inquiéter, elle avait sa conscience pour elle. Normal, quoi.

Voilà l'histoire : une femme de son cours de yoga a disparu (oui, Mam a décidé de se mettre au yoga en début d'année, comme si elle n'avait pas déjà assez d'activités). Et donc, ils ont voulu l'entendre dans cette affaire. Surtout que cette femme a disparu après le cours de mardi, apparemment. J'imagine qu'ils ont interrogé toutes les participantes. Bref. Rien de grave (enfin, pour ma mère). Ils devaient vouloir savoir si elle avait vu ou remarqué quelque chose de bizarre, un rôdeur ou je ne sais quoi, en tant que témoin possible. Mais elle n'a rien vu. Elle est partie après le cours et elle est rentrée à la maison. Comme d'hab' quoi. Après, elle a fait comme tous les mardis en fin d'après-midi : elle est allée à la piscine avec Jessica, sa meilleure amie. C'est le seul jour de la semaine où elle ne va pas chercher Florian à l'école (c'est Martine qui s'y colle). Moi, j'étais chez Lisa pour préparer un exposé, je suis rentrée un peu après 19 heures. Mam préparait à manger.

Voilà : rien de très spécial à raconter, mais quand même (ce n'est pas tous les jours qu'on a une mère qui va à la police).

Marc

Une femme du cours de yoga de Catherine a disparu après ledit cours mardi dernier. *La Charente libre* l'a signalé dès jeudi, pour inciter toute personne ayant des informations à en avertir la police. Et Catherine, comme a priori d'autres femmes de son cours, a été auditionnée hier. Au début, elle a été surprise. Ils l'ont appelée et lui ont demandé de se présenter au commissariat «pour une affaire la concernant». Elle se demandait vraiment de quoi il s'agissait, et puis elle s'est doutée que cela avait un rapport avec la disparition de sa «collègue de yoga». Elle est arrivée à l'heure de sa convocation, a répondu aux questions des policiers.

La femme disparue s'appelle Béatrice Lancier. Une belle femme, si j'en crois la photo dans le journal. Catherine la connaît à peine, ce qui est assez logique étant donné qu'elle n'a commencé les cours que début janvier.

Je me demande ce qu'il s'est passé. Quatre jours que cette femme, mère de trois enfants, s'est volatilisée. J'ai vu son mari, aussi, sur la chaîne télé locale. Il disait qu'elle ne serait jamais partie sans prévenir ni sans ses enfants, qu'elle avait une vie rangée, qu'elle n'était pas du genre à avoir une aventure et tout oublier... Béatrice Lancier est une sorte de Catherine Dupuis : de milieu plutôt aisé, avec un mari doté d'une bonne situation, mère au foyer. Je me permets ce parallèle un peu rapide et je me demande ce que j'éprouverais à la place de cet homme. Une angoisse vertigineuse, c'est certain, qui monte d'heure en heure. Sa femme est-elle toujours en vie ? Est-elle morte ? Ou bien a-t-elle été enlevée, séquestrée ? Elle n'a pas eu d'accident : son vélo est resté attaché près de la salle de yoga. A-t-elle fait une mauvaise rencontre ? Et si cela était arrivé à Catherine ? Je me pose plein de questions. Cette histoire me met mal à l'aise, me ralentit. Un mauvais pressentiment.

Catherine me semble moins touchée. Pourtant, il s'agit de quelqu'un qu'elle connaît... « À peine », me reprend-elle. Cath penche, malgré les dires du mari, pour la thèse de la disparition volontaire, une escapade romantique avec un amant, un coup de folie amoureux.

— Elle va revenir, j'en suis sûre, m'a-t-elle dit, se voulant rassurante.

— Mais ça ne cadre pas avec sa personnalité, selon son mari. Ce n'est pas son genre, elle n'aurait jamais abandonné ses enfants. S'ils parlent d'une disparition « inquiétante », ce n'est sans doute pas pour rien.

— Elle va revenir, je te dis, elle ne les a pas abandonnés ! Elle s'offre juste une parenthèse...

— Tu es beaucoup trop optimiste, Cath.

— Et toi trop naïf, très cher : on a toutes notre petit jardin secret, sans que ce soit bien grave.

Je l'ai regardée. Je me suis surpris à me demander de quelle taille était le sien. Est-ce qu'on connaît si bien l'autre, même au bout de tout ce temps ? Est-ce qu'il peut y avoir, derrière un regard, un monde inconnu ? Je connais bien Catherine. Enfin, je crois. Ses paroles m'ont interpellé. A-t-elle dit cela sciemment ? A-t-elle voulu m'adresser un message ? titiller ma curiosité ? me faire entendre entre les lignes que je ne sais pas tout ? me rendre un peu jaloux ? Qui sait... C'est Catherine... Qui souffle le chaud et le froid, qui peut me rendre dingue, parfois, avec ses humeurs... Mais que j'aime depuis dix-huit ans.

Marc

Béatrice Lancier a été assassinée ! C'est complètement fou... C'était dans le journal ce matin, c'est passé à la télé régionale. Son corps a été retrouvé par un promeneur hier, dans les marais de Tasdon, juste à côté. Je ne comprends pas comment c'est possible. Déjà, la panique s'installe : un meurtrier rôde peut-être dans les alentours de La Rochelle, à l'affût d'une prochaine victime. Car pourquoi elle, pourquoi cette femme ? Une femme a priori sans histoires pouvait-elle avoir un ennemi capable de faire un truc pareil ? N'a-t-elle pas pu être victime d'un déséquilibré ayant tué « par hasard », s'être trouvée au mauvais endroit au mauvais moment ? Et si c'était tombé sur Catherine ?

Béatrice L. a reçu plusieurs coups de couteau. Le tueur semble s'être acharné sur elle. J'ai toujours du mal à concevoir qu'on puisse faire preuve d'autant de violence. Qu'est-ce qu'un criminel a dans la tête ? Qu'est-ce qui le pousse à agir ? Un coup de folie, l'aboutissement d'un processus, un certain profil psychopathologique ? Comment peut-on commettre un truc pareil ? s'en prendre à une femme qui n'est sans doute coupable de rien ? Juste parce qu'elle se trouvait là, juste, peut-être, parce qu'elle était une femme ? Une femme seule, une femme belle, une femme vulnérable.

Catherine a partagé, cette fois, mon effroi. J'ai vu ses yeux écarquillés devant la télé, son air abasourdi. « Tu vois, ce n'était pas une escapade romantique… », je lui ai dit. J'ai failli ajouter : « Elle était plutôt en plein film d'horreur. » Mais j'ai préféré opter pour « Ça aurait pu être toi », et je lui ai conseillé de ne pas retourner au cours de yoga mardi prochain. Elle a hoché la tête, elle avait l'air un peu secouée. Elle devait penser : « Oui, ça aurait pu être moi. » Et il y a de quoi être secoué, en effet.

Les enfants sont revenus de chez leur mamie Josette. Nous avons éteint la télé, planqué le journal. Je n'avais pas envie de les confronter à ce fait divers sordide. C'était sans compter sur ma belle-mère, qui s'est exclamée dès son entrée dans la maison : « Vous avez vu ce qu'il s'est passé ! Cette pauvre femme ! C'est affreux ! » Je lui ai jeté un coup d'œil éloquent qui signifiait qu'il était inutile de développer devant Anaïs et Florian… Nous avons à cœur, avec Catherine, de les protéger au maximum des horreurs du monde, de la noirceur de certaines âmes… Ce sont des enfants. Florian est encore petit. Je ne veux pas qu'il sache ce que des humains sont capables de faire à d'autres humains.

Anaïs

Lundi 26 février 2001 : réveillez-moi, je dois être en plein cauchemar

Ce matin a ressemblé (au début) à tous les autres : je me suis levée, j'ai pris ma douche, je suis descendue pour le petit déj. Pap buvait son café en lisant son journal, Mam son thé en écoutant Radio classique (pas trop fort, sinon il râle, tu le connais). Flo dormait encore là-haut, vu qu'il va à l'école primaire et qu'il ne commence qu'à 9 heures. Un matin comme les autres, vraiment. Mon père dans son costard, ma mère dans ses pensées. La même qui va me dire bientôt : « Dépêche-toi, tu vas être en retard. » C'est sûr que ça ne risque pas de lui arriver, à elle, madame mère au foyer. Bref. On en était à peu près là. Quand j'y repense, c'est comme une photo. Arrêt sur image. Clic. La famille Dupuis presque au complet qui va attaquer la journée. Le père qui va enfiler sa veste de costume, attraper son attaché-case et partir dans sa berline. La mère qui s'apprête à débarrasser la table, nettoyer les miettes, qui va dire à sa chère ado de se dépêcher (tu vois), et quasiment la pousser dehors avant d'aller réveiller la *prunelle de ses yeux : Florian, bientôt sept ans (statut : chouchou officiel).*

Mais ce n'est pas ce qui s'est passé ce matin. Et quand j'y repense, j'en ai des frissons. J'ai même envie de pleurer.

Ça a frappé à la porte. Assez fort. Et sonné, aussi. Plusieurs fois. On s'est regardés tous les trois (première fois de la journée). Papa s'est levé, assez mécontent. Il a grogné un truc du genre : « Mais qui se permet d'importuner les gens comme ça, de bon matin ? » Puis il est sorti de la cuisine et s'est dirigé vers la porte d'entrée. Avec maman, on est restées figées. On écoutait les voix. On entendait papa dire « pas possible… », « … faire erreur ». Papa est peut-être chef d'une équipe à son boulot et à la maison… Mais face à des policiers, il ne l'est plus du tout.

Ils sont arrivés dans la cuisine. J'ai vu le visage de maman se décomposer. Ils étaient trois. Papa m'a demandé de filer au collège immédiatement avec le ton autoritaire qu'il sait prendre parfois… Mais je voyais bien qu'il n'en menait pas large… qu'il cherchait avant tout à m'éloigner. Moi, j'ai obéi. De toute façon, il n'y avait rien à faire d'autre, surtout en présence de policiers. Je n'ai pas riposté. Je me suis levée, je suis sortie de la cuisine, mais mes jambes me portaient à peine. Je ne suis pas montée, je ne me suis pas brossé les dents. Je n'ai pas pu passer devant la chambre de Flo, être tentée de lui dire : « Il se passe quelque chose de pas normal, en bas… Mais t'inquiète pas. » (Je ne suis pas sûre que j'aurais aimé être réveillée comme ça ; et puis papa ou maman m'aurait encore grondée avec le classique « occupe-toi de tes affaires ».)

J'ai attrapé mon manteau dans l'entrée, sous les yeux des policiers, et je suis sortie avec tellement d'angoisse dans l'estomac que j'avais envie de rendre mon petit déj. Il y avait d'autres policiers dehors. Deux véhicules blanc et bleu avec écrit POLICE dessus. C'était pour qui, tout ça ? C'était pour quoi ? Est-ce qu'ils sont venus chercher ma mère ? Est-ce qu'ils avaient besoin de venir si nombreux ? Mais ce n'est pas une criminelle ! Est-ce qu'ils ont le droit d'emmener un parent comme ça ?

Toute la journée, je me suis posé des questions. Toute la journée, ça a tourné en boucle. J'étais incapable de me concentrer. Les profs se sont donné le mot pour me faire des réflexions. Pour une fois qu'ils ont quelque chose à me reprocher, c'est pas cool. Et puis ça se voyait que ça n'allait pas. Tout le monde s'en est rendu compte. Les copines, les copains. Toute la journée, des questions. J'ai bien vu leurs regards entre eux, saisi leurs interrogations muettes. Du style : « Il a dû se passer un truc, mais quoi ? » Moi je voulais faire comme si de rien n'était, mais bon... Je ne dois pas être une assez bonne comédienne (et pourtant, tu le sais, je suis dans l'atelier théâtre).

Et puis c'est toujours comme ça : c'est quand tu veux que le temps passe vite qu'il avance comme une tortue. Toute la journée, je n'ai rêvé que de quitter le collège et de rentrer à la maison. Retrouver Flo, et surtout mes deux parents. Qu'on soit réunis comme tous les soirs, même si ça n'est pas toujours parfait.

Mais toute la journée, j'ai douté. C'était comme une intuition. Comme si je savais déjà qu'il en manquerait un au dîner. Comme si j'avais déjà compris...

J'ai repensé à la disparition de la femme du yoga. Enfin, «disparition»... plus vraiment. Elle a été retrouvée, mais elle est morte (je l'ai su par mamie hier, et par les copains, tout le monde ne parlait que de ça, au collège). Donc elle n'a pas été retrouvée comme ceux de sa famille l'espéraient. Peut-être même qu'ils auraient préféré qu'elle reste disparue pour toujours, et qu'ils l'imaginent vivante ailleurs. Ça doit être horrible.

Enfin bref: je ne vois pas le rapport avec ma mère. Qu'aurait-elle à voir dans cette affaire? Elle la connaissait à peine. Et puis même: c'est ma mère! Je la connais assez, moi, pour savoir qu'elle n'a rien d'une criminelle, qu'elle ne peut pas avoir fait ça. Ma mère, quoi. Faut la voir. Elle n'a pas du tout le profil. L'idée même d'enfreindre la loi est incompatible avec ma mère... Elle est du genre à ne traverser que sur les passages cloutés, à bien attendre que le bonhomme soit passé au vert, à conduire en respectant les limitations de vitesse... Alors je me demande vraiment ce qu'ils lui veulent... Parce que leur manière de débarquer, ce matin, leur air un peu mauvais (en tout cas autoritaire), tout ça laissait entendre qu'ils ne venaient pas prendre le thé. C'était différent, c'était beaucoup plus grave. Comme s'ils la soupçonnaient, oui. Comme si elle avait quelque chose à voir avec tout ça. Alors que... Bref (je tourne en boucle).

Quand je suis rentrée, tout à l'heure, c'est mamie qui m'a accueillie. Elle a voulu prendre un air normal. Alors que sa présence un soir de semaine n'avait rien de normal! Elle m'a prise dans ses bras, comme pour me consoler. Et puis elle m'a dit: «Ton père va rentrer tard, c'est lui qui m'a demandé de venir.» J'ai eu du mal à déglutir. Au moins rentrer tard, ça veut dire rentrer. Mais mamie Jo n'a pas parlé de maman, comme si elle n'osait pas, comme si j'étais censée comprendre. Mais comprendre QUOI ? J'ai demandé : « Elle est où, maman ? » Mamie a baissé les yeux et murmuré : « Elle est toujours au commissariat. » Elle m'a à nouveau prise dans ses bras, ou a tenté, plutôt. J'ai esquivé. Je n'avais pas envie de gestes, je voulais des mots. Des mots qui disent, qui expliquent, qui rassurent. Mais j'ai bien vu qu'elle en était incapable. J'ai compris le principal : ce soir, au dîner, il n'y aurait aucun de mes parents. Puis j'ai monté l'escalier à toute allure avant de pleurer, et je me suis jetée sur toi… Caché dans la pile de mes cahiers de l'année dernière. Et voilà : on en est là. J'ai comme l'impression que je vais t'écrire plus souvent.

Josette

Ma fille est en garde à vue. Je dis *ma fille*, comme si je n'en avais qu'une, alors que c'est faux : j'en ai deux. Une qui vit près de moi, mon aînée, Catherine, trente-sept ans, mariée à Marc, mère de deux charmants enfants, Anaïs et Florian, et une autre, Nathalie, vingt-huit ans, nutritionniste à Grenoble, célibataire sans enfant.

Catherine est en garde à vue, donc. Comment est-ce possible ? J'ignore ce que les policiers peuvent avoir contre elle… J'imagine qu'on ne place pas des gens en garde à vue sans avoir un minimum de soupçons ! En tout cas, il y a forcément une erreur. Catherine en garde à vue, c'est absurde !

Cela ne peut pas avoir de lien avec l'affaire de cette femme retrouvée poignardée. Le fait qu'elles fréquentaient le même cours de yoga n'est qu'une coïncidence. Quand je pense que la victime aurait pu être ma fille, ça me glace le sang.

Marc m'a téléphoné cet après-midi, sous le choc. Il ne m'a pas dit grand-chose. Seulement : « Catherine a été placée en garde à vue, et je suis convoqué pour une audition. Pouvez-vous venir à la maison après l'école ? Il est possible que je rentre tard. » Je n'ai pas eu le temps de poser des questions, il avait déjà raccroché. J'ai failli laisser tomber mon téléphone. Je me suis assise, j'ai réfléchi. J'ai essayé de mettre de l'ordre dans mes pensées, de réaliser. Ma fille, placée en garde à vue. Je me répète cette phrase complètement surréaliste pour qu'elle s'imprime dans mon cerveau, pour finir par l'intégrer. Mais je n'y arrive pas vraiment : ça ne cadre pas avec la réalité, ça n'est pas ma fille. Catherine. Quand même. Se rendent-ils compte à quel point ils font fausse route ? C'est Catherine ! Une femme bien sous tous rapports, bien mariée, bonne mère de famille, dévouée, investie dans la communauté, qui donne de son temps à des organismes humanitaires. Elle a la classe et la générosité. Je ne vais pas prétendre qu'elle n'a que des qualités, mais enfin. Comme tout le monde, elle a ses défauts. Une humeur un peu changeante (certainement liée aux hormones), une tendance à s'énerver un peu vite. C'est tout. Aucun casier judiciaire. RIEN qui justifie de l'envoyer en garde à vue. C'est absurde.

J'ai essayé de rassurer les enfants, de relativiser la gravité potentielle du double événement du jour (une mère en garde à vue, un père auditionné). C'était plus facile avec mon petit Florian. Anaïs est moins naïve... Elle a déjà treize ans et elle est loin d'être bête. Même si elle ignore, tout comme moi, les méandres, les mécanismes, les rouages des procédures judiciaires, elle se doute que tout ceci ne signifie rien de bon.

Au dîner, j'ai essayé de les gâter. Je leur ai cuisiné mes coquillettes au jambon et au gruyère, avec beaucoup de fromage. Florian aime quand ça fait des fils. Anaïs avait l'estomac noué. J'ai essayé de la rassurer, je n'arrêtais pas de répéter : « C'est une erreur, ils vont la relâcher. » Ils n'ont rien contre elle, la garde à vue va être levée. C'est évident. Elle ressortira libre. Sans doute un peu choquée par l'expérience, mais libre. Cela ne doit pas être une partie de plaisir de se retrouver face à des policiers qui vous considèrent comme une criminelle. Anaïs hochait la tête. Elle est comme moi : elle a confiance en sa mère, mais elle craint une erreur de la police.

Toutes les deux, nous étions convaincues que cela n'avait rien à voir avec le corps retrouvé dans les marais. Ce n'était qu'une coïncidence temporelle : Catherine et Marc étaient entendus pour une autre raison, une autre affaire, mais pas celle-là…

Nous avons dit à Florian de monter se mettre au lit, pour ses « lectures du soir », avant de nous poser devant le journal TV régional, une angoisse sourde au ventre. L'information n'a pas tardé à tomber : « Une femme a été placée en garde à vue dans le cadre de l'enquête sur le meurtre de Béatrice Lancier, son mari est actuellement auditionné. » Les images à l'écran montraient les marais de Tasdon, les voitures de la police dépêchées sur place, des voisins de la victime qui disaient tout le bien qu'ils pensaient d'elle. Une dame s'essuyait les yeux en balbutiant : « C'est pas possible, c'est pas possible… Mais quel monstre a pu faire ça ? »

Anaïs s'est tournée vers moi, décomposée. « Maman n'est pas un monstre, lui ai-je asséné. Ce n'est pas elle qui a fait ça, tu m'entends ? » Je me suis rendu compte que je la pointais du doigt, comme si je la menaçais, elle, comme si elle était du côté des accusateurs...

Je vais devenir folle.

Si Catherine ne ressort pas libre de sa garde à vue, c'est sûr, je vais devenir folle.

Marc

Il est 22 heures lorsque je rentre enfin. Dans un état de stress, d'épuisement et de lassitude mêlés que je n'ai jamais éprouvé. Je n'ai pas le courage de raconter cette journée hors norme à ma belle-mère. Il est déjà tard, et puisqu'elle ne souhaite pas dormir ici, il vaut mieux qu'elle rentre chez elle au plus vite. J'ai besoin de me poser, je n'ai ni l'envie ni la force de discuter. Tout ce que je lui dis, en substance, c'est : « Catherine est bien en garde à vue en rapport avec l'affaire du corps retrouvé dans le marais. » Face à ses cris et ses lamentations, je l'assure de ma conviction la plus profonde : bien sûr que Catherine n'est pour rien dans cette affaire…

C'est là, juste avant de partir, que Josette m'explique qu'ils ont parlé de cela à la télé, de l'arrestation de Catherine, de mon audition. Depuis ce matin, j'ai l'impression de vivre dans une série, et il se trouve qu'elle est maintenant diffusée au grand jour, quasi en direct sur les écrans. Nous sommes plongés au cœur d'un fait divers dont nous sommes les personnages. C'est notre nouvelle réalité. Une réalité qui confine à la fiction, la copie, qui l'imite dangereusement.

Je tente d'imaginer ma femme lors de sa garde à vue. J'aurais aimé être là, près d'elle... mais c'est contraire à la procédure. J'aurais voulu la soutenir, lui tenir la main, la rassurer. Je ne sais pas exactement ce que les policiers ont contre Catherine, mais je suis sûr qu'elle n'a rien fait. Pour autant, avec cette médiatisation de l'affaire, je le crains : il va falloir assumer ce moment. Je pense à Catherine, à mon travail, je pense à l'école des enfants. Quoi qu'ait fait Catherine, nous allons devoir affronter des difficultés que je n'aurais jamais imaginé devoir vivre.

Mais bon... Je me rassure, du moins j'essaie : il y a forcément erreur, Catherine sera libérée demain. Tôt ou tard, notre vie va reprendre son cours. Il suffit qu'ils retrouvent le vrai coupable, le tueur au couteau. Comme si Catherine pouvait être cette personne ! On croit rêver. Est-ce qu'ils l'ont bien regardée ? Il y en a beaucoup, des tueuses au couteau brushées et manucurées ? Pour un peu, je trouverais cela comique.

Certes, j'ai découvert une facette de ma femme que j'aurais aimé ne jamais connaître... Quand un policier vous lance sans détour « Votre femme avait un amant. Étiez-vous au courant ? », vous prenez un coup. Mais face à une accusation de meurtre, c'est presque dérisoire. Non, je n'étais pas au courant. Quand il m'a expliqué que Béatrice Lancier était « comme par hasard » la femme de l'amant de ma femme – on dirait un méchant vaudeville –, je suis tombé des nues. Le mot est faible. Mais, comme pour le cours de yoga, j'ai évoqué la coïncidence. « Vraiment ? » a-t-il répondu avant d'évoquer, non sans un malin plaisir, les recherches Internet entreprises par Catherine : elle aurait cherché un cours de yoga – activité que pratiquait « comme par hasard » Béatrice L. – deux jours après avoir été quittée par M. Lancier ; et trouvé « comme par hasard » aussi le cours le plus proche de chez son amant, pas le plus proche de notre domicile. Sous-entendu : Catherine voulait se rapprocher de Béatrice. Mais dans quel but ? Pour la tuer ? Je crois que j'ai ri. Cela me semblait si improbable.

Le policier m'a évidemment posé de nombreuses questions sur Catherine, sur notre vie de famille, sur notre vie de couple, mais aussi sur notre vie sexuelle. Ce déballage était désagréable et pénible. Indécent, aussi. Mais ils cherchent la vérité, tout cela répond aux besoins de l'enquête. Alors j'ai raconté notre rencontre en école de commerce, les débuts de notre relation, notre emménagement, notre mariage, l'arrivée des enfants, notre quotidien, tout… C'est étrange comme ces souvenirs heureux me semblaient prendre une autre couleur à mesure que je m'écoutais les évoquer.

Puis le policier est revenu au jour du crime. Il m'a demandé l'emploi du temps de Cath. Mais ce jour-là, mardi 20 février, j'étais au travail. Je suis rentré vers 21 heures, comme à peu près tous les soirs. J'imagine que Cath a dû suivre son organisation habituelle du mardi après-midi : cours de yoga de 14 h 30 à 15 h 30, retour à la maison, puis départ à 17 heures pour la piscine. Retour vers 19 heures, après être passée prendre Florian chez la nourrice. Ma réponse ne lui a pas plu : il ne s'agissait pas d'« imaginer que ». Il aurait voulu que je sois sûr. J'ai eu envie de rétorquer que c'était à eux de mener leur enquête, pas à moi.

Je n'ai pas pour habitude d'être derrière ma femme, de la surveiller, de vérifier ses allées et venues. Catherine est une adulte libre de faire ce qui l'entend. Je n'ai que moyennement apprécié le rictus qui pouvait sous-entendre qu'il aurait mieux valu que je garde les yeux sur elle. A priori, l'histoire avec Gilles Lancier a duré plusieurs mois. Ce n'est pas son agenda qui le leur a indiqué, non. Catherine est certainement trop fine et intelligente pour noter : « rendez-vous avec G à l'hôtel »... Je suppose, étant donné les informations en leur possession, que Gilles L. a dû, lui aussi, procéder au déballage de sa vie personnelle...

Tout cela est si déstabilisant.

Et tout va si vite ! J'ai compris qu'une enquête de voisinage avait déjà eu lieu ce matin, avec cette question sur la fréquence du nettoyage de la voiture de ma femme... J'ai haussé les épaules : je ne suis, en général, pas là quand elle passe l'aspirateur dans son véhicule. Sauf quand elle s'en occupe le week-end. Oui, elle est du genre maniaque. C'est là que l'officier de la PJ m'a dit que les voisins l'avaient vue aspirer l'intérieur mercredi dernier, « comme par hasard », le matin, assez tôt. J'avais envie de dire : « Et alors ? » Le policier s'est étonné que je ne pense pas « grand ménage » – destruction de preuves et suppression d'ADN. « Mais ma femme n'est PAS une criminelle ! » j'ai crié.

Cela me semblait si incroyable d'imaginer que Cath ait pu fomenter ce plan affreux, réfléchir à tous ces détails et se livrer à ces actions. Comme si elle savait faire ! Comme si c'était une pro du crime. J'avais envie de hurler : « Mais arrêtez de délirer ! »

Ils ont fini par me relâcher. Je suis ressorti groggy.

J'étais incapable de faire démarrer ma voiture, juste après. Je me suis repassé le film de la journée. Une série policière, oui. Une immersion complète qui a commencé avec l'arrivée des policiers ce matin. « Nous sommes bien chez Mme Catherine Dupuis ? » Je n'ai pas pu démentir… Tout s'est passé très vite. Ils ont quand même eu la décence, à mon regard appuyé, d'attendre le départ d'Anaïs. Sitôt qu'elle a eu franchi la porte, ils ont signifié à Catherine son placement en garde à vue à compter de ce jour, lundi 26 février, 7 h 35. Ils ont évoqué le motif, la durée maximale, ses droits, la possibilité qu'elle avait de prendre un avocat… Elle a dit non, qu'elle n'en avait pas besoin. C'était rassurant : elle n'avait rien à se reprocher, elle était innocente et elle voulait le montrer. Elle était d'ailleurs très calme. Pendant que moi, intérieurement, je hurlais. J'aurais voulu m'insurger, crier au scandale, mais je me suis tu. Je me suis écrasé face à l'autorité qu'ils détenaient, face au protocole. Avais-je le choix ?

Puis ils ont perquisitionné la maison. Je les ai laissés faire leur travail, en me répétant « ils se trompent, ils vont s'en rendre compte ». Pendant qu'ils s'occupaient du rez-de-chaussée, je suis allé réveiller le petit Flo, là-haut. Je lui ai expliqué que sa nounou allait venir le chercher, le faire déjeuner chez elle et l'emmener à l'école. Martine habite dans la rue d'à côté, elle est arrivée rapidement et l'a embarqué. Il était encore ensommeillé et n'a pas bien compris ce qui se passait dans la maison. Il n'y avait rien à comprendre, de toute façon. Tout cela n'avait aucun sens. J'ai croisé à ce moment-là le regard plein de compassion d'un des policiers, et ça m'a fait du bien. Je crois qu'il a compris que nous sommes une famille normale sur laquelle venait de tomber quelque chose d'anormal, de surréaliste. C'était d'une totale incongruité, comme un décalage bizarre, un renversement, une projection dans une autre dimension.

Les policiers ont saisi le téléphone de Cath, son ordinateur portable, l'ordinateur de la maison, son agenda ; ils ont fouillé partout, même dans le panier à linge, même dans les casiers à chaussures ; ils ont procédé à l'inventaire de tous nos couteaux de cuisine, sont repartis avec les plus grands, tout notre set de matériel professionnel. Moi, j'étais sonné. Catherine restait impassible. Elle conservait le silence mais arborait un air déterminé. Je crois que je ne lui avais jamais vu une telle expression.

Je repense à Anaïs. La pauvre... Elle n'a pas pu terminer son petit déjeuner. Je n'ai pas vraiment eu le temps de la rassurer. On était sous le choc. Je voulais lui souhaiter une bonne journée, comme chaque matin, mais elle l'aurait perçu comme des paroles en l'air. Elle a dû passer la journée à s'inquiéter.

Heureusement qu'elle n'a pas vu sa mère partir menottée, escortée par les policiers. Cette image me hante. Comme si elle s'était imprimée sur ma rétine. Au moment où elle s'est retournée vers moi, j'ai vu son regard. Elle n'a pas crié : « Je n'ai rien fait ! » Elle est restée digne, comme à son habitude. Classe, même dans ces circonstances. Ses yeux semblaient me dire qu'elle était désolée pour cette scène matinale.

Il y avait déjà des badauds dans notre rue habituellement calme. Des voyeurs, des curieux venus satisfaire leur soif de sensationnel, se repaître de voir une bourgeoise embarquée par les flics. Ils étaient au spectacle. Et moi, j'étais là, sur le perron, trop abasourdi pour les envoyer au diable, pour défendre Catherine, ou ne serait-ce que pour penser au qu'en-dira-t-on… et paradoxalement assez serein : ma femme est innocente, la police se trompe forcément.

J'ai fini par faire démarrer ma voiture. Un effort surhumain après ces heures éreintantes de grand déballage. Josette m'attendait. Il fallait bien que je rentre. Pourtant j'aurais bien, malgré le froid, marché sur le vieux port. Histoire de faire le vide. Et, face aux tours d'un autre siècle, prendre un peu de recul.

Je vais aller me coucher. Essayer d'oublier ces mots échappés des films policiers, *audition*, *garde à vue*, *perquisition*. J'aimerais, demain matin, me réveiller de ce cauchemar auprès de Catherine, dans notre vraie vie.

Anaïs

Mardi 27 février 2001 : journée horrible

Celle d'hier l'était aussi. Je crois que le summum de l'horrible, ça a été devant le JT, avec mamie.

C'est tellement incompréhensible. J'essaie de faire le lien entre maman et cette histoire. J'essaie de comprendre. J'y ai réfléchi toute la nuit (presque). Hier soir, je ne dormais pas quand papa est rentré. Malgré toute l'envie que j'en avais, je ne suis pas allée le trouver pour lui demander ce qui s'était passé, ce qu'il savait, ce qu'il avait dit... Je ne pense pas qu'il avait envie de parler. Je suis descendue discrètement, je l'ai vu sur le canapé. La tête dans ses mains, il avait l'air anéanti. Je suis remontée dans ma chambre. J'aurais préféré ne pas l'avoir vu comme ça, ne pas garder cette image-là : mon papa si grand, si fort... comme un enfant triste.

J'ai super mal dormi. Je me suis repassé le film. J'ai cherché l'erreur. Un problème de casting. Quelque chose ne collait pas. Et puis je pensais aux élèves du collège, en boucle sur l'affaire du marais. Heureusement notre nom n'a pas été cité à la télé hier soir, mais... Et s'il finit par sortir ? S'ils parlent de maman ? Je ne peux pas imaginer vivre ça. Je ne veux pas. Je voudrais qu'on soit quarante-huit heures en arrière. Avant. Comme avant.

Au petit déj, ce matin, je n'avais pas faim. Papa m'encourageait à manger et se forçait à sourire. Mais je voyais bien que ça n'allait pas : il avait les yeux explosés, le visage fatigué, le regard dans le vide... et il ne mangeait pas plus que moi. Il m'a dit qu'il prenait sa journée. On a un peu discuté. J'en avais besoin. Au final, il n'a pas dit grand-chose, à part toujours les phrases qu'on se répète depuis deux jours pour se rassurer : « C'est une erreur, ils vont la relâcher. » Il y croit toujours. Il m'a cité des affaires où les coupables n'en étaient pas, où la justice était revenue sur sa décision. Il n'a pas parlé de ceux qui ont fait de la prison pour rien... Et puis il a ajouté quelque chose comme : « Elle n'est qu'en garde à vue, elle n'est pas en prison. » Il a regardé l'heure. Les vingt-quatre heures sont passées, et elle est toujours là-bas. « Tu crois qu'elle a dormi ? » j'ai demandé, peut-être bêtement. Parce qu'elle n'est peut-être pas en prison, mais elle est dans une cellule quand même. Et je ne l'imagine pas du tout, maman, dans ce contexte-là.

— Et toi, ça va, papa ? Tu tiens le coup ?
— Ça va.

Il ment carrément mal. Je lui ai demandé comment s'était passée son audition. Il m'a d'abord expliqué ce qu'était la « police judiciaire », la « PJ », celle qui s'occupe des enquêtes. Puis il a juste dit : « L'officier de la PJ m'a posé des questions sur ta mère, sur moi, sur nous... sur son emploi du temps. Ce genre de choses. »

Ça se voyait qu'il n'avait pas du tout envie de développer. Et il m'a rappelé qu'il était temps de partir, que j'allais être en retard. Comme si j'en avais quelque chose à faire.

Et au collège, la journée a été... compliquée. Tout le monde ne parlait que de ça : de la femme en garde à vue et de son mari auditionné. À croire que tout La Rochelle s'intéressait à cette affaire et allait la suivre comme un feuilleton. Ils n'avaient pas les noms, heureusement... mais jusqu'à quand ? J'avais du mal à respirer. Je faisais celle qui n'était au courant de rien, mais j'étais tellement mal à l'intérieur. Et incapable de me concentrer.

Je suis rentrée direct après les cours. J'aurais pu courir jusqu'à la maison si je n'avais pas eu peur de passer pour une folle. Si je pouvais me téléporter jusqu'à la Lune, je le ferais, là, tout de suite. Je voudrais disparaître de la surface de la Terre.

Marc

Assis à la table de la cuisine, je réfléchis. Il me semble que je ne fais plus que cela : réfléchir. Me poser des questions. Chercher des réponses qui ne viennent pas.

J'ai conduit Florian à l'école. J'ai prévenu son maître qu'il risquait d'être perturbé dans les jours à venir. «C'est un peu compliqué à la maison», ai-je résumé. La phrase qui veut tout et rien dire, qui laisse à penser que le couple parental est au bord de l'explosion, que les repas sont sous tension, que ça crie, que l'un des parents dort sur le canapé... alors qu'il n'en est rien. La mère est partie, mais pas de son plein gré. Elle n'a pas dormi sur le canapé, mais dans une cellule du commissariat. Moins classique.

Plus classique, peut-être, mais je veux que ni Florian, ni son maître, ni Anaïs ne le sachent : ma femme avait un amant. Et, même si l'information, quand on me l'a donnée hier pendant l'audition, m'a simplement traversé, depuis mon esprit tourne en boucle. À la question «Qui?», j'ai déjà une réponse : Gilles Lancier. À la question «Pourquoi?», je n'en ai pas. Catherine a toujours été aimante. Parfois trop : du genre un peu jalouse, possessive, du genre à piquer une crise, surtout quand je m'absente, que «je l'abandonne», comme elle dit... S'est-elle sentie négligée ? Il me semble avoir toujours fait mon maximum pour elle. Certes, je travaille beaucoup, je rentre souvent tard, je suis parfois absent. Mais c'est aussi ce qui lui permet, à elle, de jouir d'une vie confortable. Belle maison, belles vacances, du temps pour elle... Du temps libre... peut-être trop. Je repense à sa phrase de l'autre jour sur le jardin secret des femmes. Elle en avait bien un, et peut-être grand, finalement. Et je me demande pourquoi elle m'a lancé cela. Est-ce qu'elle savait que, tout ou tard, elle finirait par être arrêtée ? Que je découvrirais un jour son jardin secret ?

Je voudrais aller la trouver, au commissariat. L'auditionner moi-même. «Catherine Dupuis, je vous prie de tout m'expliquer.» Que je puisse comprendre comment elle a rencontré cet homme, ce qu'il s'est passé entre eux, si ce n'était que sexuel, si elle était amoureuse de lui (n'ont-ils pas dit qu'elle avait mal pris leur séparation ?)... et, en admettant qu'elle ait vraiment tué la femme de cet homme, pour quelle raison. Je me demande cela comme si je pouvais y croire, alors que tout mon être ne peut s'y résoudre : Catherine est incapable d'un truc pareil. Béatrice Lancier a été tuée par quelqu'un d'autre. Et peut-être que ce quelqu'un d'autre a tout mis en œuvre pour que ce soit Catherine qui soit accusée à sa place.

Ou alors... Et si c'était son mari ? Si ce Gilles L. avait voulu se débarrasser de sa femme, pour mieux me prendre la mienne ?

J'irais bien, quoi qu'il en soit, lui casser la gueule.

Ce n'est pas l'envie qui me manque. Comme bien des hommes trompés, je serais certainement soulagé de passer mes nerfs sur lui... même si ça n'est pas mon genre, même si ça ne sert à rien. L'instant d'après, je me raisonne : Catherine était aussi fautive que lui (ce genre d'histoires se produit entre deux adultes consentants), les torts sont partagés... Puis-je lui en vouloir, à lui, du penchant de ma femme à son égard ? À moins qu'il n'ait tout mis en œuvre pour qu'elle ne puisse lui résister... Voilà pourquoi j'aimerais en savoir plus sur cette histoire qui me vrille la tête. Une autre raison me fait d'avance renoncer à aller m'en prendre à lui : l'homme en question vient de perdre sa femme... et dans des circonstances terribles. Même s'il m'est difficile de mettre de côté le fait que ce salaud couchait avec ma femme, je ne crois pas utile d'en rajouter au nom de mon ego de mâle blessé.

Sur ces réflexions qui n'en finissent pas, il va falloir que je mette à profit ce deuxième jour de congé pour accomplir la mission que je me suis assignée : trouver un avocat. Pas *un* avocat : le *meilleur* de la ville.

Josette

J'ai appelé Nathalie pour la mettre au courant de la situation de sa sœur. J'ai repoussé ce moment plusieurs fois. J'aurais aimé ne jamais avoir à lui annoncer une chose pareille. Ni à elle ni à quiconque. Mes deux filles ont toujours été très proches. J'appréhendais sa réaction. Je ne savais même pas par quoi commencer. Comment parvenir à articuler : « Ta sœur est en garde à vue, car elle est soupçonnée de meurtre » ? Ma gorge était si serrée que j'ai craint de ne pouvoir émettre un son. Mais j'ai fini par décrocher mon téléphone. On était en pleine journée, Nathalie devait être en pause repas. J'avais vu juste : elle a répondu immédiatement. Je n'y suis pas allée par quatre chemins, je suis vite passée sur les formules habituelles. J'ai lâché la phrase, presque en introduction, comme si elle ne demandait qu'à sortir. Nathalie a poussé un cri, a dit que ce n'était pas possible. Alors, comme pour m'aider à y croire moi-même, je lui ai raconté toute l'histoire, tout ce que j'en sais en tout cas.

— Elle a dormi en cellule, tu te rends compte ? ai-je dit en sanglotant, le nez dans un mouchoir.

— Je n'arrive même pas à l'imaginer. Mais quelle horreur ! Et comment vont Marc et les enfants ?

— C'est difficile... Je ne sais pas vraiment. Ça vient d'arriver, on est tous sonnés. Les pauvres enfants... Je m'inquiète pour eux. Et pour Marc. Tu l'aurais vu, hier soir, après son audition... Il était pâle comme la mort.

— Pauvre Marc...

— Il est fort, il ne va pas baisser les bras. Il se bat déjà. Aujourd'hui, il cherche un avocat pénaliste.

— Un avocat ! Parce qu'on en est là ?

— Ce sont les policiers qui le lui ont conseillé. Dans tous les cas, il est important que Catherine en ait un. Elle n'en a pas voulu pour sa garde à vue. Mais au cas où il y aurait des suites, il faut qu'elle soit assistée, soutenue et défendue.

— Je n'arrive pas à y croire...

— À qui le dis-tu... J'ai l'impression d'être en plein cauchemar et que le réveil tarde à sonner.

— Maman, il faut que je te laisse. Il est 14 heures, mon premier rendez-vous de l'après-midi est arrivé. Est-ce que ça va aller ? Est-ce que tu veux que j'annule mes patients de la semaine et que je vienne demain ?

— Non, non, c'est inutile pour le moment. Catherine va certainement sortir d'ici ce soir...

— Je l'espère très fort. Je te rappelle après ma journée de travail, d'accord ? Courage, maman.

Elle a raccroché avant que j'aie eu le temps de l'embrasser. Je suis restée pensive un instant. Nathalie ne semblait pas si paniquée que cela. Sans doute parce que, comme moi, elle ne croit pas un mot de la possible culpabilité de sa sœur. Elle la connaît si bien ! Certainement mieux que moi. Si Catherine avait une confidente, c'était bien sa petite sœur… Nathalie pourrait-elle être au courant de quelque chose ? Savait-elle qu'elle avait un amant ? Je suis tombée des nues quand Marc m'en a informée tout à l'heure, au téléphone. Catherine, mariée au meilleur des hommes et maîtresse d'un autre ? Jamais je n'aurais cru cela possible.

C'est étrange comme, tout à coup, je me demande si je connaissais Catherine aussi bien que je le pensais.

Marc

— Vous êtes bien monsieur Dupuis ?
— Lui-même.
— Le commissariat, à l'appareil. J'ai une information importante à vous communiquer.

Je me raidis, bloque ma respiration. Le policier l'aurait-il annoncé en ces termes, sur ce ton, si c'était pour me dire de venir chercher Catherine ? Il aurait peut-être dit quelque chose comme : « bonne nouvelle ». Mais non.

— Votre femme a été présentée au juge d'instruction, qui l'a mise en examen pour assassinat, et le juge des libertés et de la détention a décidé de son placement en détention provisoire. Elle va donc être transférée à la maison d'arrêt de Saintes.

Ma stupéfaction outrée m'empêche un instant de répondre. Je ne crois pas à ces mots. Ils ne peuvent être qu'une invention, une hallucination.

— Mais c'est impossible ! Vous faites une énorme erreur !
— Je suis désolé, croyez-le bien, monsieur Dupuis… mais les charges retenues contre Mme Dupuis sont réelles.

Je raccroche peut-être avant la fin de cette conversation qui n'en est pas vraiment une, sonné. Abasourdi. Avec l'impression d'avoir pris une bombe sur la tête. Tout s'effondre autour de moi. Ce matin, j'ai trouvé un avocat ; ce soir, j'apprends que Catherine va en prison. Mon avocat n'a donc pas accompli de miracle.

Je décide d'appeler Me Déricourt ; il allait me téléphoner, mais a été pris par une urgence ; il me confirme ce que je sais déjà. Il a assisté Catherine devant le juge d'instruction. Il a eu le temps de consulter le dossier juste avant, les procès-verbaux d'audition, le compte rendu de l'autopsie... Il comprend que Catherine soit placée derrière les barreaux, ce qui ne veut en rien dire qu'elle est coupable. Elle est, de toute façon, comme tout prévenu, présumée innocente jusqu'au procès. Mais il y a, je le cite, « assez d'éléments troublants » dans le dossier. Il va falloir monter une défense solide. Il me propose donc un rendez-vous demain pour faire le point. Je lui en demande un en fin de journée : je ne vais pas pouvoir prendre des jours et des jours, indéfiniment. Et je dois en garder pour plus tard, car je suppose qu'il y en aura bien d'autres où ma présence sera nécessaire. Nous le fixons à 18 h 30. Puis je raccroche.

Pendant quelques minutes, je suis incapable de bouger. La réalité me pétrifie. Des *éléments troublants* ? Me Déricourt envisage-t-il que Catherine puisse avoir commis ce crime affreux ? Moi non. Je crois à des coïncidences, de pures et simples coïncidences, et à un mauvais sort tombé sur nous.

Catherine va être emprisonnée. Comment est-ce

possible ? Elle est certainement déjà arrivée à Saintes. À Saintes ! À une heure de route ! Même pas à La Rochelle…

Que vais-je dire à Anaïs et à Florian ? Comment annonce-t-on un truc pareil ? Je me sens démuni, comme un soldat qui doit partir à la guerre mais qui n'a rien pour se battre. Je prépare mes phrases, j'imagine leurs réactions, leurs cris, leurs pleurs, leur désolation. Comment les rassurer ? les protéger ? Comment les aider à supporter tout ce qui va leur tomber sur la tête ? Comment, aussi, s'organiser ? Mon cerveau file d'une idée à l'autre à toute vitesse. Je passe de grandes interrogations psychologiques à de basses considérations matérielles. Il va falloir repenser tout notre quotidien.

Ma femme est en prison. Bientôt la nouvelle va se répandre. Il va falloir assumer cela au bureau, en société… Et pour les enfants ? Je ne veux pas qu'ils aient à devoir assumer cela, eux aussi ! Nous allons devoir nous préparer au jugement des autres, aux regards en coin, aux rumeurs peut-être.

J'ignore comment, mais je vais devoir gérer. Alors que je ne suis pas prêt et que tout est allé beaucoup trop vite. L'ampleur de ce qui m'attend pèse une tonne sur mes épaules.

Anaïs

Mardi 27 février 2001 (bis... vers 23 heures) : pas de mots

Maman ne rentrera pas. Je répète pour bien réaliser : maman ne rentrera pas. Papa nous l'a annoncé ce soir, avant le dîner. Il n'a pas donné trop de détails (soit qu'il ne savait pas, soit qu'il ne voulait pas). Il nous a dit ça : « Maman ne rentrera pas ce soir... ni demain... Ils ont décidé de la mettre en prison. On ne peut pas savoir quand elle sortira. Mais on va tout faire pour prouver son innocence. Car elle est innocente, les enfants, n'en doutez pas. Vous connaissez votre maman. »

Flo a demandé ce qu'elle avait fait, car ce n'était manifestement pas très clair pour lui. Papa m'a regardée, l'air de dire « chut », et lui a expliqué : « Les policiers pensent qu'elle a fait une grosse bêtise. » Tu m'étonnes que c'est une grosse bêtise, de tuer quelqu'un à coups de couteau... J'avais envie de ricaner, mais je me suis tue. Y a vraiment pas de quoi rire. Et Flo n'a que six ans : il faut le protéger.

Le même Flo, peu après, nous a fait un petit caprice : c'était Mardi gras aujourd'hui. Qui allait faire les crêpes, puisque maman n'était pas là ? Les épaules de papa et les miennes se sont affaissées. La flemme... Mais le petit caprice s'est transformé en crise de sanglots et on n'a pas pu résister (malgré les grands principes de papa sur ce genre d'attitude) : on lui a fait des crêpes. Histoire de le consoler, histoire de faire comme si toute notre vie n'avait pas changé... histoire de lui faire croire que tout n'a pas basculé, qu'on va pouvoir vivre presque comme avant. On va beaucoup jouer à la comédie du bonheur pour lui, je crois, avec papa. Mettre des masques, et les retirer quand il ne sera pas là.

Comme ce soir, après qu'il est monté (après avoir encore beaucoup pleuré, pour ce deuxième coucher sans sa maman chérie). J'ai pu discuter un peu plus avec Pap. Il m'a parlé de l'avocat qu'il a trouvé (le meilleur, apparemment). « Ne t'inquiète pas, ma chérie. On va la sortir de là : ta maman n'a rien à faire en prison. » Je me suis mise à pleurer à mon tour. Je pensais à maman, j'essayais de l'imaginer dans sa cellule, dans ce monde qui doit être horrible, avec des prisonniers effrayants. Ma mère n'a rien à faire là, en effet. Ma mère n'est pas une meurtrière.

Marc

Il y a vraiment des matins qui commencent mal, après une nuit difficile, et qui continuent mal jusqu'à vous mettre la tête sous l'eau, au fond de l'eau, comme pour vous noyer. Je ne m'attendais pas à ce que nous soyons si vite mis en cause. Je dis *nous*, même si c'est *elle*... C'est nous, puisque nous sommes une famille, nous sommes liés. Et je dis *mis en cause*, car j'ai la désagréable intuition que nous allons être mis dans le même sac.

Je ne m'attendais donc pas à cet article dans *La Charente libre*, en une, histoire que personne ne rate un épisode de la série du moment. Cet article mentionnait notre nom en toutes lettres. Cet article qui nous sort tous de l'anonymat et nous transforme en sujets médiatiques.

Une suspecte a été mise en examen et placée en détention provisoire dans l'enquête ouverte après la découverte d'un cadavre dans le marais de Tasdon.

Une femme de 37 ans a été mise en examen et placée en détention provisoire dans l'enquête ouverte après la découverte du corps d'une femme samedi dernier, a annoncé hier soir le parquet de La Rochelle lors d'une conférence de presse. La suspecte, Catherine Dupuis, se dit innocente.

<u>Rappel des faits</u>. Béatrice Lancier, 40 ans, avait disparu après son cours de yoga, mardi dernier. Son corps a été retrouvé samedi. Elle a reçu sept coups de couteau. Elle laisse derrière elle trois enfants âgés de 5 à 14 ans.

Je relis l'article au moins trois fois. Puis je planque le journal à la hâte, car Anaïs arrive pour son petit déjeuner. Elle me salue d'un ton morne, elle a les yeux gonflés. Je suppose qu'elle a beaucoup pleuré. J'imagine toute l'incompréhension, tout le chagrin qu'elle éprouve d'être privée de sa mère, d'autant plus dans ces conditions. Je n'ose penser à ce qui l'attend au collège, avec cet article dont le titre va être placardé devant tous les kiosques. Il faut donc que je la prévienne. Je ne peux pas faire comme si cela n'existait pas. C'est la réalité, c'est notre réalité, maintenant. Et je me sens si impuissant, incapable de la protéger.

— Anaïs, j'ai quelque chose à te dire...

Anaïs

Mercredi 28 février 2001 : prends ça dans la face

Quand mon père m'appelle Anaïs, qu'il ne dit pas « ma chérie » ou un autre petit mot gentil, ce n'est jamais bon signe. Ça veut dire qu'il a quelque chose à me reprocher ou quelque chose de grave à m'annoncer. Et là, intuitive comme je suis, je me doutais... J'aurais préféré qu'il ait une raison de m'engueuler.

Donc, voilà : notre nom est dans les journaux. C'est dégueulasse ! On traite ma mère comme une coupable alors qu'elle ne l'est pas.

Et maintenant tout le monde va savoir qu'elle est en prison. Déjà que j'avais peur pour elle, maintenant il va falloir que je gère la pire honte de ma vie.

Je voudrais vraiment quitter cette planète, là, tout de suite, ou m'enfoncer sous terre comme un lombric, hiberner comme un ours pendant des mois, me faire oublier. Qu'on oublie ma mère, surtout. Qu'on la laisse tranquille, qu'on me laisse tranquille, qu'on nous laisse tranquilles, voilà.

Elle est IN-NO-CENTE, merde !

Josette

Catherine est en prison. Quatre mots qui ne vont pas ensemble.

Jamais de ma vie je n'aurais cru vivre cela un jour. Comment en est-on arrivés là ? Je voudrais pouvoir poser la question à ma fille, qu'elle m'explique. Je ne peux pas croire qu'elle ait fait ça. C'est impossible. Pourquoi alors ces soupçons qui pèsent sur elle ? Marc en saura certainement plus ce soir, après son rendez-vous avec l'avocat. En attendant, je tremble. Je ne suis que tremblements. J'ai tellement peur. Et je m'inquiète si fort pour mes deux petits.

Aujourd'hui, je suis venue passer la journée avec eux. Tant que leur mère est absente, je vais faire le trajet jusqu'à La Rochelle le mercredi. Au moins le temps que les choses se tassent. Marc me l'a demandé, il préférait que ce soit moi plutôt que Martine, la nounou. C'est normal. Notre famille est touchée en plein cœur, il faut bien que nous fassions bloc. Surtout maintenant que ce foutu article est paru dans le journal. Que leur nom est entaché. Pauvre Marc, pauvres enfants... J'espère que les médias ne déballeront pas leur vie dans leurs torchons ou à la télé. Ce serait terrible.

Mais je n'y crois guère : Marc m'a raconté tout à l'heure qu'un journaliste l'attendait à son travail, alors même qu'il y remettait un pied et qu'il n'avait pas encore affronté le regard et les questions du P.-D.G. et du personnel. Les journalistes n'ont aucune décence. Il faut faire du bruit, quitte à défaire une famille. Ce monde est moche.

Anaïs est demeurée prostrée dans sa chambre tout l'après-midi. Je n'ai pas osé sortir avec Florian : je ne voulais ni la laisser seule, ni tomber sur la une du journal devant une maison de la presse, ni affronter l'éventuel risque d'être reconnus... même si c'est idiot, puisqu'il n'y a pas écrit « Florian Dupuis » sur le front de mon petit-fils. Nous sommes donc restés à la maison. Il a regardé des dessins animés, je lui ai préparé des cookies.

Florian me demande à intervalles réguliers quand il va revoir sa maman et si elle va bien. Quelle réponse lui apporter ? J'essaie de le rassurer, je fais diversion en lui demandant de réaliser un dessin pour elle, qu'il pourra lui apporter bientôt.

Je m'interroge sur tant de choses... Quand reverrai-je Catherine, ma fille, qu'on m'a prise si injustement ? C'est si difficile de n'avoir aucune nouvelle d'elle. Il paraît que c'est normal : au début, les visites sont interdites, les communications aussi. Pour combien de temps ? Et ils l'ont envoyée à Saintes ! À environ une heure et quart de route de chez moi ! À près de 100 kilomètres. Quelle tristesse... L'avocat a déjà dit à Marc qu'ils allaient effectuer les démarches pour obtenir des permis de visite. Je n'arrive pas encore à réaliser que la prochaine fois que je pourrai discuter avec ma fille, ce sera dans le parloir d'une prison. J'en frémis d'avance. Et quelle horreur, pour les enfants, de devoir vivre ça aussi ! J'en veux à la justice de nous avoir punis.

Nathalie

Elle l'a fait.
Voilà ce que je ne cesse de me répéter depuis le coup de fil de ma mère, hier.

Anaïs

Mercredi 28 février 2001 : comme une intuition

J'ai écrit ce matin, je reprends mon stylo. Entre-temps, je suis allée au collège. À contrecœur, évidemment. Et, évidemment, il y avait parmi les élèves quelqu'un (au moins une, la seule qui a osé m'en parler à la récré) dont le père ou la mère lit le journal au petit déjeuner... Elle m'a demandé ça, Célia, l'air de rien. Elle m'a prise à part, l'a jouée discrète. Elle m'a parlé de l'article, mais d'un ton innocent et gentil (genre complice, « je suis de tout cœur avec toi »). J'aurais voulu nier et, encore une fois, disparaître. Mais j'ai dit : « C'est une erreur, ce n'est pas elle. » Célia a déjà vu ma mère, je suis sûre qu'elle non plus ne l'imagine pas en tueuse. Elle avait l'air d'accord, elle a posé une main sur mon épaule en signe de « bon courage », puis elle est allée rejoindre sa bande. Après m'avoir promis de ne rien dire.

Les belles promesses... Je suis sûre qu'elle a voulu se rendre intéressante, se la raconter (du style « moi je sais des choses que vous ne savez pas »), prendre plaisir à être suppliée, jouer sur le suspense, puis *glisser la vérité en chuchotant très fort avec un gros clin d'œil qui veut dire : « Chut, c'est un secret, mais j'ai été sympa, je vous l'ai raconté »… Je vois très bien la scène. À la fin de la récré, je sentais des regards sur moi. Pas habituels, pesants. Je croyais entendre des murmures. Sans vouloir être parano, je pense que la rumeur a déjà commencé à s'infiltrer partout.*

Je ne parlerai plus jamais à Célia.

Marc

Mᵉ Déricourt me reçoit dans son cabinet avec plus d'une heure de retard. Il ne me viendrait pas à l'esprit de le lui faire remarquer… surtout qu'il a pris le temps de se rendre à Saintes cet après-midi, afin d'avoir avec Catherine un premier entretien.

Il est grand et porte sur son visage un sérieux indubitable. Je l'imagine un instant au cours d'un procès. Il doit en imposer. J'espère ne pas avoir l'occasion de le voir à l'œuvre, que nous n'irons pas jusqu'au tribunal, que tout s'arrêtera vite. C'est Jean-Marc, mon patron, qui me l'a conseillé, et j'ai toute confiance en Jean-Marc.

Mᵉ Déricourt m'invite à m'asseoir. Ouvre le dossier qu'il a devant lui. Je m'étonne qu'il soit déjà si épais. Il m'explique qu'il a pris des notes à partir des procès-verbaux d'audition de la garde à vue de Catherine, et du rapport d'autopsie qui lui a été transmis. Il m'apporte des précisions sur le meurtre commis : la victime avait absorbé des somnifères, elle a été retrouvée pieds et poignets liés, elle a été tuée de sept coups de couteau (type grand couteau de cuisine), dont un mortel en plein cœur. Il n'y a pas eu de sévices sexuels ou d'actes de torture, mais on lui a coupé les cheveux, *tranché* les cheveux, plutôt. «Comme pour l'enlaidir», ajoute-t-il.

— Ma femme ne peut pas avoir fait ça.

Je suis catégorique. Ce meurtre effroyable ne peut avoir été commis par Catherine. Je n'aime pas trop le regard circonspect de l'avocat face à moi. Comme s'il voulait me signifier : «On ne connaît jamais tout à fait les autres, même nos proches.» Je réitère ma phrase plus fermement.

— Que votre femme soit coupable ou non, peu m'importe, monsieur Dupuis, mon rôle est de la défendre et je m'y appliquerai de mon mieux. Ce qui est certain, c'est que votre femme n'a pas d'alibi.

Me Déricourt développe. À l'heure du meurtre, Catherine ne se trouvait pas à la piscine avec Jessica, comme il était noté dans son agenda et conformément à son emploi du temps habituel. Elle a appelé son amie pour annuler vers 16 h 30. Elle «ne se sentait pas très bien». Elle n'a pas téléphoné à Martine pour lui dire qu'elle irait chercher Florian à l'école, elle est restée devant la télé en attendant 19 heures. Anaïs était chez sa copine, j'étais au travail. Rien ni personne ne peut prouver que ma femme était tranquillement dans le canapé à l'heure du crime. Il faudrait qu'un voisin l'ait vue rentrer à la maison entre 16 heures et 16 h 30 et ne l'ait vue repartir que quelques minutes avant 19 heures.

Rien n'innocente donc Catherine pour l'instant. À l'inverse, et même si rien n'accuse formellement Catherine (pas d'ADN sur la victime, pas d'empreintes), il existe un «faisceau de présomptions » : le fait que les deux femmes fréquentaient le même cours de yoga, le fait qu'on les ait vues sortir ensemble la dernière fois, le fait que Béatrice était la femme de l'amant de la mienne, le fait que Catherine n'avait « comme par hasard » pas pris son téléphone ce jour-là, le fait qu'elle ait lavé sa voiture le lendemain... le fait qu'elle ait annulé sa séance de piscine mais n'ait pas pour autant récupéré son fils à l'école... Autant de coïncidences troublantes, en effet. De là à l'estimer coupable, vraiment ?

Catherine n'a pas été très loquace lors de ses auditions. Elle devait être pétrifiée. Elle avait droit au silence, elle l'a utilisé. Sauf pour répéter deux choses : « Je suis rentrée chez moi peu après le cours de yoga. J'ai juste fait des courses au supermarché d'à côté. » En dehors de cela, elle a accusé Gilles Lancier. Semblait s'étonner qu'il ne soit pas en garde à vue. Les maris qui suppriment leur femme, c'est un scénario assez fréquent pour être envisagé. C'est tellement facile de l'accuser, elle. Pourquoi aurait-elle tué cette femme ? Sa ligne de défense a été l'attaque. Et j'imagine que Me Déricourt usera de la même stratégie.

— M. Lancier a été entendu comme témoin libre, au même titre que vous.

L'avocat me rappelle que c'est le mari qui a très vite signalé la disparition de son épouse et fait part de son inquiétude. J'ai envie de répondre que ça ne veut rien dire, que c'était le meilleur moyen de diriger les soupçons vers quelqu'un d'autre.

— M. Lancier a un alibi, lui. Solide, qui plus est : il était à son travail tout l'après-midi du mardi. Sa secrétaire et ses collègues sont formels.

Mes épaules doivent s'affaisser de déception.

— Je me répète, mais vraiment je ne peux envisager que Catherine ait pu commettre ce meurtre. Quel serait son mobile ?

— La jalousie, monsieur Dupuis, la jalousie. Vous n'imaginez pas ce que ce sentiment peut provoquer de terrible chez certaines personnes.

Chez certaines personnes peut-être, mais pas chez ma femme. Un court instant, je me demande comment Catherine aurait pu être jalouse de l'épouse de son amant alors qu'elle est la mienne, alors qu'elle aurait dû être jalouse des femmes autour de moi… ce qu'elle était par moments, d'ailleurs. Je ne peux pas croire qu'elle ait pu aimer un autre homme au point de vouloir tuer sa propre femme. Elle aurait éprouvé une passion aussi folle ? Cela me paraît aussi insensé que machiavélique.

Ils sont tous dans l'erreur, et je m'interroge tout à coup sur ce que pense Me Déricourt, au fond. La croit-il coupable ? Ils n'ont aucune preuve contre elle. De véritable preuve, j'entends. Il n'y a qu'un ensemble de coïncidences et de précautions troublantes, certes, fâcheuses, surtout. Je voudrais pouvoir les démonter une à une, et leur apporter sur un plateau les preuves de l'innocence de Catherine.

Anaïs

Jeudi 1er mars 2001 : nouveau mois, nouvelle vie…

Je voudrais revenir à mon ancienne vie, remonter le temps et me retrouver au 1er février, quand rien n'avait commencé, quand tout était normal, quand je n'avais pas à porter sur mon front l'étiquette que ma mère (ou les cons de mon collège) m'a collée.

Parce que j'en suis là : je ne suis plus vraiment Anaïs, je suis « la fille dont la mère est en prison ». La nouvelle a fait le tour très vite. Entre ceux qui l'avaient entendue de la bouche de Célia, ceux qui l'avaient entendue de ceux qui l'avaient entendue de la bouche de Célia (etc.), ceux qui l'ont su dans l'après-midi, ceux qui ont acheté exprès le journal, ceux qui ont cherché sur Internet, ceux qui l'ont appris aujourd'hui… Bref : tout le monde est au courant. Même les profs, évidemment. TOUT LE MONDE. Et j'ai l'impression que tout le monde me regarde comme une bête curieuse. Comme si j'étais toute nue au milieu de gens habillés. On ne voit que moi, on ne parle que de ça, que de moi.

Je ne me laisse pas faire. J'ai envie de crier à l'injustice. « Mais vous ne comprenez donc rien ? C'est une erreur ! » dis-je à ceux qui osent venir m'en parler. On me sort des phrases du genre : « Bien sûr, n'empêche qu'ils n'arrêtent pas les gens comme ça »... « Y a pas de fumée sans feu, comme dirait ma grand-mère ! » m'a lancé l'autre idiot de Charles... et je voudrais qu'ils aient tort. Ils ont forcément tort.

Mais... même pour ceux qui veulent bien me croire, ou font semblant, il n'empêche : ma mère est en taule. Et ça, ce n'est pas banal. Certains ont le culot de me balancer que j'ai de la chance, que je dois être peinarde sans ma mère à la maison. Il y a vraiment des cons, hein. J'ai hâte de leur répéter, à tous, quand elle sortira : « Vous voyez, je vous l'avais bien dit qu'elle était innocente ! »

Je voudrais pouvoir connaître la date, compter les jours d'ici là à devoir supporter tout ça. Heureusement que je suis bien entourée. Mes copines, elles me croient. Elles connaissent ma mère, elles l'ont vue en maman qui prépare de super gâteaux, en maman qui fait du shopping avec sa fille... en maman, quoi.

Papa est revenu de chez l'avocat assez confiant. J'ai l'impression qu'il voudrait mener l'enquête lui-même, mais il a son travail... et de toute façon il n'y connaît rien.

Marc

Il est 17 h 15 quand je reçois un coup de fil de la maison à mon bureau. Cela ne peut, désormais, être qu'Anaïs. Florian est chez Martine, qui va le chercher à l'école, le fait goûter, l'aide pour ses devoirs et s'occupe de lui jusqu'à 19 heures. Nous avons mis cela en place cette semaine : l'ancienne nounou des enfants, qui ne gardait plus Florian que le mardi en fin de journée pour permettre à ma femme d'effectuer sa sortie piscine, a donc repris du service. Il a bien fallu pallier l'absence de Catherine, et je ne peux pas ne compter que sur Josette, qui habite à La Flotte-en-Ré et viendra déjà tous les mercredis. Martine est consciencieuse, sympathique et compétente, toujours prête à nous dépanner en cas d'imprévu... parfois au pied levé, comme lundi dernier quand la police a débarqué.

Je décroche, inquiet. Ma fille a treize ans. Ce qu'elle vit si jeune me terrifie. Hier, elle m'a expliqué que la nouvelle de sa mère en prison avait déjà fait le tour de son établissement. Elle ne voulait pas aller au collège aujourd'hui. J'ai cédé. Ce n'est pas dans mes habitudes, mais je n'ai pas le mode d'emploi d'un père seul avec deux enfants dont la mère est accusée de meurtre. J'ai cédé parce que, de mon point de vue, elle n'est pas en état de se concentrer, surtout face aux autres. Pas plus que moi, d'ailleurs, même si je fais illusion et que j'ai la chance d'avoir un chef compréhensif. Jean-Marc est un P.-D.G. formidable. Les autres parlent dans mon dos, alors je me mets des œillères et des bouchons d'oreille virtuels. Ici aussi, la nouvelle s'est répandue comme une traînée de poudre. J'ai décidé d'agir comme si de rien n'était, de mener à bien mon travail, qu'on n'ait rien à me reprocher, que j'aie ma conscience pour moi. Et je garde la tête haute, parce que je n'ai aucune raison d'avoir honte. Du moins, pas en ce qui concerne le peu d'éléments dont disposent les gens. Personne n'est au courant que ma femme me trompait. En revanche ils savent que ma femme est accusée d'en avoir tué une autre... ce qui doit sembler à tous une hérésie. Ils l'ont déjà vue, pour la plupart, et ils la connaissent assez pour ne pas l'imaginer en tueuse. Cette hypothèse ne tient debout pour personne, et certains ont la gentillesse de m'assurer de leur soutien et de leur sympathie.

Je décroche.

— Papa, papa ! C'est horrible ! Il faut que tu rentres !

Elle bafouille, j'ai du mal à comprendre. J'entends les mots *voisins*, *tag*, *effacer*. Elle est en panique. Je tente de la calmer, je voudrais lui dire que rentrer plus tôt n'y changera rien, que le mal est déjà fait, je lui réponds qu'elle doit rester dans la maison, bien enfermée.

Lorsque j'arrive dans notre rue, je le vois. Énorme, rouge vif, sur le mur de notre maison : ASSASSINe, avec des lettres qui dégoulinent comme si c'était du sang. Le mien se glace dans tout mon corps. Nous allons devoir vivre avec ça, maintenant. Avec des journalistes qui nous épient, des curieux qui s'arrêtent dans la rue, des insultes qui nous blessent. Je suis partagé entre la colère contre ce monde qui juge bien vite et une culpabilité incongrue, qui n'est pas la mienne, que je porte pour ma femme, laquelle n'est pas plus coupable que moi, et que je ressens vis-à-vis de mes enfants que je n'arrive pas à protéger. Qui a pu écrire cela ? Ce peut être n'importe qui : un membre de la famille de la victime, un lecteur lambda du journal qui rend son jugement lui-même, un voisin jaloux qui profite de notre faiblesse pour déverser son fiel. N'importe qui.

Je me demande aussi comment enlever ce tag, combien de temps s'écoulera avant qu'un autre le remplace. Ce tag qui dit beaucoup. Et qui donne notre adresse. Il dit : « Ici habite la femme qui a tué la pauvre Béatrice Lancier... N'hésitez pas à vous acharner sur cette famille. » Il dit que nous devons avoir honte pour elle, honte d'être de sa famille parce qu'elle a mal agi et que l'entourage doit en payer le prix au même titre que l'assassin présumé. Il dit, peut-être, que nous n'avons plus rien à faire ici, que nous ne sommes plus les bienvenus. Il dit que nous n'avons plus qu'à porter, sinon notre croix, au moins la culpabilité de Catherine et que nous ne serons pas trop de trois.

Josette

Je suis venue chercher les enfants afin de les emmener prendre l'air chez moi pour le week-end. Ils en ont grand besoin. Surtout avec ce tag sur leur façade, qui attire les curieux. Qu'est-ce que c'est que ce voyeurisme de bas étage ? Marc m'avait prévenue, mais je n'ai pu m'empêcher d'être choquée. Ces grosses lettres immondes qui dégoulinent toujours, malgré le nettoyage au Kärcher et le coup de peinture de Marc... Et Florian qui pleure, parce que les gens racontent n'importe quoi. « Elle n'a rien fait, maman. » Et je ne cesse de lui répondre : « Bien sûr qu'elle n'a rien fait, maman. »

J'ai pris les enfants, avec la sensation de les extraire d'un monde de fous. Quelle violence accumulée en quelques jours, pour eux, on n'a pas idée. Nous avons passé le pont, sommes arrivés sur l'île et vite à la maison. Ici, pas de tag, pas de journalistes. Du calme, surtout en cette saison. La mer, devant la maison. Voilà. C'est tout ce qu'il leur fallait. Tant pis pour la boutique. Manuella va s'en occuper, comme mercredi, comme beaucoup d'autres jours à venir. De toute façon, il n'y a pas de touristes en ce moment, ce n'est pas grave. Et mes petits-enfants sont ma priorité.

Marc va pouvoir respirer un peu. Il a grand besoin de repos. Non que les enfants soient un poids pour lui, mais il dort si mal depuis quelques jours… Il faut qu'il récupère en sommeil et en forces, pour affronter la suite et tenir sur la durée.

Anaïs m'a parlé de ce qu'elle vit au collège, de son souhait de ne pas y retourner. On va devoir en discuter avec Marc. Les jeunes peuvent être si méchants entre eux. Je ne voudrais pas que cela la bouleverse trop psychologiquement. Ni scolairement, bien sûr. Anaïs est une très bonne élève, il ne faudrait pas qu'à plus long terme ses résultats en pâtissent.

Je pense aussi à Catherine. Je compte les jours qu'elle a passés dans sa cellule, à Saintes. J'essaie de l'imaginer. Je la vois derrière ses barreaux, dans la pénombre, seule et abandonnée, désespérée. Nous ne pouvons toujours pas lui rendre visite. Elle n'a même pas le droit de nous appeler. C'est encore trop tôt. Trop tôt ! Le conseiller pénitentiaire que Marc a eu au téléphone a parlé de trois semaines. Mais c'est interminable ! Florian réclame sa mère. Pauvre petit. Elle était toujours là pour lui. Il va devoir apprendre à vivre sans pendant quelque temps. Elle qui lui faisait tout… Marc prend le relais sur certaines choses, la lecture du soir par exemple, mais il le laisse se débrouiller sur d'autres. Le petit Flo va sans doute gagner en autonomie. Mais peut-on trouver un avantage à cette situation ignoble ? Si oui, c'est bien le seul. Le reste n'est qu'horreur. Quelle épreuve pour nous tous ! Nathalie, avec la distance, semble moins impactée. Son quotidien n'a pas beaucoup changé, hormis le fait que les deux sœurs ne peuvent plus s'appeler tous les jours… Mais elle vit mal son éloignement et s'inquiète pour nous tous. Elle a envisagé d'annuler ses rendez-vous, de prendre la semaine pour nous rejoindre ici, pour nous soutenir autrement que par téléphone. Mais je sais comme il lui est difficile de créer une rupture dans le suivi de ses patients, et surtout je pense plus judicieux qu'elle attende encore quelque temps afin que son séjour lui permette aussi d'aller voir sa sœur. Nous en avons parlé ensemble, elle en a convenu, et a décidé de bloquer une semaine bientôt.

Anaïs

Dimanche 4 mars 2001 : pas envie de retourner là-bas

Je voudrais rester toute ma vie dans la petite maison de mamie face à la mer. Et ne jamais retourner au collège, ni dans notre maison taguée (ou mal dé-taguée) où on a l'impression d'être tous des assassins, tellement c'est écrit gros. Ma mère n'est pas la meurtrière de la femme du marais... et nous non plus (alors pourquoi écrire à notre adresse puisqu'elle n'y est plus ?). Je dis ça, même si le tag n'était pas au pluriel. J'ai envie de dire à celui qui a fait ça que si c'était pour ma mère, il n'avait qu'à écrire ASSASSINe sur les murs de la prison de Saintes (peut-être qu'il aurait été enfermé lui aussi, et bien fait pour lui)... et au pluriel, tant qu'à faire, vu qu'il doit y en avoir plusieurs à l'intérieur !!!

Pourtant, j'étais bien, à la maison, toute seule, vendredi... Papa m'avait demandé de rester enfermée et de ne surtout pas sortir. Mais dans l'après-midi, je voyais des gens par la fenêtre, qui montraient du doigt notre maison avec des yeux ronds, parfois une main sur la bouche (qui cachait une bouche bée ou un grand sourire ?)... Au bout d'un moment, je n'ai pas pu *résister : je suis sortie dans la rue. C'est là que je l'ai vu. Le ASSASSINe, en gros, mais avec son petit « e », comme si la personne voulait bien désigner une femme, mais n'était pas bien sûre du féminin de « assassin » (c'est vrai que ça fait bizarre de dire « ma mère est peut-être une assassine »). On dit quoi, en fait ? Une assassin ? Une femme assassin ? Comme pour pompier ? Parce que pompière n'existe pas. Parce que les assassins, comme les pompiers, sont des hommes, en général. Ce qui fait au moins une bonne raison de plus pour qu'on arrête de penser que ma mère puisse l'être.*

Demain, je n'irai pas au collège. Avec ou sans l'accord de papa, je m'en fiche. Je ne veux pas les voir, les autres qui me regardent comme si j'étais moi-même une ASSASSINE ! Je voudrais redevenir Anaïs. La fille plutôt sympa qu'on aime bien. Je ne supporte plus d'être réduite à cette étiquette de fille de taularde. Entre les regards curieux, les regards moqueurs et les regards de pitié, je me sens trop mal. Je n'irai pas.

Florian

Dimanche 4 mars 2001

Maman chérie,

C'est mamie qui m'a proposé de t'écrire parce que tu me manques trop. C'est elle qui écrit, mais c'est moi qui dis.
Tu as vu, elle est belle, ma carte postale ! C'est un âne en culotte de l'île de Ré. On en avait vu avec toi, tu te souviens ?
J'ai hâte de te revoir, c'est long.
Papa et mamie s'occupent bien de nous. À l'école, ça va, mais je préfère faire mes devoirs avec toi qu'avec Martine.

Bisous
Florian

Marc

Comme un lundi au travail. Même si aucun jour de notre vie ne ressemble plus à ceux d'avant.

Coup de fil, je décroche.

— Monsieur Dupuis ?
— C'est moi-même.
— Je suis la CPE du collège de votre fille. Anaïs ne s'est pas présentée en cours ce matin.

Je déglutis difficilement.

— Pardon ?
— Anaïs n'est pas en cours. Je voulais vérifier que c'était normal et convenu avec vous, comme elle n'était pas là vendredi et que vous nous aviez prévenus. Étant donné les circonstances, je peux comprendre que vous ayez fait le choix de la garder chez vous quelque temps, mais je souhaitais m'en assurer.

— Vous avez bien fait. En l'occurrence, je n'étais pas au courant. Elle m'a fait part hier soir de son souhait de ne pas aller en cours aujourd'hui, mais j'ai été catégorique. Ce matin, elle est partie comme d'habitude. J'imagine qu'elle est revenue sur ses pas...

La CPE me laisse entendre qu'elle espère Anaïs en sécurité chez nous. Un mélange d'inquiétude et de colère m'envahit. Nous raccrochons. J'appelle à la maison. Anaïs ne répond pas. L'angoisse monte. Je tente un nouvel appel. Si elle ne répond pas, je quitterai le travail et me lancerai à sa recherche. Mais elle répond. Elle a peut-être compris qu'elle avait plutôt intérêt, qu'elle ne devait pas pousser le bouchon trop loin... Elle avoue. Je lui passe un savon, un sacré savon, comme elle n'en a pas reçu depuis très longtemps – depuis, je pense, le jour où elle s'était cachée derrière une voiture en pleines festivités du 14 Juillet, «pour voir notre réaction» –, la mettant face à ses responsabilités, lui reprochant d'avoir trahi ma confiance, et d'avoir provoqué en moi une peur terrible à un moment où je n'en avais particulièrement pas besoin. Elle n'en mène pas large, me demande pardon... Je crie, coupant court à toute tentative de me contredire ou de négocier: «Tu iras demain, et c'est moi qui t'emmènerai si je ne peux pas te croire!» Elle se met à pleurer. Je raccroche, en rage. Au bout du compte, j'ai surtout eu peur. J'ai déjà, en quelque sorte, perdu Catherine... je ne voudrais pas qu'on m'enlève mon Anaïs, la prunelle de mes yeux.

Je pense à ma femme. Qu'elle soit coupable ou non de ce dont on l'accuse, je lui en veux de nous avoir entraînés là-dedans. Même malgré moi. Elle me laisse démuni avec nos deux enfants. Je me rends compte, un peu honteux, de tout ce qu'elle faisait pour eux, à quel point je me reposais sur elle pour tout un tas de choses. Et maintenant, je suis seul à devoir tout gérer. Même si Josette est là, et heureusement..., il n'empêche: je suis presque seul. Je dois être le père, l'autorité, l'éducation, et le papa qui sait apporter soutien et tendresse. Je dois être deux. Et je ne peux pas voir Catherine ni même l'appeler pour avoir son avis. Que dirait-elle dans cette situation ? Laisserait-elle Anaïs rater une semaine de cours ? Comment saurait-elle l'aider, la conseiller ? Je ne suis qu'un papa impuissant... Et un homme esseulé. Cath me manque. Terminées, nos discussions le soir, après le dîner, une fois les enfants couchés. Absents, nos textos pluriquotidiens. Finis, nos nuits l'un contre l'autre et nos réveils dans les bras l'un de l'autre. Cath a disparu avec les policiers. Depuis une semaine, plus rien. C'est comme s'ils l'avaient enlevée.

Anaïs

Mardi 6 mars 2001 : retour forcé, soyons clairs

Voilà la vérité : papa m'a obligée à retourner au collège aujourd'hui. Disons qu'il n'a pas trop apprécié que j'aie séché les cours hier. À treize ans seulement ! « Ça promet. » Il comprend pas que tout part en sucette dans ma vie ?

Il a mis sa menace à exécution : il m'a déposée devant le portail du collège (la honte !), il a vérifié que j'entrais, que je disais bonjour à la CPE. Ça m'a grave saoulée. Il m'aurait tenue par la main que ça aurait été pareil. La HONTE ULTIME.

Et j'ai évidemment passé une journée pourrie. Il croyait quoi ? Qu'il suffisait d'avoir discuté avec la CPE pour que tout s'arrange ? C'est plutôt le contraire. J'ai eu droit à des : « La fille de la prisonnière fait son grand retour ! » J'en ai tapé un ou deux, je n'ai pas pu m'en empêcher. Je me suis donc retrouvée dans le bureau de la CPE. Elle m'a fait tout un discours, du style : « Je comprends que ce soit difficile pour toi en ce moment, mais tu comprends bien que la violence n'est jamais la bonne solution… », et patati et patata. Dans le sens du *poil. Mielleuse, presque. Moi, violente ? J'ai eu envie de rire. S'il devait y en avoir une de violente dans la famille, apparemment ce serait plutôt ma mère. Je dis ça parce que je suis particulièrement énervée aujourd'hui, mais je suis toujours convaincue qu'elle n'a rien fait. C'est à force d'entendre tous les autres au collège que je dis des trucs comme ça.*

Les autres n'ont qu'à pas me faire chier. Je l'ai dit à la CPE, je lui ai raconté ce qui se passe. Mais trop fort à son goût. Elle m'a demandé de me calmer. Et moi j'ai demandé à aller à l'infirmerie. Je m'y suis planquée le reste de la matinée.

Bilan de la journée : nul. Je n'ai quasi rien fait en cours. Flavie me regardait avec son air tout peiné. Il n'y a qu'elle qui soit vraiment sympa avec moi. Elle et Justine, aussi, un peu.

Ce soir, avec papa, on a discuté (plus calmement qu'hier soir... c'était pas difficile vu comme ç'a été ma fête). Je lui ai demandé pourquoi on ne partait pas de La Rochelle. C'est vrai, quoi. O.K., c'est une super ville, mais on ne peut plus y vivre, nous. Franchement... Moi, au collège, c'est l'horreur, notre nom est sali publiquement, on se retrouve avec des tags sur notre maison (un à moitié effacé, pour l'instant, mais bon)... Pourquoi on n'irait pas faire notre vie ailleurs ? Papa a poussé un long soupir. Il a dit que ça n'était pas possible, que notre vie était ici, qu'il ne pouvait pas quitter son travail, qu'on ne pouvait pas s'éloigner de maman non plus... Et mamie Jo ? On est coincés là, en gros. On est enfermés. Comme maman. Bon, d'accord, pas vraiment : nous, au moins, on voit le ciel au-dessus de nos têtes.

Ça fait une semaine qu'elle est en prison. La semaine la plus longue de ma vie. Je pense à elle, qui doit déprimer encore plus que moi. Je me demande comment elle vit là-bas, comment elle mange (et ce qu'elle mange), comment elle dort, si elle discute avec des gens… Flo, mamie et moi, on lui a rédigé une lettre dimanche. En attendant de pouvoir la voir, on lui a envoyé un courrier. On espère qu'elle va le recevoir vite. Ça devrait lui faire plaisir. Moi, je ne savais pas trop quoi écrire. Je pensais commencer par : « J'espère que tu vas bien », la formule, quoi… puis je me suis dit que c'était bête, que je connaissais déjà la réponse. Ce n'était vraiment pas facile de savoir quoi mettre. Je n'avais pas non plus grand-chose à raconter. En une semaine, entre mes problèmes au collège, le tag sur la maison, les cours que j'ai séchés, il n'y avait rien de très positif. Mais je n'ai pas eu envie de rendre maman encore plus triste qu'elle doit l'être, alors j'ai fait un peu semblant que ça allait. Je lui ai parlé de la pluie et du beau temps (mais même ça, ça doit la déprimer, elle qui reste enfermée), de trucs secondaires comme l'atelier théâtre ou la balade qu'on a faite avec mamie dans les marais du côté de Loix samedi… Je lui ai dit qu'elle nous manquait, parce que c'est vrai, et puis pour lui faire plaisir, lui montrer qu'elle laisse un grand vide (au cas où elle en douterait). Je ne lui ai pas avoué que la maison est devenue hyper calme (un peu trop, même), qu'on ne mange que des boîtes de conserve et des surgelés, que Flo pleure tous les soirs… Tout ça, ce n'est pas utile. Je lui ai mis « Je t'aime », à la fin. Et en P.-S., je lui ai écrit que j'étais sûre qu'elle n'avait rien fait, qu'on allait vite la sortir de là. Et voilà.

Marc

Je suis venu en cachette, à l'insu de tout le monde. J'ai pris ma matinée, je n'ai parlé de mon projet à personne. Je me suis garé pas très loin de l'église Saint-Nicolas. J'ai mis ma chapka, une grosse écharpe. C'était plutôt raccord avec le froid sec de ce matin, et cela avait surtout l'avantage de me cacher. Je ne sais pas s'il y avait un risque, si quelqu'un pouvait me (re)connaître, mais je ne voulais en prendre aucun. La foule est impressionnante.

J'attends et je ne sais pas vraiment pourquoi je suis là, ce que je fais là. On pourrait y voir une forme de voyeurisme malsain, une curiosité déplacée. Elle l'est certainement. Je voulais les voir, justement, sans bien me l'expliquer. Le voir, lui, savoir à quoi il ressemble ; voir leurs enfants, leur famille. Je ne suis pas venu regarder des gens pleurer. Je crois que je suis venu, aussi, pour mettre des visages sur les victimes du meurtrier, parce qu'il n'y en a pas eu qu'une, voir à quoi peuvent ressembler tous ces gens brisés. Peut-être vérifier, aussi, que cette femme existait, qu'elle est dans ce cercueil, là, qu'elle était chérie des siens, que toute la famille, les amis sont endeuillés. C'est mettre des images et une réalité sur des faits qui n'en avaient pas encore vraiment. Les contours me paraissaient flous, comme toute cette sombre affaire.

Ils existent, donc. Ce père et ses trois enfants, endeuillés. Et ceux qui les entourent. Je les vois. Et là encore, je me dis, sans l'ombre d'un doute : « Catherine ne peut pas avoir détruit toutes ces vies, causé tant de chagrin. » C'est impossible. Jamais elle n'aurait pu s'attaquer à une femme, et à une famille entière. Cette pensée me rassure presque. Ce n'est pas Cath qui a mis cette femme dans ce cercueil. Mais quand je regarde cet homme à la peine infinie, je me dis que ce ne peut pas être lui non plus.

Alors qui ? Quelle sorte de prédateur a pu s'en prendre à Béatrice Lancier ? Quel monstre a pu la ligoter, la droguer, la tuer à coups de couteau et l'abandonner dans un fourré marécageux ?

Nathalie

Je pense à eux qui sont loin. Comme avant, mais différemment.
Je pense à eux sans elle.
Je pense à elle, surtout.
Avant, nous nous appelions, elle et moi, tous les jours. Même pour rien. Malgré nos presque dix ans d'écart, nous sommes devenues avec les années comme des jumelles. Aucun secret l'une pour l'autre, nous nous disions tout.
Elle derrière les barreaux, la communication s'est rompue. Mais pas le lien. Et je la connais si bien qu'il me semble savoir ce qu'elle ressent. C'est certainement bien présomptueux de ma part : qui peut savoir ce que c'est de vivre, dormir, manger en prison, s'il ne l'a pas vécu ? Et pourtant il m'arrive de ressentir ce qu'elle ressent. Je frissonne beaucoup plus qu'avant. J'ai peur. Et j'ai parfois un goût métallique dans la bouche.
Je sens son angoisse.
J'ai la même, et une autre aussi. Celle d'avoir su. Celle de savoir. Celle de détenir des informations que personne d'autre ne possède. Je savais pour Gilles. Je savais ce qu'elle éprouvait pour lui. Cette passion

dévorante qui l'a rendue folle. Je sais dans quel état elle était quand il l'a quittée. J'ai su son désir de se venger. Mais je n'y ai pas cru, j'ai minimisé. Comment envisager que sa propre sœur puisse faire ça ?

Quand maman m'a appris que Catherine avait été arrêtée, je n'ai pas voulu y croire. Elle n'avait pas pu mettre son plan à exécution... quel qu'il soit ! Mais elle l'a fait. Je le suppose. Je suis la seule de la famille à le supposer. C'est très étrange parce que, comme tous ceux qui la connaissent, je la crois incapable de faire un truc pareil. Et pourtant... Il y a la réalité des faits. Il ne peut pas y avoir de hasard. L'assassin, c'est elle. Je le sais. Je suis la seule à le savoir. Mais comme j'aime ma grande sœur et que je veux la protéger, je ne dirai rien à personne.

Marc

Appel du collège. Je n'ai aucune envie de prendre cette habitude. Qu'est-ce qu'Anaïs a encore fait ? Je l'ai déposée ce matin : elle était en cours. De quoi être rassuré. Mais non. La CPE m'annonce qu'elle a réussi à quitter l'établissement et ne s'est pas présentée cet après-midi. Je balance entre m'étonner de la facilité avec laquelle on peut s'enfuir d'un collège et maudire ma fille. Comme si je n'avais pas assez d'emmerdes en ce moment... J'appelle à la maison. Personne ne décroche. Je rappelle. Trois fois. L'angoisse revient. Avec de la colère. Je n'en peux plus.

Je quitte le travail, roule trop vite, arrive à la maison. Le tag réfractaire me rit au nez, il parvient encore à me surprendre quand je crois l'avoir oublié. Après trois coups de peinture, je le vois encore. Peut-être que c'est mon imagination... Je sais qu'il est là, en dessous.

La maison est vide. Mais un mot m'attend, rédigé de la main d'Anaïs. La présence de ce message prouve sa volonté de partir, elle n'a donc pas été enlevée ; néanmoins j'ai peur de ce que je vais y trouver.

Papa,

J'en ai trop marre de notre vie. Je ne pense pas que maman y soit pour quelque chose, mais c'est trop dur, le collège. J'ai honte. On me voit comme un cas social, parce que ma mère est en prison. On se moque de moi. Je ne veux plus y retourner. Et tu me forces ! Tu ne veux pas comprendre ? Alors je préfère partir. Je serai mieux chez tata Nathalie.

Bisou (ne t'inquiète pas)

Anaïs

« Ne t'inquiète pas » ! J'hésite entre rire et pleurer. Comme si c'était possible ! J'appelle Nathalie, qui doit être en consultation et ne répond pas.

Je me rends à la gare, abandonne ma voiture en double file, cours comme si ma vie en dépendait, sillonne le bâtiment dans tous les sens à la recherche de ma fille. Je montre la photo d'Anaïs que j'ai toujours dans mon portefeuille. « Vous avez vu cette enfant ? » Elle détesterait cette formulation. Depuis le temps qu'elle me serine qu'elle n'en est plus une… et comme si j'ignorais que c'était une ado, dans tout ce que cette acception a de plus pénible, parfois. Mais pour moi c'est encore une enfant, mon bébé… Je n'ai pas vu les années passer. Hier elle était encore une petite fille qui faisait du cheval sur mon dos, aujourd'hui elle a décidé de traverser la France toute seule. Je pourrais en sourire si ce n'était pas si grave.

Quelqu'un, au Relay, pense l'avoir vue. Je me demande si elle a pu prendre un train. Est-elle capable de monter à Paris, vraiment ? Au fond de moi, j'en doute. Anaïs a du caractère, de la détermination, mais elle n'est pas si audacieuse. Et je ne la crois pas assez inconsciente pour aller au bout d'un tel projet. Quoi qu'il en soit j'aurais préféré qu'elle prenne en compte ce que je lui ai dit en début de semaine : tout est suffisamment compliqué en ce moment pour qu'elle n'en rajoute pas. Mais elle ne m'a pas écouté. Alors, oui, je peux concevoir que ce qu'elle vit au collège est difficile, mais s'enfuir n'a jamais été une solution. Et elle a encore trahi ma confiance. Elle qui était une fille « sans histoires »... il me semble qu'elle a décidé de me donner du fil à retordre. Et le timing est mal choisi. Même si je me doute que tout est lié : ce que nous subissons depuis quelques jours a révélé l'ado au bord de la crise derrière l'enfant docile.

J'ai envie d'implorer Catherine pour qu'elle sorte de sa prison au plus vite. Il y a urgence.

J'appelle les policiers pour signaler la fugue de ma fille Anaïs Dupuis, treize ans, domiciliée au tant... Oui, Anaïs Dupuis, comme Catherine Dupuis. Nous qui étions si discrets mettons manifestement tout en œuvre pour nous faire remarquer à présent.

Je quitte la gare, roule dans les rues de la ville, longe le port, passe près de la grande roue, guette la silhouette de ma fille. Ne la trouve nulle part. Je m'apprête à rentrer à la maison quand je reçois un appel de Josette : « Anaïs est chez moi. » J'ai envie de crier. Mon soulagement ne lui épargnera pas un sermon en bonne et due forme. Je ne crie pas. Je souffle. Je réponds que je vais chercher Florian, et que j'arrive avec lui. Les enfants passeront le week-end chez leur grand-mère, mais, avant, ma fille et moi allons avoir une petite discussion.

Anaïs

Dimanche 11 mars 2001 : fille à problèmes

Je crois que je peux me résumer comme ça. Même si je ne suis pas la pire de la famille, apparemment j'arrive deuxième. En quelques jours, je suis devenue l'ado encombrante qui sèche les cours et qui fugue. Objectivement, c'est plutôt vrai, j'avoue. Mais la faute à qui ? à quoi ?

Je me suis donc trouvée au centre d'une grande conversation vendredi soir (au lieu de la « petite discussion » annoncée). Déjà, il a fallu que je m'explique. C'était quoi, mon projet ? Aller à Grenoble en train, en passant par Paris ? Bah oui, pourquoi ? Je leur aurais dit « en stop », ç'aurait été pire, ils auraient hurlé, mais bon… Bref. Et puis tata Nathalie ne peut pas m'accueillir dans son appartement riquiqui, surtout sans avoir été prévenue. En gros, je n'ai pas bien réfléchi (petite tête…).

Vendredi, je suis vraiment allée à la gare. J'ai regardé les trains. J'avais pris tout l'argent que j'avais mis de côté : 320 francs. Mais la dame au guichet m'a demandé où étaient mes parents. Alors je suis partie en courant.

J'ai traîné dans les rues pendant un bon moment, je me suis posée face au port, près de l'aquarium, j'ai contemplé les bateaux en rêvant de pouvoir partir au bout du monde, là où plus personne ne m'emmerderait plus. Sur une île déserte, par exemple. Finalement j'ai pris le car pour l'île de Ré (une île pas vraiment déserte et pas du tout au bout du monde) et j'ai atterri chez mamie. Avec un peu d'avance, puisque c'était prévu. Une mini fugue. Y avait pas de quoi dramatiser. Je ne voulais pas faire peur à papa. Enfin, pas vraiment. Je voulais qu'il comprenne. Que je ne joue pas la comédie. Qu'un jour je serai peut-être plus organisée et plus courageuse.

Grosse discussion, donc. Tous les trois, dans la cuisine de mamie avec elle dans le rôle de l'arbitre... arbitre pas hyper neutre, un peu trop du côté de mon père, je trouve. Flo était dans le canapé, devant la télé. C'est fou ce que c'est pratique pour garder un enfant, la télé (et pour l'empêcher d'entendre ce que les grands racontent).

On a fait le point. Mes difficultés au collège, mon mal-être. «S'ils n'étaient pas si cons, les autres, aussi...» Papa m'a demandé de surveiller mon langage. Il a parlé de ma difficulté à assumer d'avoir une mère en prison, d'une sorte de complexe social que j'aurais maintenant vis-à-vis des autres, que c'était légitime, mais que ça n'excusait pas mes actes des derniers jours. Admettons... Il a dit qu'il allait prendre rendez-vous, non pas avec la CPE, mais directement avec la principale du collège. Parce qu'il croit que ça va changer quelque chose? Sérieusement? Il croit que Mme Chambon va passer dans toutes les classes, va faire la morale à tous et qu'ils vont dire : « Oui, oui, madame, on ne recommencera plus » ? Il croit que les bouches vont se refermer, que les doigts ne vont plus se pointer, que les sourires moqueurs vont s'effacer, que les regards insistants vont disparaître ? La bonne blague ! Il ne connaît pas les collégiens. Lui n'a connu que ceux du Moyen Âge, donc évidemment...

« Alors tu proposes quoi ? » il m'a demandé, comme si j'avais la solution. J'en ai bien une, hein, mais elle ne sera pas à son goût : ne plus aller au collège. Mamie Jo a proposé de m'accueillir ici, chez elle, et que papa m'inscrive à celui de Saint-Martin. Il a tiqué direct. « Et Florian ? » il a demandé. De l'air de dire qu'il avait trop besoin de moi, car même s'il y a Martine les soirs de semaine et mamie Jo le mercredi, il doit pouvoir compter sur moi. Pfff... le rôle d'aîné est vraiment un rôle de merde. Après il y a eu tout un débat sur le fait qu'on migre tous les deux à La Flotte, Flo et moi, mais papa s'est à nouveau emporté. Hors de question que nous vivions sans lui ! Et hors de question que son fils change d'école en pleine année de CP ! Rapport à la méthode de lecture, tout ça... et rapport au fait que Florian est bien dans son école, qu'il a des copains, que ça ferait trop de changements pour lui qui a quand même réussi à trouver un certain équilibre. Un certain équilibre, sans rire ? Alors qu'il pleure et réclame sa mère à tout bout de champ ! Et qu'il fait pipi au lit depuis qu'elle est partie ? Bref : il n'y a pas de solution. Papa a rappelé qu'il allait voir la principale la semaine prochaine, comme si ça allait tout arranger. Parce que, à eux deux, ils vont fabriquer une baguette magique ? Je me suis retenue de rire.

La discussion avait l'air d'en rester là. Mais papa a ajouté : « Je vais prendre rendez-vous avec un psy pour toi... Je crois que tu as besoin de parler à quelqu'un. » Même si l'idée ne m'enchante pas, je n'ai pas protesté... peut-être parce que c'est vrai.

Florian

Dimanche 11 mars 2001

Chère maman,

Je pense à toi. Tu me manques beaucoup.
J'ai hâte de te voir. Papa a dit qu'on aura notre permis bientôt.
Bisous, câlins

Florian

Josette

Marc est un père formidable. Jusqu'à il y a peu, il n'était pas toujours très présent : il travaillait beaucoup, tandis que Catherine était là pour répondre à tous les besoins du foyer. Un modèle un peu à l'ancienne. Un arrangement, un équilibre. Chacun y trouvait son compte. Enfin… Je crois que Catherine s'ennuyait. Pas au début, mais depuis que Florian va à l'école, elle se sent vaguement inutile. Pour autant, je ne crois pas qu'elle ait émis le souhait de reprendre son emploi de commerciale, ou un autre. Pour s'occuper, elle participait à diverses activités sportives et s'investissait dans deux associations, celle des parents d'élèves de l'école et celle des donneurs de sang.

Ces derniers jours, Marc a dû s'organiser au travail et dans leur quotidien. Il est sur tous les fronts. Je le trouve admirable. Anaïs donne des signes de difficultés ? Il prend le problème à bras-le-corps, cherche des solutions. J'ai peur qu'il ne s'épuise. L'incarcération de Catherine a bougé les lignes. Pense-t-elle à tout cela ? Imagine-t-elle toutes les conséquences de son enfermement (je ne dis pas « de son geste », car elle n'y peut rien et est la première victime de l'incompétence de la police) ?

Je ne parle même pas des conséquences sociales et publiques, du sentiment de honte qui nous enveloppe tous... En tant que « proches de détenue », c'est comme si nous avions changé de catégorie sociale, dégringolé de l'échelle. D'ailleurs, même si j'ai hâte de revoir ma fille, j'appréhende beaucoup ce moment où nous allons toquer à la porte de la prison. Ce doit être un monde étrange et lourd, et j'aurais aimé ne jamais en franchir les frontières, ne jamais le connaître.

Pour moi, la prison est un lieu austère, sale, moche, vulgaire, dur et dangereux, pour gens dangereux. Nous verrons bien si j'ai raison... Encore une fois, je n'imagine pas Catherine là-dedans. Je frémis à l'idée de la voir dans ce contexte. J'ai même peur de ne pas la reconnaître. Je m'inquiète tellement pour elle, pour sa santé. Mange-t-elle au moins à sa faim ? Les quantités sont-elles suffisantes ? Et qu'en est-il de la qualité ? Elle qui faisait tellement attention à son alimentation... Et si elle tombe malade ? Parvient-elle à dormir ? Je n'ose penser au piètre confort du matelas. Et les bruits, la nuit.

À force de penser à tout cela, je dors très peu moi-même. Je ne suis qu'inquiétude.

Nous attendons de voir Catherine avec tant d'impatience ! Je ne serai rassurée que lorsque je l'aurai en face de moi... si tant est que je puisse l'être.

Marc

Frédéric me demande comment je fais pour tenir. La réponse est très simple : je n'en ai aucune idée. Je tiens parce que je n'ai pas le choix. Je tiens parce que ma femme est en prison par erreur et que je dois la sortir de là, parce que j'ai des enfants qui ont besoin de moi, parce que j'ai une équipe qui compte sur moi. Je tiens parce que ce n'est pas le moment de craquer. Et quand mon meilleur ami me demande ensuite combien de temps je pense tenir *à ce train-là*, je lui réponds que je n'en sais rien. Il s'inquiète du fait que je porte beaucoup trop de poids sur mes épaules. Il craint que je ne finisse par m'écrouler. Il a peut-être raison, mais je n'ai pas le luxe de me poser ce genre de questions, je dois avancer sans faillir, puisqu'il le faut, et parce que si je m'écroule, tout s'écroule.

Je jongle entre les rendez-vous professionnels, les rendez-vous médicaux, ici un client, là la principale du collège d'Anaïs, ici un appel de l'avocat, là un psy pour Anaïs. Il n'y a que le soir que ça s'arrête. Que les actions s'arrêtent. Les pensées noires deviennent alors plus prégnantes, jamais elles ne me lâchent.

Nous sommes pris dans un engrenage judiciaire

dont nous ignorions encore tout il y a quelques jours. Plus maintenant. C'est une spirale, un tourbillon qui veut nous entraîner vers le fond.

Et tous les jours je découvre un ou plusieurs courriers dans notre boîte aux lettres. Des messages qui n'ont rien à envier au tag. Des accusations, des insultes. Des messages souvent concis, qu'on peut résumer à « ASSASSIN », qui disent que ma femme est une tueuse, une salope de la pire espèce, qu'on devrait avoir honte d'appartenir à sa famille, qu'il est temps qu'elle avoue, qu'elle doit payer pour ce qu'elle a fait...

La nuit, j'enchaîne les cauchemars. Je revois Cath menottée, je revis la perquisition, ce moment que j'ai ressenti comme une violation de notre domicile et de notre intimité ; parfois elle se termine en véritable saccage. Je rêve de Cath dans sa cellule, qui hurle ; l'instant d'après, elle est sur un échafaud et je crie à qui veut l'entendre qu'elle est innocente... Et je me réveille en nage, hanté par ces innocents dont on a coupé la tête chez nous et qu'on a électrocutés ailleurs. Catherine est victime d'une erreur judiciaire, mais ça n'est pas facile à prouver. Surtout lorsqu'on apprend que les caméras du supermarché où elle dit s'être rendue après son cours de yoga n'ont fourni aucune image d'elle ou de sa voiture... Parfois, malgré moi, je me dis qu'elle ne nous facilite pas la tâche. Qu'il devrait y avoir un faisceau de preuves de sa bonne foi, et non le contraire.

Je me demande pourquoi elle a menti. Je me demande *jusqu'où* elle a menti... Et je me déteste de me demander ça.

Anaïs

Vendredi 16 mars 2001 : exemptée !

On a eu le fameux rendez-vous avec la principale, Mme Chambon (on l'appelle Jambon, nous, c'est plus marrant), avec papa. Sans surprise, j'ai eu droit au style de phrase auquel je commence à m'habituer («Nous comprenons que c'est compliqué pour toi en ce moment, mais ce n'est pas une raison pour agresser physiquement et verbalement les autres ou sécher les cours…»). Et la fugue, c'est pire que tout. C'est très grave, il aurait pu m'arriver n'importe quoi. Bon, j'ai envie de dire : je n'ai fait que me balader dans les rues de la ville et j'ai pris un car qui m'a emmenée à 200 mètres de chez mamie, mais si ça leur fait plaisir de penser que j'ai mis ma vie en danger… Bref : petite leçon de morale gratuite.

Ensuite ils ont évoqué, presque comme si je n'étais pas concernée, les solutions possibles. Mme Chambon-Jambon a d'abord dit qu'elle allait veiller à ce que plus personne ne m'embête. La grosse blague : elle va mettre un flic de la parole derrière chaque collégien ? J'ai osé dire que je n'y croyais pas, que ça ne changerait rien. Papa m'a envoyé un regard noir. Comme si je frisais l'insolence !

« Alors qu'est-ce que tu proposes ? » m'a demandé la principale. J'ai haussé les épaules, puis dit que peut-être je pourrais avoir les cours par ma copine Flavie. À la question de combien de temps, j'ai été tentée de répondre que ce serait super que ça dure jusqu'à la fin du collège (soit deux ans, trois mois et quelques jours), mais on m'aurait encore fait une réflexion, alors j'ai tenté : *« Jusqu'à la fin de l'année ? »* Dans ma tête, je pensais que d'ici là (ou, au pire, pendant l'été), ma mère serait sortie de prison et que tout pourrait redevenir comme avant à la rentrée de septembre. Ça me semblait un bon deal. Mme Chambon a accepté le principe (à voir pour les détails logistiques), comme cela pouvait arriver pour des jeunes qui étaient en convalescence chez eux, mais seulement jusqu'aux vacances de Pâques. Le 2 mai, il faudra que je retourne *« sans faute »* au collège. Et sans séchage de cours, et sans fugue ! C'est un marché, à prendre ou à laisser ! Ils m'ont obligée à signer une feuille. Un contrat *« pour me responsabiliser »*, comme ils disent. Pfff... J'ai signé. J'ai quand même un peu gagné. *« Le temps que ça se tasse, et tout ira bien »*, a assuré Mme Chambon, qui m'a redit qu'elle prendrait toutes les dispositions nécessaires pour que je sois respectée au même titre que tout élève lambda à mon retour. Parce que je ne suis pas une élève lambda, en fait, ce qui dans d'autres circonstances aurait pu me réjouir (j'aurais pu par exemple avoir une mère championne de quelque chose ou célèbre comédienne... une mère connue et reconnue pour un vrai truc positif, quoi). Bref, voilà : je suis exemptée de collège pendant quatre semaines de plus. Je suis sûre que je vais faire des jaloux. Y en a qui en rêveraient !

Et puis, sinon, au rayon des nouveautés, je suis allée voir un psy cette semaine. Il s'appelle M. Lambert. Il est plutôt sympa. Il m'a demandé de parler, j'ai parlé. Il n'a eu qu'à appuyer sur le bouton « ON » (« Comment tu vis l'incarcération de ta maman ? »), et c'était parti... même si la question était un peu con puisque la réponse était évidente : mal. Je n'allais pas dire : « C'est génial ! Je le vis super bien ! »

Après il m'a demandé comment c'était à la maison avant, comment je m'entendais avec elle (pas tout le temps hyper bien, faut avouer), et comment ça se passait avec papa. J'ai vidé mon sac, comme ils disent, et c'est vrai que ça fait du bien. J'irai le voir tous les mercredis, pour poursuivre mon déballage (les trois quarts d'heure n'ont pas suffi) et pour qu'il m'accompagne dans la suite des événements. Je ne sais pas s'il en a suivi beaucoup, des enfants de taulards.

En tout cas, je lui ai parlé de ma mère et pas de la même façon qu'à Pap, mamie ou mes copines... Je me suis un peu lâchée. Mam et moi, c'était plutôt simple quand j'étais petite et que j'étais toute seule. Quand Flo est né, ça a changé. Forcément : elle devait s'occuper d'un bébé et moi j'étais déjà grande (six ans). Le rôle de grande sœur, au début j'ai bien aimé : je jouais à la petite maman, à l'assistante de ma mère, je donnais le biberon, j'aidais Mam pour le bain. Mais Flo a grandi, je suis devenue l'aînée-qui-doit-donner-l'exemple et lui le chouchou. Ça me saoulait, cette situation, et je le faisais savoir. Pap prenait parfois ma défense, mais pas tout le temps. Avec Mam, c'était parfois compliqué, mais jamais longtemps. Je pense que c'était normal et qu'elle était une bonne maman. Dans l'ensemble, en tout cas.

Elle nous emmenait nous promener, à la piscine, à la bibliothèque ; on faisait des activités manuelles (j'adorais la pâte à sel et les origamis), des jeux de société ; on préparait des gâteaux, des dîners-surprises pour papa... C'était une maman très présente. Parfois, un peu trop (je pense ça depuis que je suis au collège). Du coup, c'est encore plus bizarre, maintenant qu'elle n'est plus là. Elle me manque, même si c'était parfois tendu entre nous depuis quelque temps (mes copines aussi passent des moments de complicité aux engueulades avec leurs mères, alors ça doit être normal). Je me rappelle que le week-end qui a précédé son arrestation avait été un bon week-end. Elle m'a même fait un câlin, à un moment (le truc qui n'arrivait plus si souvent, elle avait la tendresse maladroite).

Bref : fin de la parenthèse.

Papa est plutôt content de la tournure de la semaine. Même s'il s'inquiète un peu que je reste tous les jours à la maison... Ça va, j'ai treize ans ! Il n'y a pas de risque que je joue avec les allumettes ou que j'ouvre à des inconnus. En plus, on peut s'appeler. Il m'a dit que je n'avais pas la permission de sortir. J'avais bien compris, je suis pas débile. J'ai promis. Il m'a fait jurer ! Parce que j'ai trahi sa confiance, quoi. Non, mais franchement, il ne lui faut pas grand-chose...

Marc

Nous avons enfin obtenu nos permis de visite. Ce n'était pas une mince affaire. Il a fallu trois semaines. Trois semaines sans appel ni courrier, trois semaines sans communication, trois semaines de vide total. C'est la règle. Qu'est-ce que c'est long… En outre, il ne suffit pas de détenir ce précieux sésame pour se rendre à la prison comme on veut : il faut réserver un créneau pour le parloir. J'ai eu du mal à en comprendre le fonctionnement, mais c'est chose faite : samedi, nous irons voir Catherine tous les quatre, avec Josette. Saintes est à une heure de route. C'est la maison d'arrêt avec un quartier pour les femmes la plus proche de chez nous. Je me permets d'espérer que cette situation ne durera pas trop longtemps. L'idée de passer tous mes samedis après-midi sur la route et dans une prison ne me réjouit pas vraiment.

Plus que trois jours avant de revoir Catherine. J'oscille entre soulagement et inquiétude. Il me tarde de l'avoir en face de moi. Je suis privé de ma femme depuis plus de trois semaines. Trois semaines sans la voir, la toucher, l'entendre. Trois semaines sans nouvelles. Une éternité. Mais j'appréhende tellement. La prison, ses contraintes, ses codes, cet environnement hostile. Comment se projeter dans un univers qui tient de la fiction ? Et puis Catherine... Je l'imagine devant moi. Que diront ses yeux ? Quels mots seront prononcés ? Après ce qu'elle a peut-être fait, avec tout ce que je sais. Je ne parviens pas à envisager cette entrevue de manière sereine. J'ai l'impression que je ne connais plus vraiment ma femme. Qui est Catherine ? Quelle est l'étendue de son jardin secret ? Que m'a-t-elle caché que je ne sache encore ?

Elle avait un amant. Je ne me remets pas de cette information. Cela peut paraître dérisoire au regard des faits qu'on lui reproche, mais au regard de notre mariage, de notre engagement, ce n'est pas rien. Je me sens trahi. Et je suis assailli nuit et jour par un flot de questions. Quand se voyaient-ils ? À quelle fréquence ? N'était-ce que sexuel ? Qu'avait-il de plus que moi ? Je veux bien croire qu'après quatorze ans de mariage on ait l'impression d'avoir fait le tour de l'autre, de le connaître par cœur, mais s'agit-il vraiment de cela ? Et surtout : est-ce une raison recevable pour prendre un amant ? J'ai tant donné pour elle. Alors, certes, et elle me le reprochait assez, j'étais souvent absent. Mais, encore une fois, est-ce une raison valable pour aller voir ailleurs ? Je me demande comment cela s'est passé, comment ils se sont rencontrés, qui des deux est allé vers l'autre, qui a séduit, qui s'est laissé séduire, qui a tenté un premier geste tendre, qui a embrassé, où ils se donnaient rendez-vous... Je ne peux m'empêcher d'envisager qu'elle ait pu le faire venir chez nous. Parfois j'y pense quand je regarde notre lit. Je les imagine dans nos draps et je suis pris de nausée. Ou bien ils allaient chez lui… mais c'est moins probable étant donné que Mme Lancier était mère au foyer, comme Catherine. Ou alors ils allaient à l'hôtel ? Comme ces couples dans les films… Quoi qu'il en soit, je suis déçu, tellement déçu d'elle. Plus que ça. J'éprouve une tristesse profonde, une sorte de dégoût, une forme de rancœur. Catherine m'a blessé. Je n'ai rien vu venir. Jamais elle ne m'avait laissé entendre que notre vie de couple ne lui convenait plus, qu'elle n'était plus heureuse. Jamais. Jouait-elle la comédie ? Ce constat d'échec me laisse un goût amer. J'ai tellement envie de lui demander des explications…

Et je ne parle pas du reste. De toutes les autres questions qui se posent autour de cette affaire. Samedi ne donnera aucune réponse. Mais samedi permettra de renouer un contact, un lien essentiel, surtout pour les enfants.

Josette

J'ai pu revoir ma fille. Enfin ! Mais dans quelles conditions ? Je ne souhaite à personne, pas même à mon pire ennemi, de vivre cela. C'est vraiment un autre monde.

Quand nous sommes arrivés tous les quatre, j'ai d'emblée eu la confirmation de mes craintes : ce n'est un lieu pour personne, encore moins pour les enfants. Mais comment faire autrement ? Anaïs et Florian ne pourraient pas voir leur maman. Alors il a fallu en passer par là, l'appel (« Dupuis ! »), les papiers d'identité à fournir, le livret de famille, les permis de visite, le dépôt de nos affaires personnelles dans un casier, le passage du portique de sécurité puis d'innombrables portes en métal, l'attente dans un sas jusqu'à ce qu'un box se libère, jusqu'à ce qu'ils amènent Catherine dans l'un d'eux et nous fassent entrer ensuite. Nous disposions de deux créneaux : Marc et les enfants y sont allés avant moi. Florian n'aurait pas pu attendre une minute de plus. Il était survolté, j'avais du mal à le reconnaître. J'ai pensé à tout ce qu'il avait accumulé de manque et de questionnements, il était certainement à bout.

Marc et les enfants sont restés dans le parloir pendant les quarante-cinq minutes prévues. Ils en sont ressortis les yeux rougis. Marc m'a dit qu'ils sortaient et m'attendraient dehors. Comme je les comprenais ! L'air est difficilement respirable, on a l'impression d'étouffer. Et les odeurs...

C'était mon tour. Je suis entrée, j'ai découvert ma fille. Elle ne ressemblait pas à Catherine. Elle avait les cheveux à peine coiffés, noués en queue-de-cheval à la va-vite, pas de maquillage, ni aux yeux, ni aux lèvres, ni aux mains. Ce n'est pas que j'étais étonnée... C'est que j'avais l'habitude de ne la voir qu'apprêtée et pomponnée, toujours tirée à quatre épingles. Là, elle était vêtue d'un jogging et d'un sweat, gris comme son teint. Parmi les vêtements que Marc lui avait fait passer le lendemain de son incarcération, elle avait choisi l'un des moins élégants. Ce premier parloir était l'occasion de lui en apporter d'autres, en évitant le kaki et le bleu marine qui sont des couleurs interdites... Impossible également de lui fournir des affaires de toilette. Et pour les serviettes, elle n'a droit qu'aux petites pour prévenir tout risque de suicide par pendaison. Tant de contraintes auxquelles nous devons nous accoutumer, de règles à apprendre.

« Maman ! » elle a crié. C'était un cri déchirant. Un cri de petite fille qui s'en veut d'avoir commis une grosse bêtise. Je me suis assise, je lui ai attrapé les mains. Elle s'est mise à pleurer comme si elle s'était retenue devant ses enfants, à gros sanglots. Elle m'a demandé pardon, m'a dit qu'elle était désolée de nous faire endurer ça. J'ai essayé de la rassurer en lui disant que ce n'était pas sa faute. Voir ma fille dans cet état m'a donné envie de hurler. J'en voulais à la police, au système judiciaire, au juge d'instruction. Ma fille ne mérite pas un tel traitement ! Mais enfin : ils ne se rendent pas compte qu'il y a erreur sur la personne ?

Catherine a fini par se calmer, nous avons pu discuter. Je me suis enquise de ses conditions de vie. Elle s'est montrée évasive, comme si elle cherchait à ne pas m'inquiéter. Elle partage une cellule avec une autre détenue. Une femme qui, comme elle, attend son procès. Une histoire de trafic de stupéfiants. « Tu n'iras pas jusqu'au procès, chérie », je lui ai dit d'un ton convaincu. Elle l'était moins que moi. Me Déricourt est venu la voir plusieurs fois. L'enquête n'avance pas vraiment, ou pas dans son sens.

J'aurais voulu prendre Catherine dans mes bras, et l'emmener ensuite, la ramener chez elle, auprès des enfants, à la place qui est la sienne. Ouvrir les portes en métal avec le trousseau du personnel pénitentiaire, la libérer moi-même, qu'elle retrouve le jour et l'horizon, la lumière. Je me demande quand ce moment arrivera. Mon optimisme des débuts flanche un peu. Est-il permis d'espérer ? Je voudrais tant pouvoir rembobiner le film, annuler le dernier mois, l'effacer comme s'il n'avait jamais existé. Catherine n'aurait même jamais mis un pied à ce cours de yoga, n'aurait jamais rencontré cette Béatrice Lancier. Elle serait restée comme elle était, une femme enviée. Quand j'y pense, elle a presque tout perdu. Il ne lui reste plus que nous, sa famille. Nous devons être là pour elle, la soutenir jusqu'au bout, faire bloc et rester unis.

Nathalie

Maman vient de m'appeler pour me raconter cette première séance de parloir, ses retrouvailles avec Cathy, me donner des nouvelles à moi qui suis si loin… à moi qui viendrai bientôt.

Je l'ai sentie au bord du désespoir. Sérieusement ébranlée. Je n'y étais pas, mais je me représente très bien ma sœur. Sa description n'a fait que confirmer ce que je supposais déjà. Et bien sûr je m'inquiète. Catherine ne risque-t-elle pas de sombrer, de se laisser mourir ? Je connais son dynamisme, sa force de conviction, mais les a-t-elle encore ? Soyons logiques : si elle se sait coupable, comment pourrait-elle avoir assez la foi pour se battre et se défendre ? Je crains qu'elle n'ait baissé les bras. Alors qu'elle doit conquérir sa liberté pour retrouver ses enfants. Elle n'a pas le droit de les abandonner. Si je pouvais l'appeler, je lui redresserais les bretelles. Quand elle m'appellera (puisque c'est dans ce sens-là que cela peut se faire), je n'y manquerai pas. Je lui dirai que, quoi qu'elle ait fait, si son avocat est bon, s'il n'y a pas de véritables preuves de l'accusation, elle pourra être acquittée et que pour cela, il va falloir qu'elle se montre coopérative et qu'elle se batte. Elle n'a pas le droit de se laisser aller. Elle n'a pas le droit de se comporter comme une coupable. Ils la croient tous innocente. Alors qu'elle fasse au moins l'effort d'y ressembler !... Pour ne pas briser plus de vies.

Anaïs

Mercredi 28 mars 2001 : pas de collège, un parloir

Autant le dire tout de suite : je vis très bien le fait de ne pas aller au collège. C'est comme les vacances, mais avec du travail. Je récupère les cours de Flavie (le collège photocopie les pages de ses cahiers), j'apprends mes leçons, je fais mes exercices. Pour les évaluations, c'est plus compliqué. Je me mets dans les conditions d'un devoir sur table, sans triche, mais je n'ai aucun moyen de le prouver. Un peu comme ma mère qui n'a aucun moyen de prouver que ce n'est pas elle. C'est presque pareil (en beaucoup plus grave pour elle).

Samedi, on est allés la voir, avec papa, Flo et mamie. Je ne m'attendais pas à ça. Tout était très surprenant. Je me doutais bien qu'on n'entrait pas dans une prison comme dans un poulailler, mais quand même. C'est comme une forteresse. Il faut montrer ses papiers, retirer ses affaires (pas ses vêtements, je me comprends), passer plein de portes fermées à clef. Ils ne risquent pas de sortir, les prisonniers. Mais enfin : toutes ces étapes-épreuves pour passer donnent l'impression qu'on n'est pas les bienvenus. J'étais hyper mal à l'aise, j'avais *même des frissons, par moments. Flo, lui, serrait ma main très fort.*

On a fini par voir maman. Flo a fondu en larmes, évidemment. Mais c'était plutôt gênant, dans l'ensemble. Même papa était un peu bizarre. J'imagine qu'il aurait voulu la voir seul pour lui poser des questions. Là, c'étaient nos retrouvailles. Même si elles n'avaient pas le goût de la fête. Franchement, le lieu est glauque. Aucun effort sur la déco. Une table, trois chaises (Flo s'est assis sur les genoux de papa). Deux portes vitrées. De la peinture gris moche qui s'écaille, du carrelage au sol un peu déglingué… C'est dégueu. Il faut réussir à ne pas trop y penser, ne pas trop regarder autour de soi et se boucher le nez, idéalement. Pas évident.

Mais il y a pire que le décor.

Maman ne ressemble plus à maman. Ça fait un choc. Je pense que c'est aussi pour ça que Florian a pleuré. Il a flippé, je crois. Maman n'est plus aussi jolie (je ne sais pas si on peut être beau dans un décor aussi moche, et puis sans son brushing et son maquillage…); elle avait le teint gris, comme si les murs se réfléchissaient sur elle; elle essayait de sourire sauf que ça sonnait faux. J'étais contente de la voir, mais j'avoue que le moment n'a pas été aussi réussi que ce que j'espérais. Peut-être que j'étais naïve (même si je m'étais préparée au pire). On a discuté de tout et rien. Elle a demandé des nouvelles de l'école, tout ça… Je n'ai pas expliqué, pour le collège. Avec papa, on s'était mis d'accord: ne rien dire qui puisse l'inquiéter, faire comme si tout se passait au mieux. Au final, ça ressemblait presque à du théâtre (et je m'y connais un peu): on a fait semblant, tous (sauf Florian, qui n'a pas l'âge de jouer). Papa avait un rôle un peu bizarre, il avait des mots un peu différents de son regard, comme s'il voulait signifier à maman des choses qu'il ne pouvait pas articuler. Dans ses yeux, j'ai vu un peu de dureté. Comme s'il lui en voulait. Alors que si elle est là, dans ce parloir affreux, de l'autre côté de nous, ce n'est pas sa faute. Il le sait, d'ailleurs. Et il la soutient. C'est pour ça que c'était bizarre. Parfois il y a des choses qui m'échappent chez les adultes.

Un surveillant de la prison a fini par nous annoncer la fin de la visite et qu'on allait devoir sortir. On a embrassé maman, elle nous a fait promettre de revenir très vite. Je crois qu'on est partis pour prendre un abonnement hebdomadaire. J'espère juste que ça ne durera pas trop longtemps, parce que je préférerais passer mes samedis après-midi en ville avec mes copines.

Florian

Dimanche 1ᵉʳ avril 2001

Chère maman,

J'étais content de te revoir hier, même si je n'aime pas trop la prison. Je t'ai dessiné un poisson d'avril. Tu le trouves joli ?

À samedi. Bisous

Florian

Josette

Même si, entre deux parloirs, nous tentons parfois de l'oublier, le système judiciaire se rappelle vite à nous.

Il y a trois jours, j'ai été entendue comme témoin dans le cadre de l'enquête. Non pas que j'aie assisté au meurtre ou que j'aie vu quelque chose. Mais je suis la mère de l'accusée, et à ce titre je peux avoir des informations intéressantes à communiquer.

Deux jours après la réception de ma convocation, j'ai dû me rendre au commissariat pour cette audition. Ça fait un drôle d'effet. On se sent suspect, voire coupable de quelque chose. Jamais je n'aurais cru être un jour confrontée à ce genre d'expérience. De quoi suis-je coupable, au fond ? D'être la mère de l'accusée ? De l'avoir mise au monde ? Alors, pardon. Je ne savais pas.

On ne m'a accusée de rien. Mais c'était tout comme. On m'a posé des questions sur ma fille, son enfance, sa jeunesse, son mariage, son quotidien, ses habitudes. Comme si cela pouvait expliquer. J'ai compris qu'ils cherchaient avant tout à savoir qui elle était. On m'a parlé d'une enquête de personnalité, qui sera effectuée par un expert et qui sera intégrée au dossier de l'enquête, lequel expert croisera divers témoignages et interrogera Catherine directement.

Je ne me suis pas privée de leur dire tout le bien que je pensais de ma fille et qu'il était impossible qu'elle ait fait ce qu'on lui reprochait. Impossible. Une femme comme ma fille ne peut pas dégénérer et devenir une criminelle du jour au lendemain. Elle n'est pas de ces gens perdus qui n'ont rien à perdre et qui ont eu une enfance fracassée. Car l'idée, derrière tout cela, c'est bien de savoir quel chemin de vie peut mener au crime. Or ma fille a eu une existence normale. Comme tout le monde, elle a pu vivre des choses pas faciles... Et à vrai dire, je n'en vois qu'une : la mort de son père, quand elle était petite. Oui, un suicide. Comment ? Mon mari s'est pendu. Mais je ne vois pas le rapport.

J'avais envie de leur faire entendre raison, qu'ils libèrent ma fille. Qu'elle puisse au moins fêter Pâques avec nous ! Pensez à ses enfants, mes pauvres petits... Mais ils sont restés de marbre. Rien à faire des traditions et des fêtes chrétiennes. Oui, ma fille a été baptisée. Elle a même fait ses communions. Quand je vous dis qu'elle n'a pas le profil...

Alors nous avons fêté Pâques sans Catherine. Je suis allée chez eux, comme tous les ans. Nous avons caché les œufs dans le jardin. C'était important. Je voudrais qu'Anaïs et Florian aient une vie aussi normale que possible, que tout n'ait pas changé. Et parfois, un court instant, dans un sourire de Florian qui soulève une poule en chocolat avec un air de victoire, nous arrivons à y croire... à oublier qu'une des nôtres se trouve en prison.

Nathalie

Ma mère a été auditionnée. Même Martine, la nourrice des enfants ; même Jessica, l'amie de Catherine... Les policiers vérifient tout, passent toutes les informations au peigne fin, traquent toute incohérence... À croire que l'entourage d'un suspect est suspect lui aussi. On n'est peut-être pas complice, mais on sait peut-être quelque chose. On sait *forcément* quelque chose.

En l'occurrence, moi oui. Et c'est ce qui me terrifie. Ils vont *forcément* vouloir m'entendre. Même si je suis loin, ils savent que Catherine a une sœur. Peut-être même que maman, dans la conversation, leur a glissé que nous étions proches, que j'étais sa confidente. Je n'en ai pas dormi de la nuit... Je redoute leur appel, je sursaute à chaque sonnerie, je tremble à chaque numéro que je ne connais pas. Un véritable enfer.

Je m'imagine face à une armée de policiers, mortifiée. J'aurais le front qui perle, les joues rouges, je bafouillerais. J'essaierais de garder certains secrets de ma sœur, mais cela se verrait. Dieu merci, les policiers n'utilisent pas de détecteur de mensonges. Cela, c'est bon pour les films... J'ai essayé de me renseigner discrètement. On a le droit de recourir au mensonge de protection pour ne pas incriminer un membre de sa famille. Encore faut-il réussir à mentir sans que ça se voie. Je ne veux pas précipiter la chute de ma sœur.

Dès que je suis au téléphone, je veille à ce que je dis. Je suis sûre d'être mise sur écoute. C'est certain, je vire à la paranoïa.

Anaïs

Mardi 1ᵉʳ mai 2001 : muguet, Amélie Poulain et Cluedo

Voilà qui résume bien cette journée. Fête du Travail = muguet (on cherche le rapport). Mamie est venue garder Flo pour la journée, parce que papa avait un pique-nique avec son boulot, et elle a apporté... oui, original, un bouquet de muguet. Elle était toute contente. Moi, moins : je n'aime pas trop l'odeur (ça me monte à la tête). Elle m'a dit : « C'est un porte-bonheur. » J'ai eu envie de répondre qu'on en avait bien besoin, mais que ce ne sont pas trois grelots qui vont changer la donne. Je n'allais pas formuler un vœu débile du style : « Petit muguet, ramène-moi ma maman ! » Mamie Jo est peut-être superstitieuse, mais pas moi.

J'ai quitté la maison qui puait le muguet puisque, comme papa, j'avais des projets à l'extérieur.

J'ai retrouvé mes copines, Flavie (ma meilleure copine), Justine et Lisa. On avait prévu de se faire un McDo, puis d'aller au cinéma. On a vu Le Fabuleux Destin d'Amélie Poulain. *J'ai bien aimé. La musique, le côté un peu poétique-féerique-magique, l'histoire du*

Photomaton, Montmartre et *Audrey Tautou qui est géniale et qui donne envie d'avoir une Audrey Tautou dans sa vie. C'est le genre de film qui te fait du bien, et sourire, et qui pourrait te faire oublier que la vraie vie est nettement moins magique (quand tu as une mère en prison, en tout cas).*

Après nous sommes allées prendre un goûter chez Justine. Elle avait préparé un gâteau avec sa mère, et je me suis demandé quand ça m'arriverait à nouveau à moi. Le truc tout bête. Je suis souvent traversée par ce genre de pensées.

Ensuite l'une d'elles a proposé qu'on fasse un jeu et le choix s'est porté sur le Cluedo. On aime bien, et puis ça change de Pictionnary ou Brainstorm. Je n'avais juste pas anticipé qu'un jeu d'enquête que j'aime pourrait me faire vriller. C'est bien beau de chercher à savoir qui a tué le docteur Lenoir, où et avec quelle arme... de savoir qui, du colonel Moutarde ou de Mlle Rose, a commis le crime ; de savoir dans quelle pièce, la cuisine, ou la bibliothèque, ou... le crime a été commis ; de savoir si le meurtrier a utilisé le revolver, la clef anglaise, ou que sais-je... Mais quand la vraie question, dans le fond, est « Catherine Dupuis a-t-elle tué Béatrice Lancier à coups de couteau dans les marais ? », c'est beaucoup, beaucoup moins drôle. Moi je n'étais pas dans le jeu, je ne pensais qu'à ça. À l'enquête, la vraie ! Et à la fausse criminelle qui dort en cellule. Et ça m'a mise hors de moi. Tout à coup, j'ai jeté mes cartes, j'ai renversé le plateau, j'ai crié « C'est vraiment de la merde, ce jeu ! » et je suis partie dans le jardin en courant. On aurait dit une folle, j'avoue. Mais ça a été plus fort que moi. C'est comme les romans policiers type Agatha Christie, ou les enquêtes à la télé de Maigret ou Columbo : je ne peux plus, je ne supporte pas. Il faudra que j'en parle à M. Lambert demain, je crois.

Demain, c'est aussi la rentrée... Je n'ai pas vu ces semaines passer. Ça a été des semaines super bizarres. Pas si facile de travailler seule à la maison, sans prof pour me surveiller et avec la tentation de regarder la télé ou de lire des BD... surtout quand le moral est moyen, que tu penses à ta mère sans arrêt, que tu l'imagines perdue dans sa cellule.

Bref. Les vacances de Pâques sont finies, et mes vacances à moi aussi... Je vais faire mon grand retour, et j'ai la boule au ventre. Je n'ai pas envie d'y aller. Mais j'ai juré. Et puis j'ai signé. Papa, Mme Chambon-Jambon, les profs, la CPE, tous m'attendent au tournant. La vraie question n'est pas « Est-ce que je ne vais pas me dégonfler ? », la vraie question est « Est-ce que tous les relous vont ne plus être relous ? ».

Marc

Les semaines passent un peu plus vite maintenant, malgré l'attente permanente dans laquelle nous sommes. Comme si on avait pris le rythme, avec ce parloir hebdomadaire. Mais ce temps qui défile et l'enquête qui piétine ne semblent pas à notre avantage. Catherine reste en prison, et Me Déricourt réservé sur une possible sortie. Il faudrait la preuve qu'elle n'y est pour rien dans le meurtre. Autrement dit, il faudrait dénicher un autre coupable et que les preuves s'accumulent contre lui. Tant qu'il n'y en a pas, pas de changement de situation et l'espoir s'amenuise. Nous nous dirigeons, même si je ne veux pas y croire, vers un procès en cour d'assises. Le juge d'instruction paraît avoir décidé que Catherine est la coupable, que ça ne peut être qu'elle, et que tous les éléments en leur possession convergent vers cette idée. Je ne comprends pas. Parfois j'ai envie de hurler, de m'insurger, d'aller trouver l'homme en question et de l'attraper par le col pour lui demander des explications. Mais je suis bien trop poli et respectueux de la loi pour en arriver là. Alors j'attends. Et je me rassure en me disant que, si procès il y a, l'issue en sera positive. La justice, les jurés ne pourront laisser une innocente en prison.

Au fil des jours, l'espoir se réduit et la perspective de passer les vacances d'été sans Catherine s'impose peu à peu malgré moi. Je n'arrive pas à faire des projets. Ni à court ni à moyen terme. Partir, mais où ? Sans elle, cela me paraît inconcevable. Et pourtant… Il va bien falloir que je cesse de tergiverser, de vivre au ralenti dans l'attente que la prison ouvre ses portes… que je me résigne à ce que la vie sans elle dure encore. Mon ami Frédéric me le rappelle régulièrement : à moins d'un miracle, Cath ne sortira pas avant un certain temps. Il faut donc continuer à vivre. Et penser aux enfants. S'ils n'étaient pas là, je resterais à La Rochelle cet été. Mais ils sont là, et tant mieux. Ils iront chez mamie Jo tout le mois d'août, mais il va falloir que je trouve une destination avec eux pour quinze jours en juillet. Josette ira voir Catherine pendant notre absence. Ce seront mes premières vacances de papa solo… alors que je ne suis pas divorcé. Même si j'ai un peu de mal à imaginer ces vacances tous les trois, je suis décidé à choisir un lieu qui nous éloigne d'ici, qui leur plaise, qui les dépayse, qui leur change les idées. Il est temps que je me penche sur le sujet. Un samedi sur deux, quand Josette prend le premier créneau avec les enfants, nous nous retrouvons seul à seule au parloir, avec Catherine, et nous pouvons discuter plus librement. Elle semble s'étonner de mon investissement auprès de nos enfants, de tout le temps que je leur consacre. J'ai envie de lui rétorquer que je n'ai pas le choix, puisqu'elle n'est plus là. Je n'allais pas les confier à je ne sais qui, les placer, les abandonner ! Elle s'étonne, mais n'a pas l'indécence de me reprocher d'être présent pour eux au maximum alors qu'elle-même se sentait délaissée, de me demander comment je trouve le temps alors que je ne l'ai jamais trouvé avant pour elle et pour eux, pour ma famille, moi qui privilégiais mon travail et mes responsabilités les soirs de semaine, et même le week-end, parfois. Elle ne le dit pas, pourtant j'ai l'impression de l'entendre. Ce serait un comble : je m'adapte aux circonstances et aux conséquences d'une situation dont elle est d'une manière ou d'une autre responsable. Si elle ne m'avait pas trompé... nous n'en serions pas là.

Je lui ai quand même demandé, lors de notre premier parloir en tête à tête : « C'est parce que tu te sentais délaissée que tu as pris un amant ? » Elle a baissé les yeux, elle n'a pas démenti. Elle se doutait bien que j'étais au courant, mais elle ne s'attendait pas à ce que je sois aussi direct. Elle m'a demandé pardon. C'était un peu facile. Et puis pardon pour quoi ? Pardon de m'avoir trompé ? menti ? trahi ? Pardon pour tout ça ? Pardon d'avoir bouleversé nos vies ? Alors je lui ai dit ce que je gardais sur le cœur depuis un moment : je suis avec elle, je la soutiendrai autant que nécessaire, mais il me faudra du temps, beaucoup de temps, pour surmonter tout cela et ne plus lui en vouloir...

Anaïs

Samedi 12 mai 2001 : y a du mieux

Je ne vais pas crier au miracle ni penser que Mme Jambon est une magicienne dotée de super-pouvoirs, mais franchement, même si je n'y croyais pas, je ne peux que le constater : mon retour au collège a presque été un non-événement. Les gens m'ont laissée tranquille. Mes copains et copines étaient hyper contents de me retrouver et m'ont accueillie avec de grands cris. Les autres ont joué l'indifférence. Je ne sais pas ce qui s'est passé, ce qui s'est dit, tout ça, mais on dirait qu'ils sont tous passés à autre chose. Je ne suis plus (ni ma famille) le sujet d'actualité. Tant mieux !!!

J'ai préféré attendre pour écrire ça. Le premier jour, je me suis dit qu'il ne fallait pas crier victoire trop vite (c'était le premier jour). J'étais certaine qu'un petit con de 6e allait me chercher une semaine plus tard et que ça produirait une étincelle et hop, un gros feu. Mais non. Que dalle. Ça fait dix jours que je suis revenue, et je peux le dire : je suis redevenue Anaïs, la fille de 5e B presque lambda. Ma mère est en prison, tout le monde

le sait, mais tout le monde s'en fout. C'est un détail, ou presque, dans la vie foisonnante d'un collège.
 Un miracle, on peut le dire.

Florian

Des milliers d'étoiles dans le ciel,
Des milliers d'oiseaux dans les arbres,
Des milliers de fleurs au jardin,
Des milliers d'abeilles sur les fleurs,
Des milliers de coquillages sur les plages,
Des milliers de poissons dans les mers,
Et seulement, seulement une maman.

Bonne fête maman !

Je t'aime.

Anaïs

Dimanche 27 mai 2001 : triste fête des Mères

Aujourd'hui c'était la fête des Mères. Mais la nôtre n'était pas là. Pas de maman, pas de fête. On est allés chez mamie Jo, qui elle n'avait reçu qu'un coup de fil, comme si elle n'avait plus qu'une fille. J'ai pris tata Nathalie au téléphone, on a discuté, c'était chouette. Elle va bientôt revenir (elle est venue le mois dernier, au troisième parloir). Apparemment, elle aussi va devoir aller au commissariat. Elle a dit qu'elle en profiterait pour revoir sa sœur. C'est vrai qu'on ne la voit pas souvent, tata Nat, à part l'été et à Noël. Elle n'habite pas tout près, c'est dommage. Je l'aime bien, tata. Et je pense qu'elle nous aime bien aussi. Elle nous appelle souvent.

On n'avait pas le cœur à la fête, en tout cas. Flo a pleuré. J'ai essayé de lui redonner le sourire : « Mais c'est super, tu as envoyé un joli poème et un très beau dessin à maman. Elle doit être très heureuse. » Moi je n'ai rien envoyé. J'ai passé l'âge des petits poèmes mignons... Je dis ça, mais celui qu'a envoyé Flo m'a presque mis la larme à l'œil. C'est vrai : on n'a qu'une maman, et c'est précieux. Mais ce n'est pas facile d'aimer quelqu'un qui est dans une cage en béton... C'est ça qui m'a mis les larmes, dans le poème : l'évocation du ciel et des étoiles, de la mer, des animaux, des fleurs... Toute cette nature qu'elle ne voit même plus. J'ai pensé à tout ce qu'elle ne vivait plus, à tout ce qu'elle ne voyait plus. Elle doit deviner le ciel à travers des fenêtres à barreaux qui laissent à peine entrer la lumière. Et pour le reste ? Rien. Sa vie, c'est le béton sale, les bruits de clefs, les portes qui grincent, l'odeur de la sueur et de la saleté... et sans doute de l'eau de Javel. La nature n'existe plus que dans sa tête. J'imagine qu'elle donnerait cher pour un bouquet de fleurs, ses couleurs, ses parfums, pour l'horizon au-dessus de la mer, une promenade dans un parc, la caresse d'un chat, écouter le bruit des vagues à l'intérieur d'un coquillage... Et je me demande vraiment quand elle pourra revivre ça.

Papa ne dit plus « Bientôt... ». Il ne dit plus rien. Parfois il hausse les épaules. Il ne sait pas, ou bien il sait mais préfère se taire. Il a l'air fatigué. Il n'a plus la force de mentir.

Marc

Les enfants m'ont gâté pour la fête des Pères. Ils ont mis les bouchées doubles. Au moins, j'avais l'avantage d'être présent. J'ai eu deux fois plus de cadeaux et de câlins. Comme s'ils avaient envie de se rattraper avec moi. Je ne crois pas avoir déjà été aussi ému.

J'ai pensé à Catherine, dans sa cellule. Elle qui tenait toujours à ce que ce soit une fête réussie, qui préparait un délicieux repas, qui aidait les enfants à emballer leurs cadeaux, qui organisait des surprises… Je me demande comment elle vit ce temps qui file sur le calendrier, ces fêtes auxquelles elle n'assiste plus, comment elle supporte cela. Même si nous l'avons vue le jour même de l'anniversaire de Florian puisqu'il tombait un samedi. Un anniversaire dans un parloir, sans gâteau, cela ne ressemble à rien et c'est encore plus triste qu'un jour lambda. Il est interdit d'apporter de la nourriture lors des visites. Heureusement, Cath a pu faire acheter, via ce qu'on appelle en prison «la cantine», un petit cadeau pour Florian et lui offrir ainsi une voiture téléguidée.

Quand je vois Catherine dans son parloir, elle fait comme si ça allait. Elle sourit, elle donne le change.

Elle semble accepter son sort, et parfois je trouve cela étrange. Comme si elle se résignait. Avec calme, dignité, sans larmes. Dans une espèce d'indifférence surprenante. Comme si elle avait cédé devant l'injustice... ou comme si elle le méritait.

Il m'arrive de douter. C'est quelque chose de difficile à expliquer et j'ai un peu honte quand de telles pensées m'effleurent, mais... Et si c'était elle ? Aussitôt je me dis que je divague, j'ai presque envie de rire, de me sermonner : « Voyons, Marc, c'est Catherine ! » Catherine ne ferait pas de mal à une mouche, elle ne supporte pas même l'idée qu'on maltraite un animal. Il n'empêche : parfois je ne sais plus ce que je dois croire. Je suis perdu.

Dans la cuisine, il m'arrive de regarder le grand pot à ustensiles où étaient entreposés les grands couteaux, avant. Il est presque vide. Il ne reste qu'une spatule, une louche, une écumoire et un presse-purée, tout ce qu'il y a de plus inoffensif. Il était quasi plein le jour de la perquisition. Je ne sais même pas combien on avait de couteaux. Je n'aurais pas su dire s'il en manquait un... Les policiers les ont tous emportés... sans doute en vue d'analyses, d'une recherche de traces de sang. Ils n'ont rien trouvé, sinon je l'aurais su par Me Déricourt. Pas étonnant : je ne vois pas Catherine prendre l'un de nos couteaux, aller perpétrer son crime, revenir à la maison, le nettoyer et le ranger avec les autres comme si de rien n'était ! Ce serait du délire... et proprement dégoûtant.

Je n'ai pas racheté de couteaux de cuisine, malgré mon intention de départ. Je n'en vois pas l'utilité... sauf les rares fois où je dois découper un poulet et que je me bats avec, à l'aide d'un ustensile trop petit. Ce n'est pas mon domaine de prédilection, la cuisine, c'était celui de ma femme qui avait, entre autres qualités, celle d'être un parfait cordon-bleu. Depuis son départ, c'est le degré zéro. Anaïs me taquine, quand elle est bien lunée ; Florian est plutôt content : on le force moins à manger des légumes. Je joue la facilité et la montre.

Je regarde le pot presque vide, et je me dis que Catherine n'a pas plus acheté un couteau qu'elle n'a utilisé l'un des nôtres... Mais peut-être que je suis dans le déni.

Nathalie

Ce que je redoutais a fini par arriver : la police m'a appelée pour une audition libre. Ils ont bien compris que je ne pouvais pas venir n'importe quand, et on a défini un moment où j'allais pouvoir me rendre à La Rochelle. On m'a aussi demandé de rencontrer une certaine Mme Dutreuil, chargée de l'enquête sur la personnalité de Catherine. J'en profiterai pour rendre visite à ma sœur. Mon premier parloir a été très éprouvant. Choquée par la nouvelle apparence de ma sœur, entravée dans mes paroles par la crainte d'être entendue, j'étais sortie avec des larmes de désespoir et de frustration.

Trois moments, trois entrevues, trois raisons d'appréhender. J'ai effectué le trajet Grenoble-La Rochelle en apnée. Deux jours que j'avais du mal à manger, la peur logée au creux du ventre.

Maman m'a accueillie chez elle, à La Flotte. Je me suis jetée dans ses bras. Je ne sais même pas si cela nous était déjà arrivé. Il y a toujours eu une certaine distance entre nous. Le mot est peut-être mal choisi, et trop fort, mais j'ai toujours eu le sentiment d'être la moins aimée de ses deux filles. Catherine a toujours été la préférée. Et leur proximité géographique n'a fait qu'accentuer mon impression avec les années. Vivre près de mes montagnes a été une décision que j'ai prise très tôt. Mon diplôme en poche, je suis partie là-bas pour ne revenir qu'une ou deux fois par an. Et cela malgré ma proximité avec Cathy.

Chose peut-être étonnante, je n'ai jamais éprouvé quelque jalousie que ce soit envers ma sœur aînée. Au contraire. Elle était mon modèle. Elle a même été, pendant pas mal d'années, ma « petite maman ». Cathy s'est occupée de moi dans mon enfance plus que ma propre mère. Et pour cause : notre père a choisi de se donner la mort peu après ma naissance. Après avoir accusé le coup, maman est tombée dans la dépression, puis s'est noyée dans le travail pour oublier. Elle était peu à la maison. Heureusement que Cathy était là. Elle a été plus qu'une sœur pour moi.

C'est ce que j'ai expliqué à l'enquêtrice de personnalité. J'ai parlé du dévouement de ma sœur, de son grand sens des responsabilités, de l'amour qu'elle a su m'apporter, de sa capacité à pallier les manques de notre mère. Et ce malgré le chagrin qu'elle avait d'avoir perdu son père.

Je dis souvent « son père » comme si ce n'était pas le mien parce que je ne l'ai pas connu. Du moins, je n'en ai aucun souvenir. La seule chose qu'il m'a léguée c'est la culpabilité. Il est mort lorsque j'avais deux mois. J'y ai toujours vu un signe, j'ai toujours pensé que je devais en être la cause. Il n'y avait certainement pas de hasard. Donc j'ai vécu toute ma vie avec cela, ce poids qui pèse lourd dans le cœur d'une enfant. Un jour, j'en ai parlé à maman. J'avais entrepris une psychothérapie et j'ai eu besoin de m'en ouvrir à elle. Elle avait l'air surprise que j'aie pu ressentir cela, que j'aie pu créer ce lien entre ma naissance et son décès à lui. Son étonnement m'a à peine étonnée : maman n'a jamais été fine psychologue. Elle voit en surface et ce qui l'arrange, parfois. Elle m'a quand même dit qu'elle était désolée, et quelque chose s'est un peu décoincé entre nous deux depuis. C'était il y a cinq ans, j'étais déjà partie.

Aux policiers, j'ai expliqué que j'habitais loin, qu'au moment des faits je n'avais pas vu ma sœur depuis Noël, que je n'étais au courant de rien. Ils m'ont sorti l'historique de nos échanges SMS et j'ai cru défaillir. Ils avaient retranscrit nos messages sur plusieurs semaines, ils savaient notre lien. Ils savaient aussi nos heures de conversations au téléphone... sans en connaître le contenu, heureusement.

Je n'ai jamais reçu de message compromettant de ma sœur sur ses intentions ou sur son acte une fois commis. C'est lors d'une conversation téléphonique, après que Gilles Lancier l'avait quittée, qu'elle m'avait dit qu'un jour elle le tuerait. Je ne l'ai, en toute sincérité, pas prise au sérieux. J'ai pensé à des paroles en l'air, celles d'une femme vexée et en colère, mais qui s'apaiserait. Et puis ce n'était tellement pas son genre. J'avais émis un petit rire, un « Voyons, Cathy... ne dis pas de bêtise », quelque chose comme ça. Comment aurais-je pu penser que c'était un vrai signal et qu'elle était sérieuse, que du moins elle commençait à l'envisager ?

Elle avait dit *le tuer*... Je suppose qu'elle a changé d'avis pour s'en prendre finalement à la femme de

Gilles. Mais les policiers avaient certainement entre leurs mains toutes sortes de messages d'amour passionné, d'amour contrarié, d'amour en désolation… Je m'étais inquiétée de leur teneur, car une forme de folie brillait dans certains mots bien trop forts, tellement exagérés. Elle avait Gilles dans la peau, j'ai bien été obligée de l'admettre.

Pendant mon interrogatoire, j'ai tenté de cacher mon stress, mes tremblements. L'officier de la PJ m'a demandé plusieurs fois si ça allait. J'ai répondu que j'étais très émotive et que toute cette situation, l'incarcération de ma sœur, les difficultés familiales, cette audition, me stressait beaucoup. Il a eu l'air de me croire. Mais il m'a quand même posé au moins trois fois la même question, en modifiant la formulation : « Votre sœur vous avait-elle fait part de ses intentions ? », « Étiez-vous au courant… ? », etc. J'ai nié. Et j'ai eu le culot de leur dire qu'ils la traitaient comme une coupable alors qu'elle était présumée innocente. J'ai ajouté que personne dans l'entourage de Cathy ne pouvait croire qu'elle ait commis ce meurtre abject.

J'ai fait tout ce que j'ai pu pour la défendre et la protéger. J'ai été aussi convaincante que possible, je crois. Malgré mes tremblements et alors même que je suis à peu près certaine que Cathy a bien tué Béatrice Lancier.

Je n'ai évidemment pas pu en parler avec elle lors de notre parloir. Trop de risques d'être écoutées. Mais ce que j'ai perçu dans ses yeux me l'a confirmé. Elle l'a fait.

Je suis passée chez Marc et les enfants avant de repartir pour Grenoble. Je n'y suis pas restée longtemps, j'ai prétexté une urgence pour quitter la région. J'ai refusé leur proposition de passer la journée avec eux, lu la déception dans les yeux d'Anaïs, qui n'a pas compris que je ne reste pas. Mais je n'étais pas à l'aise. Surtout vis-à-vis de Marc. Ce que je sais me rend nerveuse, et j'avais peur d'un nouvel interrogatoire, mené par mon beau-frère cette fois.

J'ai toujours beaucoup apprécié Marc. C'est un homme bien, maman a raison. Mais Catherine est une femme complexe... Je crois qu'il n'a pas perçu l'autre face de ma sœur, son côté sombre. Et je n'ai pas envie de le lui révéler ou de lui apprendre ce que je sais d'elle, ce que je sais de ce qu'elle faisait quand il était au travail et que les enfants étaient à l'école.

J'ai donc fui plus que quitté La Rochelle et j'ai repris la route pour Grenoble avec un malaise grandissant. J'ai regardé dans mon rétroviseur cette femme qui me ressemble et que je trouve un peu lâche. Et égoïste. Je me sens coupable et j'ai honte, à vrai dire. Je porte sur mes épaules une certaine responsabilité. Je n'arrête pas de me demander ce qui se serait passé si j'avais pris ma sœur au sérieux, si j'avais cru à sa menace, si je l'avais mieux écoutée, si j'avais bien entendu sa souffrance. Je l'aurais raisonnée, je l'aurais convaincue de se faire aider par un psychologue ou un psychiatre, j'aurais peut-être alerté Marc... Et il ne se serait rien passé. Elle n'aurait pas supprimé sa rivale innocente. Elle ne serait pas en prison. La famille serait intacte, les enfants heureux. Béatrice Lancier serait encore en vie, sa famille intacte, ses enfants heureux. Parfois j'ai sa mort sur la conscience. Et envie de craquer.

Anaïs

Vendredi 6 juillet 2001 : la fin, le début

Hier, c'était la fin de Loft Story, et c'était comme la fin d'une époque. Et ça va faire bizarre de ne plus le regarder tous les jours.

Au début, j'étais sceptique, comme dirait Pap. Ça me rebutait, même. Le concept, quoi ! C'était qui, ces gens, ces fous, prêts à vivre enfermés pendant soixante-dix jours ? De grands malades, j'ai pensé. Forcément, je n'ai pas pu m'empêcher de faire le parallèle avec ma mère emprisonnée, coupée du monde. Sauf que ça fait déjà bien plus de soixante-dix jours pour elle (et je me demande jusqu'où ça ira). Sauf qu'elle n'a pas choisi. Sauf que sa prison à elle ne fait pas 225 m², n'est pas toute colorée, n'a pas de piscine et ne ressemble pas à une colo avec activités barjos et soirées à gogo. Et puis elle n'est ni filmée ni projetée sur nos écrans (et c'est tant mieux). Bref : à part le côté enfermé, aucun rapport.

Et donc, j'ai fini par regarder. Comme tout le monde, hein. Tous les jours, au collège, on en discutait. « Et tu penses quoi de Steevy ? », « Moi, j'adore Delphine, *et toi?», de grands débats et de la rigolade. L'année scolaire s'est terminée il y a une semaine, et le* Loft *hier. Tout a une fin, et il est temps qu'on parte en vacances. Papa a décidé de nous emmener à Fuerteventura, une île des Canaries. J'ai hâte. Surtout de partir d'ici, de changer d'air. Comme si ça allait nous permettre de tourner la page, alors que non: quand on reviendra, maman sera toujours en prison. Rien n'aura changé. Mais papa nous a promis de tout faire pour qu'on passe un bon séjour, même si on n'est que tous les trois (j'ai l'impression d'avoir des parents divorcés)... Je crois qu'il voulait nous dire qu'on avait le droit d'oublier un peu maman, pendant quinze jours. Comme si on pouvait (de toute façon, elle appellera sur le portable de papa et on lui écrira). Ce qu'il voulait qu'on comprenne, c'est qu'on ne devra pas culpabiliser de vivre ça sans elle, de s'amuser et de rire sans elle, et de ne pas penser à elle tout le temps. Un peu comme une parenthèse (il a dit ça, une parenthèse).*

On part demain, et j'ai trop hâte. En plus, l'autre jour avec Flavie, j'ai acheté deux nouveaux maillots de bain trop beaux.

Florian

Mardi 17 juillet 2001

Chère maman,

J'espère que tu vas bien. Je t'envoie cette carte de Fuerteventura. C'est les dunes de Corralejo. On dirait le désert, c'est très joli. Il fait beau. Il y a de belles plages, on se baigne tous les jours. Je me suis fait des copains à l'hôtel. Même des Anglais ! J'ai appris des mots.
J'ai hâte de te revoir.
I LOVE YOU
Florian

Josette

Les enfants sont revenus de vacances tout bronzés. J'étais si heureuse de les retrouver. Ils m'ont manqué. Moi qui ai pris l'habitude de les avoir avec moi une ou deux fois par semaine, tous les mercredis et un week-end sur deux, je me suis tout à coup sentie abandonnée. Même si j'étais contente pour eux.

Leurs vacances se sont bien passées. J'ai reçu leur carte postale juste avant leur retour. J'ai pensé à ce qu'avait dû ressentir Catherine en recevant les siennes. C'était la première fois qu'ils partaient tous les deux sans elle. Cela a dû être difficile, encore plus que d'habitude, de les savoir loin, de les savoir dans un ailleurs agréable, de les imaginer s'amuser, rire, profiter sans elle, quand elle est enfermée de son côté entre quatre murs, sans jour, sans soleil, sans plage, sans cocktails, sans tout ce qui fait le sel des vacances… et sans eux, surtout. Quelle triste vie. Je me demande, mais je m'efforce de ne pas m'appesantir sur cette idée, et jamais je n'ose une question en ce sens, si elle a déjà pensé à en finir. Je me dis que tant qu'elle a l'espoir de sortir, elle n'en fera rien. Mais qu'en sera-t-il si elle est condamnée un jour ? Je frissonne à cette idée, je refuse d'envisager cette issue. Elle est en détention provisoire, elle ne purge pas une peine, et je prie pour que cela n'arrive jamais.

Je suis allée la voir deux fois par semaine pendant que son mari et ses enfants se trouvaient aux Canaries. C'est étrange comme l'on finit par prendre des habitudes, comme des actes étrangers deviennent une routine, être appelé, passer un portique, des portes grinçantes, et attendre son tour, comme l'on finit par s'habituer au lieu, même s'il nous dégoûte. À chaque fois que je reviens de la prison, je commence par prendre une douche. Je me sens sale. Et vaguement déprimée. Catherine malheureuse, le personnel pénitentiaire pas toujours aimable ou indifférent, et les gens qui m'inspirent plus de pitié qu'autre chose, tout cela est déprimant.

Dieu merci, mes deux petits rayons de soleil vont passer le mois d'août à la maison. Je suis si heureuse de les accueillir, de les avoir avec moi. Nous allons faire plein de choses ensemble. Surtout avec mon Florian. Anaïs va retrouver sa copine, la nièce de mes voisins, elle sera plus autonome. Je me suis arrangée avec Manuella pour la boutique. Elle a pris ses congés en juillet. Je la seconderai de temps en temps, mais je veux être le plus disponible possible pour mes petits-enfants.

Florian

Lundi 20 août 2001

Ma petite maman,

Les vacances chez mamie, c'est super. On fait plein de trucs avec elle, comme se balader à vélo, aller à la pêche à pied ou à la plage… On est même montés dans le phare des Baleines, il y avait beaucoup de marches (photo).

Je m'amuse bien, je voudrais que les vacances durent toute la vie.

Bisous

Florian

Marc

L'été se termine, et c'est déjà la rentrée des enfants demain. Anaïs entre en 4ᵉ et Florian en CE1. Le temps passe, les enfants grandissent, et Catherine ne le mesure plus que depuis sa chaise derrière la table du parloir. Je n'ai pas continué la toise qu'elle avait crayonnée sur le montant de la porte de la salle de bains, là-haut. Le temps s'est arrêté en février, à 1,64 m pour Anaïs et 1,21 m pour Florian.

Cath ne sera pas là pour eux demain. Comme elle n'a pas été là pour les vacances. Aujourd'hui, c'est son anniversaire et elle n'est pas là pour le fêter avec nous. Elle n'est plus là pour grand-chose. Elle s'en rend compte, nous en parlons souvent ensemble. Elle pleure de tout ce qu'elle rate, du temps qui ne se rattrapera pas. Elle pleure devant moi, jamais devant eux, et certainement sur sa couchette dans sa cellule. Elle qui n'a jamais aimé se sentir seule vit hors de notre vie, seule ou presque, seule entourée de femmes comme elle ou pas comme elle, mais qui ont en commun une certaine situation. Je me demande le motif d'incarcération des autres. Y a-t-il d'autres supposées meurtrières ? Ou seulement des trafiquantes, des usurpatrices d'identité, des voleuses… ? Je n'en sais rien et je ne veux pas le savoir. Ce monde ne m'intéresse pas, j'en reste éloigné le plus possible, je ne parle à personne. Les familles des détenus se parlent peu, voire pas. Nous n'avons rien à nous dire. Nous n'avons rien en commun, sinon le partage étrange de ces lieux subis. Quand je suis avec les enfants, j'évite encore plus les regards. Je n'aime pas ceux qui se portent sur eux. J'imagine les jugements sur eux comme sur moi. Nous sommes trop bien habillés, nous nous tenons trop droits, nous nous exprimons trop bien par rapport à la majorité d'entre eux. Ils se demandent ce que nous faisons ici, si nous nous sommes perdus. Je me pose la même question, et je n'ai aucune réponse.

Nous vivons, les enfants et moi, entre deux mondes. La prison n'a rien à voir avec la vraie vie, et pour cause. Entre les deux, un fossé, un gouffre. Il faut vraiment aimer Catherine et avoir envie de la soutenir pour supporter de passer sur ce pont, de franchir la frontière. Quand nous revenons, il y a toujours une forme de soulagement à en être sorti. Mais je refuse de culpabiliser de cela. Cela fait six mois qu'elle vit là-bas, dans l'autre monde. Six mois… et combien d'autres à venir ?

Je ne peux m'empêcher d'être satisfait, malgré tout, de l'équilibre que nous avons réussi à trouver, les enfants et moi. Il est peut-être fragile, précaire, mais il me permet d'espérer. Nous n'avons pas tout perdu. Et nous avons passé un bel été. Les vacances à Fuerteventura ont été agréables, malgré l'absence de Cath. Dépaysantes et plutôt joyeuses. Et ma belle-mère a pris le relais en août. Je lui suis reconnaissant pour sa présence réconfortante auprès d'Anaïs et

Florian, pour son aide précieuse, pour sa disponibilité. Je n'y arriverais pas sans elle et je ne me prive pas de le lui dire. «J'essaie de compenser comme je peux», me répond-elle, comme si elle avait une part de responsabilité. Je crois comprendre qu'elle aussi se sent coupable, mais de quoi ? Nous portons tous une part de ce fardeau, comme si un peu de nous avait été emprisonné avec Catherine. Josette ne la remplacera jamais, c'est certain, mais sans elle, avec mes parents à l'étranger, ce serait impossible. Qu'aurais-je fait des enfants si elle n'avait pas été là ? Pour moi, la solution devait être familiale. Ou bien il aurait fallu que je change de travail, que je trouve un emploi moins exigeant en heures et en responsabilités, que nous déménagions pour un logement moins cher. Notre vie aurait été plus impactée encore. Je le dis, je le répète à Fred ou à d'autres : Josette mérite une médaille.

Anaïs

Mercredi 12 septembre 2001 : pas de mots... enfin si

J'aurais voulu écrire hier, mais j'étais trop choquée. Choquée et hypnotisée, je n'arrivais pas à décoller mes yeux de la télé. J'ai vu une première fois, et revu et encore revu les images d'une tour de New York, puis d'une autre, en train de s'effondrer. J'ai éprouvé de la sidération (c'est papa qui l'a dit, mais c'est vraiment ça) à voir et à revoir les deux avions traverser les tours. L'étonnement, la première fois pour le premier avion sur la première tour où l'on aurait pu croire à un hasard malheureux... La stupeur et l'effroi pour le deuxième acte qui ressemblait au premier en tous points. Et puis les images, les flammes, les gens qui ont préféré sauter, l'horreur totale. Et puis l'effondrement des deux tours, comme dans un cauchemar qui ressemble à un film-catastrophe mais qui n'en est pas un, les hurlements, les gens qui courent, la poussière, les nuages. La stupeur, la peur et les cris. Le chaos. Et le courage incroyable des pompiers.

Aujourd'hui encore, les images passent en boucle. Aux infos, ils ont même fait écouter des messages sur répondeur de personnes coincées dans les bureaux qui tentaient d'appeler un proche, qui criaient, qui pleuraient, qui disaient «adieu», «je t'aime». J'avais les larmes aux yeux, papa voulait que j'arrête de regarder la télé, mais je ne pouvais pas. J'étais hypnotisée. Alors il a éteint de lui-même.

J'ai pensé à maman, dans sa prison. Était-elle elle aussi devant la télé ? Savait-elle ce qu'il s'était passé, ou était-elle vraiment coupée du monde ?

Comme on est mercredi, j'ai vu M. Lambert tout à l'heure. Je lui ai parlé de l'attentat, de ma tendance à analyser tous les événements en les comparant à maman ou à notre vie depuis son arrestation. Je fais des associations bizarres, je compare des trucs incomparables, qui n'ont aucun rapport et pas la même gravité. Mais il faut toujours que quelque chose me ramène à elle et à ce qu'on vit.

Par exemple, en regardant les tours s'effondrer, j'ai pensé à sa vie et à la nôtre (alors que c'est exagéré, évidemment). Son arrestation nous a tous percutés. Comme les avions. Mais on ne s'est pas vraiment écroulés. On a failli, on a tremblé, mais non. N'empêche que notre existence est bouleversée et qu'il va falloir reconstruire. Je me demande comment elle sera, maman, quand elle sortira. Est-ce qu'elle sera la même ? Est-ce qu'elle aura changé ? Parfois j'ai peur de ce qu'elle sera devenue. Je voudrais retrouver ma maman, quand il lui arrivait d'être douce et joyeuse (pas quand elle criait sur nous sans raison).

J'ai détaillé tout ça à M. Lambert. Il n'a pas eu l'air de me trouver dingue. Il me trouve même normale. Il dit que c'est une façon pour moi d'assimiler ce que j'ai du mal à assimiler.

En tout cas nos malheurs à nous me semblent bien petits par rapport à ceux des New-Yorkais et des Américains en général. Tellement de gens sont morts, tant de familles sont meurtries. C'est terrible. Si j'étais croyante, je prierais pour eux.

Marc

J'ai parfois de drôles d'idées… qui ne sont pas drôles du tout. Mes pas me portent presque malgré moi et je me retrouve là spontanément. Comme le jour des obsèques. Un instinct, un besoin, pas vraiment réfléchis.

Nous sommes en novembre. La Toussaint est passée. Les gens ont rendu hommage à leurs morts. Les enfants ont fêté Halloween. J'ai emmené Anaïs et Florian dans un autre quartier que le nôtre, car, même déguisés, je craignais qu'ils ne soient repérés. Je persiste et signe : je suis devenu parano. Même si les courriers se sont raréfiés dans notre boîte aux lettres, même si aucun tag n'a remplacé le troisième qu'on a effacé. Les choses se sont calmées. D'ailleurs, au collège, Anaïs n'est plus embêtée. Comme si la plupart des gens avaient compris que Catherine est en prison par erreur et pensaient, comme nous, qu'un jour elle serait blanchie.

Je me trouve donc dans le cimetière, devant la tombe de Béatrice Lancier. J'ignore le sens de mon action. Peut-être que c'était pour vérifier, une fois encore. Et pour mesurer l'amour des siens à la quantité de fleurs sur la pierre. Force est de constater qu'elle était aimée, qu'elle est extrêmement regrettée. Je lis les mots gravés. « À notre mère », « À mon amour », et d'autres. J'imagine toute cette famille, et leurs amis, qui attendent que justice soit rendue, que le coupable soit reconnu et puni. Je serais dans le même état d'esprit à leur place, bien sûr. Mais je n'y suis pas. J'appartiens plutôt au camp adverse. Un camp mal défini, mal identifié. Une cible erronée.

Il m'arrive d'avoir hâte d'être au procès pour que tout se termine. Catherine sera acquittée, je ne veux pas croire à une erreur judiciaire qui se prolongerait au-delà. Et nous tenterons de vivre comme avant. Peut-être que nous changerons de maison, de quartier, que nous irons de l'autre côté de la ville, vers la plage des Minimes, par exemple.

Quand je regarde cette tombe, je repense à la photo de Béatrice L. dans le journal. Une belle femme au regard doux. Et je pense à son mari... l'ex-amant de ma femme, que j'aurai tôt ou tard en face de moi. Je redoute ce moment plus que n'importe quel autre. Mais je refuse de porter la fausse culpabilité de Catherine ou d'endosser le rôle du mari cocu... Je me montrerai digne.

Je pense souvent à ce Gilles L., à vrai dire. Pas tant au passé, au sujet de la relation extraconjugale qu'ils entretenaient, qu'au présent. Je me demande comment il fait. Car lui aussi se retrouve seul avec ses enfants. C'est notre point commun... sauf que lui ne reverra plus sa femme. Je le suppose bien entouré. Il a certainement une Josette, voire deux. Et plein de gens prêts à l'aider. Tant mieux pour lui.

Je regarde encore «À mon amour». Et je me demande s'il aimait sa femme. S'il l'aimait toujours, s'il l'aimait vraiment. Puisqu'il la trompait, on peut se poser la question. Tout comme je me la pose pour Catherine. M'aimait-elle encore, malgré tout ? Je ne peux m'empêcher d'être certain que oui. Et c'est déstabilisant.

Je me demande aussi s'il culpabilise puisque, si le raisonnement des enquêteurs est juste et que Catherine a tué la femme sous cette pierre tombale, c'est qu'il l'a trompée.

Quel destin tragique, en tout cas, pour cette femme.

Josette

Noël arrive et j'ai plus que jamais envie de crier à l'injustice. Alors, parce que l'enquête fait fausse route, nous allons être privés de notre Catherine ? La demande de remise en liberté déposée par Me Déricourt a été rejetée. Comme si Catherine était dangereuse pour la société ! Mais où va-t-on ? J'ai envie d'écrire au président de la République pour l'alerter, même si c'est aussi stupide qu'inutile. L'idée m'a effleurée, car je me suis rappelé, avec un sourire, ma propre mère qui a raté plus de quinze fois le permis de conduire et s'en était plainte au président de l'époque en personne, par une lettre scandalisée qui n'avait servi à rien. Le Président peut gracier, mais pas faire sortir quelqu'un qui n'a pas été jugé.

Je suis cependant totalement révoltée. Catherine n'est qu'un bouc émissaire, une suspecte bien pratique, une coupable toute trouvée. Ils n'ont soupçonné personne d'autre ! À croire qu'ils n'ont pas vraiment cherché. Il fallait quelqu'un pour calmer les esprits d'une famille endeuillée, ils avaient Catherine sous la main. La collègue de yoga, soi-disant maîtresse du mari… Et c'était assez pour l'incarcérer ?!

Nous allons donc devoir passer Noël sans elle. Mon cœur de mère s'effrite. Je suis si triste, si triste... Ma seule joie a été de lui préparer un colis de cinq kilos avec des denrées alimentaires, puisque c'est exceptionnellement autorisé. Je suis allée dans les meilleures épiceries fines de la ville, chez le meilleur chocolatier, pour lui composer un assortiment de délices, maigre consolation pour elle comme pour moi. Cette année, elle n'aura pas d'huîtres. Je me demande quel repas lui sera servi le jour de Noël. J'imagine, j'espère, qu'ils font l'effort d'améliorer l'ordinaire. Ils sont peut-être punis, tous, mais ce sont des humains ! Et Noël, c'est sacré.

Anaïs

Mercredi 26 décembre 2001 : Noël bof

Ce Noël n'était pas comme d'habitude. Évidemment : il manquait quelqu'un. Un Noël sans une maman, ça n'a pas vraiment de sens. Ça peut arriver pour des raisons heureuses (celles qui sont à la maternité, par exemple), mais j'imagine qu'en général ce n'est pas bon signe. Un peu comme pour les enfants de la victime... J'ai eu une pensée pour eux. Leur maman est au ciel, la mienne ne l'a plus au-dessus de sa tête. C'est comme un point commun pas commun. Les pauvres... ils doivent être tellement tristes. Je ne sais même pas comment on peut fêter Noël dans ces conditions.

Nous, on a quand même réussi. On a bien mangé, mamie nous a beaucoup gâtés, en cuisine et en cadeaux. Il y avait des huîtres et du foie gras, une dinde aux marrons et une bûche aux fruits. Elle a offert un train électrique à Flo, et elle m'a donné de l'argent (500 francs!!!... peut-être mes derniers francs, puisqu'on passe à l'euro dans quelques jours).

Tata Nat était là, et c'était bien de la retrouver et de passer quelques jours avec elle. On a bien discuté, elle et moi.

Maman nous a appelés. Ça a été une belle surprise. C'était un peu son cadeau de Noël. Florian lui a donné une carte samedi, avec écrit « Joyeux Noël ». Maman ne nous appelle pas souvent, elle préfère nous écrire. En général, on reçoit une lettre chacun par semaine, Flo et moi, souvent le mercredi ou le jeudi. Et on va toujours la voir au parloir le samedi. C'est la tradition. Ça m'arrive de ne pas y aller, pour passer du temps avec mes copines, mais c'est rare. Je sais qu'elle est déçue quand je ne viens pas. Elle a l'impression de ne pas me manquer, elle doit penser que je réussis très bien à vivre sans elle. Alors que non. C'est juste que je me suis un peu habituée, malgré tout. Et puis je tiens en me disant qu'elle finira par sortir. Je suis comme mamie, je refuse de penser qu'on ira jusqu'à un procès. Parfois, je voudrais aller trouver le coupable pour lui dire ses quatre vérités et le menacer. Mais si je savais qui c'est, je pense que les flics le sauraient aussi.

Florian

Le 1ᵉʳ janvier 2002

Bonne année, ma maman chérie !

Je fais le vœu que tu sortes de prison le plus vite possible. Tu me manques.
Bisou
Florian

Marc

Nous sommes le 26 février 2002. Cela fait un an.

Un an que notre vie a basculé, un lundi matin de fin février. Un an que Catherine a été emmenée de force dans un commissariat et n'en est ressortie que pour aller en prison. Un an d'incarcération. Un an de nous sans elle. Un an... Et pas un jour sans que je ne pense à elle, à ce qu'ils prétendent qu'elle a fait, à ce qu'aurait pu être notre vie sans tout cela. Souvent je tente d'imaginer cette année qui n'a pas existé. Nous n'aurions pas vécu la honte publique, les tags, les lettres, le déclassement, les fêtes et les vacances sans elle... Je ne sais pas si un seul jour, même une seule heure de cette année, aurait pu être identique. Certainement que non. Tous nos actes, toutes nos pensées, tout notre vécu, et même l'air que nous avons respiré, ont été empreints des suites de ce 26 février funeste. C'est là, quelque part en nous et partout dans notre quotidien. Et l'absence de Catherine est si encombrante. Il y a ce vide auquel je ne m'habitue pas dans la maison. Comme une trace fantôme de son passage. Catherine est partout sans être là. Et elle habite mon esprit, toujours. Surtout la nuit. Je fais toujours des cauchemars. Ils varient, selon les angoisses et les tourments du moment.

Un an aussi que notre vie sociale et amicale a changé. Au début, c'était peu perceptible. Les gens se montraient empathiques, prenaient des nouvelles, voulaient nous assurer de leur soutien et de leur foi en l'innocence de Catherine. Et puis, cela s'est estompé. Avec le temps, les appels, les invitations se sont clairsemés. On dit souvent qu'on reconnaît ses amis, ses vrais amis, à leur présence dans les moments difficiles, au fait qu'ils soient là, qu'ils nous écoutent, nous épaulent et nous gardent dans leur vie. L'incarcération de Cath a fait le tri, petit à petit. Il reste certainement les meilleurs. Il n'empêche… Ce n'est plus pareil. Il y a une chaise vide à table. Je suis comme un célibataire dans une soirée entre couples. Je suis l'intrus. C'est moins léger qu'avant, l'ambiance a changé. Je suis moins enjoué, certainement de moins bonne compagnie. Il y a aussi cette gêne en suspension au-dessus de nos têtes. La grande question qui résonne en silence : « Catherine est-elle coupable ? » Et les autres… les « Comment tu fais ? », etc., et celle que personne n'ose poser : « Que se passera-t-il si Catherine est reconnue coupable ? »

Pour les enfants, je garde espoir. En vérité, je suis pessimiste : nous irons aux assises. L'enquête progresse, me dit Me Déricourt, qui voit régulièrement Catherine à la prison ou lors d'auditions. Lorsque je me permets de croire que la police a pu mettre la main sur un suspect plus coupable que Catherine, l'avocat tempère mes espérances d'un signe de la main qui semble dire : « Du calme, monsieur Dupuis, ne vous emballez pas trop. » Il a plus d'éléments qu'il veut bien m'en donner, ce qui a tendance à me révulser, mais je ne veux pas mendier ou quémander. Il doit avoir ses raisons… Je crains parfois qu'il ne cherche à me protéger d'une vérité que je ne suis pas prêt à entendre. Je crois n'avoir jamais été aussi patient que ces derniers mois. Bien obligé… L'attente est peut-être ce qui qualifie le plus ce que nous vivons.

Florian

Le 10 avril 2002

Chère maman,

Merci pour ta lettre d'anniversaire ! J'étais très content de la recevoir lundi. Tes lettres me font très plaisir. Oui, je suis sage avec tout le monde. Le maître dit que je travaille bien. Je vais passer en CE2, je pense. Maintenant que j'ai huit ans, c'est moi qui t'écris tout seul. J'espère que je ne ferai pas trop de fautes d'orthographe.

Papa m'a emmené au cinéma voir Monstres et Cie, *c'était génial.*

Bisous

Florian

Josette

Alors c'est cela, la France ? Au lendemain du premier tour des élections, je m'interroge sur ce qu'est devenu notre pays. Est-on toujours la patrie des droits de l'homme quand on met et qu'on laisse des innocents en prison ? Peut-on encore être fiers quand un parti extrémiste comme le Front national arrive au second tour, quand un Jean-Marie Le Pen a des chances de devenir président de la République ? D'aucuns diront que je mélange tout, que cela n'a aucun rapport, mais enfin, moi, je le ressens comme cela : je ne reconnais plus mon pays. Où est la France que j'aime, où il fait bon vivre, et où les valeurs de la fraternité ont encore du sens ? J'espère que nous saurons faire barrage, que chaque Français se sentira concerné, que le FN ne passera pas. J'en ai parlé à Catherine quand elle m'a téléphoné hier. Elle n'a pas été condamnée par la justice : elle conserve donc ses droits civiques. Elle aussi doit voter ! Chaque voix compte… même celle d'une prisonnière bannie de la société.

Anaïs

Mercredi 15 mai 2002 : on est contents

Papa, mamie Jo et sans doute plein d'autres gens (82 % des Français, à vue de nez) sont contents : ils ont tous gagné, car Jacques Chirac a gagné contre l'Ennemi grâce à eux. Je n'ai pas voté, je ne suis pas sur les listes électorales (ah, ah, ah), donc je n'ai pas participé à la victoire, mais j'ai suivi un peu le truc. Bon, la politique et moi, ça fait deux, mais je comprends l'essentiel. L'honneur est sauf, comme ils disent dans les films. La France peut encore se regarder dans le miroir.

Non, moi, si je suis contente, c'est surtout parce que Nathan et moi, on s'est embrassés. C'est mon premier bisou avec la langue (un peu beurk, en vrai, mais j'imagine qu'on s'y fait), et Nathan est mon premier petit copain. Il était temps !!! En dehors de mes petits problèmes de réputation, l'année dernière, au collège, j'ai un autre souci de taille : je suis grande (plus grande que les garçons, en général), donc ça fait fuir. Non, sans rire, c'est la pure vérité. Mais Nathan, il mesure plus de 1,75 m, comme moi. Il est moins en retard que les autres. Il est sympa, mignon et rigolo. Je l'aime bien.

Ça faisait un moment qu'on se tournait autour, lui et moi (mais l'an dernier, il était plus petit, il a grandi d'un coup). Et puis, à l'anniversaire de Justine, on a dansé. Avec mes copines, on a bougé sur Love, Don't Let Me Go, Murder on the Dancefloor *et* Toutes les femmes de ta vie *(des L5, le groupe gagnant de* Popstars*). Et puis il y a eu des slows. Nathan m'a invitée sur* Les Mots *(de Mylène Farmer et Seal), et c'était assez propice au rapprochement. J'étais trop contente (même si c'est vraiment bizarre de se retrouver dans la bouche de quelqu'un d'autre).*

Enfin, voilà : une bonne chose de faite, comme dirait mamie Jo ! (Bon… je suis pas sûre qu'elle dirait ça sur ce sujet.)

Marc

Mᵉ Déricourt a demandé à me voir et je me suis rendu à son cabinet. Il avait son ton sinistre, celui des mauvais jours, au téléphone.

La grande nouvelle : le couteau a été retrouvé. Quelqu'un est tombé dessus par hasard, dans le marais de Tasdon, mais assez loin de l'endroit où le corps de Béatrice L. a été découvert. Le couteau n'avait pas été essuyé, le sang séché est bien celui de la victime. Aucune empreinte n'a été trouvée sur le manche. « Alors, ça ne prouve rien ! » me suis-je exclamé, soulagé de voir une preuve potentielle de la culpabilité de Catherine écartée. Mon avocat a gardé une mine sombre.

— Regardez ! m'a-t-il dit en me tendant la photo d'un scellé.

J'ai obéi. J'ai blêmi.

— Même genre de couteau que les vôtres, manche en bois noir, même marque... mais dimension différente : le seul qui manque à votre collection, si on le compare aux autres.

J'ai cru que mon sang se retirait de mon corps. Pourquoi tout s'acharne contre Catherine ? Pourquoi tout tend à faire penser que c'est elle, la coupable, alors que cela ne se peut pas ?

De retour à la maison, j'ai filé à la cuisine.

Je suis en train de regarder le pot à ustensiles, comme s'il détenait la réponse. Et tout à coup j'ai une furieuse envie de retrouver la facture de l'achat du set de couteaux. Mais je ne sais ni si elle existe, ni où chercher, ni pourquoi : faut-il vraiment que je vérifie le nombre et la longueur des couteaux ? Dans quel but ? Celui de me prouver la culpabilité de ma femme, alors que je me battais pour démontrer son innocence ? Je tremble. Je doute de Catherine. Je n'arrive pas à la voir en criminelle, et pourtant... Pourtant tout semble la désigner, de plus en plus. Suis-je dans le déni ? Mon aveuglement n'est-il pas une forme de protection ? Parce que je ne veux pas voir, au fond, ni voir, ni savoir, si c'est pour apprendre que ma femme est coupable d'un meurtre. Je ne suis pas prêt pour la vérité s'il s'agit de cette vérité-là. Est-ce qu'on peut choisir ? Est-ce qu'on peut arrêter le jeu, dire stop ? Que va-t-on découvrir, encore ? Ai-je le droit d'espérer un peu ? De croire à un miracle ? De redistribuer les cartes ? Où est le coupable ? Qu'il se désigne sur-le-champ ! J'exige que Catherine soit lavée de tout soupçon !

Mais je n'y crois plus vraiment. Et, pire que tout, il va falloir que je fasse semblant. Pour les enfants et pour Josette. Qu'ils restent tous dans la douceur de la naïveté, qu'ils se laissent bercer par la tendre béatitude des ignorants... encore un peu, aussi longtemps que possible.

Les grandes vacances arrivent déjà. Et il me semble que c'est un double qui va partir avec les enfants. Un

Marc bis, un clone qui va prendre l'avion, jouer les guides touristiques, s'amuser. Le vrai Marc va rester ici, englué dans ses doutes et ses atermoiements. Le vrai Marc voudrait se transformer en enquêteur, mener une contre-offensive, retourner chaque preuve, dénoncer chaque pièce à conviction, régler l'affaire, mais le vrai Marc est à terre, en réalité.

Le vrai Marc aimerait connaître la vraie Catherine.

Florian

Le 21 juillet 2002

Chère maman,

Je t'écris d'Italie. Papa nous a dit que tu y es déjà allée avec lui quand vous étiez jeunes. Même que votre voiture était tombée en panne et vous l'avez laissée sur place, vous êtes rentrés en train.

On visite plein d'églises et de musées. C'est beau, mais fatigant surtout qu'il fait très chaud, et c'est toujours la même chose. Moi, je voudrais me baigner, mais il n'y a pas de plages. On rentre bientôt.
Bisous
Florian

Anaïs

Samedi 7 septembre 2002 : été, rentrée, parloir

En quelques mots : l'été s'est bien passé. Les vacances en Italie étaient vraiment chouettes (à part que Florian a beaucoup râlé, « quand est-ce qu'on arrive ? », « c'est encore long, la visite ? », « j'ai chauuuud » et « j'ai mal aux pieds »... comme ça 123 fois par jour pendant quinze jours). Les vacances à La Flotte ont été cool. J'ai passé plein de temps avec Florine, la voisine, et au moins je n'avais pas mon bébé de petit frère sur le dos : des vraies vacances, quoi.

La rentrée s'est bien passée aussi. Je suis dans la même classe que Flavie (je crois que c'est Mme Chambon qui a géré les classes avant son départ), et c'est cool. La 3e, ça rigole pas. Y a quand même le brevet à la fin de l'année ! Je me sens prête. Nathan a déménagé au cours de l'été, comme il me l'avait dit. Son absence produit comme un vide, même si je n'étais pas vraiment amoureuse. Je suppose que j'aurai tôt ou tard un autre petit copain, même si ce n'est pas ma priorité.

Je continue le théâtre à l'atelier du jeudi, j'adore, c'est ma bulle d'oxygène.

J'ai décidé de ne pas reprendre les séances avec M. Lambert : ça va, je me sens mieux, je n'en ai plus besoin.

Aujourd'hui, on est allés voir maman. Mardi, elle a eu trente-neuf ans... J'espère qu'on pourra lui souhaiter ses quarante ans l'année prochaine hors de la prison ! On pourra faire une vraie méga fête !

Je l'ai prévenue que je ne viendrais peut-être qu'une fois sur deux cette année. Je suis un peu lassée de passer mes samedis aprem à Saintes, entre un père, une grand-mère et un petit frère... J'ai une vie en dehors de ma famille, quoi. De toute façon, je ne suis pas la seule à moins y aller : papa aussi, j'ai l'impression qu'il ne compte plus s'y rendre chaque semaine. Je l'ai senti à sa réaction. Il est bizarre, je trouve, depuis quelque temps... par rapport à maman, je veux dire. Je le trouve plus distant. Il la soutient toujours, évidemment, mais... je ne sais pas. C'est comme s'il était moins à fond. Et même quand il parle d'elle. Il fait genre, des fois, mais ça sonne faux. Comme quand il nous relance sur des souvenirs avec elle (on dirait toujours qu'il a peur qu'on oublie), qu'on se rappelle des anecdotes... comme la fois où on avait fait un pique-nique de nuit, sur la plage, la fois où elle avait fait cramer un gâteau et que c'était une croûte noire comme une galette de lave séchée, la fois où elle était venue à une réunion parents-profs, mais s'était trompée de classe et l'avait compris super tard... Pap rit avec nous, mais je trouve que quelque chose cloche. Je n'arrive pas à savoir quoi. Il y a un truc triste dans son regard, la plupart du temps... même s'il essaie de le cacher. Ça ne m'a pas échappé, à moi.

Marc

— Nous avons eu une audition auprès du juge d'instruction, et il faut que je porte à votre connaissance un nouvel élément… de taille.

Mᵉ Déricourt a pris son air sérieux et me regarde à travers ses petites lunettes rondes. Je déglutis.

— Le serveur d'un café situé à quelques centaines de mètres du local de yoga a reconnu votre femme en compagnie de Mme Lancier. Elles ont pris un thé, ce fameux mardi 20 février, dans l'après-midi.

Je ne peux y croire.

— Et il ne s'en souvient que dix-huit mois plus tard ? Sans erreur de date possible ?

— C'est plus compliqué que ça. Je pense que le témoin a été auditionné il y a déjà un moment, mais le juge vient seulement de nous sortir l'information de son chapeau. Le serveur est formel. Il ne devait pas travailler ce jour-là. Il ne faisait que les soirées, à l'époque, et il avait remplacé un collègue. Il a retrouvé la date dans son agenda. Il a bien remarqué les deux femmes, « une brune et une blonde en tenue de sport, plutôt jolies toutes les deux ». Et surtout, il a trouvé l'attitude de la brune assez étrange, sur la fin. Elle semblait « pas bien », et elle est repartie en se tenant à l'autre.

Je reste sans voix. Je suis complètement abasourdi.

— Je ne vous cache pas que cela ne va pas nous faciliter la tâche... Mme Dupuis a avoué qu'elle avait menti, qu'en effet elle n'était pas allée faire des courses au supermarché, comme nous le savions déjà. Elle s'est défendue...

— Et qu'a-t-elle trouvé pour sa défense ? je demande, d'un ton non dénué d'ironie qui me surprend moi-même.

— Elle n'avait pas voulu, jusqu'ici, admettre qu'elle avait noué un lien relativement amical avec Béatrice Lancier, de peur d'être suspectée. Elle a dit, en substance, au juge : « Tout le monde allait trouver cela bizarre, alors j'ai préféré nier. Mais d'accord, j'avoue : j'ai pris un thé avec Béatrice, c'est vrai, comme c'était déjà arrivé, d'ailleurs. Cela ne veut pas dire que je suis la coupable ! » Tout se complique, monsieur Dupuis...

Mes épaules s'affaissent. Tout désigne Catherine. Elle a trop menti pour ne pas avoir commis le mensonge de plus, celui de trop, et l'impensable... L'étau se resserre sur elle, irrémédiablement.

Me Déricourt me résume la suite de l'audition, Catherine qui se défend mais ne convainc pas. Le comportement de Béatrice Lancier à la sortie du café collait parfaitement avec celui d'une femme ayant ingéré à son insu des somnifères. « Vous avez drogué Mme Lancier », l'a accusée le juge d'instruction. Catherine s'est récriée avec des : « Mais pourquoi j'aurais fait ça ? » Le juge lui a résumé les faits tels qu'il suppose qu'ils se sont passés : Catherine a emmené

Béatrice dans sa voiture jusque dans les marais, l'a ligotée et l'a tuée sans que l'autre puisse opposer la moindre résistance. «Ce n'est pas moi qui ai fait ça», a répété Catherine.

— Les charges s'accumulent contre votre femme, monsieur Dupuis. Avec ces derniers éléments, c'est certain : il n'y aura pas de non-lieu. Le juge d'instruction pourrait même considérer que les charges sont suffisantes pour rendre effective la mise en accusation, donc clore l'enquête. Je crains que les choses ne s'accélèrent. À moins qu'une reconstitution ne soit décidée (et je ne pense pas qu'elle le soit, en raison du coût et du risque du manque de coopération de ma cliente, qui va rester campée sur sa position), la cour d'assises sera certainement saisie dans les mois à venir. Je suis désolée, monsieur Dupuis.

Je sors du cabinet complètement sonné, entre dans le premier bar venu, un PMU assez sordide, et commande une bière que je bois d'une traite. Comme si c'était une solution. J'ai envie de fracasser mon verre vide sur le sol, de balancer la table par terre, de tout casser. Je n'ai jamais été violent, ce n'est pas mon genre. Mais cela fait trop, tout à coup. Je suis passé du côté de l'insupportable et je ne comprends plus rien. Comment Catherine a-t-elle pu, elle, basculer du côté du crime ? Est-elle folle sans que je le sache ? Je n'arrive plus à croire à son innocence. C'est fini. Cela fait des mois que j'ai des doutes, que je ne veux pas y croire, que je m'aveugle, que je me rassure, cherche à me convaincre, me raccroche à ce que je peux. Mais trop c'est trop : je dois me rendre à l'évidence.

Nathalie

Marc m'a appelée, paniqué. Il sortait de chez l'avocat, il ne voulait pas s'adresser à maman pour ne pas l'inquiéter, mais il avait besoin de vider son sac et son cœur, de tout déverser.

Il m'a tout raconté. Plus il entrait dans les détails, plus j'étais mal. C'est une chose de supposer que sa sœur a commis un crime, c'en est une autre de s'entendre faire le récit des faits tels qu'ils ont pu se dérouler et d'imaginer Cathy se rendre à son cours de yoga avec un couteau de cuisine, des liens planqués dans sa voiture et des somnifères dans son sac, aller boire un thé avec celle qui ne se doute de rien après le cours, la droguer à son insu, l'emmener dans sa voiture, puis dans le marais, la ligoter et la mettre à mort à coups de couteau, puis abandonner le corps comme celui d'un animal, dans un fourré. J'ai écouté Marc et je ne savais pas quoi dire. Je ne cessais de répéter : « Ce n'est pas possible, Marc »… comme si je doutais, alors. Même si tout est énorme et dramatique, dans le fond, je sais ; dans le fond, et malgré tout ce que je peux penser, je la crois finalement capable de faire ça. Elle était si folle de Gilles… Il s'agit, oui, d'un coup de folie. De ceux qui font les crimes passionnels dans les journaux. Mais est-ce à moi de le signifier à mon beau-frère ?

J'ai pensé à une issue, peut-être la seule possible : et si l'on plaidait l'absence de discernement ? Si Catherine était reconnue folle, elle serait irresponsable pénalement. « Mais elle ne l'est pas… », a soupiré Marc, et je le sentais au bord des larmes, au bord du gouffre.

C'est un mari anéanti, et je suis submergée par la honte d'avoir été la complice de ma sœur… pas au sens pénal, bien sûr, mais moralement, parce que je savais pour Gilles, pour la passion qui la consumait, pour son désir de vengeance. Je savais, mais jamais, jamais, je le jure, je n'aurais pensé qu'elle irait jusqu'à l'irréparable.

Josette

Les prières n'y ont rien changé. L'espoir, et même l'espérance, pas plus. Aucun miracle n'est annoncé pour Noël : Catherine a été mise en accusation et sera jugée par la cour d'assises en mars prochain. Enquête bâclée, affaire rondement menée, et voilà le résultat. Plusieurs jours que je suis au courant. Mais j'ai du mal à y croire, et surtout à l'admettre. Non, ma fille n'est pas une criminelle, je le crierai s'il le faut !

Ma fille, ma pauvre petite fille, ma Catherine... Tu seras acquittée, car je veux croire à la justice des hommes. Les jurés verront bien que tu es une femme irréprochable. Ils n'auront pas la partialité de ceux de l'instruction qui ont vu en toi celle qui pouvait payer pour le crime perpétré par un autre, monstre sanguinaire. Tu n'es pas cela, toi. Tu n'es pas cela. Je sais ce que j'ai engendré. Je sais qu'aucune graine de criminelle n'a germé ni poussé en toi.

Et tu ne mérites pas d'être jetée en pâture sur la place publique. Comme j'ai du mal à t'imaginer sur le banc des accusés... Je te revois petite fille timide sur tes photos de classe, assise sur une chaise, ou un banc, ou debout, et je ne parviens pas à te voir dans cette salle du tribunal, clouée au pilori, sous les yeux d'un public qui réclamera ta tête. Non, je n'y arrive pas.

Et Noël approche, plus triste que l'année dernière. Tu n'es pas sortie cette année. L'attente du procès nous rend fébriles. Une forme de tension est née, subtile, entre nous, Marc, Nathalie et moi. Comme si la méfiance s'était installée. Nous n'analysons certainement pas les faits de la même manière, nous ne nous projetons pas dans le même avenir. Il y a celle qui doute, moi qui espère, et lui qui semble avoir baissé les bras. Officiellement, il la soutient toujours. Il est là, il sera là. Mais quelque chose en lui a changé, et je ne me l'explique pas.

Et puis il y a les enfants… Ils ont trouvé un certain équilibre dans l'attente de la sortie de leur mère.

Mais qu'arrivera-t-il si tout ne se passe pas comme nous l'attendons tous, si Catherine ne sort pas, si elle prend perpétuité ? Car c'est bien ce qu'elle risque pour le meurtre commis, s'ils prouvent la préméditation… Même dans le cas contraire, la peine pourrait atteindre trente ans.

Anaïs

Vendredi 17 janvier 2003 : quinze ans

C'est mon anniversaire aujourd'hui, comme tous les 17 janvier. J'ai quinze ans. Je devrais me réjouir. Mais je n'ai pas l'impression de pouvoir ou d'avoir le droit d'en profiter. C'est comme vivre à demi. J'ai quinze ans, mais parfois je me sens un peu enfermée comme ma mère. Et d'ailleurs, ça y est, on sait : maman passera devant la cour d'assises (celle qui juge des crimes catégorie très grave) dans deux mois presque tout ronds. Son procès s'ouvrira le mardi 18 mars. Mamie Jo pense que c'est trop tôt, que ce n'est pas normal, papa n'a pas commenté. « Ils n'ont rien contre elle ! » s'insurge mamie, et lui hausse les épaules, ne répond rien. Il me déçoit, papa. Je ne le comprends plus. Au début, je le voyais comme un chevalier, un conquérant de la vérité, qui allait soutenir et délivrer sa belle. Maintenant... on dirait un guerrier qui a déserté le champ de bataille. Même s'il soutient le contraire, même s'il soutient qu'il sera toujours là pour maman.

Parfois je pense à la famille d'en face. Les Lancier. Au père et à ses enfants, et aux parents de la victime, et à tout l'entourage. Eux doivent avoir hâte, pour le procès. Car même s'il y a quelqu'un derrière les barreaux (une innocente, soyons clairs), ils doivent attendre le jugement et la condamnation du coupable. Ça tombe mal : ils n'ont pas trouvé la bonne personne. Et moi, contrairement à mamie, je ne crois pas qu'ils se tromperont jusqu'à la fin du procès. Maman sera relâchée, c'est sûr. Parce que nous, Pap, Flo et moi (et mamie Jo et tata Nat), on ne pourra pas vivre sans elle plus longtemps.

Marc

Le procès approche et, peut-être pour cette raison, j'ai décidé d'emmener les enfants au ski pour les vacances de février. Nous avons tous les trois besoin de nous changer les idées, et quoi de mieux que de partir, de s'éloigner, d'aller respirer l'air des montagnes avant la grande échéance ?

Ce procès m'apparaît déjà comme le point culminant de la jeune vie de mes enfants. Je voudrais les y préparer au mieux, les prévenir que tout pourrait se passer plus mal que prévu... que leur mère pourrait ne pas être acquittée. Josette, Nathalie et moi les avons entretenus dans l'espoir qu'elle le sera forcément, qu'elle sortira de prison à l'issue du procès. Mais... Et si c'était faux ? Si elle était reconnue coupable puis enfermée pendant des décennies ? Cette pensée me glace. Je ne peux m'y résoudre. Et je veux protéger mes enfants de cette triste possibilité le plus longtemps possible... quitte à les maintenir dans l'illusion.

L'idée de ces vacances à la montagne est donc de profiter de ces derniers moments de – relative – insouciance. J'ai réservé un séjour tout compris, et je commence à rassembler les affaires pour faire le point. Les enfants ont grandi, je vais devoir leur acheter une nouvelle combinaison.

Je furète à la cave où Catherine range tout ce qui concerne les sports d'hiver. Il y a plusieurs sacs et cartons. Des bonnets, des écharpes, des paires de chaussettes en veux-tu en voilà... Et deux intrus. Au fond d'un carton, j'aperçois le bout de baskets blanches qui n'ont pas leur place ici. Je les attrape, les arrache, presque. Comme mû par une intuition. Elles n'ont pas de lacets. Elles n'ont PAS DE LACETS ! Je repense immédiatement aux scellés, aux liens qui ont servi à ligoter les poignets et les chevilles de Béatrice Lancier : des lacets blancs de type lacets de baskets. Je me rappelle les gendarmes fouillant avec frénésie dans nos chaussures pendant la perquisition, dans les meubles prévus à cet effet en haut et ici, dans la cave. Mais les baskets sans lacets se trouvaient là, au milieu des chaussettes de sport d'hiver, dans un carton bien scotché. Je les regarde, incrédule. Comme s'il me fallait une preuve de plus.

Je me laisse tomber plus que je ne m'assois sur le sol de la cave. Je fixe ces chaussures de sport. Du 36, des baskets d'Anaïs devenues inadaptées. Je les regarde, petites tennis inoffensives qui ont dû s'user à courir, et je pense à leur destin funeste, à leur participation involontaire au crime d'une femme qui est la mienne et que je ne reconnais plus.

Maintenant je sais. Je sais vraiment. J'ai dépassé les doutes et les soupçons. J'ai acquis cette terrible certitude : Catherine est coupable du crime dont on l'accuse. Et, quoi qu'en pense Josette, elle mérite son sort et sera certainement punie.

Mille pensées s'entrechoquent dans mon esprit. La volonté de protéger mon secret d'abord, de garder ma découverte pour moi. Personne ne doit savoir. Car, même si je suis perdu, même si je tombe de haut, même si je suis un homme fracassé, je n'abandonnerai pas ma femme. Je l'ai dit, je m'y tiendrai : je la soutiendrai jusqu'au bout. Je ne veux pas qu'elle soit condamnée. Pour nos enfants, avant tout. Je ne veux pas qu'ils grandissent sans leur mère plus longtemps... Même si j'ai bien conscience que plus rien ne sera comme avant, et que ma confiance en elle est devenue très relative. Quelle mère peut-elle être, après ça ? Je ne sais plus trop. Pourtant je suis incapable de mettre en doute ses qualités maternelles. La violence avec laquelle elle a agi m'interroge, certes, mais je suis convaincu que jamais elle ne lèvera la main sur ses enfants. Néanmoins, j'ai beau savoir, à présent, je ne comprends pas tout. Le mobile de Catherine, déjà. A-t-elle voulu supprimer sa rivale ? Comme si son amant allait vouloir la reprendre après ça ! Cela me paraît insensé. Complètement délirant. Qu'est-ce qui a bien pu lui passer par la tête ? Comment a-t-elle pu penser à mettre sur pied cet acte affreux, faire preuve à ce point de précautions (le portable laissé à la maison, les baskets bien planquées, les gants pour l'absence d'empreintes...) et d'absence de précautions (les caméras vidéo, les témoins oculaires, le couteau qu'elle n'a pas essuyé et dont elle s'est débarrassée n'importe où...). Cependant, on peut se rassurer : Catherine est une madame Tout-le-Monde qui a vrillé... pas un serial killer rodé aux crimes les plus machiavéliques.

Le procès apportera certainement des réponses. Toutes les réponses ? Je l'ignore. Mais j'aimerais comprendre... Pourquoi, comment. Pourquoi, surtout. Y a-t-il en Catherine une part de folie que je n'ai pas vue ou pas voulu voir ? Qu'est-ce qui a pu m'échapper ? Pourquoi ma femme est-elle devenue une inconnue, une étrangère ? Et pourquoi, malgré ce que je sais, je ne parviens pas à ne plus l'aimer ?

Florian

Le mercredi 26 février 2003

Chère maman,

Je t'envoie cette carte postale des Deux Alpes, où on est en vacances avec papa. Il fait beau, il y a plein de neige. Le ski, c'est super. Papa dit que je me débrouille bien. Je vais passer mon flocon. On fait aussi de la luge (Anaïs va très très vite).

On ne pourra pas venir te voir samedi, car on sera sur la route du retour. J'espère que tu vas bien.
Bisous
Florian

(Dessin de chamois)

Josette

Je n'aurais jamais pensé qu'on pouvait se préparer à un procès comme on se prépare à une réunion de famille un peu spéciale. Il y en a de plus heureuses… Ici, pas d'anniversaire à fêter, pas d'hommage à rédiger ni de chansons à inventer… mais quelqu'un sera bel et bien au centre de toutes les attentions. Ce procès est notre rendez-vous à tous, et nous nous y préparons comme s'il s'agissait d'une compétition sportive. C'est le moment où nous serons tous là pour entourer Catherine, où nous lui témoignerons notre soutien et notre amour, où nous ferons bloc tous ensemble. Peut-être parviendrons-nous à la porter vers la victoire, l'acquittement, la sortie. Je prie tous les jours pour que Dieu nous entende.

J'ai revu Me Déricourt. J'irai à la barre comme « témoin à titre de simple renseignement ». En tant que mère de l'accusée, je ne prêterai pas serment. Mais j'y tiens : je veux dire à tous qu'il est impossible que ma fille ait commis cet acte effroyable, je veux parler d'elle. Je la connais mieux que quiconque, et personne ne me retirera cela. Je veux la soutenir.

Malheureusement, je ne pourrai pas être dans la salle d'audience avant d'avoir témoigné, m'a expliqué l'avocat. Je vais donc rater une bonne partie du procès. C'est pour cette raison que Marc et Nathalie ont, pour leur part, choisi de ne pas témoigner. De toute façon, comme ils ont été auditionnés pendant l'enquête, on pourra lire leurs procès-verbaux ou s'y référer, si besoin.

Marc et les enfants à la montagne, c'est seule que je suis allée voir Catherine hier. Elle n'allait pas bien. Je lui ai trouvé les joues plus creuses, le teint plus pâle, les yeux plus brillants. Le stress monte, pour elle aussi. Elle semble plus abattue que prête au combat. Comme si elle partait battue d'avance et s'était résignée. J'ai essayé de la remotiver, comme un entraîneur dans un vestiaire, de lui dire : « Tu peux le faire, on va gagner ! » Parce que j'y crois. Parce que ce sera bientôt le moment de tout donner. Et qu'elle n'a pas le droit de baisser les bras.

Je vais mettre moi-même toutes mes forces dans ce procès. J'espère qu'il ne nous achèvera pas tous. J'ai si peur, au fond, si peur…

Marc

Mᵉ Déricourt souhaitait me voir, une nouvelle fois. Je me demandais si cela avait un rapport direct avec le procès, et j'en doutais un peu, car il m'avait informé de la tenue de la réunion préparatoire criminelle il y a quelque temps déjà. Ce moment où le président de la cour d'assises réunit les parties et définit la liste des témoins et experts qui défileront à la barre. J'ai choisi de ne pas intégrer la liste des témoins. Mᵉ Déricourt avait semblé étonné lorsque je lui en avais fait part. J'avais avancé mes arguments : je préférais assister à tout le procès, que Catherine puisse me savoir toujours là. Et – ce que je n'ai pas dit – je préférais ne pas avoir à mentir... Je pourrais, je devrais dire tout le bien que je pense de ma femme, mais c'est au-dessus de mes forces. J'en sais trop. Je sais le pire, ce que tous devraient ignorer. Alors, certes, en tant que témoin « reprochable », je n'aurais pas à prêter serment ni jurer de dire « toute la vérité », mais je ne me vois pas jouer à cela, j'en suis incapable. Surtout devant les parties civiles. « Nous savons qu'elle est coupable, n'est-ce pas ? » ai-je lancé à Mᵉ Déricourt. Il n'a rien répondu, je ne lui ai pas parlé des baskets.

— J'ai reçu un courrier de votre femme, monsieur Dupuis…

Il me rappelle que les lettres d'un détenu à son avocat ne sont jamais ouvertes, c'est un droit des prisonniers.

— Il s'agit d'une lettre d'aveu.

Je regarde Me Déricourt, incrédule. Il me montre le papier sans me le donner. Le texte est concis.

— Mme Dupuis ne veut pas me prendre de court. Elle ne compte pas avouer à l'audience. Elle souhaitait me mettre au courant pour que je reconsidère sa défense en connaissance de cause.

Nous évoquons les différentes solutions. La préméditation irréfutable du meurtre est difficilement compatible avec la légitime défense ou le coup de folie… La cour risque au contraire de considérer que tout a été planifié, préparé et commis de sang-froid. Je dévisage cet avocat, le meilleur de la région, et j'ai l'impression qu'il n'y croit pas plus que moi. Mais je connais ses ressources, je sais qu'il est bon, qu'il a réussi à faire acquitter des personnes présumées coupables… Alors je décide de garder espoir : peut-être qu'il pourra sortir Catherine de là, en démontant preuve après preuve. Peut-être qu'un miracle est possible.

Anaïs

Samedi 15 mars 2003 : dernier parloir avant le procès

Je suis allée voir maman tout à l'heure. On était tous là. Le procès commence mardi. C'était trop spécial, l'ambiance. Même Flo n'était pas comme d'habitude. On avait du mal à parler, on ne savait plus quoi dire, à part « ça va aller », le truc pour s'encourager alors qu'on a tous la trouille.
Je n'aimerais pas être à la place de ma mère...
La cour d'assises, c'est comme la prison : c'est à Saintes. Franchement, c'est pas cool. Encore de la route ! J'ai dit ça à papa, il m'a répondu que je n'étais pas concernée, de toute façon. Pas concernée ?! C'est une blague ? On s'est disputés. Moi je veux aller au procès, évidemment. Il le sait bien, vu que j'en parle depuis des mois ! Lui, il dit depuis le début que ce n'est pas ma place. Il n'a pas changé d'avis. Il a peur que je le vive mal, que je voie des images qui me choquent, que j'entende des mots et des phrases qui me traumatisent. Mais je ne suis plus une gamine ! Je veux être là. Sauf qu'entre une ado (même remontée) et un père, on sait qui gagne, en général... Pfff. Pap a dit : « Tu pourras

venir le dernier jour, pour les plaidoiries. » Comme si c'était un lot de consolation. Il a ajouté : « De toute façon, il est hors de question que tu rates une semaine de cours. » Et voilà, ça c'est du papa tout craché : tu t'écrases et tu te tais. Il ne sait même pas compter, en plus : mardi après-midi + mercredi (je n'ai cours que le matin, en plus) + jeudi + vendredi, ça ne fait que trois jours et demi (dont trois jours de collège). Ça ne fait pas une semaine. Toujours sa manie d'arrondir à la hausse quand ça l'arrange. Ça me saoule grave !

Nathalie

Je suis arrivée chez maman, après une journée de route. Mardi, nous irons à Saintes pour le premier jour du procès. Nous sommes donc à l'aube d'une semaine déterminante, qui s'annonce longue et difficile. Les journées au tribunal ont une heure de début, mais pas d'heure de fin. Les soirées seront certainement raccourcies et les nuits agitées. Je me demande comment nous ressortirons de tout cela. Nous tous. Maman, Marc et les enfants, surtout.

Personnellement, je m'attends au pire. Je regarde maman, à table, et elle a du mal à manger aussi. Nos estomacs sont noués.

Après plus de deux ans d'attente, nous aurons enfin des réponses. Deux interminables années d'interrogations, de doutes, de honte et de culpabilité. Deux années presque sans ma sœur, à la voir quatre-cinq fois l'an, à se téléphoner une fois par semaine sans se parler vraiment, à échanger des banalités, où elle me raconte sa vie routinière et triste, où je n'ose évoquer la mienne parce que j'ai honte d'en avoir une... Deux années terribles.

Deux questions se posent, au-delà de toutes les autres : Catherine sera-t-elle déclarée coupable d'assassinat ? Si oui, quelle sera sa peine ? J'ai l'impression que le moment du verdict venu, nous serons au bord d'un précipice, pris de vertige.

Je regarde maman. J'ai peur. Si Catherine n'est pas acquittée, elle ne s'en remettra pas.

Marc

L'audience devait débuter à 14 heures, mais il est 14 h 15 et toujours rien. Un quart d'heure de plus à patienter, au bout de deux ans, ce pourrait être une goutte d'eau dans l'océan. Mais c'est comme le quart d'heure de trop, pour moi. Et ce manque de ponctualité m'étonne de la justice, car il contraste avec l'image de rigueur qu'on peut en avoir.

Nous sommes nombreux, dans la salle du tribunal, à attendre, mais certainement pas dans le même état d'esprit. L'affluence m'étonne, et je me demande pourquoi tous ces gens sont là et combien, parmi eux, viennent ici comme l'on va au spectacle. Comme si la cour d'assises était un lieu de divertissement, le procès une occupation comme une autre. Il y a deux femmes d'un certain âge, notamment, qui sont des habituées. Le policier, à l'entrée de la salle, les a reconnues et taquinées à ce sujet. J'ignore ce qui pousse ces personnes à venir ici. J'hésite entre la curiosité, le voyeurisme et le sadisme... peut-être aussi la satisfaction de constater qu'il y a toujours plus malheureux que soi.

Les journalistes, en tout cas, ne se sont pas privés d'avertir tout le département. « Le procès Dupuis s'ouvre aujourd'hui », proclamait ce matin la une de *La Charente libre*. Ceci expliquant peut-être l'affluence.

Nathalie est à mes côtés, sur le banc. De l'autre côté de l'allée, je distingue Gilles Lancier et ceux qui doivent être des membres de sa famille. Il y a un jeune garçon. Peut-être le fils aîné. De mémoire, il a un an de plus qu'Anaïs. Je pense à ma fille, à son souhait d'être ici. Je vois ce tout jeune homme qui n'est presque encore qu'un enfant, et sa présence m'étonne autant que je peux me l'expliquer. Il est comme les autres de son clan : il veut comprendre pourquoi sa mère est morte et voir à quoi ressemble celle qui l'a tuée. Moi je me concentre sur la première partie. Je suis là pour comprendre aussi, et soutenir. Je sais à quoi ressemble la coupable. Je l'ai épousée, j'ai partagé avec elle des milliers de repas, de moments, de nuits. J'ai vécu avec elle, eu des enfants avec elle, je croyais tout savoir d'elle. Mais ma présence ici, sur ce banc, me prouve, si j'en doutais, que je me suis trompé.

Derrière nous se trouvent quelques amis proches. Ceux qui tenaient à être là et qui le pouvaient, pour nous assurer de leur soutien. Fred, par exemple. Et Jessica, la meilleure amie de Catherine.

Une sonnerie retentit.

— Mesdames et messieurs, la Cour. Veuillez vous lever, s'il vous plaît.

Nous obéissons. Un homme vêtu de rouge entre au fond de la salle, comme sorti des coulisses, et vient se placer au niveau du fauteuil central face à nous, aussitôt suivi de deux magistrats en robe noire qui s'installent à ses côtés. Au même moment, deux policiers arrivent par la porte latérale, à droite, encadrant l'accusée. Catherine est menottée. Comme j'imagine la honte qu'elle ressent à cet instant ! Elle relève la tête, me cherche des yeux, trouve les miens ; j'ose un sourire encourageant, ses lèvres s'étirent, mais c'est si fugace que cela n'a pas le temps d'en devenir un. Puis Catherine se retrouve dans son box, où on lui retire ses chaînes et où elle sera gardée par deux uniformes. J'entends un murmure qui s'élève dans la salle, un étonnement qui ne se cache pas : cette femme n'a pas la tête d'une criminelle. Catherine n'a plus rien de la bourgeoise apprêtée en toutes circonstances qu'elle fut, mais elle a soigné son apparence plus que ces derniers mois. Me Déricourt tenait à ce qu'elle donne une bonne image. « Il faut qu'elle assume d'où elle vient », a-t-il déclaré.

Le président de la cour demande à Catherine de se lever, de décliner ses nom, prénom, âge, domicile et profession. Il lui rappelle ses droits, notamment celui de garder le silence, mais lui demande de lui indiquer quand elle souhaite y recourir.

Vient ensuite l'appel des jurés par la greffière. Les trente-cinq personnes se lèvent à tour de rôle en entendant leur nom et le numéro qu'on leur a attribué. « Présent ! » Puis le président procède au tirage au sort des six titulaires et des deux supplémentaires. C'est, d'une certaine manière, la loterie… à ceci près qu'il n'y a pas de jackpot et que la plupart des participants n'ont aucune envie de « gagner ». Être juré de cour d'assises n'est pas un sort enviable. C'est beaucoup de temps à écouter, analyser, tenter de comprendre… Et le destin de l'accusé est entre leurs mains. C'est une responsabilité que tout le monde n'a pas envie d'avoir à porter. Me Déricourt en récuse le maximum autorisé – quatre ; l'avocat général aussi, qui en relègue trois autres. J'ignore, nous ignorons tous, pourquoi ces sept personnes ont été refusées. Aucune justification n'est donnée. Me Déricourt m'avait expliqué que ce choix pouvait sembler arbitraire. En réalité, les avocats ne disposent que du nom, de l'âge et de la profession des « candidats ». La raison de leur choix leur appartient.

Les huit jurés prennent place de chaque côté des assesseurs ; les autres, pour la plupart, décident de quitter la salle. Il y a déjà un peu moins de monde. Le président fait prêter serment aux jurés avant d'annoncer : « Je déclare le jury définitivement constitué. »

L'huissier égrène ensuite la liste des témoins et des experts qui interviendront au cours du procès et indique la demi-journée de leur passage.

L'audience est suspendue pour dix minutes. Face à mon étonnement, Me Déricourt m'explique que ce temps est en général utilisé par les jurés fraîchement tirés au sort pour avertir leur employeur et/ou leurs proches du rôle qui vient de leur être attribué. Les longues journées à venir vont en effet bouleverser leur quotidien autant que leur esprit.

La cour et Catherine reviennent, selon le même cérémonial qu'au début.

Les choses sérieuses commencent avec la lecture de la décision de la mise en accusation et le rappel des faits, depuis la découverte du corps jusqu'aux conclusions de l'enquête.

Le président demande à Catherine de se lever.

— Vous encourez la perpétuité et vous êtes incarcérée depuis le 27 février 2001. Quelle est votre position vis-à-vis des faits qui vous sont reprochés ?

Ma femme laisse passer un silence. Elle va nier.

— Je suis seulement coupable de m'être liée d'amitié avec la victime, Monsieur le président, dit-elle avant de se taire.

Je suis sidéré par son aplomb. Nathalie me regarde, nous nous comprenons.

Sur demande du président, l'huissier fait entrer un premier témoin : l'enquêtrice de personnalité, Mme Dutreuil, que j'ai eu l'occasion de rencontrer pendant l'instruction.

— Vous jurez de parler sans haine et sans crainte, de dire toute la vérité, rien que la vérité ; levez la main droite et dites « je le jure ».

L'enquêtrice jure, puis explique qu'elle s'est entretenue avec l'accusée à la maison d'arrêt, qu'elle a rédigé un rapport de dix-sept pages après avoir rencontré plusieurs membres de sa famille et consulté des documents. Le rapport se décline en trois parties : enfance et adolescence, vie familiale et professionnelle, puis personnalité…

Nathalie

Nous avons assisté à un récit chronologique et daté de la vie de Catherine. En presque une heure, Mme Dutreuil a déroulé son existence que j'ai revue comme un film. Catherine, enfant sociable et douée, grande sœur aimante et responsable. Une enfance marquée par mon arrivée un peu tardive, mais surtout par la mort précoce du père aimé. Catherine est une femme comme tout le monde, qui a vécu des hauts et des bas, un drame et des joies, qui ne s'est sans doute pas bien remise d'un deuil qu'elle a dû faire trop tôt. Après une scolarité sans encombre, un bac S mention bien, elle a rencontré Marc en école de commerce. Coup de foudre, mariage, un grand amour couronné par deux beaux enfants. Une vie de mère au foyer, plutôt confortable ; des activités sportives et culturelles « pour s'occuper » ; quelques actions humanitaires « pour se sentir utile ».

Catherine a des amis, qu'elle connaît parfois depuis l'enfance, et pas mal de relations.

Les gens, son entourage amical et familial, lui reconnaissent des qualités certaines : c'est une femme dynamique, qui aime s'entretenir, une femme sociable, serviable, joviale, parfait cordon-bleu, une mère aimante et présente pour ses enfants, qui sait donner un cadre, qui a à cœur d'inculquer valeurs et principes éducatifs. Au chapitre de ses défauts, on dit volontiers d'elle qu'elle peut être «soupe au lait», un peu trop vive, qu'elle a des sautes d'humeur. Mais, en résumé, elle a «bon fond» et un cœur en or.

Le portrait de Catherine une fois brossé, l'assistance comme le jury ne pouvait que se dire: «C'est une femme normale, comme n'importe qui, elle pourrait être ma sœur, ma meilleure amie, ma voisine ou ma collègue.» Et tous de se demander sans doute: «Mais alors, quel est donc le chemin qui l'a menée au crime?»

Anaïs

Mercredi 19 mars 2003 : procès jour 2 (et 2ᵉ jour sans moi)

Comme Pap ne voulait pas que j'aille au procès, évidemment, hier soir, je lui ai demandé un résumé. Il m'a expliqué comment ce premier jour s'était passé, ce qui s'était dit, et quelques détails du protocole (la solennité du truc, par moments). En gros, je n'ai pas loupé grand-chose. La vie de maman, je la connais. Mais c'était pour les autres, pour qu'ils voient un peu à qui ils ont affaire et qu'ils se rendent compte au fond que l'accusée est une femme comme il y en a plein, qu'elle n'a rien d'un monstre (et que, donc, les flics se sont trompés... c'est ça que doivent se dire les gens).

Je suis allée en cours ce matin, comme prévu, et je tourne en rond comme un lion en cage à la maison, là, car j'aimerais être à Saintes avec Pap et tata Nat, et voir maman. « Elle est menottée, tu sais ? Ça fait un drôle d'effet », ils m'ont dit. Mamie Jo est là, et un peu comme moi : elle aimerait être là-bas. Mais elle n'en a pas le droit, car elle témoigne demain et qu'elle ne doit pas assister à l'audience avant d'être passée à la barre.

Comme moi, elle rate tout, du coup. Elle est déçue, mais elle tenait à défendre sa fille. C'est son devoir de mère, elle dit, et je ferais pareil à sa place. Moi, je n'ai pas de devoir de fille. Même si j'aimerais bien être là. Bon… O.K., je me répète.

À plus dans le bus, journal.

Marc

Hier, nous étions centrés sur la personnalité de l'accusée... et sur celle de la victime. Il fallait que tous sachent quelle vie avait été enlevée, quelle femme merveilleuse était Béatrice Lancier. Je ne le dis pas avec ironie, je constate simplement : à écouter le rapporteur de l'enquête de personnalité, on avait l'impression d'entendre un hommage, comme lors des messes d'enterrement. Peut-être que les vivants ont tort. Béatrice Lancier avait tout pour elle. Si j'ai pu la comparer à Catherine, dans ce que j'avais compris de sa vie, elles n'ont pas eu la même. Disons que Béatrice, jusqu'à sa mort tragique, a eu une existence privilégiée, sans grand malheur à son actif... Pas comme Catherine. Elle était aimée de tous, aimante, très douce. Une femme et une mère parfaite. Sa mort n'en paraît que plus inexplicable : comment a-t-on pu vouloir la supprimer, et si violemment ? Je ne crois pas qu'une personne mérite de mourir plus qu'une autre, mais enfin... Il y a des ordures dont la disparition nous indiffère, voire nous soulage. La mort de Béatrice L. a été injuste, c'est bien le message qui est passé dans les têtes présentes hier. C'est bien ce sur quoi a insisté l'avocat des parties civiles. La victime ne méritait pas son sort... Le meurtrier, la meurtrière présumée en l'occurrence, n'en est que plus coupable : il ne s'en est pas pris à la bonne personne. Béatrice L. devrait vivre encore à l'heure d'aujourd'hui. Elle devrait respirer le même air que nous, partager des moments avec sa famille, s'occuper de ses enfants, être heureuse comme avant. Au lieu de cela, elle repose sous terre et a laissé derrière elle un mari et trois orphelins malheureux pour toujours.

Aujourd'hui, nous sommes entrés dans le vif du sujet : les faits, l'enquête.

Ce matin, trois policiers de la PJ ont défilé à la barre : l'un de ceux qui étaient présents sur le lieu de la découverte du corps et qui ont procédé aux premières constatations, un autre qui était là lors de la garde à vue de Catherine et le dernier, directeur d'enquête. À eux trois, ils retracent le déroulement des faits, selon eux, photos à l'appui. On nous montre le local de yoga, le café dans lequel l'accusée et la victime ont pris un thé après le cours, puis plusieurs vues du marais, avec des flèches désignant l'endroit où se trouvait le cadavre. On nous lit des dépositions, des extraits d'auditions de Catherine, les questions de la police, ses réponses, quelques hésitations, quelques incohérences... En garde à vue, Catherine a d'abord cherché à accuser le mari. Je l'observe à la dérobée, le vois qui s'agite. Les enquêteurs rappellent, rapport d'audition cote D-15 à l'appui, que Gilles Lancier avait un alibi et se trouvait à son travail l'après-midi du meurtre.

La question de la préméditation du crime est abordée. Portable laissé sciemment au domicile, emploi du temps modifié, couteau, lacets et somnifères emportés : il n'y a pas beaucoup d'espoir de faire passer ces « actes préparatoires » pour hasardeux. Catherine avait fomenté un plan, réalisé un scénario avec une intention homicide très claire. Je me demande comment Me Déricourt va pouvoir la défendre tant les éléments à charge sont sérieux et convergents.

Le mobile du crime n'est évoqué que succinctement, il sera développé plus tard, mais la jalousie maladive ne semble faire aucun doute. La prévenue a voulu supprimer sa rivale.

À chaque déposition à la barre, comme hier avec Mme Dutreuil et l'autre expert, la même procédure : récit spontané du témoin, interrogatoire par le président de la cour, puis questions éventuelles des assesseurs et des jurés, questions de l'avocat des parties civiles, de l'avocat général puis de l'avocat de la défense, dans cet ordre exact. Les minutes et les heures s'étirent, à la recherche de la vérité.

Nathalie me jette régulièrement des coups d'œil, comme pour s'assurer que je tiens le coup. Et je tiens... pour l'instant. Car le pire reste à venir.

L'après-midi, c'est au tour des médecins légistes de se succéder à la barre. On entend d'abord celui qui était présent lors de la levée de corps et qui a fait les premiers constats, puis celui qui a procédé à l'autopsie, et enfin une femme spécialisée en anatomopathologie qui, à ce titre, a effectué une analyse macroscopique et une expertise microscopique des tissus prélevés lors de l'autopsie. Les conclusions sont sans appel : le décès remonte bien au mardi après-midi 20 février, vers 17 h 30, 18 heures maximum. Il est dû à sept coups de couteau, dont un létal au niveau du thorax. La victime a aussi ingéré, une à deux heures avant son décès, une quantité de somnifères suffisante pour l'endormir un certain temps.

— La victime était-elle consciente ou pas, lorsqu'elle a été poignardée ?

— A priori consciente, monsieur le président.

— Peut-on supposer que Mme Dupuis n'a drogué Mme Lancier que dans le but de la transporter du café au marais et dans celui de la ligoter sans être gênée par des mouvements intempestifs ?

— Certainement.

— Pensez-vous que l'accusée avait projeté de tuer sa rivale lorsque celle-ci était endormie ? On peut penser qu'il est plus « facile » de mettre à mort quelqu'un qui semble déjà mort, et qu'il faut plus de « cran » pour poignarder quelqu'un qui vous fait face et vous regarde, non ?

— C'est possible. Néanmoins, elle a peut-être été surprise du « réveil » précoce de la victime, étant donné les faibles doses ingérées.

Mᵉ Déricourt s'insurge contre les questions posées, à charge selon lui, qui sont déjà des interprétations de ce qu'il s'est passé, et non un simple constat scientifique. Le président le remet à sa place en lui rétorquant qu'en termes d'objectivité sur la violence des coups portés, les photos à venir parleront d'elles-mêmes et prévient les personnes sensibles de l'assemblée que certaines images pourront être difficiles à supporter.

Des yeux se lèvent vers les écrans, d'autres se baissent pour s'épargner. Je choisis de regarder. J'ai besoin de voir. Ce n'est pas par goût du morbide, oh que non ! C'est pour me rendre compte... Je sens mon sang se retirer de mon corps à la vue de celui de Béatrice L. Ses vêtements maculés de rouge, ses poignets et chevilles liés par des lacets moins blancs qu'avant... et elle, sur la table d'autopsie. Les marques, les coups de couteau, comme autant de preuves d'une violence inouïe, les cheveux hirsutes tranchés comme avec un sabre. Je ne sais pas comment ma femme a pu faire cela. Je ne parviens pas à me l'expliquer. Nathalie m'attrape la main, et je sais ce que cela signifie : heureusement que Josette n'assiste pas à cela.

Nathalie

Mettre des images sur des mots, sur un concept, c'est passer à un niveau supérieur dans l'horreur. Savoir que ma sœur est un assassin, savoir ce qu'elle a fait, et maintenant VOIR le résultat me fait frémir, me donne envie de vomir.

Cathy, je t'aime, tu le sais, je t'ai toujours aimée… mais pourquoi ? Pourquoi as-tu fait ça ? Et comment as-tu PU faire ça ? J'essaie d'imaginer la sœur que je connais s'acharner sur un corps à demi endormi, planter sa lame en divers endroits pour être sûre de ne pas se rater. Cette violence sans nom et sans raison.

Je ne comprends pas comment ma sœur a pu perdre son entendement, ses valeurs et son humanité. D'où vient la noirceur au fond de son âme ? Quelle sorte de folie a pris possession d'elle et nous l'a volée ?

Justement, c'est au tour de deux experts d'être entendus : une psychologue qui est venue voir Catherine en prison, ainsi qu'un psychiatre qui a dû statuer sur l'état psychique de Catherine au moment du drame. Il faut être sûrs, en effet, qu'elle n'a pas perdu la raison, qu'elle n'a pas manqué de discernement. Le cas échéant, elle pourrait être déclarée pénalement irresponsable. Une chance pour nous, la seule issue possible ? L'avenir n'en serait pas forcément moins sombre, car qui dit pathologie psychiatrique dit placement en unité de soin sécurisée. Mais au moins Catherine serait jugée défaillante, dépassée par une force impérieuse, irrépressible ; on reconnaîtrait qu'elle n'est pas RESPONSABLE de son acte. En un sens, ça changerait beaucoup de choses. Ce serait lui accorder une forme de circonstance atténuante. Ce serait dire qu'elle n'était pas en pleine possession de ses moyens, qu'elle n'était pas elle-même... qu'elle ne mérite donc pas (au sens pénal, pas au sens humain) d'aller en prison.

La psychologue clinicienne a déjà remis, pour le dossier d'enquête, un rapport d'expertise (cote B-4) fondé sur un entretien clinique et un test de personnalité. Il s'agissait de déterminer le profil psychologique de l'accusée en analysant son passé, sa vie personnelle, sa vie professionnelle, sa vie relationnelle, affective et sentimentale... Il lui fallait évaluer la capacité de Catherine à gérer ses émotions, vérifier sa connaissance du bien et du mal, sa capacité d'empathie...

Elle explique que Mme Dupuis a eu plus de mal que la moyenne des personnes incarcérées à s'adapter à la prison, malgré la présence de ses proches qui lui rendent visite au parloir chaque semaine.

Elle note une intelligence normale, voire supérieure, mais des fragilités et une affectivité instable.

— Concernant le drame, elle est encore dans le déni, mais éprouve un semblant d'empathie pour la famille, sans se dire coupable pour autant. Catherine Dupuis peut se montrer vive et dure en paroles, faire preuve d'un peu d'agressivité, par moments, notamment vis-à-vis de son mari, qui s'absente trop souvent. Elle se dit mère dévouée, prête à tout pour ses enfants. J'ai noté chez elle, cependant, un sentiment d'abandon marqué. Elle ressent la solitude comme un vide très angoissant et s'est retrouvée très mal lorsque son fils Florian est entré à l'école maternelle. Pour éviter ces sensations désagréables qui pouvaient finir en crises, Catherine Dupuis s'est inscrite dans une salle de sport, qu'elle a fréquentée avec frénésie, parfois plusieurs heures par jour. Mais elle a trouvé aussi un moyen de combler ce vide en multipliant les relations extraconjugales.

À ce moment-là, mon cœur s'arrête de battre. Je me fige, je n'ose pas regarder Marc, je le sens dans la même immobilité. Ce que je n'étais pas sans ignorer, mais que je croyais être la seule à savoir, se retrouve déballé devant tout le monde. Parce que oui, Gilles n'était pas le premier. Depuis trois ans, Cathy enchaînait les amants. Elle ne supportait pas la solitude, elle ne supportait pas l'absence de son mari, alors elle comblait, elle se vengeait peut-être aussi, au passage. Mais elle ne se sentait bien que dans les bras d'un homme ou à la perspective de rejoindre les bras d'un homme.

La psychologue ne s'appesantit pas trop longuement sur le sujet, mais le mal est fait. Je sais que dorénavant Marc va tout reconsidérer. Après ces révélations, il ne verra plus jamais leur histoire de la même façon. Un amant, il aurait pu peut-être, un jour, le lui pardonner, mais plusieurs ? C'est la trahison et l'humiliation, devant tout le monde. J'ignore comment il parvient à rester sur le banc à côté de moi. Je crois qu'à sa place j'aurais quitté la salle, je serais partie. Et j'aurais abandonné la partie, le procès, ma femme et mon mariage.

Le psychiatre arrive, après l'habituel cycle des questions (président, avocat des parties civiles, avocat général, avocat de la défense). Il a examiné Catherine à la demande du juge d'instruction en octobre 2001. Il revient sur son enfance, son adolescence, etc. Assister à un procès d'assises, c'est entendre plusieurs fois les mêmes choses, s'exposer à de multiples répétitions. Il reprend les mots de Catherine au sujet de Marc : « C'est l'amour de ma vie. » Je sens que l'amour de sa vie ne supporte pas ces mots, il se met à trembler, son poing se serre.

Le psychiatre doit déterminer si le sujet est malade, s'il l'était au moment des faits et, le cas échéant, s'il y a un lien direct et exclusif entre la maladie et l'acte criminel. Mais il ne diagnostique chez Catherine aucune psychose, aucune schizophrénie, donc aucune pathologie qui aurait pu expliquer son passage à l'acte. Il est catégorique : Catherine n'a pas ressenti de bouffée délirante, elle était consciente de ses gestes, il n'y a eu ni abolition ni altération du discernement. Même si elle est dans le déni et se refuse à avouer, il n'y a aucune raison psychiatrique qui aurait pu la mener au crime. Il s'agit, pour lui, d'un drame passionnel lié à une jalousie morbide, sur fond de personnalité potentiellement borderline, trouble qui pourrait venir de séquelles affectives résultant du deuil de son père, d'où ses angoisses d'abandon et les crises qu'elle pouvait faire à son mari lorsqu'elle se sentait, justement, abandonnée… mais rien qui puisse évoquer une folie meurtrière et une irresponsabilité pénale. Sur la possibilité d'une récidive, le psychiatre ne souhaite pas s'avancer sur une totale absence de dangerosité, même si, pour lui, l'accusée a agi dans un contexte très particulier qui a des chances de ne jamais se reproduire.

Le deuxième jour d'audience touche à sa fin, et Marc a touché le fond. Je n'ose pas le regarder. Je ne saurai pas quoi lui dire dans la voiture, sur le trajet du retour. S'il parle, je lui répondrai. Sinon, je me tairai.

Je pense aux enfants, victimes collatérales. Je pense à ma mère, qui sera à la barre demain. Je pense à toute la famille Lancier qui ne sort pas de son cauchemar. Je pense à Catherine dont l'attitude, dans son box, m'interpelle. Elle semble indifférente à tout, distante… comme si ce procès n'était pas le sien.

Je ne la reconnais pas. Et pour la première fois de ma vie, je pense que j'ai peut-être perdu ma sœur.

Marc

Nous roulons. C'est moi qui conduis. Dire que la voiture se conduit toute seule serait plus juste : je suis en pilotage automatique. Je suis là sans y être. Je ne sais même plus si je m'appartiens vraiment. Et Nathalie est comme moi : immobile, le regard fixé sur la route, silencieuse, inerte comme le serait un mannequin de la sécurité routière.

Cette journée a été une série d'épreuves. Pour moi, plus encore que pour elle, évidemment. Je me demande comment elle vit sa place de sœur de meurtrière. J'imagine que Catherine, qu'elle voyait comme une déesse, est tombée de son piédestal, pour devenir une simple humaine. Pire, une humaine capable d'inhumanité. Pour moi, Catherine a presque disparu. La Catherine que je connaissais n'existe plus. Je *croyais* la connaître. J'ai compris aujourd'hui, plus qu'aucun autre jour, qu'une part d'elle était sombre et inaccessible, comme la face cachée de la lune : un monde inconnu. Je n'ai vu, ou n'ai voulu voir, que le meilleur d'elle… et encore.

Les images du corps de Béatrice L. restent imprimées dans ma rétine. C'est comme si je l'avais sous les yeux, à travers le pare-brise, qu'il était allongé sur la route. Sa peau blanche tailladée, et son visage surtout. Et ses cheveux tranchés qui lui volent une part de féminité. Catherine a voulu réduire sa rivale à néant. Je suis presque étonné qu'elle ne l'ait pas défigurée, tant la haine semble avoir pris le dessus sur sa raison. Dieu merci, il n'y a pas eu d'actes de torture. Dieu merci, elle n'a pas ajouté du pire au pire en tentant de brûler le cadavre. Mais bon... Elle l'a laissé croupir dans le marais, en attendant que quelqu'un le trouve. Je me suis souvent demandé pourquoi elle ne s'était pas éloignée de La Rochelle, pourquoi elle n'avait pas mieux caché le corps, cherché à s'en débarrasser. Certainement par manque de temps ce soir-là. Tôt ou tard, il allait être retrouvé. Était-ce ce qu'elle voulait ? Dans un reste d'humanité, souhaitait-elle lui garantir une sépulture ? Quoi qu'il en soit, elle devait avoir confiance, se croire protégée, penser qu'on ne la soupçonnerait jamais. Je ne comprends pas d'où pouvait lui venir un tel sentiment d'impunité. Parce qu'elle croyait avoir commis le crime parfait ? Ce n'était manifestement pas le cas. Parce qu'elle sous-estimait le système judiciaire ? C'était mal le connaître.

Je n'ai jamais compris cette sorte de naïveté. Je la revois, le jour de son audition, le vendredi. Elle était calme. Elle se croyait à l'abri. Elle était moins sûre d'elle le lundi, quand la PJ a débarqué chez nous, mais elle a gardé son sang-froid, elle a choisi de ne pas prendre d'avocat. Quel aplomb quand j'y repense... Ou alors, peut-être qu'inconsciemment elle souhaitait être arrêtée et payer pour son acte. Depuis que je n'ai plus de doutes sur sa culpabilité, les mêmes images et les mêmes scènes me reviennent avec plus d'incrédulité encore : je revois les jours entre le mardi du meurtre et le lundi de la garde à vue. Ma femme, à la maison, à table, égale à elle-même. Son comportement était normal. Et je ne comprends pas comment il est possible de fomenter un crime, de le commettre, puis de récupérer son fils chez la nourrice, de revenir chez soi, de cuisiner, de câliner ses enfants, de discuter avec son mari… d'être comme d'habitude. Sans ciller, sans larmes, sans tremblements, sans émotion… Sans remords. Catherine a-t-elle un cœur si froid ? C'est comme si la détermination qu'elle avait à remplir sa mission l'avait robotisée. Comme si elle était devenue une machine à tuer et que, l'instant d'après, elle était redevenue humaine, sans transition.

Je ne saurais reconnaître ma femme dans ces agissements.

Et je ne saurai pas non plus, c'est certain, lui pardonner ses infidélités. Infidélités que j'ai découvertes aujourd'hui, devant tout le monde. Je ne suis pas que le mari de l'accusée, je suis un mari cocu, et dans les grandes largeurs. J'ai bien entendu les murmures de la foule lorsque la psychologue a parlé des aventures extraconjugales de ma femme. J'ai senti les regards dans mon dos, peser sur mes épaules. J'ai perçu la rumeur publique fondant sur moi, les interrogations. Les gens doivent se demander comment je peux encore me trouver là, du côté de la défense, à soutenir cette femme qui m'a trahi de multiples façons, qui a brisé mon mariage, mes enfants, qui a pulvérisé ce que nous avions construit, notre existence. Je ne le sais pas moi-même. Il y a encore quelques semaines, je l'aimais, c'était l'essentiel. Mais maintenant, après cette journée qui a achevé mes dernières certitudes…

Anaïs

Mercredi 19 mars 2003 (soir) : 2ᵉ jour du procès

Ce soir, j'ai pété les plombs. J'avoue.
Ça a commencé au dîner. J'ai demandé à papa pour la je-ne-sais-combientième-fois si je pouvais aller au tribunal avec lui demain. Et il m'a dit non, pour la je-ne-sais-combientième-fois aussi. Et je lui ai redemandé pourquoi. Et il m'a refait la leçon : « Tu es trop jeune », « Ce n'est pas ta place », tout ça, tout ça... Trop jeune pour quoi ? Pour vivre ce que je vis ? Bah c'est trop tard... Maman aurait dû y penser avant. Trop jeune pour tout voir, tout savoir ? Trop jeune pour comprendre ? Trop jeune pour défendre ma mère ? J'ai explosé. Papa m'a demandé de « redescendre », comme il dit quand je monte dans les tours. Il dit la même chose à maman (enfin, il disait, parce qu'il n'en a pas trop l'occasion, depuis deux ans). À cause de Flo, il ne voulait pas que je m'emporte trop (toujours ce truc de l'aînée qui doit montrer l'exemple...). « On en reparlera plus tard. » Sur le coup, j'ai eu un peu d'espoir : c'était comme s'il laissait une porte ouverte à la négociation. J'aurais dû me douter que c'était juste

une manière de me calmer... Une fois Flo couché, on a repris notre conversation. Sauf que «Pour ta demande de tout à l'heure, c'est non» (avec son ton ferme qui m'agace), ce n'est pas une discussion. Alors j'ai brandi une menace : «Si tu ne veux pas, j'irai quand même.» Il a rigolé, et ça m'a énervée encore plus. Il croit quoi? Que c'est un caprice? Il comprend pas que ma vie se joue aussi dans les deux jours qui viennent? C'est monté. Je lui ai lancé que j'allais sécher les cours, que j'allais fuguer, partir loin... qu'au lieu d'être au procès, il serait en train de me chercher. Qu'il n'aurait rien gagné. Que j'étais déterminée. Il a soupiré, il a rendu les armes assez vite (je crois qu'il est surtout fatigué par tout ce qui se passe). «O.K...» Il a cédé, et ce n'est pas souvent. À mon avis, il n'a pas envie que je lui refasse le coup d'il y a deux ans... surtout en ce moment. Il a bien assez à gérer. Et, même s'il essaie de ne pas le montrer, il doit vivre dans un stress énorme. Le pauvre... Je n'aimerais pas être à sa place. Je lui ai dit «merci» et je l'ai pris dans mes bras (le truc hyper rare dans ce sens-là – et même dans l'autre, depuis que je suis une ado). J'ai eu l'impression qu'il allait craquer, se mettre à pleurer, tout lâcher. Mais il s'est repris. Il m'a dit d'aller me coucher, que la journée allait être longue et difficile. Il a sans doute raison. Je ne sais pas bien dans quoi je me suis engagée. Je sais juste que je dois être là. Même si je n'arrive pas à imaginer ma mère dans le box des accusés... On ne peut pas se préparer à ça, si?

Marc

Cette fois, nous sommes quatre dans la voiture. Quatre de trois générations différentes, et je me demande comment j'ai pu finir par accepter la présence d'Anaïs, comment j'ai pu plier, alors que j'ai pour principe de ne pas céder aux caprices, aux geignements, aux supplications, même passionnées. Je crois que je suis las, profondément las. Et vaincu, déjà. Nous allons perdre ce procès, je le sais et, quelque part, j'ai rendu les armes, cessé de me battre. Comme Catherine, si j'en crois son attitude. Depuis hier, je suis résigné. Il n'y a plus grand-chose à sauver. Le résultat se comptera en années, c'est le seul enjeu à présent. Mais nous avons perdu, et en premier lieu l'honneur de notre famille.

J'aurais aimé qu'Anaïs n'assiste pas à cela. Je me console en me disant qu'au moins elle n'a pas entendu les rapports des experts, le compte rendu de l'autopsie, qu'elle ne verra jamais les images que j'ai vues et qui tournent encore dans ma tête... Qu'apprendra-t-elle aujourd'hui ? Qu'apprendrons-nous tous ? La journée va être consacrée à l'audition de « témoins »... non pas des gens qui auront assisté au crime, puisque personne n'a rien vu, mais des gens de l'entourage proche ou plus lointain de la victime et de l'accusée. Je regarde parfois Josette du coin de l'œil. Sa nervosité est palpable, elle s'agite sur son siège, des soupirs lui échappent. J'ignore si elle pense peser dans la balance avec son témoignage. Elle a le but louable de vouloir sauver sa fille, mais elle ne mesure pas à quel point celle-ci est déjà perdue. Et je me garde bien de le lui signifier. C'est une entreprise bien trop grande pour nous tous… même pour notre avocat, que je sens soucieux.

Catherine ne coopère pas assez, ne cherche pas vraiment à se défendre. Quand elle ouvre la bouche, il y a de la mollesse dans son ton, comme si elle avait déjà rendu les armes, elle aussi, alors que c'est sa bataille, alors qu'elle joue sa vie… et la nôtre aussi, d'ailleurs. Lorsque je la regarde, je ne la reconnais plus. Où est passée Catherine ? À croire qu'elle est sous calmants, qu'ils l'ont shootée.

Nous arrivons dans la salle des pas perdus. La famille Lancier est déjà là, nous nous plaçons dans un autre coin, à distance, en attendant l'ouverture des portes de la cour d'assises. Nous sommes deux clans. Il y a celui des victimes, sur lequel glissent des regards compatissants. Et il y a le nôtre, celui des coupables. Alors que notre seule faute est d'appartenir à la famille de l'accusée. Or je ne me sens coupable de rien. Quoi qu'ait ressenti Catherine, je ne l'ai jamais abandonnée, je l'ai toujours soutenue. Et quand bien même… Elle n'avait aucune raison valable de s'en prendre à Béatrice L. Il n'y a jamais de raison valable pour ôter la vie de quelqu'un. Je regarde Anaïs, je perçois son trouble, son malaise. Nathalie a la main posée sur son épaule, comme pour l'encourager à être forte. Josette a déjà rejoint la salle des témoins. J'imagine son stress grandir, l'adrénaline se répandre dans toutes ses cellules. Elle aussi va devoir être courageuse face à la cour, face au jury, au président. Il faut du cran pour s'exposer aux regards et au jugement, pour répondre aux questions sans s'effondrer.

Un policier ouvre la porte, laissant affluer en masse le public. Certains entrent avec empressement, comme pour être sûrs d'avoir une place, d'être aux premières loges... au plus près de la scène, là où le spectacle est le plus grisant, où les émotions sont les plus tangibles. Je réprime un rictus de dégoût, entraîne Anaïs vers notre banc, à droite, du côté de la défense, m'assois avec elle et sa tante, attends Me Déricourt pour un point rapide avant l'entrée de la cour.

Nathalie

Ce matin, c'est maman qui a ouvert le bal des témoignages. Elle est arrivée le menton levé, alors que je l'aurais crue penaude. Elle a d'ailleurs gardé la tête haute tout du long. J'ai senti sa volonté d'en découdre. Elle était à la barre pour sortir Catherine de là. Comme si cela pouvait suffire, qu'il n'y avait qu'à convaincre l'assemblée. Elle a tenu son rôle de mère louve à la perfection, a défendu sa fille quand elle était attaquée, s'est insurgée avec véhémence, après en avoir dressé un portrait, non pas idéal, mais plutôt juste. Maman n'a pas cherché à faire de Catherine une femme parfaite. Elle a concédé des failles, des défauts, mais elle a loué ses qualités, et surtout elle a dit et martelé que jamais, au grand jamais, Catherine n'aurait pu commettre le crime dont on l'accuse. On sentait dans ses mots palpiter le cœur d'une mère, vibrer l'âme de celle qui a porté, enfanté, élevé. On entendait la confiance, le soutien indéfectible, la croyance sans limites… Tout ce que peut revêtir l'amour d'une mère. Je me suis demandé si elle aurait été pareille pour moi, si j'avais été à la place de Cathy.

Après les questions qui ont pu la décontenancer,

mais ne l'ont jamais fait faillir, elle s'est assise près de moi. Puis il y a eu les autres témoins appelés pour la défense, d'autres soutiens de Catherine choisis par son avocat, une professeure de son lycée venue raconter son rôle de médiatrice et son sens de la justice lorsqu'elle était ado, Martine, la nourrice, assurant l'assemblée de l'attitude on ne peut plus normale de ma sœur lorsqu'elle avait récupéré Florian à 19 heures, le soir du meurtre, deux amies venues renchérir sur le sujet « Catherine est une femme formidable », et toujours le même discours, la même conclusion : Catherine est une femme bien, elle est incapable d'avoir fait du mal à Béatrice L., Catherine n'a aucune perversité, Catherine n'a aucun vice. Catherine ne peut être une criminelle. Ou alors tout le monde peut l'être !

L'audience a été suspendue après, pour la pause méridienne. Maman, Marc, Anaïs et moi sommes sortis du tribunal. Nous nous sommes livrés à un débriefing familial. Je me suis enquise auprès d'Anaïs de son état. Elle avait, de ce que j'en avais perçu chaque fois que je la regardais, plutôt bien supporté la matinée. Je n'ai rien dit, mais en mon for intérieur je pensais : « C'étaient les témoins de la défense, l'après-midi risque de nous réserver des moments plus difficiles. »

Maman, elle, paraissait mieux que dans la voiture. Elle était soulagée d'avoir rempli la mission qu'elle s'était assignée, et nous l'avons tous remerciée pour ses mots et son courage. Elle a fait tout ce qu'elle pouvait. Elle n'aura pas de regret à avoir, et c'est l'essentiel.

Josette

Nous sommes revenus au tribunal à l'heure dite, sans avoir pu avaler quoi que ce soit. J'étais satisfaite de ma « prestation » du matin, mais j'appréhendais la suite, comme nous tous. Nous savions que cette fois les témoins ne seraient pas de notre côté, mais qu'ils seraient là pour enfoncer Catherine, pour la faire passer pour la meurtrière qu'elle n'est pas.

Les témoignages de la professeure de yoga et du serveur du café ne nous ont pas appris grand-chose : ils ont relaté les faits tels que nous les connaissions déjà, tels que Marc me les avait appris après la déposition des policiers. La première a confirmé que Catherine et Béatrice avaient sympathisé assez rapidement, qu'elles quittaient la salle de cours en discutant, qu'elles avaient presque l'air de deux amies. Le second a décrit la scène à laquelle il a assisté : le thé, Béatrice Lancier qui s'absente aux toilettes, lui qui sert d'autres clients, la brune qui ne se sent pas très bien, la blonde qui emmène celle-ci jusqu'à sa voiture en lui assurant qu'elle allait « s'occuper d'elle ». Et le garçon de café d'ajouter :

— Sur le coup, je n'avais pas imaginé qu'elle allait s'en occuper comme ça, hein.

Un murmure collectif s'est répandu dans la salle, comme en écho à son ricanement. J'ai eu envie de protester, mais le président du tribunal l'a fait pour moi : il a menacé ceux de l'assemblée incapables de rester silencieux de sortir de la salle et rappelé que nous n'étions pas au spectacle.

Après les questions des uns et des autres, puis le départ du serveur, le président appelle à la barre le témoin le plus important des parties civiles : M. Gilles Lancier lui-même. Je me raidis. Nous nous raidissons tous. Un silence lourd s'abat sur la salle quand il décline son nom, sa profession, son domicile. Toute l'assemblée est suspendue aux paroles qu'il s'apprête à prononcer. Il est le mari, le veuf de la victime. Il était l'amant de l'accusée. Son témoignage est capital. Sa responsabilité aussi, ne puis-je m'empêcher de penser. S'il n'avait pas trompé sa femme, nous n'en serions pas là.

Je regarde cet homme. Je ne vois que son dos, mais j'ai eu l'occasion de l'observer à la dérobée plus tôt. Il est chauve, mais porte bien le crâne rasé. Grand, sans plus. Plutôt costaud. Il a les épaules basses. Et, quand on les voit, des yeux bleu clair qui ont dû être vifs. Je scrute ma fille qui semble hésiter entre le toiser depuis son perchoir et baisser la tête. Quelle scène étrange, pour deux amants, de se retrouver là, face à un jury. Deux amants, deux clans opposés, et tant de questions, de haine et de rancune entre les deux. Je ne peux m'empêcher de les imaginer lorsqu'ils s'aimaient.

D'un ton plein d'empathie, le président invite Gilles Lancier à parler, à évoquer les circonstances de sa rencontre avec Catherine, les grandes lignes de leur histoire. Après quelques secondes d'hésitation, l'amant se met à en dérouler le fil en un torrent ininterrompu. Je jette de temps en temps un coup d'œil à Marc, j'imagine comme ce récit érafle ses oreilles et brise son cœur un peu plus. Quant à moi, je peine à croire ce que j'entends, à me représenter ma fille telle qu'elle est dépeinte : une femme passionnée, folle d'amour pour un homme qui appartient à une autre... une femme duplice capable de discrétion autant que de calcul... une femme qui veut sa dose plurihebdomadaire de relations sexuelles... une femme trop présente et oppressante qui a fini par fatiguer et inquiéter son amant, lequel a préféré mettre un terme à leur relation... une femme qui n'accepte pas d'être éconduite, qui devient harcelante, menaçante... comme si cela pouvait faire changer d'avis l'homme en question ! Catherine veut des preuves de son amour, Catherine pourrait tout révéler à sa femme, Catherine trouvera comment se venger. Je regarde ma fille, qui baisse la tête, cette fois. Éprouve-t-elle de la honte ou du remords ? Se rend-elle compte à présent du caractère excessif, voire fou, de son comportement d'alors ?

Puis Gilles Lancier raconte le moment où il a compris que Catherine avait intégré le cours de yoga de sa femme. Un jour, Béatrice lui a dit qu'elle avait sympathisé avec « une nouvelle », qu'elle s'appelait Catherine. Il se rappelle comment son sang s'est glacé, l'angoisse qu'il a ressentie, non pas à l'idée qu'il arrive quelque chose à Béatrice, mais à l'idée que Catherine lui révèle leur liaison. Il se sentait coincé. Il se reproche aujourd'hui d'avoir été lâche. S'il avait eu le courage d'avouer la vérité à sa femme et de lui enjoindre de se méfier de Catherine, peut-être que rien ne serait arrivé. Il s'en veut tellement. À ce moment, toute la salle, hormis peut-être Marc, doit ressentir l'ampleur de ses regrets et de son malheur. Gilles Lancier admet sa responsabilité dans ce qui s'est passé : sans lui, sans cette histoire extraconjugale, sa femme serait encore en vie. Il ose alors tourner le dos au jury pour s'adresser à son fils aîné et s'écrie, le visage ravagé par les remords :

— Je suis désolé, Nathan, je suis tellement désolé si c'est ma faute... Je ne pensais pas...

Mes yeux s'embuent de larmes malgré moi. Cet homme me déchire le cœur. Il a perdu sa femme et peut-être l'amour de ses enfants. Son fils tamponne ses paupières avec un mouchoir, il ne dit rien. Gilles Lancier reprend sa position face au président. Une seconde seulement. Puis, sans se soucier du possible règlement, il s'adresse directement à l'accusée.

— Catherine, j'ai ma part de responsabilité, mais tu as la tienne ! Pourquoi n'avoues-tu pas ?

La salle entière se fige à cette seconde. Peut-être se trouve-t-on au tournant du procès. Dans ma tête, je prie pour que Catherine se taise, n'avoue rien. Elle ne peut pas être coupable, elle n'a pas à endosser ce crime odieux, fléchir devant les supplications de son ex-amant. Elle ne va pas renoncer à son honneur et à sa vie pour lui, quand même ! J'ai envie de crier : « Noooon ! » Pourtant je me tais, les yeux rivés sur ma fille dont le visage m'apparaît de profil.

— Dis-leur que c'est toi qui as tué Béa ! Dis-le ! continue Gilles Lancier, en larmes. Tu nous dois la vérité. Il nous faut les réponses pour faire notre deuil ! Tu nous l'as prise... Avoue, au moins. S'il te plaît...

Marc

Gilles L. n'ajoute pas « au nom de notre ancien amour », mais c'est tout comme, c'est sous-entendu. Il a avoué tout à l'heure qu'il était épris de Catherine.

Le temps semble se suspendre un instant. L'assemblée tout entière est rivée sur le couple d'amants, et je les regarde moi-même comme si je n'avais rien à voir avec eux, comme si je devenais spectateur d'une scène décisive au cinéma. C'est véritablement le point culminant du procès. Tombera, tombera pas ?

Le président du tribunal s'adresse à Catherine :

— Madame Dupuis, avez-vous quelque chose à répondre à M. Lancier ?

Je crains tout à coup que son intervention ait brisé l'élan de la vérité. Catherine n'allait-elle pas répondre d'elle-même, spontanément ? Ne va-t-elle pas se taire, finalement ? Le temps d'un flottement, je ne sais plus si je souhaite que Catherine continue de nier ou avoue... À la place de cet homme, et je m'étonne de parvenir à m'y mettre, j'attendrais un aveu. J'en viens donc, très étrangement, à vouloir que ma femme avoue. Que la vérité éclate au grand jour, qu'on en finisse. Puisque je la connais déjà, moi. Je n'ai rien à apprendre. Mais je pense à Anaïs, près de moi. Je croise son regard. Ses yeux disent : « Elle ne peut pas avouer. » Et cela signifie deux choses : Anaïs n'est pas en mesure de concevoir la culpabilité de sa mère ; Anaïs ne veut pas qu'elle avoue, même si elle est coupable. Avouer, ce serait renoncer. Renoncer à sa liberté, renoncer à nous... Ce serait nous abandonner, nous trahir. Elle ne PEUT PAS avouer. Pour nous...

Catherine s'approche du micro. Toute la salle, derrière nous, retient son souffle.

— Je... Oui... C'est moi qui ai... C'est moi qui ai tué Béatrice.

Une onde de choc se répand dans la salle, sans que le président ne trouve à redire : personne ne peut rester insensible à cet aveu désespéré. À l'exception peut-être de l'avocat des parties civiles, qui doit le trouver, lui, inespéré : Catherine a livré la vérité, il n'aura pas à se battre pour démontrer sa culpabilité.

Nathalie

Elle l'a dit.
Tout se fige en moi. Même mon cœur s'arrête.
Je regarde Catherine et j'ai cette fois la certitude que j'ai perdu ma sœur.

Josette

Les mots de Catherine mettent quelques secondes à m'arriver. Comme si je ne les avais pas entendus, alors qu'ils me percutent au plus profond de moi.

Ma fille a avoué, et j'ai l'impression de plonger dans un monde irréel. Cette vérité-là ne peut être la vérité. Ma première pensée est qu'elle ment : elle dit cela pour aller dans le sens de son amant, pour lui *faire plaisir*. Elle est si folle de lui qu'elle est prête à endosser un crime qu'elle n'a pas commis. Elle se sacrifie pour lui, devant nous.

Un cri s'échappe de mon ventre :

— Catherine ! C'est impossible ! Dis-leur que tu n'as pas fait ça !

Ma fille se tourne vers moi, vers nous, lentement, puis plante ses yeux dans les miens :

— Maman... Je te jure que c'est la vérité.

Elle se tourne vers le président, hésite, s'éloigne du micro et s'assoit. Elle baisse la tête, et puis plus rien.

Sous mes pieds, le sol s'ouvre. Ma vie est en train de s'effondrer dans cette salle de tribunal. Des larmes jaillissent. Nathalie pose sa main sur la mienne. Je ne la regarde pas. Pourtant elle est peut-être la seule fille qu'il me reste. La seule qui sera encore là, dans la vie du dehors, la vraie... pas dans la vie à l'ombre qu'on a déjà trop fréquentée.

— L'audience est suspendue, annonce le président, avec solennité.

Je suis sidérée par l'apparition de cette pause incongrue. Il a peut-être pris cette décision pour que chacun puisse reprendre ses esprits. Mais comment cela serait-il possible ? Pour moi, tout est fini.

Nathalie

Dans la voiture, chacun est dans ses pensées. De temps en temps, maman lâche un «Ce n'est pas possible» auquel nous répondons par un silence ou par un «Elle a avoué». Anaïs pleure beaucoup. J'essaie de la calmer. Mais que dire en pareilles circonstances ? Elle en est train de perdre sa mère comme je perds ma sœur : Catherine ne sera plus des nôtres, nous allons devoir vivre sans elle indéfiniment. Et Anaïs se sent trahie. Elle vit un véritable séisme. Comme nous tous, bien sûr, mais à son âge... Je crains que tout ne se complique pour elle. L'adolescence n'est déjà pas une période facile... Il va falloir être vigilant, car cette épreuve dépasse de loin toutes les autres. Pauvre Marc... Je me demande vraiment comment il va s'en sortir.

Il y a aussi Florian, notre petit Flo, en ce moment bien à l'abri chez Martine, où il passe la semaine. Comment va-t-il supporter l'idée de grandir sans sa maman ? Lui qui attendait cette semaine comme celle qui marquerait enfin son retour à la maison. Quelle enfance, pour lui aussi !

Nous ne sommes tous que questions et tourments.

Anaïs

Jeudi 20 mars 2003 : 3ᵉ jour du procès (cette fois, j'y étais)

Elle a avoué.
Elle a avoué là, devant tout le monde. Sous les yeux de tous, sous les yeux du public. Sous mes yeux à moi. Les siens étaient baissés, ils ont tout fait pour éviter les miens. Normal, après tout : elle n'assume qu'à moitié. Il y avait de la lâcheté dans son aveu, ses yeux devaient trembler un peu. Et dans les miens, même si je ne les voyais pas, je le sentais, il y avait de la dureté, une forme de haine. Oui, de haine, j'en suis sûre. Surtout que maintenant je sais pourquoi ma mère s'en est prise à cette femme (elle est peut-être folle, mais pas au point de s'en prendre à une inconnue) : ce n'était pas une inconnue, c'était la femme de son amant ! Ma mère avait un amant !!! Ma mère trompait mon père !!!!! J'étais loin de m'en douter, mais ma mère est une s... (j'ose même pas écrire le mot).
Il y a eu une suspension de séance. La cour est repartie, ma mère aussi, encadrée de policiers. Elle n'était plus seulement l'accusée : elle était la coupable.

Nous, on est restés sur notre banc. Papa a passé son bras autour de mes épaules (c'était gentil, mais insuffisant). Mamie pleurait. Tata Nat essayait de la consoler. On n'était pas tout seuls dans la salle, mais c'était comme si on l'était. Les autres avaient disparu. C'était comme si on avait été entourés de vide, qu'on avait oublié le monde. On était sonnés, quoi. Maman nous a assommés.

Puis la cour est revenue, et le président a rappelé Gilles Lancier à la barre, car, avec tout ça, il n'avait été interrogé par aucun avocat. Il avait l'air sonné aussi. Il avait du mal à répondre aux questions. Je crois qu'ils ont abrégé. De toute façon, l'essentiel a été dit. Il n'y a plus de vérité à chercher: maman l'a balancée.

Le président a demandé à l'accusée-coupable de se lever.

— Madame Dupuis, suite à vos aveux, voudriez-vous bien nous expliquer le déroulement des faits?

Maman s'est approchée du micro. Me Déricourt s'est levé, lui a parlé, sans doute pour lui donner des consignes et, je ne sais pas si elle lui a obéi, mais c'était parti. Je l'ai écoutée tout raconter. Parce qu'elle n'a pas seulement dit: «Oui, j'ai tué cette femme.» Elle a tout déballé. Tout. Et j'ai halluciné, parce que c'était hallucinant. Ce qu'elle a dit, et même d'être là. Tout est hallucinant. Il n'y a rien de normal dans tout ça: voir sa mère sur le banc des accusés (mais accusée toute seule, et seule coupable), c'est déjà un truc de fou... Mais l'entendre avouer, l'entendre relater les faits... C'est juste dingue. Tout me paraît dingue, en fait. Et ma mère encore plus. Voilà, je crois que c'est ça le pire : ma mère n'est pas normale, elle doit donc être folle. On ne peut pas avoir fait ça et être sain d'esprit. Bilan : ma mère est une folle-meurtrière-qui-trompait-mon-père.

Et comment je vais grandir avec ça, moi ?

Marc

Tout le monde est allé se coucher, mais personne ne dort. Nous sommes tous anéantis. La vérité a fini par éclater et nous laisse exsangues, entre déni et sidération, tentation de ne pas y croire et obligation d'admettre.

Catherine nous a achevés, aujourd'hui. Si jusqu'à présent nous tenions encore debout, nous voici maintenant à terre. Elle n'a pas seulement tué Béatrice L... elle a tué quelque chose en nous tous. Une part d'insouciance, le bonheur évident dans lequel on vivait, nos certitudes, notre fierté, notre potentiel de joie... notre famille, peut-être. Qu'en restera-t-il ?

Gilles L. a insisté cet après-midi pour dire qu'il aurait pu, aurait dû être la victime de Catherine puisque c'est lui qui, de toute façon, était visé à travers son acte. Elle a voulu se venger de lui en lui prenant sa femme. Elle voulait qu'il soit malheureux, puisqu'elle était malheureuse. Elle voulait qu'il soit seul, puisqu'il avait refusé de les garder toutes les deux. Elle voulait le punir d'aimer sa femme et de l'avoir choisie. Elle ne comprenait pas qu'il l'ait abandonnée, elle. Elle ne méritait pas cela. Puisqu'il l'aimait ! À l'entendre, ma femme avait toutes les caractéristiques de l'érotomane.

Lorsqu'il a dit «J'aurais préféré qu'elle me tue, moi», un bruissement a émergé de la foule. L'émotion dans sa gorge et les sursauts de ses épaules ont gagné l'assemblée. On ne pouvait qu'être en empathie avec cet homme dévasté, qui a payé cher et payera toute sa vie à cause d'un pas de côté.

Gilles L. est une victime collatérale. Ses enfants aussi. Et nous tous. Je me demande le nombre réel de victimes de Catherine. Elle a tué bien plus qu'une personne. Elle a ôté bien plus qu'une vie. Elle a pris, elle a volé tant, à tant de gens. Je lui en veux, j'ai tellement honte pour elle. Et le pire, dans tout cela, c'est que je ne suis pas certain qu'elle en soit consciente... elle qui semble si égocentrée, si «à côté de la plaque», oserais-je dire. Deux ans de réflexion dans une cellule n'ont-ils pas suffi à la raisonner?

Anaïs

Vendredi 21 mars 2003 : 4ᵉ et dernier jour du procès... Avant d'y aller

Hier, en sortant, j'étais sous le choc. Je le suis encore, évidemment. Ce choc-là va durer longtemps. Je crois même que je vais être en état de choc permanent. Si ça n'existe pas, je vais inventer le concept.

Papa a dit que j'étais dans la sidération. Et c'est vrai : je suis incapable de faire quoi que ce soit. Je suis bloquée. Je ne sais même pas comment j'arrive à respirer. Je lui ai demandé : « Pas toi ? » Il m'a regardée avec un sourire triste. C'est là que j'ai compris qu'il savait déjà. Sur le coup, je n'ai pas compris. J'ai eu envie de hurler, de le frapper, même. Il me prend pour une gamine ? Parce que je ne suis pas en âge de comprendre, peut-être ? J'ai quinze ans sur le papier, mais dans ma tête, j'ai bien plus. Ce qui se passe dans notre famille depuis le 26 février 2001 m'a fait grandir plus vite, c'est évident. Je me pose des questions que ceux de mon âge ne se posent pas. Et puis je grandis sans mère. Alors que je ne suis pas une orpheline. Depuis hier (peut-être même depuis avant, mais depuis hier c'est sûr), je crois que je préférerais en être une. Grandir sans, plutôt que faire avec... Avec cette mère que je ne connais plus, que je ne comprends pas, qui me fait honte, qui est un poids. « Ma mère est une meurtrière », voilà ce que je me répète en boucle depuis hier. Depuis que je sais. Depuis que c'est une certitude. J'ai tant voulu en douter, ne pas y croire... être de son côté. Même si je me suis posé des questions très tôt, j'ai toujours espéré qu'ils se trompaient, tous, qu'elle n'avait rien à faire en garde à vue, puis en détention, puis sur le banc des accusés. Combien de fois je lui ai demandé récemment : « Dis-moi que tu n'as pas fait ça... ». Et elle ne disait rien. Évidemment. Au début de sa détention, elle niait, elle jouait sur les sentiments (« Mais comment tu peux penser une chose pareille, voyons, chérie... je suis ta mère », quelque chose du genre). Mais sur la fin, elle ne disait plus rien. Elle avait flanché, baissé les bras, renoncé. Elle ne voyait plus l'intérêt de se défendre. Peut-être qu'elle avait avoué auprès des enquêteurs ou de son avocat. Et papa savait, donc.

Je ne lui en veux pas vraiment : je ne suis pas idiote, je sais bien qu'il a cherché à me protéger. Me laisser encore un peu mes illusions, c'était retarder le choc (et peut-être me garder encore un peu en enfance avant de me projeter dans l'âge adulte... ou dans un mur).

Et c'est là... Je suis dedans : en plein choc. Dans ma tête, c'est la guerre. Et ma mère est armée. Elle a le regard fou, déterminé. C'est une tueuse, elle peut exterminer.

Josette

La nuit qui vient de s'écouler intègre le palmarès des pires nuits de ma vie. Je n'ai pas fermé l'œil. Tout remontait. Les faits, les souvenirs, tout ce qui s'est dit au procès. Et puis l'aveu de Catherine, que je me repasse en boucle, comme s'il fallait que je le répète encore et encore pour que mon cerveau finisse par accepter l'intolérable vérité. Ma fille est un assassin. La femme de Marc, la sœur de Nathalie, la mère d'Anaïs et Florian est une meurtrière. Je suis en plein cauchemar.

Aujourd'hui, c'est le dernier jour du procès. Ce soir, nous connaîtrons la sentence. J'en tremble, j'ai si peur du verdict. Me Déricourt n'est pas très optimiste : la culpabilité étant admise, la préméditation n'étant plus à prouver, Catherine encourt la perpétuité. La perpétuité !

Le public est venu nombreux pour écouter les plaidoiries ce matin.

C'est l'avocat des parties civiles qui se lance en premier, comme le veut le protocole. Il rappelle les faits, comme s'il en était besoin, il insiste, il enfonce le clou : le crime est abject, insensé. Béatrice Lancier était l'innocence incarnée. Catherine Dupuis a montré son vrai visage, celui d'une femme orgueilleuse, jalouse et perverse, qui a préparé son assassinat avec minutie et l'a commis avec sang-froid et détermination pour se venger de son amant. Elle aurait pu s'en prendre à lui, mais cela n'aurait pas été assez machiavélique !

L'avocat se montre bon orateur. À l'écouter, on a envie d'enfermer Catherine dans un cachot jusqu'à la fin de ses jours. Elle semble être la pire criminelle sur cette Terre. Je tremble de tous mes membres, j'ai les dents qui claquent. Avec une rhétorique pareille, Catherine n'a aucune chance.

Marc

C'est au tour de l'avocat général, le représentant du ministère public, de s'exprimer pour les réquisitions. Son rôle est primordial. C'est un avocat du parquet, et non du barreau. Il ne défend ni un client, ni une victime, ni un accusé, il représente la société avec impartialité. À partir du dossier constitué par le juge d'instruction, il a porté l'accusation au début du procès, posé les questions qu'il jugeait utiles à l'accusée, à tous les experts ou témoins venus à la barre pour forger son intime conviction. Il prend à présent la parole pour que la loi soit appliquée dans l'affaire.

L'avocat général entame son discours. Il va dans le sens de l'avocat des parties civiles, s'associe à ce qui a été dit, réitère les accusations, compatit pour la famille de la victime. Il appuie sur la préméditation du crime, rappelle les preuves, les aveux de l'accusée, la culpabilité irréfutable.

— Mme Dupuis doit être sanctionnée à hauteur du crime commis.

Il demande la perpétuité assortie d'une peine de sûreté de vingt-deux ans. Je suis pris d'un vertige. Même au courant des risques, je suis foudroyé par ces mots.

Le président de la cour suspend l'audience pour quinze minutes. C'est un soulagement qui n'en est pas un, juste une pause pour reprendre son souffle. Mᵉ Déricourt se prépare. Il entrera en scène à la reprise et jouera son va-tout. Que va-t-il dire et comment ? Qu'il doit être complexe de défendre un assassin, d'autant plus quand celui-ci a avoué... Que peut-on dire pour amoindrir sa faute et sa culpabilité, et obtenir une peine la plus légère possible ? Rien, en tout cas, qui repose sur une irresponsabilité pénale. Catherine a voulu tuer, Catherine a tué. Catherine doit assumer à présent.

L'audience reprend.

Sous les yeux d'un public qui réclame silencieusement la tête de ma femme, Mᵉ Déricourt se lève et se lance dans un long monologue dans lequel il met tout son professionnalisme et sa connaissance du dossier, ainsi que tout ce qu'il possède de conviction et d'éloquence.

— Oui, on peut être révolté par ce crime affreux... Mais ne nous trompons pas : Catherine Dupuis n'est pas une meurtrière-née. C'est une femme comme les autres. Simplement, elle était sous l'emprise d'un amour passionnel, comme cela peut arriver à d'autres. Catherine Dupuis a perdu la tête pour un homme, elle a laissé grandir en elle la haine pour sa rivale qu'il a osé lui préférer. Elle était folle de rage, oui. Et même si, le psychiatre l'a bien démontré, Catherine Dupuis n'a rien d'une personne psychotique ou perverse, elle a bien eu, ce jour-là, un véritable coup de folie. Bien sûr, elle est coupable, cela ne retire rien. Mais pensez-y : Catherine Dupuis aimait trop... C'est un crime de la jalousie. Ce n'est pas le meurtre d'une personne machiavélique, comme on a voulu le faire croire. Regardez-la bien... Catherine Dupuis mérite-t-elle vraiment la perpétuité pour ce crime passionnel ? La question se pose. Catherine Dupuis n'est pas une femme dangereuse, il n'y a pas de risque de récidive. Le crime qu'elle a commis est grave, elle l'a compris. Elle ne recommencera pas. En outre, il faut le souligner, Catherine Dupuis n'a pas hésité à avouer son crime, et ce en dépit de l'absence de preuves – rappelons que nous n'avons trouvé ni empreintes ni ADN. On ne peut pas faire abstraction de sa volonté d'assumer devant nous tous. La question de la culpabilité n'a plus à être tranchée lors du délibéré, mais il reste celle de la peine de prison. N'oublions pas que Catherine Dupuis est une épouse et une mère de famille. Combien d'années priverez-vous les enfants de cette femme de leur mère ?

La plaidoirie de Me Déricourt s'achève au bout de plus d'une heure. Il a tout donné. Il n'aurait pas pu mieux défendre l'accusée devenue depuis la veille la coupable. Il a tâché d'humaniser celle qu'on aurait pu voir comme un monstre, il lui a rendu sa normalité, sa banalité même : Catherine Dupuis est une femme comme tout le monde, victime de sa passion, prise d'un coup de folie comme, à l'en croire, cela peut arriver à n'importe qui un jour.

Le président de la cour demande à Catherine si elle a quelque chose à ajouter pour sa défense. Elle redit sa culpabilité, ajoute qu'elle est désolée, demande pardon.

Les débats sont clos. Le président conclut les déclarations :

— Nous allons nous retirer dans la chambre de délibération. Gardes, faites retirer l'accusée. L'audience est suspendue.

Nathalie

Il est presque 13 heures. Le délibéré a débuté. Aucune heure de fin n'est prévisible. Nous pouvons simplement envisager qu'il ne dure pas très longtemps, puisque le jury (le président, les deux assesseurs et les six jurés) n'aura pas à statuer sur la culpabilité de ma sœur. Ils vont devoir décider de la peine de prison. Combien d'années Catherine va-t-elle encore passer derrière les barreaux ?

Nous restons tous les quatre comme des âmes en peine dans la salle des pas perdus qui tout à coup porte bien mal son nom : nous sommes des perdus. Nous appartenons au clan des perdants… même si, en face, les autres n'ont rien gagné.

Anaïs

Vendredi 21 mars 2003 : 4ᵉ et dernier jour du procès... Après

Ce matin, c'était la fin des débats. Les avocats (de la partie civile, le général et celui de maman) ont parlé les uns après les autres. Chacun dans son rôle. Les deux premiers ont réclamé une peine à perpétuité (le crime était prémédité), le troisième a défendu sa cliente (j'ai du mal à comprendre comment on accepte de défendre un criminel et ce qu'on espère, mais ce n'est pas le sujet). Le président a donné la parole à ce qui reste de ma mère. Elle a redit qu'elle était coupable (on avait compris, mais bon... et c'était quoi le but ? un allégement de la peine ? Faute avouée à moitié pardonnée ?). Puis elle a demandé pardon. Pardon ? Sans rire ? C'est pas un peu tard pour les remords ? Et le pire, c'est qu'elle s'est tournée vers les parties civiles. Le mari et le fils aîné de la victime. Elle ne s'est pas tournée vers nous. NOUS ! Son mari (ce qu'il en reste aussi) et sa fille... Est-ce qu'on ne mérite pas ces mots, nous aussi ? Est-ce qu'elle n'a pas foutu notre vie en l'air, à nous aussi ? Évidemment qu'on ne peut pas comparer, mais bon… Ils ont perdu leur femme, leur mère. Mon père et moi aussi, même si c'est d'une autre manière : ça valait bien des excuses, je crois. J'ai eu envie de crier, mais je n'ai pas osé. Je me suis faite toute petite, et c'est tout. Je lui dirai, un jour.

Puis le jury s'est retiré pour délibérer. Ça n'a pas été très long (ils n'avaient pas à débattre de sa culpabilité, déjà, juste à s'entendre sur sa peine).

Et le verdict a été rendu : Catherine Dupuis est reconnue coupable d'assassinat et condamnée à une réclusion criminelle de trente ans, assortie d'une peine de sûreté de vingt-deux ans.

VINGT-DEUX ANS!!!

Josette

Je reste hébétée sur mon canapé. Je pourrais rester ainsi pendant des jours. Peut-être même pour toujours. Je suis incapable de bouger, d'émettre un son.

Nathalie me demande toutes les demi-heures : « Ça va, maman ? » C'est une question réflexe, une question dont la réponse attendue est en général un « oui », mais qui de fait ne peut se prononcer. Le non est inutile, visible, il transpire par tous les pores de ma peau. Non, ça ne va pas. Ça n'ira plus jamais. Et je voudrais que Nathalie cesse de me poser cette question machinale qui ne sert à rien, je voudrais qu'elle parte, qu'elle rentre chez elle, qu'elle me laisse tranquille sur mon canapé sans avoir de comptes à rendre à personne, sans avoir à répondre à une question stupide.

La fille qu'il me reste s'inquiète pour moi, et je peux le comprendre. C'est rassurant, en un sens. Mais je n'ai pas besoin de sa présence ni de sa sollicitude. Je n'ai besoin de rien ni de personne. Je voudrais juste qu'on me rende la fille que j'ai perdue... ma fille qui s'est perdue... ma petite Catherine.

Je ne cesse de me repasser le film de ces deux derniers jours. Je cherche l'erreur, la faille, le moment où tout aurait pu ne pas basculer. J'aurais aimé que Gilles Lancier ne s'adresse jamais à Catherine. C'est à cause de lui qu'elle a avoué. Elle n'a pas su lui refuser les mots qu'il attendait. Que se serait-il passé s'il ne s'était pas tourné vers elle, si elle ne lui avait pas cédé ? Il l'a sommée de parler « pour qu'ils puissent faire leur deuil ». Mais maintenant, c'est à nous de faire le nôtre. En avouant, Catherine s'est condamnée.

Elle a pris trente ans. Autrement dit perpétuité... autrement dit l'éternité. Et même si elle ne fait *que* vingt-deux ans, avec des remises de peine et si elle se comporte bien... qu'est-ce que ça change, l'éternité moins huit ans ? Je compte. 2023. Je compte les années, je calcule l'âge que j'aurai (quatre-vingt-un ans !), que nous aurons, tous. C'est si loin... Dans quel état serai-je, en 2023 ? Serai-je seulement en vie ? Reverrai-je un jour ma fille autrement que dans un parloir ? Reverrai-je un jour ma fille libre ? Ces deux dernières années, nous avons pris quelques habitudes, nous avons réussi à passer de bons moments, nous avons même ri, parfois... mais parce que nous croyions en sortir sous peu, parce que l'espoir était là. Alors, elles ressembleront à cela, nos entrevues, toutes ces années ? Entre quatre murs et sous surveillance, dans un lieu sordide ? Il n'y aura plus aucune fête de famille avec Catherine. Je n'aurai plus jamais mes deux filles réunies autour d'une bûche de Noël ou d'un gâteau d'anniversaire...

Catherine a été condamnée hier. Mais c'est toute notre famille qui a été condamnée. Nous avons tous pris perpétuité. En ont-ils bien conscience, les jurés ? Il n'y avait pas assez de victimes ? Il fallait que deux familles soient punies ! Ma colère me rend injuste et dure. Il est évident que je préfère savoir ma fille en prison plutôt que sous une pierre tombale. Il est évident qu'elle doit payer pour le crime qu'elle a commis... même si une part de moi doute et doutera toujours de sa culpabilité.

Il est évident que rien ne sera jamais plus comme avant.

Nathalie

Nous sommes samedi. Nous aurions pu passer un moment en famille aujourd'hui... pour se retrouver, se soutenir, comme on a coutume de le faire après un enterrement. Pourtant non. La tristesse et l'ampleur des dégâts donnent envie de se replier, de s'enfermer chacun chez soi, de se recroqueviller, chacun dans sa peine immense. Maman voulait rentrer chez elle, et y rester. Il m'a paru normal d'être là, près d'elle.

Je regarde ma mère, qui ressemble plus à un zombie qu'à une mère, sur son canapé, et je me sens parfaitement inutile. Perdue dans ses pensées sombres, les yeux grands ouverts qui ne semblent rien voir, on dirait une somnambule. Elle me ferait presque peur.

Je tourne en rond chez elle. Je devais partir demain, et être là pour la soutenir aujourd'hui... mais je ne soutiens rien. Elle n'est pas vraiment là et je suis transparente. Alors, quoi ? Faut-il que je reste ? Pour assister quelqu'un qui ne le souhaite pas, qui s'est enfermé dans une bulle étrange ? Je serais plus utile chez Marc, auprès des enfants. Ils ont peut-être besoin de moi, eux. Mais je ne voulais pas laisser maman seule. Elle le sera bien assez tôt. Ce ne sont pas les quelques amis qu'elle a qui pourront combler sa solitude et son chagrin.

Quand je la regarde, là, je me sens de trop. Et je ressens cette impression qui m'a accompagnée toute ma vie : il y a une préférée dans le cœur de cette mère, et ce n'est pas moi. Je me suis souvent demandé si j'avais vraiment été désirée. Le renoncement de mon père a pu démontrer le contraire : j'étais celle de trop. Je suis inutile.

Je ne sais pas quoi lui dire, et je m'inquiète tellement que je n'arrête pas de lui demander si ça va. C'est idiot, car tout en elle prouve que non… mais je meuble le temps et l'espace, je tente d'exister.

— Tu veux que je reste ?

Pas de réponse.

— Tu préfères être seule ?

Elle se tourne vers moi et ses yeux s'accrochent enfin à quelque chose (moi), pour me dire, d'une voix à peine audible :

— Fais comme tu veux.

Puis son regard repart vers le vide lointain et je ne sais pas si je dois partir ou rester. J'ai très envie de boucler ma valise et de m'enfuir, mais ce serait comme l'abandonner à son sort. Combien de temps est-elle capable de rester ici sans bouger, sans manger ? Je l'imagine tout à coup ne plus jamais se lever, mourir ici, puis je chasse cette pensée noire. Maman va se ressaisir, elle n'abandonnera pas Catherine, elle ne laissera pas ses petits-enfants.

Marc

Ce lendemain de verdict est un jour noir pour nous tous. Anaïs hésite entre chagrin et colère, Florian pleure, et je tente comme je peux de les consoler… mais c'est mission impossible. Ils sont inconsolables et je suis impuissant. Nous sommes trois blessés de la vie. Sans compter Josette, Nathalie, et nos plus proches amis qui sont aussi sonnés que nous. Jessica, la meilleure amie de Catherine, a fondu en larmes à l'annonce de la sentence.

Trente ans… ou même vingt-deux. Le saut dans le temps est un pas de géant. Nous aurons tellement changé. Serons-nous encore nous-mêmes ? Je n'arrive pas à m'imaginer à ce moment-là, tel que je serai quand Catherine sortira. À imaginer Florian et Anaïs non plus. Ils seront adultes. Ils auront leur vie… Et Catherine aura tout raté, comme elle a tout raté depuis plus de deux ans.

Encore une fois, je me demande ce qu'elle avait dans la tête pour ne pas voir plus loin que le bout de son crime. Pour ne pas avoir réfléchi. Pour avoir fait preuve d'un égoïsme suprême et n'avoir écouté que sa petite personne. Pour ne pas nous avoir pris en compte. Comme si nous ne comptions pas. Comme si, en tout cas, nous comptions moins que cet homme dont elle voulait se venger, qu'il avait pris toute la place dans son cœur et au fond de ses tripes, et que nous n'existions plus. Alors que nous étions sa famille, les seuls qui auraient dû compter.

Je ne comprends pas, je ne comprendrai jamais.

J'oscille entre incompréhension, incrédulité, souffrance, honte et colère. Et ce n'est pas la lettre que j'ai trouvée ce matin dans notre boîte qui va m'aider à dépasser tout cela. *Vous auriez dû surveiller votre femme, monsieur Dupuis. Voilà ce qui arrive quand on laisse sa femme trop libre. Certaines peuvent vite passer du libertinage au CRIME.* Je me demande si ce corbeau n'a pas écrit un message du même acabit à Gilles Lancier. Du style : *Vous n'auriez pas dû tromper votre femme, monsieur Lancier. Avez-vous pensé à votre responsabilité ? Vous aurez sa mort sur la conscience TOUTE VOTRE VIE...* Mon imagination devient fertile... Jamais mon âme ne trouvera le repos.

Je me torture et je vais me torturer nuit et jour. Tout me revient, les images du procès, ce qui s'est dit, les plaidoiries, le verdict, tout se mélange. Et les deux amants, sous mes yeux. Ma femme et ce Gilles Lancier. Leur rencontre, leurs entrevues, les messages qu'ils s'envoyaient, leurs mots d'amour et leurs sextos... Rien ne nous a été épargné. Il m'est arrivé d'avoir envie de m'en prendre à lui. Les circonstances et le lieu, public, gardé de policiers, siège de la justice, m'en ont empêché. Et c'est étrange parce que, hormis à quelques moments où mon poing s'est serré, il y en a eu d'autres, nombreux, où il me semblait ne pas éprouver de rage ou de jalousie. Comme si j'étais déjà à distance de tout cela, à cause du temps passé, à cause des faits plus graves que leur liaison. Comme si j'avais démissionné de mon rôle de mari et que cela ne comptait plus vraiment. Comme s'il était trop tard pour lutter. Le mal a été fait, et depuis longtemps. Pour moi et pour ce qui les concerne, il y a prescription.

Ce qui m'importe à présent, c'est d'être là pour mes enfants. Ils vont devoir grandir sans leur mère… ou plutôt avec une mère en prison, coupable de faits avérés et gravissimes. Et moi je vais devoir les aider à grandir, les soutenir et les protéger. L'ampleur de la tâche me donne le tournis. Je suis si fatigué.

Anaïs

Dimanche 23 mars 2003 : Jour du verdict + 2

Je n'ai pas pu aller plus loin vendredi... Je me suis écroulée. J'ai pleuré, pleuré, pleuré... Et hier je n'ai pas pu écrire non plus. Et, même là, je me demande comment je tiens mon crayon. Je dis ça, mais en vrai, si je laissais ma plume aller jusqu'à ce que plus aucun mot ne vienne de tout ce que je ressens, je pourrais remplir ce carnet, et même au moins deux autres. Tellement de pensées, tellement de choses à dire, à cracher. Le flot serait continu. Si j'en avais la force, et le temps, si je n'avais pas les obligations de mon âge, le besoin de dormir et de manger, j'écrirais des jours et des jours sans m'arrêter. Sans respirer, même. Je suis une Cocotte-Minute qui bouillonne. Parfois, au contraire, le choc et la sidération m'anesthésient. C'est comme si j'étais pleine de vide, alors. Et pourtant je suis pleine d'un trop-plein. De quoi alimenter ce journal intime pour des mois (journal qui devient celui d'une fille de criminelle, c'est quand même pas banal).

Et Florian... pauvre petit bonhomme. Il a huit ans, bientôt neuf, mais il reste notre petit bout de chou. Il ne comprend pas grand-chose (encore moins que nous tous). Papa a essayé de lui expliquer que maman avait avoué, que oui, elle avait fait cette grosse bêtise qu'il ne peut toujours pas lui expliquer… et que pour ça, elle ne sortirait pas de prison avant vingt ans (vu qu'elle a déjà fait deux ans). Je me demande ce qu'il imagine de cette grosse bêtise, vraiment. Il doit trouver cela bien cher payé. M'est avis qu'il va rester un enfant sage, lui… On peut aller en prison si facilement.

Quand maman sortira, il aura environ vingt-huit ans (si elle sort à ce moment-là). Et moi trente-cinq. Trente-cinq ans… Ça donne le vertige. Et envie de pleurer.

Alors on a beaucoup pleuré. Beaucoup, beaucoup. Et papa aussi.

Vendredi, c'était le printemps. Pour nous, non. Pour nous, c'était le verdict. Pour nous, le 21 mars ne sera plus jamais le jour du printemps. On est restés en hiver. La vie ne sera qu'un hiver. Un très très long hiver (et pas celui avec la neige, les joies du ski, non : celui tout gris, venteux, pluvieux, sombre et triste).

Josette

Nathalie est partie hier. J'en ai éprouvé du soulagement. Suis-je une mauvaise mère ? Sans doute... Avec elle, sans AUCUN doute. Cela n'a jamais été facile, elle et moi. Peut-être parce que j'ai perdu son père juste après sa naissance. Je ne sais pas. Elle n'était qu'un bébé, et moi une femme brisée. L'amour de ma vie avait choisi de nous quitter. De *me* quitter, d'une façon radicale. Je n'ai pas su voir, je n'ai jamais compris. Et je me suis retrouvée seule avec mes deux filles, impuissante et encombrée. Avec la dépression, j'ai laissé mes filles grandir plus que je ne les ai éduquées. Elles ont poussé toutes seules, comme des fleurs des champs. Elles ont trouvé l'une en l'autre à quoi se raccrocher. Je me suis réfugiée dans le travail. Catherine palliait mes absences en prenant sa sœur en charge : elle l'aidait à s'habiller le matin, elle l'emmenait à l'école, elle l'assistait dans ses devoirs, elle préparait parfois le repas du soir. Je n'étais jamais loin, bien sûr, mais j'étais une mère diminuée. Insuffisante. Quand Catherine a quitté la maison pour ses études, Nathalie et moi sommes restées toutes les deux. Rien n'était évident entre nous. Il y avait une maladresse, une espèce de non-évidence. Notre lien s'est créé sur le tard… quoique. Serais-je capable d'estimer le moment où il s'est produit ? Quand Nathalie est partie à son tour, j'ai ressenti un pincement plus qu'un arrachement. Les regrets sont arrivés plus tard. Je l'ai appelée plus souvent.

Je n'ai donc pas été une bonne mère. J'espère m'être rattrapée depuis. Je pense être une meilleure grand-mère. Je suis là pour mes petits-enfants, présente et aidante, soutien. Peut-être que si Nathalie avait eu des enfants, nous nous serions rapprochées, elle et moi. Mais elle n'en a pas, et elle est partie vivre de l'autre côté de la France. Elle a agrandi la distance qu'il y avait déjà entre nous. Par choix. Et peut-être pour me signifier : « Je n'ai pas besoin de toi. »

Nathalie est repartie et mon hébétude est restée.

Anaïs

Lundi 24 mars 2003 : trois jours après l'Apocalypse

J'aurais bien voulu faire comme si on était partis en long week-end au soleil sur une île, pour expliquer mon absence en fin de semaine au collège, mais tout le monde sait bien pourquoi je n'étais pas là. Les élèves, les profs, tout le bahut.

« Putain, en fait, elle l'a fait, ta mère ! » a crié une pétasse de 3ᵉ... Je l'ai giflée. C'est parti tout seul. J'étais prête à en découdre avec chaque provocateur. Les surveillants m'ont interceptée, emmenée me calmer à l'infirmerie. Mais j'ai senti qu'ils étaient de mon côté. J'ai vu la pitié dans leurs yeux et leur prévenance.

J'ai vite compris que tous en savaient plus que ce que j'espérais. On est restés enfermés tout le week-end sur ordre de mon père. Bien à l'abri, loin des journalistes et des regards. Mais tout était consigné noir sur blanc dans les journaux locaux, « Trente ans de réclusion criminelle pour Catherine Dupuis ». *Flavie m'a montré l'article. Ce n'était ni le premier papier dans la presse, ni la première fois que j'avais honte d'être au cœur d'un fait divers. À présent qu'elle avait avoué, je portais le nom d'une criminelle. J'aurais voulu me téléporter ailleurs, changer d'identité. N'être jamais née, même.*

Je suis rentrée du collège avec cette question un peu vulgaire : où et quand ça a merdé, en fait ? Comment une mère peut-elle faire ça ? Une mère normale ne fait pas ça. Une mère normale câline, éduque, soutient... élève. Une mère normale ne scie pas la branche sur laquelle elle a placé haut ses enfants. Une mère normale ne va pas tuer la femme de son amant (sur ça aussi, j'aurais beaucoup à dire). Et encore moins avec préméditation, sang-froid et méthode. Une mère normale ne tue pas une autre mère.

Ma mère n'est sans doute pas normale. Pourtant, au procès, les experts ont conclu qu'elle n'était pas folle. Ils lui ont trouvé un trouble je-ne-sais-plus-quoi, mais rien de très grave. Elle a juste pété un câble. Moi je n'ai pas tout compris. Papa en sait plus, certainement. Papa, lui, sait tout. C'est pour cela qu'il est si triste, je pense.

J'aimerais lui poser plein de questions. Mais c'est sans doute un peu tôt. Je dois le laisser digérer. Le moment venu, j'espère qu'il ne dira pas que je suis trop jeune, qu'il y a des choses que je ne peux pas entendre... que ce sont des histoires d'adultes. J'ai quinze ans. Dans trois ans, j'en serai une.

Florian

Lundi 24 mars 2003

Chère maman,

Papa, mamie Jo et tata Nathalie m'ont expliqué que le procès est fini et que tu vas rester en prison très longtemps. Tu avais dit que tu sortirais bientôt ! Tu avais dit que tu serais là pour mon anniversaire. Je suis très triste.

Toi aussi, tu dois être triste... Vivement samedi. Je te ferai un gros câlin.
         Bisous
            Florian

Anaïs

Mardi 25 mars 2003 : trouver une solution ?!

Je n'ai pas réussi à aller au collège aujourd'hui. Ou plutôt, je n'ai pas réussi à y entrer. Ça n'allait pas du tout. Sabine, la CPE, à l'entrée, a bien vu que je n'étais pas bien. Je suis arrivée seule, à pas minuscules, la tête basse. Elle m'observait. Elle doit se douter que c'est très compliqué avec les autres en ce moment (encore plus qu'il y a deux ans), que le procès a ravivé des trucs et que ça me dépasse. Si cette année de 3ᵉ a été plutôt calme, les derniers événements, la remise de notre actualité sur le devant de la scène, ma mère reconnue coupable de meurtre (alors que depuis deux ans je ne voulais pas y croire), le verdict, l'incarcération, tout ça, j'ai l'impression d'être revenue en arrière, d'avoir remonté le temps. En pire. C'est l'angoisse totale... Devant le portail du collège, j'ai eu comme une crise. « Je peux pas. » J'avais envie de pleurer et de hurler en même temps.

Sabine a attendu gentiment que je me calme, le temps que les derniers entrent. Puis elle a appelé papa pour le prévenir, m'a dit de rentrer chez moi, qu'il allait falloir «trouver une solution». Je me demande ce qu'elle entendait par là, ce qu'elle imaginait possible. Elle doit penser à mon brevet.

Je suis rentrée. Papa a téléphoné à la maison pour s'assurer que j'y étais, que je n'étais pas partie traîner en ville ou au bord de la mer. Il m'a demandé si je voulais que mamie Jo vienne. J'ai dit que je n'avais pas besoin de compagnie, que je préférais être seule. Et c'était vrai. J'ai passé la journée à cogiter. J'ai pleuré, beaucoup. Je n'ai rien mangé, j'ai oublié. Papa m'a appelée trois fois (la confiance règne...).

J'ai repensé au procès, à l'article dans le journal (Flavie m'a épargné les autres, il y en a eu plusieurs dans la semaine du procès, notamment un vendredi matin, que les journalistes ont titré «Catherine Dupuis est passée aux aveux»... Tant mieux: je ne veux pas les lire, c'est que des torchons, dit mamie Jo).

J'ai repensé à la journée d'hier, au collège. Un enfer. Les regards de travers, les messes basses, les sourires en coin, les sous-entendus... Je suis devenue (ou redevenue) une bête de foire. On m'observe, on parle de moi, on me juge. Je ne suis plus seulement une fille-de-taularde, je suis la fille d'une criminelle. Et c'est comme si j'en devenais une. C'est ce que je vois dans les regards. Une suspicion, des questionnements. Quand j'ai giflé l'autre débile, hier, et que j'étais prête à en frapper un de plus, j'ai entendu quelqu'un crier: «Faites gaffe, elle va vous tuer!» Je ne sais pas si ça se voulait drôle. Mais ça m'a mis la rage.

Et je me demande, en fait, si ma mère a éprouvé cette rage-là. Ce truc qui monte en soi et qui peut déborder. Sauf que, normalement, l'éducation et la conscience des lois doivent nous arrêter. Ma mère ne s'est pas arrêtée (pire, elle avait préparé le fait de ne pas s'arrêter et d'aller jusqu'au bout). Elle a fait preuve d'une violence inouïe. Et je me demande, du coup, si je serais capable de ça, de cette violence qui dépasse. Est-ce que c'est dans les gènes ? Est-ce que c'est transmissible ? Est-ce que moi aussi je pourrais tuer un jour ? Est-ce que n'importe qui peut tuer un jour ? Quand je me pose ce genre de questions, je me fais flipper toute seule.

Papa est rentré tôt (je vois bien qu'il essaie d'être présent un maximum depuis quelques jours). On se croirait revenus aux premiers temps des événements, parce qu'entre-temps il avait trouvé un juste milieu (il rentrait à 19 heures, au lieu de 21 heures quand ma mère vivait avec nous). Et là, il a dû finir à 17 heures. Il est allé chercher Flo à la garderie de l'école. Il l'a mis devant la télé, et il est monté me voir dans ma chambre. Il avait l'air soucieux (en même temps, il a cette tête depuis quasiment deux ans). Voilà en gros le résumé de notre conversation :

— *Ça va, ma puce ?*

(Dois-je préciser qu'il ne m'a plus appelée ainsi depuis au moins quatre ans ?)

— *...*

— *C'est compliqué au collège, n'est-ce pas ?*

(J'ai fait oui de la tête.)

— *Le principal m'a appelé. Nous avons rendez-vous avec lui demain après-midi. Il faut qu'on trouve une solution.*

(Décidément, ils se sont donné le mot, trouver une solution, c'est l'objectif du jour.)

— *O.K.*

Et puis il est sorti de ma chambre.
Moi j'en vois, des solutions : quitter La Rochelle, changer de région (voire de pays), changer de nom de famille (voire d'identité)... changer de vie, quoi. Changer de mère, idéalement (mais je ne crois pas qu'on puisse).

Nathalie

Je suis rentrée à Grenoble la mort dans l'âme et avec l'impression d'abandonner tout le monde.

Mais il fallait bien que je rentre, que je reprenne le travail, que je retrouve ma vie. J'ai fait tout cela, mais je n'ai pas l'impression d'y être parvenue. Tout me paraît étrange, comme si plus rien n'avait de sens. Est-ce que ma vie peut redevenir la même, maintenant que ma sœur chérie est enfermée pour les vingt ou trente ans à venir ? Je n'ai même pas pu aller la voir. Dès le verdict prononcé, les policiers l'ont emmenée, menottée. Retour en prison, et sans passer par la case au revoir. Ses yeux navrés ont glissé sur nous une ou deux secondes, et c'est tout. Nous n'avons pas échangé un mot.

Je vais lui écrire encore plus souvent qu'avant, je me le promets. Et j'espère que, de son côté, elle va me téléphoner régulièrement.

Anaïs m'a appelée hier. Elle n'est pas allée au collège, elle ne se sent pas capable d'affronter les autres, du fait de son statut de fille de criminelle. Je la comprends. Ici, au cabinet, personne ne sait. Personne n'a fait le lien entre Catherine Dupuis et moi. Et c'est d'autant plus facile que je m'appelle Lemer. Quel soulagement pour moi. Ce n'est pas tant que j'aurais du mal à assumer ce statut. Ma sœur est ma sœur, quoi qu'elle ait fait. Je lui dois beaucoup. Mais c'est à cause des questions... Je n'aurais pas aimé être assaillie par la curiosité des autres, qu'ils cherchent à comprendre, qu'ils me demandent comment je le vis... et deviner dans leurs yeux une petite étincelle d'excitation déplacée. Mais Anaïs vit à La Rochelle et porte le nom d'une coupable d'assassinat condamnée il y a quelques jours. Anaïs crie à l'injustice, elle est en colère contre sa mère. Je la comprends, d'une certaine façon. Elle se sent trahie. Cela va bien au-delà de la déception. Ce sera un deuil long et difficile, car même si elle n'a pas vraiment perdu sa maman, elle a perdu sa présence et une certaine idée d'elle. De l'image maternelle, déjà écornée, il ne reste plus rien, sinon un gâchis.

Je me demande comment Anaïs évoluera, elle qui est en pleine adolescence. Et Florian aussi. Pauvre Marc. Il doit être K.-O.

Anaïs

Mercredi 26 mars 2003 : vieillesse prématurée, famille bancale et « solution »

Mamie Jo est venue aujourd'hui. Pour nous garder. Enfin, pour garder Flo, surtout, et surtout parce qu'on avait le rendez-vous avec le principal dans l'après-midi.

Quand elle est arrivée, j'ai eu du mal à la reconnaître. J'exagère un peu, évidemment, mais enfin... Elle a pris un gros coup de vieux, comme on dit. Genre dix ans. Elle m'a paru plus frêle, plus ridée, presque desséchée. Peut-être que c'est d'avoir pleuré toutes les larmes de son corps. Et puis elle avait l'air pas vraiment là, comme si elle n'habitait plus trop son corps, que sa tête était ailleurs, qu'elle l'avait un peu perdue au passage. C'est le procès. Ni mamie Jo, ni papa, ni moi, personne n'est pareil qu'avant. On s'est tous pris une sacrée baffe dans la gueule. On est tous secoués. On ne sera plus jamais les mêmes. Et personne ne s'en remettra, je le sais déjà.

Je pense à ma mère et, plus que jamais, je lui en veux. Je crois même que je la hais. Elle a tout bousillé. « Pourquoi elle a fait ça ? » est la phrase qui tourne le plus dans ma tête. Elle n'était pas assez heureuse avec nous ? Elle n'aurait pas aimé nous retrouver chaque soir après l'école, nous voir grandir, continuer à noter notre taille sur la toise de la salle de bains, cuisiner pour nous, fêter nos anniversaires, nous éclabousser à la mer, souffler dans les sarbacanes à la Saint-Sylvestre, manger dans un bon restaurant, partir en vacances, recevoir un bouquet de fleurs de la part de papa ? Non ? Elle a préféré renoncer à tous ces bonheurs-là ?

Et puis elle a menti. Pendant deux ans, elle nous a fait croire à son innocence. Deux ans ! Et moi je l'ai crue !!! Parce que je ne pouvais pas imaginer qu'elle ait pu tuer, mais aussi parce que je lui faisais CONFIANCE !!! Elle a tout gâché.

Que dire de cette journée ? Flo a encore pleuré. Mamie Jo a essayé de le consoler, mais qu'est-ce qu'on peut dire à un petit garçon de huit ans qui a perdu sa maman pour les vingt ans qui viennent ? Franchement ? « Ça va aller » ? Bah non. Non, ça ne va pas aller. Rien ne peut aller. Alors mamie a tenté de faire diversion. Elle lui a proposé de dessiner. Et encore un dessin pour maman, un ! En même temps, elle a raison. Il n'aime que ça, dessiner. Et il se débrouille bien, pour son âge.

Il a donc dessiné maman. Un énième portrait. Sa tête en gros plan. On ne la reconnaît pas vraiment, et surtout elle paraît gentille. Elle sourit. Je ne sais pas comment il fait pour l'aimer encore. Pour ne pas lui en vouloir. Peut-être parce qu'il est jeune, qu'il est resté un enfant, un enfant qui trouve sa mère la plus belle et la plus géniale de la Terre ; surtout, parce qu'il ne sait pas tout. Elle a juste fait une grosse bêtise. Il a séché ses larmes et il a même souri, à la fin. Moi j'ai eu envie de lui prendre sa feuille des mains, de déchirer la tête de maman et d'en faire une boule de papier bien serrée. Je me suis retenue. J'ai dit : « C'est bien, mon Flo. » J'ai pensé qu'il avait de la chance d'être un enfant. D'être protégé, de ne pas savoir, de rester un peu insouciant, de ne pas se rendre compte. On s'est regardées, avec mamie. On devait se dire la même chose. Elle avait des larmes dans les yeux. Et elle est partie se cacher.

On a mangé, mais pas vraiment. Aucun de nous n'avait faim. C'est fou comme la tristesse rapetisse un estomac.

Après le repas, Flo est allé dans le jardin pour faire de la balançoire. Mamie en a profité pour me demander comment j'allais. J'ai haussé les épaules. Je n'avais pas envie de mentir, ni même de parler parce que je me serais mise à pleurer. Je lui ai renvoyé la question. Elle a dit : « Ça va. » Elle a menti, donc. Personne ne va, dans ces circonstances. Ceux qui disent le contraire sont des menteurs. Je me demande ce qu'elle pense, ce qu'elle se dit, comment elle vit tout ça de son côté. Je suis la fille d'une criminelle, elle est la mère d'une criminelle. Entre nous deux, il y a une mère, une fille qui a mal tourné. Je suis sûre qu'elle se demande aussi où et quand, et pourquoi ça a merdé, et peut-être même si elle y est pour quelque chose. Elle ne doit pas dormir beaucoup non plus.

J'ai passé l'après-midi dans ma chambre, en attendant papa. J'ai écouté de la musique. Surtout Family Portrait, *de Pink. J'adore cette chanteuse. J'adore cette chanson. Ça parle d'une famille qui va mal. Comme la nôtre, quoi. Franchement, à quoi elle ressemble, maintenant, notre famille ? À quoi il ressemblerait, notre portrait de famille ? Je vois déjà le cadre : un parloir de prison. Super décor ! Et les quatre pauvres personnages : une mère en tenue sombre qui ne ressemble plus à rien, un père qui hésite à sourire, un fils qui pleure et qui tient un dessin à la con, et une fille qui n'a pas envie de prendre la pose. Voilà ce qu'elle est devenue, notre famille. On n'en est plus vraiment une, faut dire ce qui est. On est comme une chaise qui a perdu un pied : elle n'en est plus vraiment une. Et elle ne sert à rien. Notre famille est bancale tout pareil.*

Bref. Je suis restée dans ma chambre. Je ne suis pas allée au cours de théâtre, pour la deuxième semaine consécutive. Je n'ai pas prévenu. Je sais que ma prof comprendra. À part les (petits) cons, tout le monde comprend que je n'aie pas le cœur à ça, pas l'envie, pas la force, comme pour presque tout le reste. Je suis encore en état de choc, j'avais raison vendredi : ça n'est pas près de passer. J'hésite entre plein d'images. Un coup, je me vois en mode essorage dans une machine à laver ; un coup, seule au milieu de l'océan Pacifique ; un coup en haut d'une montagne, au bord d'un précipice avec l'envie vertigineuse de m'y jeter. Parfois, je m'imagine (comme dans le rêve de cette nuit) au centre d'une foule immense avec tout le monde qui pointe son index vers moi en criant, en riant, en se moquant, en scandant : « Tu es la fille d'une meurtrière » (tu ne vaux pas mieux qu'elle)...

Papa est arrivé et on est partis. On ne savait pas quoi se dire dans la voiture.

Le principal du collège est sans doute comme tous les principaux de collège : sérieux et un peu sévère (plus *que Mme Chambon). Mais il a été plutôt sympa. Il m'a dit : « Ça ne doit pas être facile, pour toi, au collège… » Vachement perspicace, le mec. Évidemment : il connaît mon dossier. Mais bon. On était là pour trouver une solution / que ça se passe le mieux possible pour moi / que cela n'ait pas trop de conséquences sur mon brevet des collèges (« tu es une fille brillante, ce serait dommage », et patati et patata). Et on en est arrivés à la conclusion que le mieux, pour cette fin d'année de 3e, c'est que je m'inscrive au Cned. Pour rester chez moi, me protéger des autres, être plus tranquille, et étudier sans être embêtée. Je ne m'attendais pas trop à ça (je ne savais pas vraiment à quoi m'attendre, en fait). Mais j'ai dit d'accord. Et je l'étais… parce que je n'ai pas envie d'avoir à supporter les autres tous les jours, j'ai envie de rester terrée chez moi ! MAIS (c'est un grand MAIS) j'aurais voulu avoir ma mère à mes côtés, dans le bureau, et pouvoir lui crier à la figure : « Mais regarde, ça continue ! À CAUSE DE TOI, ma vie c'est de la merde ! » Parce que franchement, qui a envie, à quinze ans, de rester chez soi pour étudier, sans voir ses copains ?*

Marc

Je me répète qu'il ne s'agit pas d'une déscolarisation. Pour me rassurer. Anaïs n'arrête pas l'école, elle va simplement poursuivre son année autrement. C'est l'affaire de quelques semaines. Mais quand même… J'ai peur que ma fille se coupe des autres, s'isole, s'habitue à la solitude, devienne asociale. Et rate son brevet. Ce ne sont que des peurs de plus. Je ne les compte plus, moi qui étais si stable, si confortable dans ma vie, si sûr de moi. Je suis un chêne devenu roseau. L'essentiel est de ne pas rompre.

Je me soucie de Florian, mais d'une manière différente. Il est si sensible, si proche de sa mère. Qu'il a été difficile, samedi matin, après que Martine l'a ramené à la maison, de lui annoncer le verdict ! Il croyait, comme Josette, que Catherine sortirait de prison à l'issue du procès. Il le croyait parce qu'on le lui avait laissé croire. Parce que protéger son enfant, c'est retarder certaines échéances, essayer de repousser la fatalité. Les malheurs et les coups du sort arrivent toujours beaucoup trop tôt dans une vie. Et j'aurais voulu lui mentir plutôt que lui asséner cette vérité brute et inadmissible : sa maman va rester en prison... longtemps, très longtemps.

Il m'a demandé : « Combien ? » J'aurais voulu, là encore, réduire le nombre d'années pour réduire sa peine... J'aurais voulu pouvoir répondre « deux ans », parce qu'il l'a déjà vécu, ou même cinq... ou même dix. J'aurais voulu qu'il ait quinze ans comme Anaïs pour être en âge d'admettre, ou qu'il en ait trois pour qu'il soit assez petit pour accepter une réponse aussi vague que « longtemps ». J'ai fini par dire « vingt ans ». Parce que c'est ce qu'il reste, dans le meilleur des cas, et parce que plus, ce serait au-delà de l'insupportable, quelque part où les chiffres sont de l'ordre de l'insensé, comme lorsque l'on parle de billiards ou de trillions.

Petit à petit, nous intégrons cette nouvelle donne à notre vie. Chacun comme il est, avec l'âge qu'il a. Florian avec un chagrin immense, Anaïs avec une colère qui enfle, et moi... avec une amorce de résignation.

Anaïs

Jeudi 27 mars 2003 : premier jour officiel sans collège

En ce moment, j'écris tous les jours. Le flot... l'invasion des mots. Ils arrivent de partout. Ils m'encombrent, me submergent jusqu'au dégoût. C'est un peu comme si j'avais envie de vomir tout le temps. Vomir tous les mots qui s'agglutinent, car sinon je m'étouffe. Il faut que ça sorte. Merci, journal, de m'aider à évacuer.

Je reprends. Hier, quand on est rentrés avec papa, mamie Jo n'a pas tardé. J'ai senti comme un malaise entre eux. Ils ne se regardaient pas vraiment dans les yeux. Un peu comme si mamie n'assumait plus d'être la mère de sa fille, comme si elle s'en voulait d'avoir gâché la vie de papa. Alors qu'elle n'y peut rien. Et qu'elle n'était pas là quand ils se sont rencontrés, quand ils sont tombés amoureux.

Je ne sais pas si, depuis le procès, papa et mamie ont eu une vraie conversation. Au moment du verdict, elle a poussé un cri et j'ai vu papa la prendre par le bras comme pour la tenir de peur qu'elle s'effondre. Mamie a soixante et un ans. Quelles chances elle a d'être toujours en vie quand sa fille sortira de prison ?

Combien, en pourcentage ? Soixante ? Deux chances sur cinq ? Vingt ans, c'est une éternité. Pour elle comme pour Flo, peut-être plus que pour moi. J'ai eu plus de temps avec ma mère que mon petit frère ; lui va vraiment devoir grandir sans elle. Moi, elle m'a abandonnée sur la route, mais on avait déjà parcouru quelques kilomètres... Davantage, en tout cas.

Je ne comprends toujours pas comment elle a pu faire ça : tuer sans penser aux conséquences pour nous, sans penser à nous, sans se soucier de nous. Briser sa vie, mais la nôtre aussi. Comme si ça n'était pas important. Comme si ça n'était pas un abandon majeur. J'aurais préféré qu'elle parte en vrai plutôt que de nous faire vivre ça. Parce que, sans être là, elle nous laisse un fardeau à porter, si lourd, tellement lourd. Une mère en prison, c'est une absente encombrante. J'aurais préféré qu'elle s'en aille et ne revienne jamais.

Josette

La semaine s'est passée, et je m'étonne d'être toujours en vie. Je pense : j'ai surmonté celle-ci, je surmonterai les autres. Cet optimisme forcé est aussi idiot que les phrases qu'on nous rabâche telles que « quand on veut, on peut ». Mais enfin, je suis là, encore debout.

Mercredi j'ai trouvé la force de sortir de chez moi pour aller chez mes petits. Être là pour eux, c'est la mission que j'ai décidé d'accomplir. Et pour Marc, d'une certaine manière. Il peut compter sur moi, il pourra toujours compter sur moi, et je pense qu'il le sait. Même si... bon.

Nous sommes, en quelque sorte, tous dans le même bateau. Catherine est notre trait d'union.

De mon côté, j'en suis là : j'essaie d'admettre la vérité. Ma fille est une criminelle. Elle a avoué. Ce doit donc être la vérité, et elle me l'a dit en me regardant droit dans les yeux. Je ne sais pas si je l'aurais crue si elle ne me l'avait pas confirmé ainsi. J'aurais toujours eu un doute... Mais c'est la vérité : ma fille a tué quelqu'un de ses propres mains. Même si peu à peu j'admets et que je parviens à intégrer le concept, cela reste du domaine de l'abstrait. Comme une réalité parallèle, car trop inacceptable.

Demain, j'irai au parloir, comme tous les samedis. Je vais enfin revoir Catherine et la serrer dans mes bras. Elle a beau avoir tué quelqu'un, elle reste ma fille. Je serai toujours là pour elle. La question ne se pose pas, ne se posera jamais : je suis sa mère, je l'aime d'une manière inconditionnelle. Jamais je ne l'abandonnerai.

Anaïs

Vendredi 28 mars 2003 : verdict + 1 semaine

Ça fait une semaine que ma vie est redevenue cauchemar. La semaine la plus longue de ma vie (ex aequo avec celle où ma mère a été placée en garde à vue puis en détention).

Des cauchemars, j'en fais chaque nuit. Ça va de moi, au milieu de la foule, huée (comme Louis XVI à l'échafaud), à moi un pistolet à la main, prête à tuer. Mais le plus souvent mes rêves concernent ma mère. Je la vois tuer sa victime, et c'est assez atroce de réalisme. Parfois, elle porte un masque et je ne suis pas sûre que c'est elle. D'autres fois, c'est bien elle, et elle ne s'arrête pas aux coups de couteau. Elle découpe sa victime. Dans certaines versions, elle laisse les morceaux là où ils sont ; dans d'autres, elle les place dans des sacs-poubelle qu'elle éparpille un peu partout... (je dois regarder trop de films d'horreur, faut que j'arrête, surtout maintenant que je vis dedans).

Le matin, quand je me réveille, je ne sais plus ce qui est vrai et ce qui est faux. Il y a toujours un petit temps de flottement où je tangue entre les rêves et la réalité.

Mais quand la réalité arrive, c'est toujours la même chose : ma mère est en prison, et elle le mérite.

Ce matin, au petit déjeuner, papa m'a demandé si j'irais au parloir de demain. J'ai cru à une mauvaise blague. Déjà que je n'aimais pas y aller avant, alors maintenant... et si tôt après le procès ? Je n'ai pas eu le temps de digérer la nouvelle, et je ne crois pas que j'accepterai un jour ce que je sais de ma mère. Je lui en veux, je lui en voudrai toujours. Si elle se tenait devant moi, là, j'aurais envie de lui cracher dessus (au sens propre, si ça se trouve), de lui balancer ses quatre vérités, tout le mal que je pense d'elle, de ce qu'elle a fait, de la remettre à sa place de meurtrière... Elle ne mérite pas notre amour ni notre présence. Elle a tout gâché. Tant pis pour elle, elle l'a bien cherché. Qu'elle assume ses actes. Qu'elle paye pour ce qu'elle a fait. J'ai failli dire tout ça à papa. J'ai juste dit :

— Je ne veux pas la voir.

Il n'a pas insisté. J'ai ajouté :

— Je ne comprends même pas comment tu peux y aller, toi...

C'est vrai, quoi : elle avait un amant ! Elle l'a trompé !!! Et elle a ruiné sa vie. Comment peut-il avoir envie de la voir ? Papa a eu l'air surpris. Je suppose qu'il a compris où je voulais en venir. Il a baissé les yeux, cherché ses mots. Puis il a ajouté :

— Il y aura deux parloirs. Un pour Florian et mamie Jo, puis un pour moi. Je crois qu'on a en effet des choses à se dire, ta mère et moi.

Ce ta mère *m'a fait bizarre. Je me suis rendu compte qu'il était arrivé avec le procès. Avant, il disait encore* maman, *ou* ta maman. *C'est pas étonnant. Je commence à faire pareil, j'ai remarqué. Maman… c'est un mot beaucoup trop doux pour une meurtrière.*

Marc

Je n'ai pas dormi de la nuit. Du moins, il me semble : je n'ai pas réussi à plonger dans le vrai sommeil. Trop de questions, trop de tourments, trop de tout. Et, petit à petit, une certitude : je n'attendrai pas vingt ans.

Je n'attendrai pas Catherine.

Anaïs

Dimanche 30 mars 2003 : choquée après le choc

Je ne sais pas trop par où commencer.
Hier, papa, Flo et mamie Jo sont allés au parloir. Moi j'ai profité de la maison vide pour inviter Flavie et Justine. C'était la première fois qu'on se revoyait toutes les trois en dehors du bahut depuis le verdict. C'était bien. La nouvelle de mon départ du collège a déjà fait le tour des classes et n'a pas dû étonner grand monde. Les cons vont devoir se trouver quelqu'un d'autre à emmerder. Finalement (enfin, dans ce contexte qui est le mien), je suis plutôt contente de leur avoir échappé. Au moins, je suis tranquille. Flavie m'a demandé comment je le vivais, et surtout elle m'a dit que je lui manquais trop. Elle aussi, elle me manque. Justine aussi. Et Maxime, évidemment... Ça m'a fait du bien de les voir. Elles ont même réussi à me faire rire. C'était pas gagné.
Le soir, on a dîné tous les trois (mamie Jo est partie vite, comme mercredi). Je sentais papa préoccupé (mais de l'air de celui qui ne veut pas le montrer). Flo s'est couché tôt pour un samedi. Les séances au parloir lui

font souvent cet effet-là : il est nase, après. Pendant le repas, il a parlé de notre mère. Il était content de l'avoir vue. Il paraissait soulagé, à vrai dire. Un peu comme s'il avait eu besoin de s'assurer qu'elle était toujours en vie après le verdict. Je ne sais pas s'il se rend bien compte que ce sera comme ça, leurs entrevues, pendant les (au moins) vingt prochaines années (dans un box sale et sordide), et que l'avenir sera sombre, insatisfaisant et difficile. Il souriait au dîner. Le naïf.

Je n'ai pas eu envie d'être désagréable et dure. Je veux le protéger autant que possible. Même quand il m'a demandé pourquoi je n'étais pas venue. Je lui ai juste répondu : « Je suis un peu fâchée contre maman. » (Je suis beaucoup plus qu'un peu fâchée, en vérité.) « Parce qu'elle a fait sa bêtise ? » il a demandé. Et j'ai dit oui.

Quand Flo a été endormi, papa est descendu. Je n'ai pas pu m'en empêcher, il fallait que je sache : je l'ai interrogé sur son parloir avec maman. C'est là qu'il m'a dit trois choses. Enfin, qu'il m'a balancé trois bombes, plutôt.

Je résume :

1. Maman risque d'être bientôt transférée dans une prison assez loin, une prison pour femmes.

2. Papa va demander le divorce.

3. Papa ne veut plus voir maman.

Cher journal, je te laisse déjà, car j'ai encore du mal à réaliser (trois bombes d'un coup, ça fait beaucoup).

Marc

J'aurais pu attendre. J'aurais pu reculer le moment. Mais, à l'image de notre vie qui a basculé du jour au lendemain, tout est allé vite : ma décision, l'annonce à Catherine, l'aveu à Anaïs.

Ma décision est venue s'installer petit à petit dans mon esprit jusqu'à devenir une évidence : je n'attendrai pas Catherine pendant vingt ans. S'il n'y avait pas eu le contexte amant-liaison-aventures extraconjugales, si notre amour n'avait pas été souillé et piétiné, alors oui, peut-être que j'aurais pu l'attendre. Je l'aurais vue chaque semaine, je l'aurais soutenue, je serais allé la chercher à sa sortie, quel qu'en soit le terme… Je l'aurais attendue. Enfin, peut-être ! J'aurais patienté. Je serais resté. Enfin, je crois. Car vingt ans, c'est vertigineux. Vingt ans d'ersatz d'amour, sans vie à deux… Vingt ans, certainement, de frustrations et de difficultés. Vingt ans à attendre une femme qui ne ressemble plus à celle dont on est tombé amoureux. Vingt ans à envisager de pouvoir vivre un jour sous le même toit qu'une meurtrière. Vingt ans à essayer de pardonner. Il aurait fallu un amour immense pour surmonter cela et aller au bout.

Je n'éprouve plus cet amour immense. Ces deux années l'ont étouffé. Manque d'air, asphyxie. Mort clinique des sentiments.

Le contexte de notre affaire n'a pas aidé : elle m'a trompé en plus d'avoir trahi toute notre famille. Il y a beaucoup trop de choses inacceptables pour que je reste le gentil mari bonne poire.

Je vais continuer d'assumer mon rôle de père. Je ne serai plus un mari. Je n'accepterai pas de voir ma vie gâchée jusqu'au bout. Je vais avoir quarante-trois ans, j'ai trop de belles années à vivre pour me sacrifier sur l'autel d'un amour bafoué.

C'est ce que j'ai annoncé à Catherine hier. Après avoir pris de ses nouvelles, après lui avoir révélé que je savais déjà, pour sa culpabilité… Après lui avoir juré que malgré son acte abominable j'aurais pu continuer à la soutenir, être là… Mais que c'était au-dessus de mes forces. Parce que trahison, parce que perte de confiance, parce que amour blessé et presque mort, parce que vingt ans…

Je lui ai dit que je ne viendrais plus. C'était certainement dur à entendre et un peu expéditif, mais c'est sorti comme ça. Catherine s'est mise à pleurer. Je n'ai pas eu envie de la consoler. Encore moins de m'excuser. Elle n'a pensé qu'à elle, elle nous a relégués au rang de ceux qui comptent moins qu'un amant, elle nous a oubliés, elle n'a pas pensé à notre stupeur, à notre chagrin, à la honte publique jetée sur nous, à notre avenir. Depuis plus de deux ans, notre vie tourne autour de son crime. Alors, non, je n'allais pas la consoler. Je n'allais pas avoir pitié. Mais je ne l'ai pas non plus maltraitée. Je lui ai simplement précisé, avant de partir : « Je vais voir avec Mᵉ Déricourt, pour le divorce. » Et je lui ai dit au revoir.

Je garde comme dernière image de Catherine ses mains crochetées à la table du parloir, son visage déformé par les larmes et ses supplications, ses « Non », ses « Ne m'abandonne pas », ses « Tu ne peux pas faire ça ».

Et hier soir, face aux questions de ma grande fille qui n'est dupe de rien, j'ai dit la vérité. De toute façon, elle-même ne comprenait pas que j'accepte ma condition. Anaïs est comme moi : trop entière pour les compromis. Et je suis certain que, le choc passé, elle me comprendra : je ne peux pas vivre dans le compromis pendant vingt ans, trente ans, ni après, jusqu'à la fin.

Josette

J'ai vu Catherine hier. J'étais avec le petit Flo, nous n'avons pas pu échanger librement. Mais elle était là, en face de moi, toujours vivante. Coupable, mais vivante. Et je ne suis même pas certaine que mon regard sur elle a changé. C'est toujours ma Catherine. Dans mes yeux, aucune accusation. Catherine ne sera jamais un monstre pour moi. Et ce même si elle a été capable d'un acte monstrueux.

Mon cœur de mère souffre de la voir ainsi, si fragile, si terne. Devant Florian, elle s'oblige à sourire, elle feint, elle mime. Bien sûr qu'elle est heureuse de le voir, bien sûr… Mais je ne doute pas que tenir ce rôle de maman pas trop malheureuse lui coûte un effort surhumain. Quant à Florian, est-il jeune au point de croire à son jeu ?

Je n'ai pas beaucoup parlé. J'ai regardé ma fille, j'ai réussi à me dire que j'avais encore cette chance, que je ne l'avais pas perdue tout à fait. Mais aujourd'hui, seule chez moi, c'est une autre histoire. Je me pose mille questions.

Par exemple, au sujet de Marc, que j'ai trouvé étrange et trop silencieux sur le trajet du retour. Il avait les mâchoires serrées. J'imagine que le couple a eu une explication. Avec ce qui a été révélé au procès, ce que Marc a appris… Il a dû réclamer des explications, chercher des réponses… Marc a beaucoup souffert ces derniers temps. L'amour entre eux s'est fragilisé. En outre, il n'est sans doute pas aisé de s'aimer dans les conditions qui sont les leurs. Néanmoins, je crois à leur amour, solide, qui saura surmonter ces difficultés. Marc sera toujours là pour Catherine. Quoi qu'elle ait fait… Il saura trouver la force de lui pardonner.

Anaïs

Lundi 31 mars 2003

Encore un jour sans collège. Et (évidemment) je n'ai pas encore reçu mes cours du Cned, donc je ne peux pas travailler. Logique. Alors je lis… enfin, j'essaie. Je n'arrive pas à me concentrer. Je crois que je vais avoir beaucoup de mal à finir cette année scolaire, à aborder le brevet dans de bonnes dispositions. En même temps, est-ce si grave ? Il y a tellement pire dans la vie… On peut avoir une mère en prison. Et puis je l'ai quasiment d'avance. Comme dit Pap : « Ce sera une simple formalité. » Mais je sais qu'il a quand même des attentes, qu'avec ma moyenne je devrais décrocher au moins la mention bien, et qu'il serait déçu si ça n'était pas le cas. Hier soir, il m'a conseillé, comme j'avais du temps et pas encore mes nouveaux cours, d'en profiter pour réviser tout ce qu'on a fait en histoire jusque-là, rédiger des fiches, tout ça… J'ai répondu « ouais, ouais », mais je ne l'ai pas écouté. Je n'ai pas la tête au travail. J'ai déjà du mal à lire, alors… Je suis dans Un cœur simple, *de Flaubert. On devait le lire en français. Parfois je n'en fais qu'à ma tête, parfois je suis bête et disciplinée. Et, autant j'ai détesté* La légende de saint Julien l'Hospitalier *(trop de violence gratuite à mon goût... et peut-être trop de liens avec ma mère), autant là, j'aime bien (même si l'histoire est triste). La vie de Félicité n'est vraiment pas marrante. La mienne non plus. Je me demande d'ailleurs quelle sera ma vie, ce que je vais devenir... comment grandir ainsi, avec une mère manquée, avec un héritage dont je me serais bien passée. Est-ce que je ne vais pas faire fuir les gens ? Est-ce que mon avenir sera forcément raté ? Est-ce que je vais mal tourner ? Je me pose tellement de questions, c'est sans fin.*

Et puis, ma vie n'a pas fini d'être pourrie. Avec ce que papa m'a annoncé samedi soir... Ou pas. Je ne sais pas trop, en fait. Ce n'étaient peut-être pas trois bombes, en y réfléchissant bien. Est-ce que ça va changer grand-chose, au final ? À part « psychologiquement » ? Dans les faits, mes parents sont déjà séparés depuis deux ans (et pour cause). Le divorce, c'est juste une façon d'officialiser ça. Il ne veut plus la voir. Comment je pourrais lui en vouloir ? Moi non plus, je ne veux plus la voir. J'en arrive donc au troisième point : ma mère peut bien être placée dans une prison pour femmes n'importe où en France, je m'en fous. JE NE VEUX PLUS LA VOIR ! C'est pour mon frère que ça me fait de la peine (et pour mamie). Lui, il en a besoin. À huit ans presque neuf, on a besoin de sa maman. Au moins un peu. Moi, je peux m'en passer. Je vis très bien sans. Je préfère ne plus la voir, d'ailleurs, que discuter avec elle dans un parloir glauque qui pue. Et avoir sa tête de criminelle en face de moi.

Florian

Lundi 31 mars 2003

Chère maman,

J'espère que tu vas bien, depuis samedi. Moi, ça ne va pas trop. D'abord parce que j'ai appris que tu vas partir dans une autre prison, plus loin. Et puis à l'école, il y a un garçon de ma classe qui a dit que tu étais en prison parce que tu as tué quelqu'un. Je lui ai dit que c'était pas vrai, qu'il disait n'importe quoi. Moi je sais bien que tu n'as pas fait ça. La maîtresse l'a grondé et il a arrêté.

Pourquoi il y a des enfants méchants, maman ?

J'ai hâte de te voir samedi.

Bisous (plein, plein)

Florian

Anaïs

Mardi 1ᵉʳ avril 2003

Flo m'a saoulée toute la journée avec ses poissons d'avril. Comme si je ne me rendais pas compte qu'il m'en collait dans le dos... Je râlais, ça le faisait rire. À la fois ça m'agaçait, à la fois je l'enviais... Il arrive encore à rire, peut-être à oublier. Moi pas. Moi, j'ai la rage, et ça ne s'atténue pas. Je dirais même que ça monte. Je n'aime pas l'injustice, et je trouve que ce n'est pas juste, ce qui m'arrive. Pourquoi à moi ? Qu'est-ce que j'ai fait pour mériter ça ? Pour mériter une mère pareille ? Est-ce que Dieu a voulu me punir de quelque chose ? Est-ce que j'ai fait trop de bêtises quand j'étais jeune ? Est-ce que c'est pour la fois où j'ai cassé le vase de famille ? Ou pour celle où j'ai fini des fonds de verres de vin, à un 14 Juillet ? Qu'ai-je fait d'assez grave pour qu'on en arrive là ?

J'en ai parlé à papa après le dîner (je crois qu'on n'avait pas discuté comme ça depuis un sacré bout de temps). Il m'a rappelé que ce n'était pas ma faute. Que c'était celle de ma mère uniquement. C'est là que j'ai voulu revenir sur la conclusion des experts, le trouble je-ne-sais-plus-quoi... «*Trouble borderline*», *il a dit. J'ai demandé ce que c'était. Il m'a expliqué, avec des mots assez simples et certainement en dessous de la réalité ce dont il s'agissait : un trouble de la personnalité caractérisé par une grande instabilité, liée à une peur du rejet et de l'abandon. On a évoqué ses sautes d'humeur, ses colères, ses emportements un peu bizarres et exagérés. Je ne savais pas que ce n'était pas qu'une question de caractère ; apparemment, c'est un trouble mental. Moi, je la croyais juste un peu extrême, parfois. C'est là que j'ai réalisé que mon père n'avait pas dû toujours rigoler avec elle. Ses crises, ses reproches (souvent au sujet de son travail), leurs engueulades... je n'en connais certainement pas le tiers du quart. Il a avoué : «Ce n'était pas toujours facile.» Ça s'appelle une litote, en français (on a vu ça il n'y a pas longtemps). Je n'ai pas creusé plus le sujet, j'ai senti que papa n'avait pas envie de s'étendre là-dessus ce soir. Mais je n'ai rien compris à cette histoire d'abandon. Ma mère n'a pas été abandonnée, petite. Alors pourquoi elle aurait peur de l'abandon ? Là, j'avoue, quelque chose m'échappe...*

Marc

— Pour samedi, on fait comme d'habitude ?

La question de Josette m'arrête net. Non, je ne compte pas aller à Saintes samedi, pour le dernier parloir en Charente-Maritime.

— Je peux vous parler ?

J'exerce un mouvement de la main pour inviter celle qui est encore ma belle-mère à me suivre dans mon bureau. Je lui propose de s'asseoir. Personnellement, j'ai besoin de me poser. Josette s'exécute, intriguée.

— Je n'irai pas, samedi. Ni ce samedi qui vient ni les suivants.

— …

— Écoutez, Josette. Je suis désolé, mais je ne pourrai pas aller plus loin. J'ai fait tout ce que j'ai pu, mais je n'arriverai pas à lui pardonner. Ce n'est pas tant son crime (encore que)… que ce qu'elle a fait contre moi, voyez. Je n'aurai pas la force ni la patience… Je suis désolé.

Josette quitte le bureau sans un mot. J'ai dû la choquer. Je dois lui sembler tout à coup égoïste, insensible, peut-être même inhumain. Je le suis devenu.

Vis-à-vis de Catherine, du moins. Tout ce qu'elle nous a fait subir m'a endurci. Je ne suis certainement plus le même homme qu'avant.

En outre, je sais pouvoir compter sur les autres membres de la famille pour la soutenir. C'est en quelque sorte un passage de relais.

Anaïs

Mercredi 2 avril 2003

« Il faut que tu manges. »
Je commence à entendre cette phrase un peu trop souvent. Je n'ai pas faim. C'est vrai, quoi. Je n'ai pas d'appétit. Ma mère et ses histoires me l'ont coupé. Rien ne passe. Alors, oui, j'ai perdu deux kilos en dix jours, mais on ne va pas en faire une maladie. Il y a tellement plus grave dans la vie. On peut avoir une mère en prison.

Je n'arrête pas de penser à cette histoire de trouble borderline. J'ai fait des recherches sur Internet. J'avais envie de comprendre. Est-ce que ça peut expliquer le geste fou de ma mère ? Est-ce qu'elle pouvait ignorer son mal ? Est-ce que c'est héréditaire ? Est-ce que je dois me méfier, moi aussi ? J'ai partagé avec papa mes inquiétudes et mes questionnements. Il a cherché à me rassurer : d'abord, il m'a rappelé que ce n'est pas ce trouble qui est à l'origine du passage à l'acte de ma mère, que, quelque part, ça n'a même rien à voir. Le psychiatre, au procès, l'a bien confirmé : c'est la jalousie qui est à l'origine. Ensuite, mes petits emportements à moi sont normaux, dignes d'une ado de mon âge (qui, en plus, est confrontée à des difficultés pas faciles à gérer). Mais il m'a confirmé que ni lui ni elle ne savaient qu'elle était atteinte d'un trouble qui avait un nom, qui aurait pu être diagnostiqué. Il la croyait « compliquée et pas facile à vivre », « changeante et difficile à suivre », mais comme des éléments de son caractère. C'était plus que ça... et il a fallu une enquête et des experts pour le révéler. Pour autant, il n'est pas question de « folie ». Les experts psychiatres sont formels : ma mère savait ce qu'elle faisait. Si son acte est fou, elle n'est pas folle. Elle a juste pété un (gros gros GROS) câble. Et elle nécessite un suivi psychologique, qu'elle devrait avoir en prison.

Enfin bon... tout ça ne change pas grand-chose. Ça explique peut-être, mais ça ne justifie pas. Et, pour moi, elle n'est pas « plus » pardonnable. Elle a ôté la vie à quelqu'un. Elle a pris ce quelqu'un à ceux qui l'aimaient. Et elle nous a oubliés, nous. Comme si on n'existait pas !!!

Josette

Marc veut divorcer. Marc va demander à Me Déricourt d'enclencher les démarches.

Et dire que je pensais qu'il resterait pour Catherine, qu'il l'aimait assez pour l'attendre. Que j'ai été naïve ! Comme la vie s'applique à démonter mes certitudes une à une, depuis deux ans ! Il faut croire que l'amour des amoureux dépend des circonstances. Rien n'est aussi fort que l'amour maternel. Peut-être faut-il n'avoir fait qu'un, avoir porté, avoir souffert, avoir élevé pour aimer sans condition, du fond du ventre, avec ses tripes.

Il me l'a annoncé hier et je n'arrive pas à réaliser. Catherine est au courant, paraît-il. Et Anaïs. Mais pas Florian. Marc a pris cette décision et je n'ai qu'à m'y plier, il en a le droit, et moi je n'ai pas celui d'en juger… même si je trouve cela prématuré. Mais qu'il ait choisi de ne plus aller la voir, ça, non, je ne peux ni le comprendre ni le cautionner. Elle sera toujours la mère de ses enfants.

Alors, certes, elle a fauté. Certes, elle a mal agi. Certes, dans ses rêves de mariage et de famille, il n'imaginait pas que la femme qu'il avait choisie deviendrait une meurtrière… Mais enfin, il l'a aimée.

Marc a toujours été un homme droit et de principes. Je m'étonne qu'il en oublie le souci de son prochain. Il abandonne sa femme de manière pure et simple. Catherine n'est-elle pas assez malheureuse ? Il était son pilier, son socle. Que va-t-elle devenir sans lui ?

Anaïs

Jeudi 3 avril 2003 : il faut que ça change

J'ai dit à papa que ça n'était plus possible : j'étouffe, ici. Je n'en peux plus de rester enfermée. Si c'est pour me protéger des autres (et de la presse, mais je pense qu'elle a fait le tour du sujet et est passée à autre chose), tant pis. J'ai besoin de sortir. Ça m'arrange de ne plus aller au collège (et encore, ça me saoule grave de ne pas vivre les mêmes choses que mes potes ! je rate tout !), mais je veux pouvoir me rendre en centre-ville, marcher sur le port, traîner dans un parc, aller à la plage, VIVRE MA VIE D'ADO !!! Ça suffit, la prison ! Ce n'est pas moi qui suis derrière les barreaux.

Et deuxième point : je veux un téléphone portable. C'est bon, hein... Leurs grands principes éducatifs (tu auras un portable quand tu entreras au lycée), ça suffit aussi. Je n'ai plus aucune leçon à recevoir (de ma mère, en tout cas). La plupart de mes copines et mes copains ont un portable, eux. Et en plus, ils se voient tous les jours. J'ai renoncé au collège. O.K., je leur parle sur MSN, mais je veux pouvoir appeler mes amis. C'est normal, non ? Pourquoi je serais punie sur toute la *ligne ? Est-ce que j'ai le droit d'avoir une vie normale ? (Enfin, relativement, hein.)*

J'avoue : je me suis un peu emportée. Papa aussi. Trop de réclamations d'un coup, et puis pas la bonne méthode (depuis que je suis petite, il m'a toujours répété : « Tu n'obtiendras rien par la colère »... Je me demande maintenant s'il n'en avait pas déjà assez, avec ma mère). Et c'est vrai que j'étais en colère. Pas spécialement contre lui. Plutôt contre la situation. Et contre ma mère, évidemment.

Il a fini par rendre en partie les armes : « O.K. pour que tu sortes (dans les limites du raisonnable), mais laisse-moi le temps de réfléchir pour le portable. »

C'est là que Flavie m'a appelée sur le fixe. Pour me proposer une soirée pyjama avec Justine, demain soir ! Ça tombait à pic (genre, elle est télépathe). J'ai supplié « mon petit papa » d'accepter. Il m'a regardée, l'air de dire que je sais m'y prendre quand je veux...

Nathalie

Maman m'a appelée mercredi, totalement paniquée. Marc venait de lui annoncer qu'il comptait divorcer et ne plus aller aux parloirs. Cela faisait beaucoup d'un coup à entendre pour elle. Elle a toujours aimé Marc. Mais le mari parfait a pris du plomb dans l'aile.

Personnellement, je n'ai pas été étonnée. De la rapidité de sa décision, peut-être, mais pas du reste. Quel mari serait resté dans ces conditions ? Je ne connais pas les chiffres, mais il est évident que nombre de couples se défont à l'épreuve de la prison. Quelle personne libre et sensée a envie de se laisser enfermer pendant vingt ans ? Parce que vivre avec quelqu'un qui est enfermé, c'est aussi être enfermé, d'une certaine manière. Il faut être réaliste. Qui a envie de vivre ainsi ? Qui peut supporter d'aller seul aux repas entre amis, de voyager seul, de dormir seul ? C'est une fausse solitude, certes, mais n'est-elle pas pire ? Quand il faut, en plus, assumer publiquement l'acte de l'autre, le soutenir et sourire ?

À la place de Marc, j'aurais fait pareil. On peut avoir le sens de la famille sans avoir le sens du sacrifice. Surtout si, en face, la personne ne le mérite pas.

Aujourd'hui, j'ai rappelé maman. Sa panique était retombée. Mais pas ses motifs d'inquiétude pour Catherine. J'ai tenté de la rassurer. Je lui ai aussi enjoint d'essayer de comprendre Marc et à ne pas oublier à quel point il a été formidable depuis le départ de Catherine de la maison. Il ne faudrait pas qu'ils se fâchent, tous les deux. Ce n'est pas parce que le couple que Marc et Cathy formaient éclate qu'il doit en être de même pour la famille. Nous devons encore prendre soin les uns des autres. Qu'il reste au moins ça…

Anaïs

Samedi 5 avril 2003, midi : maintenant ou jamais

C'était trop bien hier, avec les filles. Quel bien ça m'a fait ! Elles m'ont raconté les dernières nouvelles du collège, tout ce que j'avais raté. Et surtout, elles m'ont dit que Maxime avait tendance à parler de moi, qu'il avait l'air inquiet pour moi et déçu que je ne sois plus là, qu'il avait demandé si j'avais un portable (ça ne fait plus aucun doute : il FAUT que j'en aie un !).

C'est bientôt l'anniversaire de Flavie. Elle va organiser une soirée. Elle m'a promis d'inviter Maxime. Elle a dit que ça se voyait qu'il voulait sortir avec moi. Je me demande pourquoi il ne s'est jamais déclaré avant. Il jouait au mec indifférent. Il devait savoir qu'il me plaisait et il voulait me faire languir, à tous les coups. C'est malin, puisqu'on a perdu du temps.

Bon… je suis vite redescendue sur terre : ce matin papa a appris le transfert de maman la semaine prochaine. Le parloir d'aujourd'hui sera le dernier à Saintes. Elle part à la prison pour femmes de Rennes. Ce n'est pas le bout du monde, mais ça me fait une raison de plus pour ne plus la voir. Un prétexte, si j'en avais besoin.

Flo a pleuré. Il a trouvé ça « trop nul », et il a raison. Papa a essayé de le rassurer : il ira voir maman avec mamie Jo au moins deux fois par mois. Deux fois par mois ? Deux fois une heure, vraiment ? Pour combien d'heures de route ? J'avais trop de peine pour eux deux... et toujours cette rage contre ma mère.

Après, j'ai réfléchi. Il y a deux solutions : soit je laisse partir ma mère sans la revoir, soit je vais au parloir ici, cet après-midi, une dernière fois. Si je veux lui dire la vérité en face, c'est le moment. Après il sera trop tard. Je n'irai certainement pas jusqu'à Rennes ! Je ne lui ferai pas ce plaisir.

J'ai longtemps hésité. Mais je vais y aller. Je ne crois pas qu'elle s'attende à ce que je vais lui balancer. Ce sera à la hauteur de ma rage, de ma haine. Maman, prépare-toi. Car moi, je suis prête ! (J'ai l'impression d'être une boxeuse avant un combat sur le ring.)

Josette

C'est notre dernier parloir ici. Je n'éprouve aucune sorte de nostalgie anticipée, mais je n'ai pas pu m'empêcher de prêter plus d'attention aux lieux, aux couloirs, aux portes qu'on franchit, aux surveillants qui sont présents et qu'on ne reverra plus. On commençait à connaître tout le monde ; parfois on échangeait quelques mots. Il va falloir tout recommencer à Rennes, prendre de nouvelles habitudes. La seule chose qui me rassure ou me *plaît*, à cette idée, c'est de me dire que Catherine ne sera qu'avec des femmes là-bas, qu'elle ne sera pas cantonnée à un tout petit quartier. Il n'y a que quatre cellules pour elles ici, à la maison d'arrêt de Saintes.

— Marc n'est pas là ? me demande Catherine, comme pour vérifier.

Je secoue la tête. Florian, à côté de nous, explique qu'il n'a pas pu venir. Nous nous regardons d'un air entendu, et une larme s'invite au coin des yeux de ma fille.

Nous parlons à demi-mot. De toute façon, jeudi, j'ai reçu une lettre. Catherine ne m'écrit pas souvent, mais elle voulait m'annoncer leur séparation elle-même. Je ne lui dis pas que je le savais déjà.

— Ça va aller, hein ?

Je presse de ma main celle de Catherine. J'ai besoin d'entendre qu'elle va tenir le coup. Elle me répond par un sourire triste.

Peu après, je suis aussi obligée de lui expliquer que nous n'irons la voir que deux fois par mois. Rennes est si loin…

On nous annonce déjà la fin du temps imparti. C'est toujours trop court. Mais nous allons céder notre place à Anaïs. Je suis contente que Catherine dispose d'un double parloir, comme d'habitude. Je le lui dis en la prenant dans mes bras :

— Tu vas passer un bon moment avec ta fille. Profite… Puis nous sortons.

Anaïs

Dimanche 6 avril 2003 : dernière fois que je vois ma mère

J'étais remontée comme une pile avant d'entrer dans le parloir. Et puis, je me disais que c'était la dernière fois que je venais là, que j'obéissais à tout ce cirque (l'appel, la vérification des papiers, le dépôt des affaires personnelles, la fouille, le passage des portiques... tous ces trucs où tu as l'impression d'être toi-même suspect). La dernière fois, tout ça. Et je serrais les dents.

Mamie Jo est passée d'abord avec Flo. Je voulais mon tête-à-tête. J'ai donc attendu. Dans mon esprit, je récitais mon texte. Ses quatre vérités. Rien que ça. Pas un mot de plus. Lui faire du mal, voilà pour quoi j'étais venue. Pour que ce soit (un peu) à la mesure de ce qu'elle m'avait fait. Pourriture...

Mamie Jo et Flo sont ressortis. Le visage de mon petit frère était baigné de larmes. Je l'ai pris dans mes bras quelques secondes et j'ai serré le poing. À nous deux, la meurtrière.

— Oh, ma chérie, tu es venue !

Elle a dû m'accueillir comme ça. Je l'ai regardée sans sourire, les yeux noirs. Je lui ai reproché son petit mot doux :

— Y a plus de « ma chérie », maman. C'est fini, ça.

Elle ne s'attendait pas à une attaque en guise d'introduction. Le temps que je m'assoie, elle n'a pas pu s'empêcher de s'exclamer :

— Mais tu as maigri !

— Non, sans rire ? C'est pas un régime, maman. C'est toi. C'est ta faute. J'ai plus faim. Tu crois quoi ? Que ça se digère facilement, d'apprendre que sa mère est une criminelle ?

Elle a baissé la tête.

— Je suis désolée, *elle a osé dire.*

— Désolée ? Mais désolée de quoi ? D'avoir buté quelqu'un ? D'avoir gâché nos vies ? Mais putain ! Ce n'est même pas à nous que tu as dit pardon, au tribunal !

Bon... Je ne vais pas retranscrire (en moins bien ou en inexact) ce qu'on s'est dit. Je lui en ai mis plein la tronche. Je l'ai dézinguée. Elle ne s'attendait pas à ça. Tout ce qu'elle parvenait à articuler, c'est : « Je comprends ta colère... » *Puis, à la fin :* « J'espère que tu arriveras à me pardonner un jour. » *Pardonner ? Elle est sérieuse ? Mais JAMAIS DE LA VIE !!!*

C'est là que je me suis levée. Bien avant la fin officielle du temps imparti. C'est là que je lui ai balancé, en gros :

— Regarde-moi bien, maman, parce que c'est la dernière fois ! C'est la dernière fois que tu me vois ! Alors, profite ! Parce que je n'irai pas à Rennes, ni où que ce soit. Ni dans les mois qui viennent ni dans les vingt ou vingt-huit ans qui viennent ! Et ce n'est pas la *peine de m'écrire non plus : je ne te répondrai pas. Pour moi, je n'ai plus de mère, O.K. ? Tu peux faire une croix sur moi. Comme tu as fait une croix sur nous, ce jour-là, en allant tuer cette femme ! Honte à toi, pour toujours. Désormais tu n'as plus qu'un fils. Mets-toi ça dans le crâne !... Tu as bien de la chance qu'il t'aime encore, lui. Tu ne le mérites pas. Tu me dégoûtes.*

Elle a poussé un cri, elle s'est mise à pleurer. Oui, j'ai fait pleurer ma mère. Et alors ? C'est si peu par rapport à toutes les larmes qu'on verse, à tout ce qu'on endure tous, à cause d'elle.

Ça fait un drôle d'effet d'engueuler sa mère, de la réduire en miettes. Mais j'avais accumulé une telle rage depuis deux semaines, depuis deux ans. Je crois que je l'ai pulvérisée.

Voilà le dernier souvenir qu'elle gardera de moi. Mon corps menu qui flotte dans ma salopette, mes cheveux en désordre comme après une bataille, les yeux exorbités par la fureur, l'index accusateur pointé sur elle. Et elle assise, comme sur le banc des accusés. Le tribunal, le jury, c'est moi. J'ai rendu mon jugement : mon silence et mon absence, à perpétuité. Et la sentence est irrévocable.

Marc

Catherine est partie pour Rennes, et je mentirais si je disais que cela ne m'atteint pas. Cet éloignement creuse un peu plus la distance entre elle et moi. C'est un passage obligé, peut-être un signe de la vie pour m'aider à faire le deuil. Pour que je ne sois pas tenté de revenir sur mes pas et sur ma décision.

Tout le monde a été pris de court. C'est vrai que c'est arrivé très vite. On pourrait penser que je n'ai pas assez réfléchi, pesé, mûri... Même moi, je me suis étonné. Je donne l'impression d'avoir balayé notre mariage sur un coup de tête. Mais c'est faux. Pendant tous ces longs mois, depuis que Catherine a été arrêtée, j'ai élaboré des projections. Je partais d'hypothèses, de «et si». Et pour chacune j'échafaudais une esquisse d'avenir. J'ai toujours été inquiet à l'idée d'une possible incarcération longue durée. Qui ne le serait pas? Il est si difficile d'envisager la vie sans la personne qu'on aime, tout en étant *avec*. Je sais à quoi cela peut ressembler, je l'ai expérimenté pendant deux ans. Alors pendant vingt ans?! Ce n'est pas une vie. La sentence du tribunal a mis à mort notre mariage plus que moi-même.

Mais il n'y a pas que cela, bien entendu. Il y a le reste. Il y a la vie cachée de ma femme, ses facettes inconnues, les hommes successifs qui ont gravité autour d'elle sans que j'aie le moindre doute. Je suis coupable d'aveuglement. Je suis un pauvre idiot, quand j'y pense. Elle m'a trompé longtemps, souvent. En a-t-elle, parfois, éprouvé quelque honte ? Baissait-elle les yeux, parfois, devant le miroir ? A-t-elle eu, une seule fois, envie d'avouer ?

Hier, je suis allé dans la chambre de Florian. Il jouait avec ses Playmobil. Je lui ai demandé d'arrêter pour m'écouter. J'avais quelque chose d'important à lui dire. Je lui ai fait part de ma double décision. Sa réaction m'a surpris : il n'a pas fondu en larmes, il est resté très digne, comme un petit garçon très fort. Ce n'est d'ailleurs plus un si petit garçon. Il vient d'avoir neuf ans. Nous avons tous, hormis Anaïs, tendance à le traiter avec les égards qu'on réserve aux petits, aux fragiles. Il ne l'est plus tant que cela. Peut-être qu'à force de protection, nous ne l'avons pas aidé à grandir. Nous l'avons maintenu dans son rôle de second, de petit dernier, né sensible. Anaïs a raison sur ce point. Elle me dit souvent, et depuis longtemps, qu'il faut qu'on arrête de le surprotéger. Ce n'est plus un bébé. Ce matin, pendant le petit déjeuner, alors que nous n'étions que tous les deux, ma grande m'a dit :

— Maintenant que Flo est au courant, pour la mère et toi, il serait peut-être temps de lui dire la vérité, sur la raison de son enfermement. Ça devient vraiment ridicule, cette histoire de *grosse bêtise*. Il faut arrêter avec ça. Tu préfères quoi ? Qu'il l'apprenne de toi ou d'un copain mal intentionné ? Parce que, tu ne le sais peut-être pas, mais moi oui : ça commence à se savoir chez les grands de son école. Ça craint, non ?

Anaïs a raison. Même si j'ai beaucoup de mal à l'entendre dire *la mère* à la place de *maman*. Je me demande comment leur dernier parloir s'est passé. Anaïs était remontée en partant, elle était remontée en rentrant. Le soir, elle m'a annoncé : « Je n'irai pas à Rennes. » Elle n'a pas précisé, pas donné de limite dans le temps. Je connais ma fille : je ne la crois pas capable de couper les ponts avec sa mère. Elle est juste en pleine crise d'adolescence. Cela devrait lui passer.

Anaïs

Vendredi 11 avril 2003

J'ai laissé passer la semaine.
Je n'avais pas envie d'écrire. Ni de lire. Ni de manger, ah ah ah... Je crois que j'ai du mal à me remettre de mon match. Il m'a mise un peu K.-O. aussi.
J'ai reçu mes cours du Cned... Ils ne traînent pas, eux. Pfff... quand je vois la montagne de cours. Tout ça pour une fin d'année ? Le brevet est dans un peu plus de deux mois, j'ai l'impression d'avoir des devoirs pour trois ans, c'est horrible.
J'avais envie de râler, de dire à papa que je m'en foutais, que je n'allais pas y toucher (suffit de mettre mon incapacité de travail sur le dos de mon moral en berne)... mais je n'ai pas eu envie de jouer les provocatrices : mercredi, on est allés en ville chez Orange, pour un téléphone portable. Je l'ai ! C'est un Nokia. Il a été plutôt cool sur ce coup-là, le padre... Donc je me vois mal le chercher. Il pourrait avoir l'idée de me confisquer mon nouveau jouet. Alors qu'avec Maxime, on commence tout juste à discuter (et, j'avoue, ça prend de l'espace dans ma tête...).

À part ça... Bah la mère est partie (je voudrais bien dire Catherine, mais c'est pas facile de changer ses habitudes, alors j'ai choisi de l'appeler « la mère », ou « l'autre »)... partie direction Rennes... direction la Bretagne, là où il pleut tout le temps. En même temps, vu qu'elle est enfermée, elle ne risque pas trop de souffrir du froid et de la pluie... ah ah ah (humour noir).

Mon petit Flo me fait de la peine. Il la verra moins maintenant. Encore moins, je veux dire. Et je crois que rien que de la savoir plus loin, ça le mine. Il a encore beaucoup pleuré. Surtout quand il a su qu'il ne pourrait pas aller à Rennes dès demain. Avant, il y allait tous les samedis, alors forcément...

Bref : c'était encore une semaine pourrie (si on excepte le téléphone et Maxime).

Florian

Dimanche 13 avril 2003

Chère maman,

J'espère que tu es bien arrivée à Rennes et que tu t'es bien installée. Il n'y a que des femmes, mamie a dit. J'espère que tu vas te faire des copines. Tu me raconteras. Tu fais quoi de tes journées ? Tu lis toujours beaucoup ?
Les vacances de Pâques ont commencé. Je suis content. On va aller chez mamie Jo.
J'ai hâte de te revoir, même si je n'aime pas la route.
Je t'ai fait un nouveau dessin pour mettre dans ta cellule. C'est un puma. Tu le trouves beau ? J'ai un peu raté la tête.

Bisous

Florian

Anaïs

Lundi 21 avril 2003 : lundi de Pâques... m'en fous du chocolat (ça fait un mois)

Alors oui, l'année dernière encore, j'avais joué le jeu. Pour Flo, évidemment. La chasse aux œufs, j'ai donné. Être la gentille grande sœur qui se ridiculise en courant dans le jardin, c'est fini, ça. Mamie m'a fait la morale : « Oui, tu pourrais faire un effort ; quand même, surtout en ce moment... » La culpabilisation !!! Ça m'a trop saoulée.

Et puis à table : « Mais il faut que tu manges ! Tu dépéris. Tu frises l'anorexie ! » Et patati, et patata... Elle me gave. Et papa aussi, un peu. Parce qu'il en a rajouté. Et il me regarde avec un air suspicieux. Il me scanne, comme s'il voulait deviner le poids que je fais, combien j'ai perdu. Je le sais, moi : j'en suis à quatre kilos. Mais je ne me sens pas anorexique : c'est pas que je veux maigrir, que je perds le contrôle d'un régime. C'est juste que je n'ai pas faim. Ils comprennent rien, ou quoi ? C'est pas évident ? logique ? normal ?

Aujourd'hui, ce n'était pas que Pâques. Un peu comme le 21 mars n'était pas que le printemps. Ça fait un mois. Le tribunal a rendu son verdict il y a un mois, et ça a été le mois le plus long de ma vie. J'essaie toujours de me faire à l'idée, et je n'y arrive pas vraiment.

Si on fait le bilan, à un mois, ça donne : une mamie qui se ride, un père qui grisonne, une fille qui perd du poids et un fils qui pleure (enfin, tout le monde pleure, à mon avis, mais peut-être moins en public). Enfin, il ne pleure pas en continu, Flo, même que des fois (quand il oublie, peut-être) il rit. Mais il vit carrément mal l'éloignement de sa mère. Il lui écrit plusieurs fois chaque semaine, il lui envoie des dessins... Il a reçu deux lettres, mais il y a eu un peu de délai, suite au changement de prison.

À l'école, Flo dit qu'elle est partie en voyage encore plus loin. Qu'elle est de l'autre côté de la Terre, là où il fait nuit quand il fait jour chez nous et vice versa. C'est une belle image pour nos vies décalées. Quelque part, elle n'est plus dans notre monde : il a raison.

Marc

J'ai enfin trouvé le courage d'appeler mes parents.

La dernière fois que je les ai eus au téléphone, c'était après le verdict. Leur curiosité les a rendus vampires : ils semblaient assoiffés de vérité. Ils voulaient l'entendre de ma bouche, pas l'apprendre dans un quelconque papier sur Internet. Non pas qu'ils aient jubilé. Mais j'ai senti, ou bien c'est une idée, qu'il ne manquait pas grand-chose pour qu'ils me rappellent : « Nous te l'avions bien dit que ce n'était pas une femme pour toi... Tu vois le résultat ! » J'ai été tenté de prendre le premier avion pour New York, sonner à leur porte et leur demander, pour une fois, un peu de soutien, un peu d'empathie. Mais je ne les changerai pas. Oui, j'ai choisi Catherine en dépit de leurs conseils et de leurs réticences. Mais ils n'avaient pas leur mot à dire. Ils ne m'ont jamais vraiment pardonné ce choix. Ma jolie femme est devenue une criminelle et c'est comme s'ils l'avaient prédit.

C'est pour cette raison que j'ai hésité à leur révéler ma décision. Ce divorce, c'est aller dans leur sens, leur donner raison, avouer ma méprise, mon erreur, ma grande faute. J'aurais pu leur annoncer plus tard.

Mais parfois il faut savoir se débarrasser des tâches qui minent le cerveau.

Je les ai donc appelés. J'ai dit : « Papa, maman, je demande le divorce. » Sans véritable préambule. Il ne s'agissait pas de les ménager : ils n'attendaient que cela. Et je ne tenais pas à m'appesantir. Je les informais d'un événement important de ma vie, je n'avais pas à me justifier ou enrober la chose. C'était dit. Ils n'ont pas été surpris. Ils n'ont pas triomphé. Ils ont lâché un « Ah ». Puis ils m'ont demandé comment j'allais, comment allaient les enfants. Ils n'ont pas pris de nouvelles de Catherine. Avec elle, ils sont passés de la tolérance à l'indifférence. Ils ne lui ont jamais reconnu qu'une vraie qualité : elle m'a donné deux beaux enfants. Catherine, pour eux, c'était un visage charmant sur un ventre fertile. Elle était bien plus que cela, mais ils n'ont jamais cherché à la connaître. Et puis, ils avaient tant à vivre sur leur continent qu'ils nous ont oubliés.

Anaïs

Dimanche 27 avril 2003 : grande nouvelle !

C'est si rare, les occasions de se réjouir, alors je ne vais pas bouder mon plaisir : Maxime et moi, on sort ensemble. Depuis le temps que j'en rêvais !
Ça s'est passé hier soir, à l'anniversaire de Flavie. Elle a tenu parole : il était là. Depuis qu'on échange des messages et qu'on s'appelle, on s'est vus deux fois en ville, avec Flav, mais rien de plus. En copains, quoi. Et hier, ce qui devait arriver est arrivé. C'était génial. Il embrasse trop bien, en plus (je me souviens de mon premier-baiser-beurk, mais là, rien à voir !).
J'ai hâte de le revoir. Je l'aime vraiment bien. Il est beau, évidemment, mais pas seulement. Il est sympa et marrant. Et surtout il ne me regarde pas avec de la pitié dans les yeux. Il ne me parle jamais de l'autre. Il ne me plaint pas. Il est normal, quoi. À considérer que les parents sont pénibles, les miens (enfin, la mienne) peut-être juste un peu plus que les autres.

Nathalie

Marc m'a appelée. J'étais surprise. Ce n'était pas arrivé depuis le procès. Un mélange de distance et de malaise s'est glissé entre nous. Moi j'ai téléphoné aux enfants, il me passait le bonjour de loin, mais rien de plus. Et là, il a décroché son téléphone. Pour me parler, à moi. J'ai ressenti un coup de stress. Je me suis demandé pourquoi il m'appelait. Pourquoi là, à ce moment-là. S'il voulait me parler de banalités ou de choses importantes, simplement prendre de mes nouvelles, ou s'il voulait me poser des questions...

C'était pour tout cela à la fois.

Il s'est d'abord enquis de mon état. J'ai minimisé. Je n'ai pas dit comme je me sens mal et vide depuis le verdict, comme ma sœur me manque. Je me trouve mal placée pour me plaindre. Je n'ai pas perdu autant qu'eux qui vivent là-bas. Je me suis inquiétée en retour. Comment allait-il, comment allaient les enfants ? « Aussi bien que possible en pareilles circonstances. »

Puis il a parlé du divorce, des démarches en cours. J'avais déjà eu l'occasion de le déculpabiliser au sujet de son choix : maman m'en avait informée, et j'avais envoyé un message à Marc quelques jours plus tard. Message qui disait en substance : « Je ne te juge pas : tes raisons sont respectables. Cela ne change rien pour moi. » Il m'avait répondu un « Merci » on ne peut plus concis. Et depuis, plus rien.

— Tu savais, pour son histoire avec Gilles Lancier ? m'a-t-il demandé tout à coup, au moment où je ne m'y attendais plus.

Le pâle silence que j'ai laissé derrière sa question signifiait que oui. J'ai eu l'impression que je n'allais plus rien maîtriser, que je tomberais dans tous les pièges qu'il allait me tendre, envie de raccrocher. J'ai admis, à demi-mot :

— Marc, tu sais que j'étais la confidente de Cathy, je...

— Tu savais, pour les autres ?

Le piège n° 2. Je me suis tue. Je n'ai pas été capable de souffler une réponse, la vraie.

Il a raccroché.

Anaïs

Lundi 28 avril 2003 : PFFFF !

Le week-end n'avait pas trop mal commencé : Maxime, pour moi et elle (la mère), pour Flo... Tout le monde était content. Même si le trajet a été long (sans doute bien plus que ce à quoi il s'attendait), la journée de samedi a répondu à ses promesses : Mamie et Flo ont pu se rendre à leur premier parloir à Rennes. Lui est rentré avec un sourire jusqu'aux oreilles. Elle, moins. La fatigue de la route, certainement.

Enfin, c'est ce que je croyais. Hier après-midi, elle est revenue à la maison. Et ça a été ma fête. « Oui, comment tu as pu faire ça, dire à ta mère que tu ne voulais plus la voir ! Et tu l'as fait pleurer ! » Je résume. Elle m'en a mis plein la tête. Cette faculté qu'elle a de me culpabiliser !!! Elle m'a traitée de fille indigne et sans cœur... Je lui ai répondu : « Et toi, mamie, tu n'en as pas, de fille indigne, peut-être ? » Elle m'aurait giflée, je crois. Ses yeux l'ont fait. Elle n'aime pas mon insolence, il paraît. Alors que je ne dis que la vérité. Et, on le sait : y a que la vérité qui blesse. Elle m'a demandé de parler sur un autre ton, m'a réclamé un peu de respect.

Mais moi, si on m'attaque, je rends. ET JE NE SUIS PLUS UNE GAMINE ! Je dis ce que je pense, et je ne m'écraserai pas.

Alors j'en ai remis une couche. J'ai confirmé : je n'irai pas à Rennes, je ne veux plus la voir, je ne lui pardonnerai jamais. Elle a choisi (de ne plus être là pour nous), je fais mes propres choix (je ne serai plus là pour elle).

Je crois que mamie ne m'avait jamais vue dans un tel état (et pourtant, c'était bien moins pire que l'autre jour, au dernier parloir). En gros, je lui ai dit qu'elle pouvait agir comme elle le voulait, vis-à-vis de sa fille, la voir, lui pardonner, tout, que je ne comptais pas la juger (ça, ce n'est qu'à moitié vrai), et que je lui demandais en retour de me laisser mon libre arbitre et de ne pas juger mes choix. Ils m'appartiennent autant que les siens lui appartiennent. Ce n'est pas parce qu'on a quelques années d'écart que je ne suis pas douée de pensée et d'opinion ! Elle ne m'obligera à rien.

Après, quand elle est partie (un peu sonnée), j'ai discuté avec papa. Il ne savait pas, pour la scène au parloir. Je lui ai raconté. Il n'a rien dit. J'ai senti dans son silence, non pas de l'approbation, mais une forme de compréhension. Il est de mon côté, lui. Il arrive, du moins, à se mettre à ma place. Il en a une un peu pareille : sa femme n'est plus sa femme. Même si ça arrive à plein de gens (avec les divorces). C'est vrai qu'on ne peut pas divorcer d'avec ses parents. C'est un truc qui existe, pourtant, mais qui n'a pas de nom. Il faudrait l'inventer. On pourrait dire « se désenfantiser ».

Moi, je me suis désenfantisée de ma mère. Et, vu sa nullité et sa monstruosité, je ne m'en porte pas plus mal.

Faudra bien que mamie Jo s'y fasse (et tant pis si elle ne se déparentise pas).

Anaïs

Dimanche 25 mai 2003 : fête des Mères, tu parles

C'est quand même la troisième sans ma génitrice (tiens, c'est un mot pas mal ça aussi). Mais il y a une grande différence avec les deux premières : en 2001 et en 2002, je croyais (j'espérais) ma mère innocente. Donc je l'aimais encore.

Maintenant, c'est différent. Et puis, surtout, maintenant je n'ai plus de mère. Vu qu'elle en a pour encore vingt ans minimum derrière les barreaux. Le truc de dingue que jamais je n'aurais pu envisager. Donc, voilà : c'était la fête des Mères aujourd'hui. Sauf qu'on n'avait rien à fêter. On n'allait pas rendre hommage à la criminelle de la famille ! Flo, évidemment, n'a pas pu s'empêcher de dessiner (ça lui évite de pleurer, alors je n'ai rien dit). Parfois, j'ai l'impression que je deviens en quelque sorte une « petite maman » pour lui. Surtout avec papa qui est débordé, qui n'a plus le temps de prendre du temps pour nous. Même si le patron de sa boîte est sympa, il ne peut plus se donner le droit d'être absent ou de rentrer super tôt comme les semaines qui ont suivi le procès.

On a donc passé un dimanche normal tous les trois : poulet-frites à midi.

J'ai pensé à mamie Jo. Elle est moins là depuis l'autre jour. Elle a emmené Flo pour le deuxième parloir à Rennes et c'est tout. Elle est un peu vexée, je crois... Surtout que papa lui a parlé de la procédure de divorce. Je ne sais pas à quoi elle s'attendait, franchement. Qu'est-ce qu'elle croyait ? Qu'il allait pardonner, patienter, avoir une femme invisible, gâcher sa vie en l'attendant ? Alors qu'elle s'en foutait de lui, en plus ? (Puisqu'elle le trompait.) Elle n'a que ce qu'elle mérite.

N'empêche que je pense à mamie Jo aujourd'hui. Je me demande comment elle vit cette journée de son côté. Tata Nathalie a dû l'appeler, mais elle est si loin... bof, le réconfort. Je pense plus à elle qu'à la femme dans sa cellule. Elle peut bien ruminer, elle, se désespérer. Elle est responsable de ce qui lui arrive.

Il y a, bizarrement, d'autres personnes auxquelles je pense aujourd'hui. Je pense aux enfants de la victime. Les enfants de Béatrice Lancier. Leur troisième fête des Mères sans leur mère. Elle n'est pas simplement loin et absente mais vivante, comme la mienne. Elle est sous terre, au cimetière. Morte pour toujours. À cause d'une femme. À cause d'une mère ! Je ne comprends pas. Comment une mère peut-elle décider de priver des enfants de leur mère ? Quand on aime, quand on sait ce que c'est... Parfois je me demande si elle nous aimait, finalement.

Je pense à ces enfants. Ils sont trois. La petite a l'âge de Flo, le grand est plus vieux que moi. Et ils n'ont plus de maman parce qu'une folle a volé sa vie. A volé leur vie. Ils doivent avoir tellement de peine et de chagrin.

Et de la colère et de la haine, tout. Comme je les comprends.

Je pense à eux aujourd'hui plus que d'habitude. Je les imagine sur la tombe de leur mère, au cimetière. Et ça me fait pleurer.

Josette

C'était la fête des Mères dimanche. Mes deux filles m'ont appelée. Quel bonheur de les avoir au téléphone. Quelle surprise d'entendre ma Catherine.

J'ai pensé : je n'ai pas tout perdu. Et : le lien est toujours là.

Toute la journée, j'avais ruminé. Je m'étais retracé ma vie de maman, et je me disais : « J'ai tout raté. » Je sais bien, j'ai toujours su et je l'ai déjà dit, que je n'ai pas été une bonne mère pour Nathalie. Je pensais l'avoir été pour Catherine. Au moins au début, jusqu'à la mort de Robert. Mais les derniers événements m'ont amenée à m'interroger plus en profondeur. Je suis tout de même la mère d'une meurtrière. J'ai enfanté d'une criminelle ! J'ai donc créé un monstre… du moins aux yeux de la société. Et je sens bien, d'ailleurs, le regard posé sur moi, un regard culpabilisant qui dit : « C'est votre faute ! » Et si c'était vrai ? Si j'avais fabriqué et laissé grandir dans mes entrailles l'embryon de la barbarie ? Quelle est ma responsabilité ? Quelle est ma faute ? Ai-je mal agi en donnant naissance au bourreau de Béatrice L. ? Ai-je une dette envers les Lancier, ai-je une dette envers Dieu ?

Anaïs me fustige parce que je n'ai pas tourné le dos à ma propre fille. Mais si elle était mère, elle saurait qu'il n'y a pas de choix autre. Elle me renvoie la haine qu'elle semble avoir développée pour sa mère, traite Catherine de fille indigne. Je comprends… Et je mentirais si je disais être fière de mon aînée. La fierté n'est plus. Il reste le soutien infaillible et l'amour inconditionnel. Et, bien sûr, au fond de moi, oui, la culpabilité que je porte malgré tout, un sentiment de honte qui m'a envahie et m'absorbe tout entière.

Anaïs

Dimanche 1ᵉʳ juin 2003 : fin d'un long week-end

Jeudi, c'était l'Ascension, vendredi il n'y avait pas d'école (pour les autres, parce que pour moi, ça ne change pas grand-chose...), donc week-end de quatre jours.

Papa bossait (il a plein de trucs à rattraper). Au début il voulait que je sois baby-sitter, gardienne en chef de mon petit frère, mais j'ai dit pas question. Je n'allais pas m'occuper de Flo pendant trois jours, alors que tous mes potes sont dehors, à la plage, et tout ! Je lui ai dit de s'arranger avec mamie. Du coup, elle est venue. Du coup, c'était pas plus mal : nos relations se sont un peu réchauffées. On n'a pas parlé de celle qui est derrière les barreaux : autant ne pas aborder les sujets qui fâchent.

Le week-end prochain, on ira (Flo et moi) chez mamie Jo pour les trois jours de la Pentecôte. Ça fait un moment qu'on n'est pas allés chez elle. Elle est contente. Et moi aussi (un peu). J'aime bien La Flotte. Et Saint-Martin, surtout. Aller à vélo chercher une glace à La Martinière, tout ça. Le seul truc qui est chiant là-bas, c'est qu'il n'y a pas mes copains...

J'ai vu Maxime tous les jours depuis jeudi. Parfois on n'était que tous les deux, parfois on était avec les autres. C'était super. Il est cool. Et quand on s'embrasse, ça me fait des trucs dans le ventre.

Je n'ai pas beaucoup mis les pieds à la maison dans le week-end, et ça n'a pas échappé à papa (ni le sourire que j'ai parfois). Il m'a regardée avec son air soupçonneux, comme s'il y avait anguille sous roche. Et il a osé me demander : « Tu as un petit copain ? » J'ai piqué un fard. J'ai bafouillé. Enfin bref, il a compris. J'ai cru qu'il allait me faire la morale (« Fais attention », « Et puis tu as le brevet bientôt », « Les études d'abord » et patati et patata…), mais il s'est abstenu. À mon avis, il a pensé « Au moins, ça lui change les idées », et c'est pas faux. J'ai même retrouvé un peu d'appétit.

Marc

Anaïs a un petit copain. Ma petite fille n'est plus une petite fille. Parfois, et peut-être en raison de notre vie mouvementée, il me semble que je ne la vois pas grandir. Et pourtant... bien sûr qu'elle a grandi. Elle change. Elle n'a plus rien de l'enfant qu'elle était. Je cherche sur son visage des traces de la petite blondinette rieuse aux yeux malicieux. Je n'en trouve pas. Ses cheveux ont foncé, ses yeux se sont assombris. Comme elle. Et quand une flamme brille dans ses pupilles marron, c'est la colère qui s'y agite. L'enfant joyeuse s'est muée en adolescente sans concession, chez qui le feu couve, chez qui la colère ne demande qu'à sourdre. Dans ses yeux, la flamme des révolutions, l'incandescence de la rébellion, le risque explosif.

Mais nous savons tous pourquoi elle est devenue comme cela. Ce n'est pas que l'adolescence. C'est Catherine.

Anaïs a un petit copain. Elle n'a pas donné de détails, je n'ai pas commenté. J'ai pensé : « Peut-être que cela va l'apaiser un peu. » Je me suis demandé si elle était amoureuse, comme on peut être amoureuse à son âge. J'ai songé à Catherine, à la femme amoureuse qu'elle était, si prompte à s'enflammer, si passionnée. Si irrésistible.

C'est étrange, l'amour. Ou plutôt : c'est étrange comme on peut aimer un jour, puis désaimer. Désaimer petit à petit ou d'un seul coup. Je crois que j'ai désaimé Catherine petit à petit, tout au long de sa détention provisoire et sans même m'en rendre compte, puis que le procès a achevé d'anéantir ce qu'il restait d'amour. Pour autant, je n'ai jamais éprouvé de haine envers elle. Ni à ce moment-là ni maintenant.

Quand je regarde Anaïs, je ne peux m'empêcher de me demander quelle femme elle va devenir, quelle amoureuse elle sera, quels seront ses rapports avec les hommes. Et j'espère, tout au fond de moi, que dans ce domaine elle ne sera pas comme sa mère.

Anaïs

Mercredi 11 juin 2003 : marre de m'appeler Dupuis !!!

Aujourd'hui, j'ai dû donner mon nom… au secrétariat du dermato.
— Anaïs Dupuis.
— Dupuis… comme l'affaire ? Pas facile à porter, par les temps qui courent…
Mais de quoi je me mêle ? J'ai trop senti la nana amatrice de potins qui lit Gala. *Elle ne sait pas écrire Dupuis ? Les gens sont cons, parfois. Comme si j'allais dire la vérité : « Ah bah, oui, tiens ! Exactement comme l'affaire ! Parce que c'est ma mère, en fait. » Je hausse les épaules, faisant mine de ne pas savoir de quoi elle parle.*
Comme si j'assumais cette lignée !
Marre de porter ce nom… On en a souvent parlé avec papa. À la fois il me comprend quand je lui serine que j'aimerais bien en changer, à la fois il me rabâche qu'on a la chance d'avoir un nom de famille plutôt courant. Des Dupuis, il y en a plein, et ils sont rarement de notre famille (peut-être que ça les embête aussi, d'ailleurs, de porter ce nom-là depuis quelque

temps, peut-être qu'à eux aussi on pose cette question débile...). Même ici, à La Rochelle, il y en a d'autres. Les pauvres... Bon, eux n'ont sans doute pas vu les flics et les journalistes débarquer; ils n'ont pas dû avoir non plus de tags sur le mur de leur maison (enfin, j'espère pour eux!). La meurtrière, on sait où elle habitait (et y a encore des gens qui viennent épier, qui font les curieux... comme s'il y avait quelque chose à voir, non, mais vraiment... j'ai envie de leur crier: «Cherchez pas, elle est à Rennes!»).

Bref... Papa me dit qu'un jour je me marierai (comme si ça allait changer le fond du problème! Et puis qu'est-ce qu'il en sait?), ou que très vite je changerai de région (pour mes études supérieures... comme si c'était demain!). À croire qu'il a oublié que l'affaire Dupuis était dans tous les JT nationaux!

Avec ma chance, dans quelques années, quand plus personne n'y pensera, l'affaire ressortira dans Faites entrer l'accusé.

On ne sera jamais tranquilles. Je porterai toujours le nom d'une criminelle. Et papa aussi (parce que même en divorçant, c'est pas de bol, il gardera son nom de jeune homme).

Marc

La question de notre nom de famille associé à celui d'une meurtrière obsède Anaïs. Depuis ce qui s'est passé, elle le trouve lourd à porter. Comment ne pas le comprendre ? Pourtant ce nom est celui de notre famille, celui de celle que nous avons construite, ensemble, sa mère et moi après notre mariage. J'essaie de faire entendre à Anaïs que ce nom, notre nom, même si c'est ce qu'elle ressent en ce moment, ne se résume pas à un fait divers. Loin de là. Preuve en est son existence à elle et celle de son frère.

— Tu parles d'une famille ! Elle a sali ton nom ! Elle a tout détruit ! Qu'est-ce qu'il en reste, franchement ? m'objecte-t-elle avec véhémence.

Difficile de lui donner tort…

Avec le divorce, Catherine va pouvoir reprendre son nom de jeune fille. Elle a même tout intérêt à le faire, pour faciliter sa réinsertion le moment venu. Cela ne manque pas d'ironie : la coupable de l'affaire Dupuis ne s'appellera plus Dupuis, tandis que nous, innocentes victimes collatérales de son crime, sommes condamnés à porter ce patronyme qu'elle a entaché de sang. C'est ainsi.

Pour le moment, je n'ai pas voulu parler à Anaïs de la possibilité qu'elle aura, plus tard, si elle le souhaite, de changer de nom… possibilité qu'elle a déjà, d'ailleurs, même si elle est mineure. Le motif de sa demande serait certainement jugé recevable par le ministère de la Justice. Mais pour l'instant, elle porte mon nom et, c'est vrai, je ne suis pas prêt à ce qu'elle en prenne un autre venu de nulle part. Dupuis est mon nom, il fait partie de mon identité et je l'ai transmis à mes enfants. Je suis fier de cela. C'est leur premier héritage. Je ne veux pas qu'il s'efface. Je ne veux pas qu'il s'éteigne et disparaisse après moi, après Florian. J'aimerais que mon fils soit à son tour un passeur de ce nom.

Je n'aurai jamais honte de m'appeler Dupuis.

Anaïs

Dimanche 22 juin 2003 : entre Fête de la musique et brevet des collèges…

Tout est dans le titre : hier soir, j'étais avec mes copains en ville, pour la Fête de la musique. C'était génial. On a vu des groupes super. Du rock, surtout. J'adore !
J'avais la permission de minuit (grande première…). Papa m'a rappelé (comme si je pouvais oublier !) que les épreuves du brevet sont lundi, qu'il ne fallait pas que je sois trop fatiguée, qu'il fallait que je sois en forme pour réviser aujourd'hui ! La pressioooon… Alors que ça ne changera rien. C'est trop tard. Je ferai avec ce que je sais, avec mes points d'avance et avec mes capacités du jour J. En français, ça devrait être les doigts dans le nez (surtout la dictée) ; en maths, ça devrait aller ; et en histoire-géo, bah ça va dépendre du sujet… Il y en a que je maîtrise (les deux guerres mondiales, par exemple), d'autres moins (la construction de l'Europe, avec la date d'entrée de chaque pays, ça ne rentre pas). C'est un peu la loterie, le brevet.
Je sens le stress qui monte, je ne vais pas prétendre le contraire, mais bon… La salle d'examens ne peut pas

être plus flippante et dramatique que celle de la cour d'assises. C'est plus fort que moi, il faut toujours que je compare tout avec L'Événement-de-ma-vie. Comme si tout dans ma vie était voué à être mesuré à cette échelle (en pire ou moins pire... ou plutôt en pourcentage, car pourrai-je vraiment vivre pire que ça ?).

Josette

Catherine est incarcérée à Rennes depuis plus de deux mois. Le temps passe vite, de nouvelles habitudes se prennent. Le trajet et les contraintes n'en sont pas moins difficiles. Et c'est si loin ! Je n'aime pas aller là-bas. Du moins, je n'aime pas en revenir. À l'aller, j'ai la joie dans le cœur à la perspective de revoir ma fille. J'éprouve de l'impatience. Comme Florian. Au retour, nous partageons la tristesse. Les kilomètres nous éloignent, les jours à venir sans elle aussi. Mais lui et moi nous conformons à cette nouvelle règle de notre vie. Puisqu'il le faut.

Certains ont décidé qu'il y avait un autre choix possible et ont abandonné le navire. Je ne peux pas m'empêcher d'en vouloir à Marc et à Anaïs. Ont-ils conscience du mal qu'ils engendrent ? Sommes-nous revenus à la loi du talion, au temps du « œil pour œil, dent pour dent » ? Catherine les a blessés, alors ils la blessent, c'est ça ? C'est certainement plus subtil et complexe que cela. Mais il n'empêche : je leur en veux de ne pas se donner la peine d'y aller de temps en temps, de ne pas envisager le pardon. Anaïs, surtout. Ça reste sa mère. Tout cela me mine. Surtout lorsque nous nous retrouvons face à Catherine, Florian et moi, seuls rescapés de la famille… Je lis à chaque fois la déception sur son visage. Comme si elle espérait leur venue, comme si elle n'avait pas abandonné la possibilité d'un miracle. Chacune de nos entrevues commence par ce moment de flottement déçu. Ensuite, elle nous prend dans ses bras. Puis elle nous raconte. La vie dans cette prison. Sa division. Les repas. Son travail à l'atelier de couture, où les femmes confectionnent des uniformes. Ses lectures. Les promenades. Les quelques liens qu'elle a tissés avec d'autres détenues.

Catherine semble se plaire, là-bas. Plus qu'à Saintes, en tout cas. Elle a la chance d'avoir une cellule rien que pour elle, ce qu'elle apprécie… surtout au vu de la surpopulation carcérale généralisée qui est souvent pointée du doigt. 7,60 m², ce n'est pas du luxe, mais vu les circonstances, elle s'y sent plutôt bien. Cette cellule est sa chambre, une sorte de cocon qu'elle n'a pas à partager dans une promiscuité désagréable. Elle a sa propre télévision. Elle a personnalisé l'endroit, rempli un mur des dessins et des cartes postales de Florian. Elle a aussi mis des photos de famille. Elle n'a pas banni les deux déserteurs. Ils font partie de sa vie.

Je voudrais lui poser des questions plus précises, en savoir plus sur ses codétenues. C'est peut-être une curiosité mal placée, mais je me demande toujours quelle sorte de personnes entoure ma fille. Toutes ces femmes sont ici comme elle, pour de longues peines. Elles ont a priori commis un crime ou été complices… Peut-être que parmi elles se cachent de vrais monstres. Mais je me tais. Florian est là. Florian qui veut surtout connaître le quotidien de sa mère, qui aime l'entendre raconter ce qu'elle mange, comme c'est mauvais parfois... «Comme à la cantine?» il demande, et elle répond que c'est pire. Heureusement, dans chaque division il y a une cuisine où les femmes peuvent se préparer un complément de repas, ou un repas complet en lieu et place de celui qui leur est servi. Il aime aussi savoir ce qu'elle fait, le soir, quand ils ferment les cellules à 19 h 30 et que chacune se retrouve seule face à elle-même. Elle lit, dit-elle. Ou bien elle regarde la télé. Elle ne lui avoue pas qu'elle passe des heures à réfléchir et d'autres à pleurer. Mais moi je le sais puisqu'elle m'écrit. C'est par ses lettres que j'en apprends le plus. J'en reçois de temps en temps, entre deux parloirs. Et elle m'appelle, aussi. Mais elle garde beaucoup pour elle, puisque les courriers peuvent être lus, nos conversations écoutées. Elle se sent épiée. Il n'y a aucune intimité dans cette vie-là. C'est un autre univers.

Anaïs

Lundi 30 juin 2003 : quel connard !!!

Je ne parle pas du brevet. Avec lui, ça s'est bien passé, il a été plutôt sympa (dans le mille, le sujet d'histoire).

Je parle de Maxime... Je suis encore choquée. Je m'explique : la semaine dernière, on a passé les épreuves, donc. À part quelques regards de travers et quelques remarques pénibles bien lourdes («ah, ça y est, tu sors de ta prison ?»), les gens m'ont plutôt laissée tranquille. On était concentrés sur notre objectif.

Samedi soir, Flavie avait organisé une petite fête d'après-brevet, spéciale «Fini, le collège !», «C'est les vacaaaances !». Super soirée. Maxime était comme d'habitude. Rien à signaler d'étrange. Et puis hier, rien. Alors qu'on avait prévu de se voir dans l'aprem. Pas un message. Et surtout : il ne répondait pas aux miens. Ni à mes appels. Je ne comprenais pas.

Et aujourd'hui, BIM ! Il se décide enfin à me répondre : «T'es une fille géniale, Anaïs, mais je préfère qu'on s'arrête là. L'été risque d'être trop long. Et j'ai envie de profiter de mes vacances. Salut.»

« J'ai envie de profiter de mes vacances ? » *Sérieusement ? Le mec, il veut sortir avec plein de filles, c'est ça ? Il préfère être célib ! Alors que tout allait bien entre nous ? C'est pas un gros connard ?*

Je suis vraiment dégoûtée. J'ai pleuré toute la matinée. MA VIE EST VRAIMENT POURRIE. Mes vacances vont être pourries. En plus, y a même pas les Francofolies cette année. J'en ai marre !!!

Florian

Le 24 juillet 2003

Chère maman,

Je t'envoie cette carte postale de la montagne. Il fait beau et chaud. On marche, on fait du VTT, on va à la piscine. Le soir, il y a des petits spectacles. Je me suis fait des copains au camping. C'est trop bien.
Bisous

Florian

Anaïs

Vendredi 1ᵉʳ août 2003 : retour de vacances, phase 1

Papa nous a emmenés, Flo et moi, pour quinze jours de vacances dans un coin paumé des Alpes. Moi, les vacances à la montagne, j'aime pas trop. La Marche, tout ça… La flemme, quoi. C'est les vacances, j'ai envie de dire! Mais il a voulu nous démontrer que l'air en altitude allait nous faire du bien (et s'éloigner de La Rochelle, mais sur ce coup-là, on aurait pu aller plus loin, genre Athènes ou Bali, non ?).

Heureusement, on n'était pas que tous les trois, enfermés dans une loc: il avait eu la bonne idée de réserver un mobile home dans un camping. Y avait des jeunes de mon âge et un peu plus, et une piscine. Alors je me suis fait des potes de vacances, et c'était cool. Ça a été moins cool quand ils m'ont posé des questions. Au début, ils pensaient que j'étais en vacances avec mon père parce que fille de parents divorcés (le grand classique, quoi). J'aurais pu confirmer. Mais, je sais pas ce qui m'a pris, j'ai dit: « Ma mère est morte. » Comme ça. C'est sorti tout seul. Un mensonge est si vite arrivé.

Après j'y ai réfléchi. Pour essayer de comprendre pourquoi, savoir si c'était grave d'avoir tué ma mère... symboliquement, je veux dire. Et puis j'ai décidé que non. Que de toute façon, elle était un peu morte, pour moi en tout cas. Elle n'est plus là, elle ne fait plus partie de ma vie... Elle vit dans un endroit loin du monde des vivants. C'est presque pareil. À part qu'elle respire quelque part. Et que c'est important pour quelques personnes qui se comptent sur les doigts d'une main. Les mêmes qui vont lui rendre visite de temps en temps.

Pour d'autres, elle n'est plus qu'un souvenir. Parfois, ça m'arrive, mais c'est rare, je repense à de bons moments qu'on a passés ensemble. J'ai surtout des images de vacances, justement. Notre séjour à Center Parcs, notre virée en Angleterre, notre road trip en Laponie... quand on jouait, courait, riait ensemble... Mais j'évite autant que possible, j'essaie de bloquer les images quand elles arrivent dans ma tête, de penser à autre chose, parce que ça me donne envie de chialer. Je « préfère » voir la mère monstrueuse que me rappeler mon ancienne maman... Ça me donne une bonne raison de ne plus la voir et de continuer à la haïr. Je ne veux pas m'attendrir. Et c'est plutôt fastoche. Il suffit de mesurer tout ce qu'on a vécu, tout ce qu'on a perdu, donc, de constater pour la centième fois qu'elle a décidément tout gâché. Je me répète, mais bon... Le résultat est là : elle a tué nos souvenirs le jour où elle a tué cette femme.

Marc

Je ne sais pas si je m'habituerai un jour à ces vacances en trio père-enfants. J'imagine que oui, mais même aujourd'hui j'ai encore du mal.

Cela ne s'est pas mal passé, mais cela n'a pas été idyllique non plus. Pourtant j'ai choisi pour eux une formule qui devait plaire aux deux : le camping 4 étoiles, avec piscine et toboggans, et animations… Le genre de formule tout compris assez éloignée de mon idéal de vacances. Mais soit. L'idée était que chacun y trouve son compte… surtout eux. Cela ne les a pas empêchés de râler. Rien n'allait ! Les marches étaient trop hautes, les pentes trop pentues, les descentes douloureuses pour leurs genoux en pleine croissance et l'heure de retour au camping toujours trop tardive. En bref, ils ne pensaient qu'à être avec leurs copains. Exit leur vieux père. Heureusement que j'ai sympathisé avec nos voisins d'emplacement. On a pris quelques apéros ensemble, c'était sympa. Le genre de moments où on oublie sa condition, ses soucis, ses interrogations… sauf quand viennent les questions ou allusions sur la maman des enfants. Il y a toujours un instant où la curiosité s'exprime, même si on y met les formes, même si cela arrive timidement. Et cet instant a tendance à rappeler à l'ordre, quand on a eu le temps de se dire que la vie reprend ses droits : la réalité nous colle à la peau.

Être père solo n'a rien d'enviable. Surtout quand une ado fait partie du lot d'enfants. Anaïs s'agace de son petit frère, me parle mal, lève les yeux au ciel, veut sortir le soir, n'aime pas que je lui fixe des limites, a tendance à les franchir. Elle grandit, elle s'affirme, s'exaspère pour un rien… et, chose nouvelle, elle attire les regards. Il ne me semblait pas avoir remarqué cela l'année dernière. Mais je vois bien les yeux qui se posent sur son corps. Et je n'aime pas trop cela, imaginer le désir qu'elle peut susciter chez les hommes, jeunes et moins jeunes. C'est très déstabilisant. J'aurais aimé que Catherine soit là pour m'épauler dans cette découverte, qu'on en discute et qu'elle en parle avec sa fille.

Anaïs

Dimanche 24 août 2003 : retour de vacances, phase 2

Et voilà, on est rentrés. On était chez mamie. J'aurais bien aimé aller ailleurs, histoire de bouger un peu. C'est vrai, quoi : sous prétexte que plein de gens viennent sur l'île de Ré pour passer leurs vacances, elle ne voit pas l'intérêt de partir (alors que, justement, on pourrait en profiter pour fuir le flot de touristes, car c'est l'invasion). Elle soutient qu'il y a tout, là : la mer, la plage, le beau temps, de quoi se balader, faire du vélo, un bon resto de temps en temps. Elle n'a pas tort, mais bon... ça manque un peu de dépaysement. On y va déjà toute l'année pour les vacances, je connais par cœur.

Y a quand même un truc génial : c'est que je retrouve Florine, comme chaque été, parce qu'elle passe tous ses mois d'août chez son oncle et sa tante qui sont les voisins (et amis) de mamie. Florine a déjà seize ans. Elle est cool. On s'est vues tous les jours. On part à vélo se balader sur les chemins cyclistes, on va à la plage, on fait connaissance avec des jeunes avec qui on sort le soir (mamie me laisse jusqu'à minuit... Peut mieux faire, moi je dis, parce que c'est en général l'heure où les soirées commencent vraiment). On vit notre vie, quoi. On discute de plein de choses (un peu du lycée, surtout des garçons). Florine l'a déjà fait. Moi pas encore. On est toutes les deux sorties avec des mecs, mais bon, rien de spécial. On a un peu bu, aussi. Enfin, un peu... J'ai été saoule deux-trois fois, et la dernière, mamie s'en est rendu compte. Elle m'a fait la morale, évidemment. Elle a appelé papa, évidemment... (c'est pas beau de rapporter). Donc j'ai eu droit à une deuxième couche de «tu es bien trop jeune!», «j'espère que c'était la première fois», «et que ça ne se reproduise plus!». S'ils savaient que ce n'était pas la première... s'ils savaient que j'ai déjà pris une cuite à quatorze ans... Bref. Je crois qu'ils sous-estiment la capacité des jeunes à se procurer de l'alcool. C'est facile, hein. Les soirées pyjama si inoffensives qui finissent dans les bouteilles des parents... Ils croient quoi ?

Ce que j'aime bien chez Florine, c'est qu'elle n'est pas coincée. Elle est du genre délurée. Et elle a même un petit côté rebelle que j'aime bien et dans lequel je me reconnais un peu. Pourtant elle n'a aucune raison de l'être, elle. Sa famille n'a aucun problème. Elle a juste des parents débordés par leur travail, elle est du genre livrée à elle-même (avec des parents qui ont l'air de s'en ficher), donc elle fait un peu ce qu'elle veut. Elle a du bol.

Moi qui avais une mère très (trop) présente et qui n'en ai plus, j'ai toujours un père qui est là. Malgré son travail très prenant, il est présent pour nous, il se soucie de nous, il est attentif. Et si parfois ça m'agace, que je voudrais plus de libertés, je me dis heureusement qu'il est là. Heureusement qu'il s'est accroché, qu'il n'a pas abandonné, qu'il a su faire face. Sinon quoi ? On aurait été placés ? On aurait été confiés à mamie ? Mais mon père n'est pas du genre à démissionner. Et même si je lui donne du fil à retordre, que je lui reproche des trucs, que je suis pas toujours très sympa avec lui, que je me défoule un peu sur lui, il est là. Et c'est un roc. Si je ne tombe pas, si je surnage, si je ne pars pas totalement en vrille, c'est parce qu'il est là. Et si un jour je flanche, je sais qu'il sera là pour me rattraper. Pas comme la mère.

Nathalie

J'ai passé mes trois semaines de congés entre l'île de Ré et la Bretagne. Je suis d'abord allée chez maman, où se trouvaient Anaïs et Florian. J'étais heureuse de revoir mes neveux, de constater que, malgré tout, ils allaient du mieux possible. Nous avons passé du temps ensemble. Je les ai emmenés se balader. Je les ai un peu gâtés. Puis je suis partie vers le nord, en direction de Rennes. J'ai passé une semaine dans un studio à Dinard, j'ai visité Dinan et Saint-Malo, je suis allée à Cancale. Mais j'étais surtout là pour ma sœur. J'avais réservé le maximum de créneaux possibles sur une semaine : trois parloirs d'une heure.

Le centre pénitentiaire de Rennes est très différent de celui de Saintes. Il s'étend sur neuf hectares et le bâtiment historique, qui date du XIXe siècle, en impose par ses dimensions. Une fois à l'intérieur, c'est comme dans toutes les prisons. Il y a toujours le protocole. Mais au bout de ce parcours et de ces passages de portiques, il y avait ma sœur.

J'ai été soulagée lorsque je l'ai vue. Elle m'a paru bien. Elle s'était coiffée d'un chignon, elle avait mis du mascara, suffisamment pour agrandir ses yeux et ouvrir son regard. Un changement positif. J'avais l'impression de la retrouver un peu. Et nous étions si heureuses de nous voir !

Nous avons beaucoup discuté. Quel plaisir d'échanger ainsi, face à face, de pouvoir se parler presque librement. Elle m'a raconté son quotidien. Ses matinées à travailler, ses après-midi à lire et à prendre l'air, les moments qu'elle passe dans la salle commune de sa division. Chaque division comporte vingt cellules, donc vingt détenues. Une fois leur cellule ouverte, le matin, à 7 h 30, les femmes sont libres de leurs mouvements à l'intérieur de leur division, mais surveillées, bien sûr. Il y a un bloc sanitaire avec trois douches, une buanderie et une cuisine. Pour les déplacements ailleurs dans la prison, vers l'atelier de couture, l'extérieur pour la promenade, etc., les détenues sont encadrées par les surveillantes.

La deuxième fois, le mercredi, Catherine a abordé des sujets plus complexes. Le divorce, le silence de Marc, la communication rompue avec Anaïs, le refus de sa fille de venir la voir. La tristesse de Catherine ne passe pas. Elle trouve ma nièce dure ; d'autres fois, elle lui donne raison... elle reconnaît sa responsabilité. « Tu crois qu'elle me pardonnera un jour ? » J'ai cherché à la rassurer. Même si, en mon for intérieur, je suis moins optimiste. J'avais eu l'occasion d'en parler avec ma nièce la semaine d'avant. Elle reste campée sur ses positions. « Elle me hait... » Cathy a ajouté cela, et ce n'était pas une question. Je n'ai pas essayé de démentir. Je lui ai répondu : « Ça lui passera. »

Et j'espère de tout cœur que, l'adolescence passée, Anaïs reviendra sur sa décision.

Anaïs

Mercredi 27 août 2003 : liste du jour

Je parlais de la présence ou de l'absence des parents, l'autre jour, et j'ai pensé à ça : et si je faisais une liste avantages/inconvénients d'avoir une mère en prison ?

Inconvénients :
La mère n'est plus là pour toutes les tâches ménagères qu'elle faisait auparavant... ça représente clairement l'inconvénient majeur. Voyons plutôt :

> *— On doit se débrouiller pour le linge (papa s'est vite mis en tête de nous « responsabiliser » : on change les draps de notre lit, on plie nos vêtements, je repasse les miens...).*
> *— On doit préparer notre petit déj.*
> *— Les repas sont moins variés et surtout moins bons qu'avant (merci, les plats cuisinés / surgelés / du traiteur).*
> *— Je suis devenue femme de ménage de la maison (papa me donne une pièce, la blague...) : l'aspirateur, la serpi, c'est moi, pour les besoins de notre*

petite communauté (sous prétexte que Flo est trop petit... mon œil : il ne pourrait pas au moins mettre son linge au sale ???).
Et pour le reste :
— On fait moins les boutiques (je peux les faire avec mes cops, mais j'ai moins de sous... maman avait le porte-monnaie généreux).
— Je suis devenue la seule femme de la maison (pour parler de certains trucs intimes, serviettes ou tampons, c'est moins facile).
— Je n'ai plus le droit à des câlins. En dehors des moments où elle était vénère, il arrivait à la mère de se montrer affectueuse (oh la vache, j'avais jamais remarqué : dans «affectueuse», il y a «tueuse»!!!).
— La maison est parfois trop calme.
— C'est jamais simple d'expliquer (même de mentir) pourquoi je ne vis plus avec elle.
— J'ai honte à plein temps d'être sa fille.

Avantages :

— Elle n'est plus tout le temps sur mon dos.
— Elle ne peut plus m'engueuler.
— L'ambiance est plus calme à la maison.
— Je suis plus libre.
— J'ai le droit d'être de mauvaise humeur, triste, etc., puisque j'ai une bonne raison de l'être.
— On me passe plus de choses.
— Parfois (c'est rare, mais ça arrive), quand je dis la vérité sur ma mère (qu'elle est en prison, sans préciser pourquoi), je vois dans les yeux de certains un genre de «ah ouais ?» intéressé (du style «c'est

pas banal », *limite que j'aurais de la chance). Ça me donne un côté plus unique que les autres (comme si y avait de quoi être fière... c'est débile).*

Je suis allée chercher loin pour le dernier, j'avoue, mais en même temps c'est vrai.
Bon. Bilan : à la question « vaut-il mieux avoir une mère en prison ou à la maison ? » (ça rime), je crois que la réponse est évidente. Et pas seulement pour les histoires de tâches ménagères.

Josette

J'aime beaucoup mes petits-enfants. Vraiment. Je les adore. Mais ils m'ont rendu chèvre pendant leurs vacances à la maison. Marc comptait sur moi, je ne pouvais pas les lui rendre plus tôt. Heureusement que Nathalie m'a aidée les deux semaines où elle a été là. Le soulagement que j'ai ressenti quand ils sont repartis... J'en ai presque honte.

Qu'est-ce que c'est compliqué d'éduquer des enfants... Surtout quand ils grandissent, surtout quand ils grandissent dans ces conditions. Alors, bien sûr, ce n'est pas mon rôle de les éduquer. Et tant mieux. Je ne suis que la grand-mère. Mais c'était tout de même moi qui faisais office de figure d'autorité. Moi qui donnais les horaires, imposais des contraintes, demandais le respect et l'obéissance. Avec Florian, la tâche n'est pas encore trop ardue, même s'il devient plus difficile à occuper et déborde d'énergie. Mais avec Anaïs, c'est une autre paire de manches ! Je ne sais pas si c'est son âge ou sa situation qui la rend si compliquée. Peut-être que c'est les deux. Je me demande aussi comment agirait Catherine face à ses provocations, quelle réponse elle y apporterait. Si elle saurait l'écouter, si elle trouverait comment la sanctionner. Quelle mère elle serait devenue, elle qui pouvait se montrer intransigeante.

C'est important, l'éducation. Si l'on veut que les enfants poussent bien et droit. Je m'en suis rendu compte assez tard avec mes filles. Et encore : n'en ai-je pas seulement pris conscience au procès ? La culpabilité ne me quitte pas. Elle s'accroche à moi. Ce n'est pas tant d'avoir donné naissance à Catherine, bien sûr que non. Les enfants ne naissent pas mauvais, encore moins criminels. Ils le deviennent. Alors pourquoi ? Comment ? Ces deux questions me hantent. N'ai-je pas mes torts, par conséquent ? Il serait facile de rejeter la faute sur Robert. Mais Robert parti, c'est moi qui suis restée, c'est moi qui ai tenté de l'éduquer. C'est donc moi qui ai raté quelque chose. Nathalie essaie de temps en temps de me rassurer sur ce sujet. « Tu as fait du mieux que tu as pu. » Et je crois que c'est vrai, même si c'était insuffisant, j'en suis certaine. J'ai lu des livres de psys sur la famille et l'éducation. C'est toujours l'enfance, et souvent la mère, qui est pointée du doigt quand les enfants empruntent un mauvais chemin. Je suis contre cette culpabilisation des mères. Où sont les hommes, où sont les pères ? Pourquoi cette charge sur nos épaules ?

Moi je n'avais pas le choix, puisque j'étais veuve et seul parent à bord.

Anaïs

Lundi 1er septembre 2003 : veille de rentrée...

Tout l'été, j'ai eu à la fois l'envie qu'il dure toujours (et que ne vienne jamais ce 2 septembre) et la hâte qu'il se termine (pour qu'enfin arrive ce 2 septembre). Bref : demain, c'est la rentrée au lycée. Un grand jour, quand même. Une sacrée étape. J'appréhende. Heureusement que Flavie sera là. Justine, non. Elle part en lycée technique. J'espère que je serai dans la même classe que Flav (et surtout pas dans celle de Maxime... Maxime qui s'est permis de m'envoyer un message pour prendre des nouvelles, l'air de rien ! Il croit quoi ? Que je vais le reprendre après son été passé à butiner ?).

De toute façon, je ne l'aime plus. J'ai cru, mais non. J'imagine que l'amour, le vrai, c'est bien plus grand que ça. Et qu'on ne se remet pas si vite après. Je lui en ai voulu de me larguer, j'ai eu du chagrin, mais j'étais surtout vexée. Et depuis, j'ai dû faire comme lui : je suis sortie avec d'autres, et c'est comme ça. C'est de notre âge, hein. On s'amuse un peu, et c'est cool. Maxime et moi, on ne va pas jouer au bébé couple sérieux (comme *les autres, là, Hugo et Zélie... ensemble depuis la 5e, pfff).*

Bref.

Demain, c'est donc la rentrée. Et je me demande comment ça va se passer, à quelle vitesse mon statut de « fille de criminelle » va se répandre et se savoir partout. Car évidemment papa a pris les devants et a mis un point d'honneur à prévenir le proviseur de ma « situation », proviseur qui a dû prévenir les profs, les surveillants, tout le monde. Et je vais arriver avec mon étiquette bien collée sur le front. J'ose espérer que les élèves du lycée seront autrement plus matures que les guignols du collège, et que je ne serai pas vue comme un « cas ».

Parfois je me dis que je devrais en parler moi-même à haute voix et annoncer : « Voilà : je m'appelle Anaïs Dupuis, oui, comme l'affaire Catherine Dupuis... Oui, je suis sa fille. La meurtrière, c'est elle. Je n'ai rien à voir avec ça, je suis une fille normale. Non, je ne suis pas un fait divers. Non, je ne mords personne... (par contre, ne me faites pas trop chier et ne venez pas m'en parler toutes les deux minutes). » L'annoncer et assumer. Pour faire taire la rumeur qui couve, étouffer les ricanements, annuler les regards agaçants avant même qu'ils surgissent. Assumer, oui. Mais franchement : est-ce que j'aurais assez de cran ?

Anaïs

Mardi 2 septembre 2003 : jour J, rentrée en seconde

Je ne suis pas dans la classe de Flavie. ET J'AI LES BOULES !!!

Florian

Le 3 septembre 2003

Chère maman,

J'espère que tu vas bien. J'étais content de te voir samedi dernier.

Tu voulais que je te raconte ma rentrée en CM1, donc je t'écris.

Tout d'abord, pour te rassurer : tout s'est bien passé. Je suis maintenant dans la classe du directeur. C'est toujours M. Duguet. Il est gentil et sévère en même temps. Je me suis mis au troisième rang, près de la fenêtre, à côté de mon copain Bastien. On a commencé à travailler tout de suite. Il nous a distribué des papiers à remplir par les parents, et nous a fait compléter une petite fiche de présentation. Pour ton métier, je n'ai pas su quoi écrire. J'ai mis comme avant « mère au foyer », même si ce n'est pas vrai et que le maître le sait. Je ne voulais pas trop écrire la vérité (Bastien est le seul à être au courant). C'est trop bizarre de mettre « en prison ». Et puis ça n'est pas un métier.

Ensuite, on a recopié un poème sur la rentrée. Et on doit déjà commencer à l'apprendre ! Le reste de la journée, on a fait des maths, de la géo et de l'art plastique. Le maître a dit que je dessinais vraiment très bien. Il m'a dit que je devrais « exploiter ce don ». Alors je vais voir avec papa pour arrêter le violon et prendre des cours de dessin cette année.

Je sens que je vais aimer l'école plus qu'avant.

La rentrée d'Anaïs s'est bien passée. Je pense que tu seras contente de le savoir.

Bisous

Florian

Anaïs

Mercredi 3 septembre 2003 : digestion

Je tenais à le dire hier (que je n'étais pas dans la classe de Flavie), mais j'étais vraiment trop vénère pour développer. Tout l'important tenait dans la phrase d'après. Et cette autre qui veut dire pareil : je suis dé-goû-tée.

À part ça, eh bien, pas grand-chose. Je n'ai rien dit. Pas fait d'annonce. Je l'ai jouée discrète. Anaïs Dupuis, c'est comme Anaïs Dupont. Y a pas d'affaire, pas de fait divers. À part peut-être dans les yeux des profs. Ce n'est peut-être qu'une impression, mais je me sens plus observée. Objet de curiosité, j'ai l'habitude. Ceux qui savent me regardent toujours comme un drôle d'animal. Ce n'est pas tous les jours qu'on croise dans sa vie quelqu'un qui a côtoyé un meurtrier, un monstre, le MAL en personne. Et moi j'ai carrément vécu avec. Je suis née de son ventre. J'ai même ri avec. Je lui ai fait des bisous. Ça en bouche un coin, non ?

Je n'ai rien dit, mais ça va ressortir très vite. J'ai tenté des pronostics : quand verrai-je un doigt pointé sur moi, un regard suspicieux, un sourire moqueur ? Demain ?

Vendredi ? Il y a un certain nombre de secondes qui viennent de mon collège, ça ne saurait tarder. Je suis vraiment étonnée de ne pas en avoir déjà fait les frais. Le compte à rebours est lancé.

Anaïs

Jeudi 4 septembre 2003 : pauvre Flo

Ce soir mon petit frère est rentré de l'école en larmes. Gros chagrin. Il semblait inconsolable. Quand il a fini de pleurer et qu'il a été capable d'aligner deux mots, il a expliqué qu'ils avaient joué à la balle au prisonnier. Sur le coup, je n'ai pas vraiment compris : j'avais le gentil jeu collectif en tête, celui que je préférais quand j'étais à l'école primaire. Je n'avais pas fait le lien... Flo a été touché et s'est retrouvé en prison, forcément. C'est là qu'un idiot (à qui j'en mettrais bien une si je l'avais en face de moi) a lancé en ricanant : « Ah, ah, ah, t'es en prison ! Il est en prison comme sa maman !!! » Tous les gentils qui avaient bien voulu croire la mère de Flo en voyage à l'autre bout de la Terre ont compris qu'il s'était arrangé avec la vérité. Le maître a bien tenté de calmer tout le monde, de revenir au jeu, mais c'était impossible. Ils sont rentrés en classe. Flo pleurait. L'enseignant ne savait plus quoi faire. Un tel mensonge est-il tenable sur la durée ? Quand certains savent, par leurs parents, la vérité... Le maître de Flo l'a pris à part, a discuté avec lui... et ils se sont mis d'accord sur le fait qu'il valait mieux envisager de rétablir la vérité. Il n'y avait pas de voyage... Alors, après la récré, le maître a expliqué à la classe que c'était vrai, que la mère de Flo était en prison, mais que ça ne changeait rien, parce que Flo est un gentil garçon, et que même si sa maman a fait une «grosse bêtise», cela n'a rien à voir avec lui, qui est très sage. Le maître a ajouté qu'il ne voulait plus en entendre parler et qu'il fallait respecter leur camarade (et ses parents), car ce n'était pas facile pour lui.

Trois choses me minent, ce soir :

1. Mon Flo est tout triste.

2. Il a lui aussi sur le front son étiquette de «fils de taularde» qu'on avait réussi jusque-là à lui épargner...

3. Un jour (peut-être proche), un crétin viendra lui porter le coup de grâce en lui révélant «la grosse bêtise»... et là... ça craindra un max.

Marc

Depuis des mois qu'Anaïs me serine avec cela, je me suis décidé à parler à Florian. Elle a raison : tôt ou tard il risque d'apprendre la vérité par quelqu'un d'autre... C'est même un petit miracle qu'il ne l'ait pas déjà sue.

J'ai reculé au maximum. Je me mets à la place de mon fils : il n'a pas été épargné. Sa jeune vie a déjà été bousculée à maintes reprises. J'ai peur de lui infliger le coup dur de trop. Comment va-t-il le prendre ? Comment va-t-il vivre avec l'idée que sa mère ait pu commettre un meurtre ? Comment pourrait-il ne pas la voir différemment ? Je me demande comment il va réagir à court et à moyen terme. Je ne crois pas qu'il va, comme sa sœur, tourner le dos à sa maman. J'espère que non. Pour Catherine, bien sûr, qui doit se sentir seule et bannie de la famille, ce serait terrible. Mais celui qui m'importe, c'est lui. Florian a besoin de sa maman, quoi qu'elle ait fait. Je pense qu'il le sait et que la question ne se posera pas. Mais tout de même : il va découvrir que sa mère a été capable du pire.

J'ai attendu qu'Anaïs parte en ville rejoindre ses amis, et j'ai demandé à Florian de me rejoindre dans le salon, de s'asseoir près de moi. Et il est là, sur le canapé, sérieux et comme conscient que je m'apprête à lui annoncer ce que j'aurais voulu n'avoir jamais à lui dire. Je dois trouver les mots, j'ai répété cette scène plusieurs fois dans ma tête, mais je me sens démuni, le plus nul des pères, à cet instant.

— J'ai quelque chose de pas facile à t'expliquer, mon lapin. C'est au sujet de maman.

Il me regarde, les yeux grands ouverts. Il attend la suite. Il doit se demander ce que je vais lui annoncer, envisager une très mauvaise nouvelle, comme un transfert lointain, un départ pour le bagne… ou simplement la vérité.

— Tu viens d'entrer en CM1, tu vas avoir dix ans en avril : tu es un grand.

Il fait oui de la tête avec gravité. Il attend.

— Je t'ai toujours dit que maman était en prison car elle avait fait « une grosse bêtise »… mais je ne t'ai jamais dit quelle bêtise. Tu étais trop petit pour le savoir. Mais plus maintenant. Et je te dois la vérité. Même si elle n'est pas facile à entendre.

— Elle a tué quelqu'un ?

Sa question me stoppe net. Je le regarde, incrédule.

— Il y a un garçon de ma classe qui me l'a dit, à l'école, l'année dernière. Je ne l'ai pas cru parce que je la connais, maman. Mais alors c'est vrai ? Elle a tué quelqu'un ?

— Une femme, oui.

— Mais elle ne l'a pas fait exprès ?

Je soupire.

— Si, Florian, elle l'a fait exprès. Ce n'était pas un accident.

369

À cet instant, j'aurais préféré cela, oui : que Catherine ait par exemple renversé quelqu'un. Un homicide involontaire, comme son nom l'indique, c'est... involontaire. Catherine a *voulu* tuer, a tué, et elle n'a même pas improvisé, tout était réfléchi. Je n'irai pas jusqu'à ces précisions inutiles.

— Mais alors...
— Maman a tué cette femme.
— Mais pourquoi ? me demande-t-il, les yeux pleins de larmes.
— On ne sait pas vraiment... Je ne peux pas t'expliquer, ce sont des histoires d'adultes.
— Mais tu la connaissais, toi, cette dame ?
— Non.
— Comment elle l'a tuée ?

Mes épaules s'affaissent. Jusqu'où faut-il dire la vérité ? J'aimerais pouvoir m'arrêter là aujourd'hui, la découper, cette vérité, en petits morceaux plus digestes.

— Ce n'est pas si important, si ?
— Je veux savoir. Tu as dit que j'étais assez grand.

Un léger sourire m'échappe. Florian a toujours su se servir de ce qui se dit à bon escient. J'hésite... La violence du geste, les coups de couteau, l'acharnement... J'aurais préféré que Catherine ait empoisonné sa victime. D'ailleurs, cela avait été souligné au procès : le mode opératoire était plutôt *masculin*. Les femmes criminelles sont plus souvent des empoisonneuses, dit l'histoire. Comme si elles préféraient infliger une mort *douce*. Mais je lâche :

— Avec un couteau.

Il écarquille les yeux, ouvre la bouche. La stupeur

se lit sur ses traits. Sa maman qu'il aime, une tueuse au couteau ? Je place ma main sur son épaule, le rapproche de moi, le serre dans mes bras. Je n'ai pas les mots qui consolent parce que je ne sais pas quoi ajouter. On ne peut pas minimiser la gravité de l'acte.

Florian semble réfléchir, le temps que l'information se diffuse en lui. A-t-il d'autres questions ? Veut-il en savoir plus sur les faits reprochés à sa mère ? Mais il doit avoir eu son comptant puisqu'il finit par lâcher :

— Merci, papa, de m'avoir dit la vérité... Je me disais bien qu'elle avait dû faire quelque chose de très grave.

Et il se lève, se dirige vers l'escalier pour gagner sa chambre... peut-être pour pleurer. C'était difficile à dire et à entendre, mais il le fallait.

Anaïs

Dimanche 6 septembre 2003 : enfin !

Ça y est, papa l'a dit à Flo. C'est pas trop tôt ! J'en avais assez qu'on lui cache la vérité. On n'allait pas attendre qu'il entre en 6ᵉ, quand même ! Ça aurait été comme arriver au collège et croire encore au père Noël. Franchement ! Je sais bien qu'il fallait le protéger, qu'il était trop petit pour tout savoir, mais bon… cette « grosse bêtise », ça devenait ridicule ! Flo n'est plus un bébé, il est en âge de comprendre les véritables circonstances de notre drame familial. Il est en âge d'apprendre que sa maman chérie est en vérité une TUEUSE !… Qu'elle n'est pas aussi gentille (avec lui) et douce (avec lui) et parfaite (avec lui) qu'elle en a l'air.

Bon. Je n'en ai pas remis une couche. Chacun sa façon de juger. Moi je ne lui pardonnerai jamais ce qu'elle a fait. Mais c'est moi. Flo n'est pas moi, et je ne chercherai pas à l'influencer. Je ne vais pas lui dire « Tu vois, elle ne mérite pas que tu ailles la voir en prison », non, évidemment que non. Chacun ses choix. N'empêche que maintenant il sait et il va devoir vivre avec ça toute sa vie, lui aussi. Et je suis triste pour lui.

Hier soir, il n'arrivait pas à dormir. Il a frappé à ma porte et on a discuté. « C'est grave, ce qu'elle a fait, maman. » J'ai répondu que oui, très, et que c'était pour ça que j'étais fâchée contre elle. Je n'ai pas développé sur le fait qu'elle a agi sans se soucier des conséquences ni de nous, sur sa responsabilité dans notre changement de vie, tout ça... Il tirera les conclusions qu'il voudra, au fur et à mesure qu'il grandira. Chacun son cheminement, hein. Chacun son âge.

Flo a voulu dormir dans ma chambre. Il avait trop peur de faire des cauchemars, alors on a mis son matelas par terre. Il a eu du mal à trouver le sommeil. J'ai attendu qu'il s'endorme, j'ai veillé sur lui.

Hier, on l'a obligé à grandir d'un coup.

Anaïs

Lundi 7 septembre 2003 : pauvre Flo (bis)

Deuxième nuit difficile pour le petit frère. Il a laissé son matelas dans ma chambre, Pap n'a rien dit, même s'il y avait école aujourd'hui. Mais Flo a fait des cauchemars, il s'est réveillé en criant, puis il a pleuré. Plusieurs fois.

Je ne sais pas vraiment ce que Flo mettait derrière cette expression de « grosse bêtise », avant, il n'en parlait jamais et je n'abordais pas le sujet (trop glissant). J'imagine qu'il pensait plus à un vol... c'est évident que jamais il n'aurait pu penser à ce qui s'est passé pour de vrai. Trop inimaginable. Trop éloigné de l'image idéalisée de la mère. Parce que, malgré tout et pendant toutes ces années, il l'avait laissée sur son piédestal. La mère aimée érigée en déesse, comme ces sculptures antiques. Ou médiévales : notre mère en Vierge Marie, ça pourrait être ça aussi. Et maintenant, ça donne quoi ? Catherine, déesse du meurtre ? Je l'imagine en Diane chasseresse armée d'un couteau, le visage enragé.

Bref : petit Flo sait. Au début, papa voulait lui épargner le mode opératoire, mais comme Flo insistait, il a fini par lâcher : « Avec un couteau. » Il n'a pas précisé le nombre de coups. Petit frère a dû penser qu'un seul suffisait. Et c'est toujours plus facile d'imaginer sa mère planter une lame une fois, bien placée, dans le corps de quelqu'un que de savoir qu'elle s'est acharnée à sept reprises... Fred, le meilleur copain de Pap, lui avait conseillé d'y aller « petit à petit ». Certains détails sont et resteront inutiles. À la question du pourquoi, papa a répondu en gros : « On ne sait pas vraiment. » Un mensonge, mais bon... Fallait-il dire la colère, la rage, la jalousie, la vengeance, montrer comme Catherine avait pu être folle ? Flo en savait bien assez : sa maman adorée avait ôté la vie de quelqu'un... lui qui n'arrive même pas à tuer une mouche (« Il faut respecter la vie », dit-il toujours). Cela doit dépasser son entendement.

Je me demande comment il va intégrer ça, vivre avec ça, maintenant. Et si un jour il sera en colère. Comme moi.

Josette

J'appréhendais ce parloir. Marc m'avait prévenue qu'il avait révélé à Florian les véritables causes de l'enfermement de Catherine. Pendant tout le trajet de l'aller, j'ai tendu le dos. J'avais peur que Florian m'en parle. Mais il lisait ses BD, et il n'en décrochait pas : il était comme d'habitude.

Même chose avec Catherine. Il semblait normal. Rien, dans son attitude ou ses mots, ne pouvait faire penser qu'il savait la vérité. Rien ne laissait entendre que le regard qu'il portait sur elle avait changé. Rien, ou bien une infime réserve, de l'ordre de l'invisible pour ceux qui ne sauraient pas. La séance s'est passée comme les autres. Il a beaucoup parlé de l'école et de son premier cours de dessin. Catherine était, comme toujours, heureuse de le voir et fière de lui.

Sur le trajet du retour, alors qu'il était plongé dans ses BD, Florian m'a tout à coup lancé : « Je n'ai pas osé dire à maman que papa m'a expliqué, pour la dame et le couteau. » Je suis restée sans voix quelques secondes. Je ne savais pas comment réagir. Je lui ai demandé pourquoi il n'avait pas osé ; il était gêné ; et si cela changeait quelque chose, pour lui ; il m'a répondu que non. J'ai ressenti un soulagement intense. Pour lui et parce que Catherine ne supporterait pas de perdre son deuxième enfant.

Florian

Le 20 septembre 2003

Chère maman,

C'est un samedi sans parloir, aujourd'hui, alors je t'écris.
J'espère que tu vas bien. Et je voulais te dire quelque chose, aussi… L'autre jour, je n'ai pas osé. En fait, papa m'a dit la vérité, sur pourquoi tu es en prison. C'était bizarre. Mais je voulais te rassurer: pour moi, ça ne change rien. Tu es toujours ma maman d'amour.
Bisous
Florian

Anaïs

Mardi 21 octobre 2003 : bilan 1re période de lycée

Globalement, ça ne se passe pas trop mal. Je me suis bien habituée à la taille de l'établissement, à mes profs, à ma classe... Ma réputation de fille de taularde-criminelle s'est frayée un chemin parmi les autres. Il y a diverses réactions, mais plus trop de remarques débiles. La plupart sont certainement curieux, mais ils n'osent pas le formuler. Pour d'autres, c'est un non-sujet (et c'est presque normal, car que veut-on savoir des darons des autres, en général, à notre âge ? Rien). Certains s'en fichent, donc. Certains (les dans-leur-bulle) restent ignorants. Quelques autres ont tenté une approche, du genre : « C'est vrai que ta mère est en taule ? » et j'ai pris un malin plaisir à leur rétorquer : « Non, elle est morte. » Ça leur rabat le caquet et ils ne trouvent plus rien à dire.

Je pense que si j'ai une « réputation » au lycée, c'est avant tout celle d'une fille qui ne se laisse pas marcher sur les pieds. Et ça me va.

O.K., j'ai une mère en prison, j'assume (enfin, en société... intérieurement, pas du tout), mais faut pas me chercher. Je réponds, je serre le poing. On me voit un peu comme une rebelle. Faut dire que j'ai le look qui va avec : je ne m'habille plus qu'en noir, je mets des jeans troués, je me suis fait un piercing dans le nez. J'ai intégré le clan des fumeurs. Mes copains ont les cheveux longs et sont amateurs de metal. Bref : je n'ai plus rien de l'enfant de chœur que j'étais gamine. Mon père observe ça avec un mélange d'inquiétude et de résignation. Il y a trop de luttes à mener pour lui. Il m'a même offert un punching-ball pour que je puisse évacuer ma rage le soir (parce qu'il s'agit bien de ça et il l'a compris : je ne me remets pas du choc du verdict).

Avec mon look (et les élèves que j'ai choisi de fréquenter), je suis assez raccord avec mon statut, finalement. Une fille de taularde ne peut être qu'une ado rebelle, non ?

Parfois je me dis que ce n'est qu'un genre que je me donne, parfois j'y crois sincèrement. Et surtout, je me sens comme un funambule sur un fil : à tout moment, je peux tomber.

Marc

Je regarde Anaïs et je ne la reconnais plus vraiment. Non seulement elle a un anneau dans le nez, mais elle s'est assombrie. Noircie, même. Depuis ses vêtements, ses yeux au khôl, jusqu'à ses cheveux qu'elle teint en noir corbeau. Où est ma petite fille ?

Je m'inquiète pour elle. Comme tout parent d'ado, certainement. Je m'inquiète de ses résultats scolaires, de ses fréquentations, de ses sorties de plus en plus tardives, de ses excès potentiels. Mais qu'y puis-je ? Si je veux la protéger, je ne peux pas l'enfermer pour autant. Anaïs doit vivre et faire ses expériences. Je compte sur son intelligence, sur sa maturité, pour que cette phase ne dure pas trop longtemps et pour qu'il ne lui arrive rien. Je suis de ces papas qui guettent le retour au bercail et ne dorment pas beaucoup. J'hésite entre continuer de guetter et lâcher prise, entre surveiller et faire confiance. À quoi cela sert-il de s'inquiéter ? La peur n'empêche rien. J'espère simplement que le ciel m'entend lorsque je considère qu'on a assez payé et que le mauvais sort ne s'abattra plus sur nous.

Je me demande comment réagirait sa mère si elle voyait Anaïs. La reconnaîtrait-elle autrement qu'avec son instinct ? Je n'en suis pas si sûr. Il y a six mois qu'elles ne se sont pas trouvées l'une en face de l'autre. C'est à la fois peu et beaucoup. Je me demande si Catherine prendrait pour elle cette sombre métamorphose, si elle peut envisager d'en être la cause. Mais l'est-elle, d'ailleurs ? Ou pour quelle part ? Je n'ai pas la réponse à cette question. Anaïs n'est pas la seule ado à s'attifer de la sorte et tous n'ont pas la même mère qu'elle, mais aurait-elle pris cette voie-là sans *tout ça* ? Ne serait-elle pas plutôt devenue une ado raisonnable et proprette ?

Je me demande cela, mais peut-être que Catherine sait : j'imagine qu'il arrive à Josette de lui montrer des clichés d'Anaïs… même s'il en existe peu, car ma fille refuse qu'on la prenne en photo.

Je me demande, aussi, et souvent, quand elles se reverront.

Anaïs

Vendredi 31 octobre 2003 : retour de vacances chez mamie Jo

Je ne voulais pas y aller. Je n'ai pas eu vraiment le choix… Ça arrangeait papa. C'est toujours la même chose : oui, je peux me garder toute seule, mais comment on fait pour Flo ? Surtout que je ne veux pas jouer à la baby-sitter… Moi, j'ai une solution : il va chez mamie pendant que je reste à La Rochelle. Et puis comme ça, papa n'est pas tout seul le soir ! (Argument à deux balles, et il n'est pas dupe : je serais sortie plusieurs soirs, voire tous.)

Florine n'est jamais là à ces vacances. J'étais sûre de m'emmerder. Les touristes sont partis, les campings sont fermés ou presque vides… L'île de Ré commence à s'endormir pour l'hiver, et je n'aime pas.

On a quand même effectué le grand classique : tour à vélo jusqu'à Saint-Martin par le bord de mer, glace à La Martinière (les meilleures du monde). J'adore, sauf le passage près de la prison. Elle est plutôt dingue, cette prison, dans le genre… Elle a du cachet (c'est Vauban, en même temps), mais bon… C'est une prison. Et *prison = pensée pour la génitrice = ça sape le moral. Sans compter Flo qui pleure sur le mode « Pourquoi ils n'ont pas mis maman ici ? ». Alors mamie réexplique : c'est une prison pour hommes. Ce qui est scientifiquement et objectivement la meilleure raison au monde pour ne pas l'avoir placée là (à quelques tout petits kilomètres de chez mamie, c'est vrai que ça aurait été pratique).*

Les vacances se sont globalement (quand même) bien passées. Sauf à chaque fois que mamie me reproche de ne pas assez manger et SURTOUT au moment où elle a surpris mon haleine parfum cigarettes, et m'a fait une scène d'anthologie. « Tu fumes ?! À ton âge ? » Et elle m'a ressorti le même refrain que cet été avec l'alcool. Comme si, c'était sûr, j'étais en train de mal tourner. J'avais envie de la provoquer, d'allumer une cigarette sous son nez (et peut-être même de lui souffler la fumée dans la figure)... À la place, j'ai dit un truc du genre : « Je ne sais pas trop quelle ado très sage était maman, puisque tu l'as certainement très bien éduquée, avec tous tes grands principes, mais ça ne l'a pas empêchée de devenir ce qu'elle est : une meurtrière. Alors, excuse-moi de fumer et de boire un peu, comme à peu près tous les jeunes de mon âge ! » En gros : ne t'occupe pas de la paille dans mon œil. Elle n'a pas trop apprécié.

Mine de rien, je me demande parfois quelle ado était la mère... De ce que je sais, elle vivait beaucoup enfermée, n'avait pas trop d'amis. Elle passait sa vie à dessiner et à lire. Passionnant... Je me demande comment on passe d'une fille sage et rangée à une folle meurtrière. Il y a forcément quelque chose qui cloche. Peut-être que sa vie à l'étroit l'a fait exploser. Comme une Cocotte-Minute sous pression. Elle est passée, en tout cas, d'une non-vie à une vie dans les journaux. Elle s'est fait un nom. Et un visage aussi.

Je vois bien que je suis sur une pente un peu glissante, mais il me semble que je maîtrise la descente. Peut-être est-ce illusoire. Peut-être que je suis, oui, sur la mauvaise pente (comme le pense apparemment mamie), et que je vais dans le mur. Peut-être que je joue à un jeu un peu dangereux, que je pourrais en premier lieu faire gaffe à ceux avec qui je traîne, qui sèchent les cours, fument des pétards, chourent des bouteilles d'alcool dans les magasins et emmerdent volontiers les autres. D'ailleurs, ça n'a pas échappé à Flavie (je la croyais plus cool) : on n'est pas fâchées, elle et moi, mais on n'a plus le même cercle de potes, et elle n'aime pas trop les miens... Elle dit que je file un mauvais coton (l'expression de vieux!). N'importe quoi.

Anaïs

Mercredi 19 novembre 2003 : pauvre Flo (ter, si je compte bien)

Ce que les enfants peuvent être méchants, entre eux... Après Flo le garçon qui ment, Flo le fils de la taularde : Flo le gros.

Hier, mon petit frère est rentré et a fondu en larmes (une fois de plus). Il a enfin avoué : certains le traitent de gros à l'école. Alors qu'il ne l'est pas, déjà. Bon, c'est vrai qu'il est plus rond qu'avant. J'ai mis du temps à m'en rendre compte (quand on voit les gens tous les jours, c'est moins facile, mais je suis tombée sur des photos de l'année dernière et ça m'a fait un petit choc).

C'est vrai : Flo a pris du poids... Il fait le contraire de moi. Mais pour les mêmes raisons, je crois. Rapport à la mère, évidemment. Elle lui manque, alors il comble le vide (quand moi je le creuse). J'ai bien remarqué qu'il mangeait plus, qu'il avait tendance à devenir un petit glouton au goûter, que les paquets de céréales duraient moins longtemps, et les tablettes de chocolat aussi. Ça s'est clairement accentué quand la mère est partie à

Rennes… et peut-être encore plus depuis qu'il sait le fin mot de l'histoire.

Papa l'a bien vu, je pense, mais il n'a pas réagi. Mamie Jo non plus (pour elle, quelqu'un qui mange, c'est signe de bonne santé, et elle l'aime joufflu, notre petit Flo)… Sauf que voilà, c'est bien beau, mais si Flo le vit mal et que cela ajoute du malheur à son malheur, il va falloir trouver une solution. À mon avis, il a plus besoin de voir un psy qu'un diététicien. C'est dans la tête, tout ça. C'est son petit cœur en souffrance qui a faim. Son besoin d'amour maternel qui n'est pas comblé et qu'il tente de remplir par la nourriture. Chacun sa façon de se saboter… de se faire du mal en espérant se faire du bien. Comme moi, avec mes « petits travers », on va dire.

On en a parlé, avec papa. De voir un psy, pour Flo. Qu'il puisse vider son sac et aller mieux. C'est là qu'il m'a dit : « Et pour toi ? » J'ai pris l'air de la fille qui ne se sent pas concernée, qui n'en a pas besoin (M. Lambert m'a suffi). En vérité, ça se pourrait bien que si. Mais je n'en ai pas envie. Et j'ai encore moins envie d'aller dans le sens de mon père.

Anaïs

Dimanche 14 décembre 2003 : du love... ou pas du love

Hier je suis allée au cinéma avec Louise voir Love Actually. *Louise est ma meilleure pote du moment. Elle fait partie de la bande, et c'est une sorte de Florine (avec des parents pas concernés). J'ai bien aimé le film. J'ai passé un bon moment. C'était à la fois drôle (cette scène où Hugh Grant danse tout seul !!!) et émouvant. C'était surtout « mignon », j'ai envie de dire. Plein de bons sentiments, quoi. Et ça fait du bien. Sur le coup, surtout. Parce que après, enfin pour moi, il y a la redescente. Il y a l'écart entre ce film doux comme un plaid et la réalité coupante comme un couteau. En vrai, il y a des familles qui n'en sont plus vraiment et qui sont loin (très loin) de l'esprit de Noël, où tout le monde il est beau et heureux. Il y a des ados qui ne finissent pas à l'aéroport pour déclarer leur amour. Il y a des mères en prison, des pères seuls et malheureux, des enfants vides qui se remplissent ou se vident encore plus...*

Et puis parlons-en, de l'amour... À mon âge, les mecs ne pensent qu'à ça (au sexe, pas à l'amour). Ceux qui l'ont déjà fait veulent recommencer avec d'autres filles, ceux qui ne l'ont pas encore fait sont obsédés par le moyen d'appartenir à l'autre clan. Ça donne des relations bizarres. Ça donne des scènes où tu ne comprends pas bien ce qui t'arrive parce que tu acceptes des trucs sans le vouloir. Sans oser dire non. Et quand tu dis non, quand tu dis que ça te fait mal, ils ne t'écoutent pas vraiment. Obsédés, égoïstes… On dirait des animaux, certains. Ils n'ont plus d'oreilles, plus de cœur, ils sont menés par le bout de ce qu'ils ont dans leur caleçon. Et tu n'es là que pour assouvir leurs pulsions.

Depuis Maxime, j'ai eu quelques petits copains, et il n'y en a pas un que j'ai trouvé patient ou respectueux. Peut-être que je suis mal tombée. Peut-être que je les choisis mal. Peut-être qu'il n'y a pas de hasard, que ça fait partie de mon expérience de la descente… Peut-être qu'à chercher ce qui est censé faire du bien (l'amour, ça devrait être ça, non?), je tombe sur ce qui m'atteint et je me fais du mal. Comme si je me punissais encore. Comme si je descendais toujours plus bas et qu'un jour j'allais rejoindre ma mère où elle est.

Josette

C'est bientôt Noël, et j'aimerais m'en réjouir.

Je suis heureuse de réunir chez moi ma petite famille, mais il manquera quelqu'un. C'est si difficile de se résoudre à vivre de bons moments sans elle, de l'imaginer dans sa cellule, de se dire qu'il en sera ainsi pendant les vingt ans à venir…

J'essaie de voir les choses du bon côté. Je réfléchis à mon menu, je termine les derniers achats de cadeaux, je décore la maison, le sapin. Nathalie arrive dans deux jours, je veux que tout soit prêt.

J'espère que tout se passera bien, que la bonne humeur sera présente, que Marc sera détendu, qu'Anaïs sera gentille, que Florian sera égal à lui-même et que tout le monde sera content.

Anaïs

Vendredi 26 décembre 2003 : Noël... (pas) joyeux Noël

Troisième Noël sans elle, et pas le dernier.
L'année dernière, j'étais naïve. Je croyais tellement que ce serait le dernier, que le procès allait la libérer, que le verdict allait nous la rendre, que la justice serait juste. Cette année, je n'ai plus aucun espoir, aucune crédulité. Je suis devenue lucide, extra-lucide. Mes yeux sont bien ouverts sur le monde de merde dans lequel on vit.
Et donc, c'était un Noël bizarre (pas complètement triste, mais bizarre). Mamie Jo a tenu à ce qu'on soit là, comme d'habitude : chez elle, avec tata Nathalie venue pour l'occasion. Et avec papa, pourtant officiellement divorcé de la mère. Personne ne lui jette la pierre. Il a encore sa place dans la famille (et puis la sienne est toujours si loin). Je crois que mamie Jo et Nathalie sont bien conscientes qu'il a fait tout son possible... pour supporter leur fille, leur sœur borderline... pour la soutenir quand elle le méritait encore... pour avoir été là jusqu'à ce que ce soit au-dessus de ses forces... pour

être notre père, présent autant qu'il peut. C'est vrai qu'on pourrait lui décerner une médaille.

Quand tata Nathalie m'a vue, j'ai bien distingué la surprise dans ses yeux. Un peu plus et sa mâchoire se décrochait tellement elle était bouche bée. C'est sûr, elle a pensé: «Comme Anaïs a changé!» D'ailleurs, elle l'a dit. «Comme tu as changé, Anaïs!» Ce n'était pas particulièrement un reproche, c'était surtout, oui, la Surprise avec un grand «S» (de me voir ainsi maigrichonne, tout en noir, en minijupe et collants résille, les yeux cernés de khôl, un peu gothique). Le noir est devenu ma couleur. Un psy à deux balles dirait que je porte le deuil de ma mère. Et je trouverais qu'il a raison.

Je l'aime bien, tata. Et je pense que c'est réciproque. Dommage qu'on ne la voie pas plus souvent. Dommage aussi qu'on s'appelle moins qu'avant. J'ai comme l'impression qu'elle se sent mal à l'aise vis-à-vis de nous et de papa. Parfois je me demande ce qu'elle sait, quel lien elle a gardé avec celle qui est derrière les barreaux. Je sais qu'il en reste un. Je le sais par mamie Jo, et puis c'était évident que les deux sœurs ne se lâcheraient pas.

On a fait quelques jeux de société (j'ai remarqué que le Cluedo n'était plus rangé avec les autres, dans le placard). On a passé des bons moments, on a ri, même. On n'a pas eu à se forcer, parfois. Comme quoi… il reste de la vie. Et on est encore une famille. Une famille un peu bancale et bizarre, mais toujours une famille.

Bon… à un moment j'ai quand même pété un câble. Le téléphone a sonné, mamie Jo a bondi de sa chaise en s'écriant avec une joie surdimensionnée: «Ce doit être Catherine!» Ou comment la mère parvient à débouler en plein après-midi de Noël... C'était censé être un cadeau ? Évidemment, Flo a insisté pour parler à sa mère en premier. Moi je suis sortie prendre l'air sur la terrasse avec papa. Je n'avais pas envie d'entendre sa voix. Mamie Jo est venue me chercher au bout de quelques minutes. « Ta maman te réclame. » J'ai répondu que je ne voulais pas lui parler. J'ai vu le visage de mamie se déformer et entendu sa voix s'érailler quand elle a crié : « Mais c'est Noël ! » Comme si on devait tout oublier, comme si c'était le jour du grand pardon. Mais certainement pas. Noël ou pas, je ne veux pas lui parler. J'ai failli hurler : « Plutôt mourir ! » J'ai opté pour une phrase moins extrême, mais très claire et très ferme. Je ne lui ferais pas ce cadeau. Et je n'ai rien à lui dire. J'ai quitté le jardin et j'ai entrepris le tour du quartier, à la place. J'avais trop envie d'une cigarette (jamais de la vie je ne fumerais devant mon père).

Après ça, mamie Jo m'a très clairement fait la gueule le reste de la journée. Tata Nathalie, non. Elle avait l'air de chercher à me comprendre, mais elle m'a quand même reproché mon attitude. Je l'ai entendue dire à mamie, dans la cuisine : « C'est une ado. » Comme si elle mettait mon opinion sur le compte de mon âge (ingrat et forcément compliqué)... alors que ça n'a rien à voir. Alors que je sais PERTINEMMENT que jamais de la vie je ne lui pardonnerai, je ne lui parlerai, je ne la reverrai. Et ça n'a rien à voir avec l'adolescence. C'est moi.

Marc

J'ai reçu une lettre de Catherine. Quelque chose entre la carte de joyeuses fêtes de fin d'année, les bons vœux pour celle qui vient et le courrier personnel.

C'est la première fois qu'elle m'écrit depuis notre dernière entrevue, depuis notre divorce, surtout. J'étais donc surpris et sur mes gardes.

Elle me demandait, et pour la première fois, pardon. Pour tout ce qui s'est passé, pour ses actes, pour cette année finissante atroce, pour tout ce qu'elle nous a infligé. J'ai pensé : « Ah, tiens, elle retrouve la raison. » Un peu de sagesse et de discernement, peut-être.

Elle voulait me dire qu'elle comprenait ma décision. Même si c'était très dur pour elle. Elle terminait en exprimant sa plus profonde tristesse au sujet d'Anaïs.

J'ai reçu cette lettre le 26, elle l'a donc écrite avant Noël, avant que notre fille refuse de lui parler. Je repense à ce moment. Anaïs était hors d'elle. Elle s'est sentie piégée par ce coup de fil inopiné, l'ambiance de Noël, les supplications de Josette. Mais elle a tenu bon. Elle n'a pas montré une once d'hésitation ou de pitié. Son entêtement dans son incapacité à envisager de pardonner m'étonne et m'inquiète. Jusqu'à quand durera-t-il ?

Personnellement, même si je m'interroge et ne cautionne pas l'attitude de ma fille envers sa mère, j'ai décidé de ne pas la juger. Je respecte son choix. Elle a ses raisons que je trouve recevables. Il ne me viendrait pas à l'esprit de lui faire la morale, et Josette s'en charge déjà. Pour moi, il est inutile de forcer les choses. Ce n'est pas comme cela que ça fonctionne. Il faudra du temps... mais je ne désespère pas.

J'ai lu et relu la lettre de Catherine. J'y répondrai un jour, je pense, mais pas maintenant. Peut-être avant la fin du mois de janvier, avant qu'il ne soit trop tard pour formuler des vœux.

Anaïs

Jeudi 1ᵉʳ janvier 2004 : nouvelle année, olé !

Comme pour Noël, ce passage à la nouvelle année est dénué d'espoir. Je vais avoir seize ans et je déprime. Pas le cœur à la fête. Louise m'a bien proposé de me joindre à elle à une soirée, mais j'ai refusé. Alors que j'aime bien, normalement, faire la fête, boire un peu trop, danser comme une folle, me faire remarquer... Rire sans joie, je sais faire. Mais là, je n'avais pas envie. C'est juste cette histoire de cap à passer. Nouvelle année, période des vœux et des bonnes résolutions. Mais je ne crois pas trop à tout ça. C'est comme le père Noël ou la petite souris : rien que des conneries.

Les gens qui me souhaitent « bonne année », j'ai envie de leur rire au nez. De leur dire : « Aussi bonne que l'année dernière ? »... Quant à la santé, je l'ai, à peu près. Mais je m'en fous comme de l'an quarante. J'ai seize ans, quoi. J'ai la vie devant moi. À mon âge, en général, on a la santé. Reste à savoir si j'ai la santé mentale, si je ne vais pas devenir borderline ou je ne sais quoi... une tarée capable de tuer. Si j'avais (dans une vie idéale) un vœu à formuler... ce serait d'avoir une mère normale. Juste ça : qui est là, qui bosse, qui s'occupe de ses enfants, qui aime son mari. Mais on n'est pas dans une vie idéale-idyllique type Love Actually... *On est dans la vraie vie, et elle n'est pas jolie.*

O.K., je l'admets : le choc est passé d'une certaine manière (ma mère est une criminelle, je l'ai bien intégré, on peut presque dire que je me suis faite à cette idée, j'apprends à vivre avec). Mais il me reste la colère. Et celle-là, c'est sûr, durera longtemps. Parfois je me demande si ce sera toujours la compagne de mon existence ; parfois je me demande ce qui pourrait m'en sortir.

Nathalie

Après Noël, je suis passée à Rennes pour un parloir avec ma sœur. Un gros détour pour un moment nécessaire. Pour rien au monde je n'y renoncerais. C'est ma sœur, mon pilier. Elle était là pour moi quand j'étais petite. Je dois être là pour elle maintenant qu'elle a besoin de moi.

Elle s'était apprêtée, habillée d'un jean et d'un joli chemisier, maquillée, et elle était manifestement passée chez le coiffeur. À mon grand étonnement, il existe un salon au sein de la prison, au premier étage. Catherine avait pris rendez-vous. Presque trois ans qu'elle ne s'était pas fait chouchouter, masser le cuir chevelu, qu'elle n'avait pas apprécié la douceur de ses cheveux après une coupe et un brushing. «C'est magique», elle a dit.

Je lui ai demandé comment elle avait passé Noël. Elle a réveillonné avec Cynthia, une femme avec qui elle a sympathisé, sa voisine de cellule. Cathy n'aime pas trop se mélanger aux autres filles. Elles ne sont pas toutes sympas. Il y en a qui jugent. Alors qu'elles ont toutes déjà été jugées ! Mais tout se sait, et sur l'échelle des crimes le sien intègre le podium, puisqu'elle a tué une femme innocente. Ce n'est pas comme si elle avait supprimé un mari violent... mais c'est *moins pire* que si elle avait commis un infanticide. Tout comme chez les hommes, il existe donc une hiérarchie des meurtres et des meurtrières. Et des clans, à l'intérieur.

Pour autant, Catherine se plaît ici. Elle va à la salle de sport, retrouve le goût de bouger, de prendre soin de son corps ; elle fréquente la médiathèque et multiplie les lectures. Le matin, elle continue de travailler à l'atelier de couture, l'après-midi elle se forme à la comptabilité. Elle a posé sa candidature pour s'occuper de la restauration de films pour l'INA. Elle a donc des projets qui contrent son ennui.

Elle s'occupe, mais n'oublie jamais le vide dans son cœur. Elle m'a parlé de la lettre qu'elle a écrite à Marc, de la carte qu'elle va envoyer pour l'anniversaire d'Anaïs, de ses espoirs et de ses craintes, de ses remords et de ses regrets. Au fond d'elle, il n'y a qu'une obsession : obtenir un jour leur pardon.

Anaïs

Samedi 17 janvier 2004 : happy birthday to me

ÇA Y EST : j'ai seize ans. C'est presque la fête. On la fera ce soir, d'ailleurs. J'ai réussi à virer papa et Flo. Le premier va passer la soirée (et la nuit) chez son meilleur ami, Frédéric ; le second est en week-end chez mamie Jo. À moi la maison !!! Ça va être le kif.

En plus, papa (comme s'il voulait se racheter, ou plutôt racheter ma mère) a assuré. Il a loué de la sono et des lumières, a rapporté plein de bouffe et des boissons de toutes sortes (sans alcool, évidemment). Il se doute bien que certains de mes potes vont venir avec des bouteilles, mais au moins, comme il dit : « Je n'aurai pas participé à ça. » En gros, il ne cautionne pas, mais il n'est pas dupe. Et il me fait confiance pour cette première fête. J'espère que je saurai en être digne parce que sinon, et c'est très clair, il n'y aura pas d'autres fois. Il veut retrouver demain midi une maison propre et rangée, et sans rien de cassé (il a planqué les trucs de valeur et/ou très fragiles). Il m'a dit : « Pas plus de 15 personnes. » J'ai dit O.K... On sera certainement au moins 20, mais qu'est-ce qu'il en saura ?

Donc, là, j'attends mes invités. Il y aura quelques potes de ma classe, Louise évidemment, et des amis à elle que je connais un peu (dont un certain Dimitri qui me fait de l'œil, j'avoue).

Anaïs

Dimanche 18 janvier 2004 : gueule de bois, même pas

C'était une super fête.
J'ai juste failli m'énerver quand un mec (que je ne connais pas très bien) est arrivé et m'a lancé : « Elle est mortelle, ta baraque ! » Cette expression, désolée, mais elle ne passe pas. J'ai toujours envie de rétorquer : « C'est ma mère qui est mortelle... et au vrai sens du terme ! » Et je me demande toujours, quand on dit ça devant moi, si c'est fait exprès pour me taquiner (gentiment ?), si c'est une gaffe ou si la personne n'est au courant de rien.
Super fête, à part ça. Le malibu ananas et la vodka orange coulaient à flots. On a mis de la bonne musique (et de la moins bonne, mais on a bien déliré), on a dansé sur les tubes du moment, 113, Diam's, Alphonse Brown (oh le déchaînement !), One-T Cool-T, Placebo, Shaggy, The Black Eyed Peas (j'adore), etc. Et bien sûr j'ai mis un morceau de Pink (Don't Let Me Get Me).

Franchement, c'était génial. J'ai réussi à tout oublier sur la piste de danse. Qu'est-ce que ça fait du bien !

Certains se sont rapprochés. Comme Dimitri et moi. J'ai dû calmer quelques ardeurs (certains auraient bien voulu passer du bon temps dans les chambres, là-haut. Heureusement que Pap les avait fermées à clef... Cela dit, je n'aimerais pas savoir exactement ce qui a pu se passer dans la salle de bains).

Super soirée, donc... mais bon, sur le revers de la médaille il y avait :

1. les voisins qui sont venus se plaindre et ont menacé d'appeler les flics (je n'avais pas trop envie d'avoir droit à : « Tiens, tiens, on connaît déjà cette maison ») ;

2. l'état d'alcoolémie avancée de certains (j'avoue un petit manque de fraîcheur ce matin au réveil) ;

3. le bordel dans la maison vachement plus visible après le lever du jour...

À 10 heures, j'ai viré tous ceux qui étaient restés dormir un peu partout, et j'ai passé les heures suivantes à astiquer (il y avait des miettes partout, l'alcool collait par terre, c'était l'horreur).

Papa est arrivé vers 16 heures avec Flo. Il a commencé par inspecter toute la maison d'un air soupçonneux, à la recherche de preuves... Il a semblé plutôt satisfait et m'a demandé si j'étais contente de ma soirée. J'avais envie de dire : « Tu aurais pu poser cette question en premier », mais je lui ai dit oui, et je l'ai pris dans mes bras en lui murmurant : « C'était trop bien, mon papa chéri. » Et je suis sûre qu'il était content de ce petit mot qui n'était pas pour obtenir quelque chose (quoique, en y réfléchissant, un peu quand même : c'était une manière d'envisager positivement la prochaine occasion !).

Marc

Anaïs a reçu une carte d'anniversaire de sa mère. Elle est arrivée dans la semaine qui a suivi. Je suppose que le courrier tarde quelquefois à partir et qu'il n'est pas toujours simple de viser une date avec précision.

J'ai trouvé l'enveloppe dans notre boîte aux lettres, reconnu l'écriture, compris l'idée… Je suis monté à l'étage pour la donner à Anaïs. Je lui ai tendu l'enveloppe. Elle l'a regardée et ses mâchoires se sont serrées.

— Je m'en fiche. Je ne la lirai pas.

Elle a dit cela d'un ton glacial. Elle a voulu me rendre la lettre, je lui ai dit de la garder, dans le secret espoir qu'un jour elle change d'avis.

Pendant plusieurs jours, l'enveloppe est restée, cachetée, sur sa table de chevet. Puis elle a disparu.

Anaïs

*Dimanche 22 février 2004 : devenir une femme...
sans mère*

Ça y est : JE L'AI FAIT. Avec Dimitri. Ce n'est pas que je sois amoureuse de lui... mais comme je ne crois pas trop en l'amour et que je ne voulais pas rester vierge jusqu'à vingt ans (ou pire, trente-cinq), je me suis dit : « O.K., ce sera avec lui. » Il en avait envie (comme tous les autres, hein), mais au moins il a su être un minimum délicat. Et moi aussi, j'en avais envie. Je lui ai offert ma virginité à la Saint-Valentin. Je trouvais que c'était un cadeau original. Rien de sentimental, contrairement à ce qu'on pourrait penser. Lui et moi, on est bien, voilà. Mais rien de sérieux. Il est en terminale, il en a eu d'autres, et on sait bien que nous deux ça ne durera pas.

J'en ai parlé à Louise et à Cindy avant. Pour avoir des conseils. Cindy a une mère vachement ouverte sur le sujet, elle peut poser toutes les questions qu'elle veut, sans tabou... Forcément, je me demande ce qu'il en aurait été de moi avec la mienne, si elle avait été là. Est-ce qu'elle aurait abordé le sujet avant, est-ce que j'aurais osé lui parler de mon projet de passer le cap, tout ça... Est-ce qu'on aurait eu une certaine complicité, elle et moi, une facilité à parler de tout. Au fond, je ne crois pas (elle n'a jamais été cool, ma mère)... Mais ça n'est pas si facile de deviner comment aurait évolué notre relation mère-fille. Vu qu'elle n'est plus là depuis bientôt trois ans.

Je ne parle pas trop de tout ça avec papa, en général. Et lui ne cherche pas à savoir. Il n'est pas très à l'aise. N'empêche : hier je lui ai dit que je voudrais aller chez un gynéco pour prendre la pilule. La tête !!! Je l'ai senti tout désarçonné, il se demandait clairement si je l'avais déjà fait ou pas. Il a commencé à vouloir me mettre en garde : « Tu n'es pas un peu jeune, pour ces choses-là... » Je lui ai dit que j'avais l'âge de la majorité sexuelle + 1 an, et que donc j'avais le droit... et que de toute façon c'était trop tard. Il en a balbutié. Sa petite fille chérie n'est plus si petite et devient une femme... Il s'est assis pour s'en remettre, puis il a dit : « O.K... je vais me renseigner auprès de la femme de Fred pour avoir le nom d'un bon gynéco. » Après, j'ai eu droit à un petit épisode « leçon de morale » sur le fait que la pilule ne protège pas des MST, qu'en attendant je devais faire hyper gaffe, et que de toute façon, vu le point n° 1, le préservatif était et serait toujours à privilégier (en plus)...

C'était trop bizarre, cette conversation. Je suis sûre que je ne l'aurais jamais eue avec mon père si j'avais eu une mère. Comme dans toutes les familles normales, c'est elle qui se serait chargée de l'informer de la chose (et encore...) et ça se serait passé comme ça, discrètement.

Anaïs

Jeudi 26 février 2004 : jeudi noir

Trois ans que notre vie a basculé. Merci, maman !
(rien à ajouter)

Marc

J'ai fini par écrire à Catherine. Pas pour lui présenter mes vœux, j'avais dépassé le délai. Par politesse, d'abord, et par souci d'elle... même avec deux mois de retard. J'aurais pu ne jamais lui répondre.

J'ai rédigé une lettre courte, ni froide ni sentimentale, plutôt factuelle, dans laquelle je la remerciais pour ses vœux et lui donnais quelques nouvelles. Après tout, elle est et restera la mère de nos enfants et je suis certainement le mieux placé pour l'informer de ce que devient Anaïs. J'ignore en quels termes et sur quelle base Josette s'en charge de son côté. Se permet-elle des critiques sur sa tenue et son comportement ? Que sait Catherine, au juste, de l'évolution de sa fille rebelle ?

Je n'ai pas osé m'étendre sur ce sujet. Par loyauté pour ma fille, en premier lieu. Je ne voudrais pas en dire trop, qu'Anaïs se sente trahie. Je ne crois pas qu'elle aimerait que j'évoque son petit copain, sa vie intime. Sa vie privée ne regarde qu'elle, et surtout pas sa mère, je l'ai bien compris. Elle veut tenir Catherine à distance de son monde. J'ai donc écrit un « Anaïs va bien », aussi concis qu'inutile. Et faux. Anaïs va... Les choses suivent leur cours. J'attends le moment où tout va se compliquer. C'est un ressenti, un pressentiment : nous n'avons pas encore atteint le sommet de sa crise d'adolescence. À moins que je ne me trompe, qu'Anaïs s'apaise. Qui peut savoir ?

Anaïs

Dimanche 21 mars 2004 : un an... il y a des anniversaires, comme ça

Évidemment, il n'y a rien à fêter. Mais voilà : ça fait partie des dates qu'on n'oublie pas. J'imagine que la vie est ponctuée d'événements et que quand la date s'affiche, le matin, chaque fois, chaque année, on n'y peut rien : on est projeté en arrière, et on se souvient. Voire on fait le bilan.

Je ne vais peut-être pas jouer à ça chaque année, mais bon... Un an, quoi. J'imagine que ça compte. Un an dans une vérité que jamais je n'aurais imaginée. Un an en fille de meurtrière. Un an de plus sans elle. Avec son absence de la maison, en vacances, à chaque fête de famille (un an, ou trois...). Bref.

L'autre jour, en maths, on a abordé les probabilités. Sacré sujet. Combien de chances on a de tomber trois fois sur un six quand on lance cinq fois un dé, ce genre de conneries. Le truc qui ne sert pas à grand-chose (à part pour les amateurs de jeux de hasard)... Moi, tout de suite, évidemment j'ai pensé : «Combien de chances t'avais de tomber sur une mère assassin ?»

Normalement, c'est quasi nul. C'est vrai, quoi. C'était combien, la probabilité? Une chance sur combien? 20 millions? Je ne sais même pas combien il y a de femmes en prison pour crime en France, mais ça ne doit pas chercher bien loin... Le crime est surtout masculin, apparemment.

Enfin, voilà: j'ai eu cette «chance». J'ai décroché le gros lot!!!

Florian

Le 10 avril 2004

Chère maman,

Merci pour ta carte d'anniversaire ! Elle m'a fait très plaisir.

Eh oui, j'ai dix ans. Je sais que tu aurais aimé être là. J'ai pensé très fort à toi en soufflant mes bougies. Regarde, papa a imprimé la photo pour toi.

Je suis trop content d'aller en Bretagne pour les vacances, avec mamie. On va pouvoir venir te voir plusieurs fois (trois, elle m'a dit). Plus qu'une semaine d'école.

En ce moment, je dessine beaucoup. J'ai même commencé une BD ! Je voudrais trop te la montrer.

Bisous, je t'aime

Florian

Anaïs

Mercredi 14 avril 2004 : littéraire, il paraît

Hier soir, Pap et moi on avait rendez-vous avec ma prof principale (et accessoirement prof de français) pour faire le point sur mon année et mon choix d'orientation. Mme Lecourt n'a pas tari d'éloges à mon sujet. Elle a dit que je l'épatais, surtout à l'écrit. Qu'elle sentait chez moi un véritable attrait pour sa matière, pour la lecture et l'écriture, que j'avais déjà un certain style... J'ai senti papa fier. Il devait penser : « On n'a pas tout raté... »

Elle a fait le point sur mes notes et mon attitude dans toutes les matières (mes profs soulignent mon sérieux – la blague... – mais une tendance à l'insolence). Elle a parlé d'un petit côté rebelle, mais qui s'explique, au vu de la «situation» et qu'on peut me pardonner (à condition de ne pas exagérer / en profiter).

Elle a dit que j'avais «le profil littéraire type» et tout pour réussir dans ce domaine. Qu'il fallait absolument que je demande une première L, que je passe un bac L. Et pourquoi pas option théâtre ? Puisqu'ils l'ont chez eux et que je suis un bon élément de l'atelier qui se tient tous les mardis midi. Elle m'a vue à l'œuvre, elle me trouve du potentiel (surtout pour incarner les personnages colériques... comme par hasard). Et surtout, surtout : elle souhaite que j'intègre son atelier de poésie, l'année prochaine. «Elle doit ABSOLUMENT s'inscrire!» Elle trouve que j'ai le goût des mots, le sens de la formule, une vraie sensibilité, et que la poésie serait un bel univers à explorer, une corde de plus à mon arc littéraire... Elle a fini en évoquant un projet qui lui semble «parfait pour moi», et dit que je ne le regretterais pas.

On est ressortis contents, Pap et moi.

Josette

Je m'habitue à cette vie. À croire qu'on s'habitue à tout. J'ai une fille enfermée, une fille qui vit loin, je vais au parloir une semaine sur deux, je roule… Je fatigue, mais je ne me pose pas la question. Peut-être un jour irons-nous en train. La prison, à Rennes, étant proche de la gare, l'idée ne semble pas mauvaise. Mais j'aime la liberté qu'offre la voiture.

Je continue à modeler mes poteries, à tenir la boutique. Quand je travaille l'argile ou le grès, j'essaie de me concentrer sur ma tâche et mes sensations. J'essaie de faire taire mes pensées.

Avec Nathalie, nous nous rapprochons, je crois. Nous nous appelons plus souvent. Nous prenons de nos nouvelles plusieurs fois par semaine. Comme quoi… dans l'adversité, certains liens se renforcent. Le nôtre était un peu faiblard et maladroit. Mais Nathalie est là pour moi et je m'inquiète aussi pour elle. Mes deux filles étaient si proches.

Toutes deux se soucient de ma santé. Plus que moi-même. C'est vrai que je prends de l'âge. Mais j'ai tendance à fuir les médecins. Tant pis pour les douleurs, les articulations qui rouillent, les organes qui fonctionnent moins bien. J'ai d'autres chats à fouetter que d'aller consulter des spécialistes à droite et à gauche.

— Il faut que tu prennes soin de toi, me rabâche Nathalie.

Et je sais bien ce qu'elle sous-entend : il faut que j'arrive à quatre-vingt-un ans minimum, il faut que je sois là pour la sortie de Catherine. Mais il n'y a pas de quoi s'inquiéter : je suis une dure. J'y serai !

Anaïs

Lundi 14 juin 2004 : l'année est (déjà) finie

Moi je trouve ça bien, l'année de seconde : c'est la seule qui ne se termine pas par un examen. Et comme les autres du lycée passent le bac, on finit hyper tôt. Ça fait déjà plusieurs jours que je suis en vacances. Flo est jaloux. Il trouve ça « pô juste ». On dirait Calimero. Et moi j'en rajoute pour le taquiner. J'ai remarqué ça : j'ai arrêté d'être toujours dans le soutien tendre et rassurant avec lui, de jouer à la petite maman gentille. J'ai repris mon rôle de grande sœur un peu chiante. Après tout, je crois qu'il en a besoin. Je veux dire : il faut qu'on arrête de le surprotéger. Il pourrait vite devenir le pauvre petit malheureux à qui on passe tout et qui ne saurait pas se défendre.

On n'a pas de chance, c'est vrai… mais faut-il toujours se poser en victime ? Je n'en suis pas si sûre. D'ailleurs, j'ai vite choisi mon camp : plutôt que d'appartenir à celui des faibles qui s'écrasent, je préfère donner de la voix et passer pour une indocile. Parfois j'ai l'intuition que c'est comme ça que je m'en sortirai.

En attendant, j'expérimente… je funambule. Toujours. Je suis sur une corde raide. Tombera ? Tombera pas ?

Je teste mes limites, je joue avec mes peurs. Je prends des risques. Un peu. Et pas toute seule. Dimitri adore explorer des lieux abandonnés, des vieilles maisons qui ont l'air hantées. On s'introduit dedans le soir, et on découvre des trucs de dingue. Parfois c'est émouvant, parfois c'est hyper flippant. Heureusement qu'il est là ; seule, je serais morte de trouille. Le week-end dernier, j'étais censée dormir chez Louise... mais on a squatté la maison qu'on préfère. C'était vraiment bizarre d'être là. On dirait que la famille est partie subitement, sans que ce soit prévu. Disparue, envolée. Elle a tout laissé en plan. Il y a encore les couverts sur la table, un journal (de 1975 !)... des photos de famille dans les cadres, et de la poussière par kilos. C'est comme si des êtres invisibles, des fantômes, vivaient encore là, dans l'ancien temps. Rien que d'y penser, j'en ai encore des frissons.

Évidemment, papa ignore tout de mes petites activités interdites. Même s'il doit se douter que, lorsque je passe du temps avec Dimitri, ce n'est pas pour jouer aux échecs ou au Scrabble.

En tout cas, malgré mes prévisions, l'histoire avec lui dure un peu. On partage les mêmes délires, je crois. Et puis il a bien vu que je n'étais pas une gamine. Bon, lui passe le bac et sera à Bordeaux à la rentrée, pour ses études, alors on n'ira pas beaucoup plus loin... Pas grave : je le vois plus comme un copain ++, j'ai fait en sorte de ne pas trop m'attacher à lui. Je crois qu'à force de passer des couches de vernis protecteur sur ma peau je suis en train de me forger une sacrée carapace.

Anaïs

Dimanche 29 août 2004 : bilan de l'été

Plutôt positif.
Pap nous a emmenés du côté des îles grecques. Le truc de carte postale, le classique « village blanc sur mer bleu intense ». Très dépaysant. On était dans un super hôtel avec une piscine magnifique « à débordement ». Il y avait des activités « club » pour les jeunes (j'étais parmi les plus vieux, évidemment). Flo était content, il s'est fait des copains. Et il n'y avait personne pour le trouver gros... Mieux encore : dans ce genre de pays éloigné de chez nous, on était incognito. On n'avait pas de nom de famille ou de ville relié à un procès retentissant... On était juste une famille de trois, anonyme parmi d'autres anonymes, où tout le monde se foutait de la vraie vie des autres. Et c'était cool.
Papa s'est fait draguer. C'était un peu l'événement du séjour... C'était à la fois bizarre, gênant et marrant. Marrant, parce que la dame, une Anglaise, n'était pas très discrète (elle avait l'air de le vouloir vraiment, au moins pour les vacances). Et c'était bizarre parce que tout à coup papa devenait sous nos yeux un homme

célibataire, libre, et potentiellement candidat à une histoire avec quelqu'un d'autre que notre génitrice. C'est là, aussi, que je me suis demandé s'il avait fait des rencontres depuis le divorce. Après tout, ça fait un an... et même plus. J'imagine que parfois il doit avoir envie de dormir (enfin, dormir...) avec une femme. C'est étrange de penser à ça, mais bon... Tout à coup (oui : tout à coup), j'ai pensé à tout ça, au fait qu'il avait peut-être déjà rencontré une (ou des) femme(s), ou que ça allait arriver bientôt... Et j'ai envisagé cette chose à laquelle je n'avais jamais vraiment prêté attention : un jour, Flo et moi, on aura peut-être une belle-mère. Et cette idée ne me plaît qu'à moitié, soyons clairs.

On est rentrés de Grèce et on est partis chez mamie dans la foulée, avec Flo. Là, j'ai retrouvé ma Florine, et on a passé quatre semaines assez dingues. J'ai pulvérisé la permission de minuit de l'année dernière : j'avoue, j'ai un peu dépassé les limites que mamie essayait de me fixer. J'y peux rien : j'ai envie de profiter. On a passé pas mal de temps avec un groupe de jeunes du camping d'à côté, on est allées en boîte de nuit plusieurs fois. Je suis sortie avec plusieurs mecs (que papa soit rassuré : j'applique si besoin est la règle « double protection »).

Voilà, donc : un été plutôt cool. Un été où on n'a pas arrêté de crier « Face à la mer » sur l'air du refrain du tube de Calo-Passi, surtout quand on était justement face à la mer (c'est-à-dire souvent : en Grèce, sur l'île de Ré ou à la plage de la Concurrence, près de la maison). Parfois on se marre avec pas grand-chose, faut dire.

Maintenant j'attends la rentrée. Première L, option théâtre, avec atelier poésie deux midis par semaine. J'ai été particulièrement obéissante, et même plus :

j'ai englouti la liste des livres de poésie que m'a conseillés Mme Lecourt. J'ai tout lu (et parfois relu). Elle a raison : j'adore la poésie. C'est beau... J'ai aimé le spleen de Baudelaire, de Verlaine et les autres (je connais, le spleen, je vois bien ce que c'est), les fantaisies des surréalistes, les Paroles *de Prévert, tout ça. Et je me demande bien à quelle sauce on va être mangés à cet atelier... en quoi ça va consister, quel est le projet.*

Papa a suivi, dans l'idée de ma prof, et parce qu'il trouve qu'elle a sans doute raison (j'ai un profil littéraire), mais je sais bien qu'il aurait préféré que je passe un bac S... en théorie plus noble, ou qui assure plus de débouchés. Mais je ne suis pas douée en maths et je déteste la physique... Qu'est-ce que j'aurais fait en S ? Bref, il m'a laissée choisir. Même si, quand il me demande si je sais ce que je veux faire plus tard, je suis incapable de lui fournir une réponse...

Anaïs

Vendredi 1ᵉʳ octobre 2004 : poésie, nouvelle passion

Mme Lecourt avait raison : cet atelier est fait pour moi. J'adore ! On n'a pourtant eu que quelques séances, mais je suis grave accro. C'est beaucoup plus créatif que les commentaires de texte ou les dissertations. C'est à la fois ludique et profond.

On a commencé par des petits exercices fastoches, des listes (j'aime / j'aime pas, je veux / je veux pas... et j'étais très inspirée). Moi j'écris plutôt des trucs abrupts et sombres, quand d'autres sont dans des textes plus jubilatoires (je crois qu'on fait chacun avec la vie qu'on a).

L'autre jour, on s'est frottés à un exercice que j'ai adoré : inventer un poème à partir d'un autre (très long) en supprimant des mots. On est tous partis du même, et à la fin il y avait quinze textes très différents en contenu (et en longueur).

Et la prof nous a enfin dévoilé son projet annuel : on va travailler sur le «slam», en inventer et présenter le résultat en fin d'année sur scène ! On s'est tous regardés bizarre. Personne ne connaissait ce mot. Mme Lecourt *est restée assez énigmatique. Elle a dit qu'on commencerait après les vacances de la Toussaint.*

À part ça, la première L, c'est bien. Je m'y plais. J'ai retrouvé Flavie dans ma classe. Mais c'est comme si c'était un peu tard et qu'on s'était perdues : ce n'est plus pareil qu'avant.

Aux pauses, je retrouve Louise, Cindy et les autres.

Anaïs

Mercredi 3 novembre 2004 : des news

Je crois que j'ai la sale manie d'écrire dans ce carnet à chaque fin de vacances. Ce n'est plus vraiment un JOURnal. J'en suis à faire un point d'étape de temps en temps, comme pour me donner des nouvelles. Sans doute plutôt pour garder trace de tout ça. Pour me souvenir, ne pas oublier. Mais c'est comme si je n'en avais plus autant besoin qu'avant. Et puis je ne vais pas toujours me répéter…

J'extériorise autrement, il faut dire. Je cogne, je frappe, ça me soulage. Cette année, je me suis mise à la boxe en club… et à la batterie (c'est les voisins qui sont contents). Deux belles occasions d'exprimer ma rage. Mon petit punching-ball ne me suffisait plus. Je passe des heures à taper dans des sacs de frappe, au club. Je n'éprouve pas spécialement le besoin de frapper des gens. Et la batterie, c'est venu comme ça. J'aime le rock et la pop. Quand je vais à des concerts ou à la Fête de la musique ou aux Francos, j'ai les yeux braqués sur les batteurs. J'adore. Alors, évidemment, comme je débute, je suis plutôt nulle (la coordination qu'il faut !!!). Mais *j'adore. Boxe et batterie, ces deux «B», sont vraiment l'idéal du défouloir. Même si ça rend mon père un peu fou. Pour le consoler, je lui dis : « Un jour, je jouerai tes morceaux préférés de Bowie et de U2 ! » (C'est un grand fan.)*

À part ça ? Quoi de neuf ? Rien de spécial. Flo et mamie Jo continuent d'aller voir la mère à Rennes tous les quinze jours et à chaque fois elle me réclame, elle pleurniche... Mamie me fait la morale, tata Nathalie aussi (par téléphone). Je suis la fille sans cœur qui n'a même pas répondu à sa carte d'anniversaire (qui ne l'a même pas lue, d'ailleurs). Et bah tant pis. Va falloir qu'elles s'y fassent. Je ne suis pas la gentille jeune fille qu'elles espéraient, douce, polie, parfaite. Je fume (et pas que du tabac, j'avoue), je sors beaucoup, je fréquente des musicos et des boxeurs, je sors avec plusieurs mecs dans le mois... Scolairement ça va, parce que j'ai des facilités (sincèrement, à part en français, je ne fous pas grand-chose), mais c'est tout. Je ne sais toujours pas si je vais me casser la gueule un jour, de quel côté je vais tomber, du bon ou du mauvais. Je flirte avec la délinquance... et je me demande si je ne cherche pas à me retrouver chez les flics (comme ma mère)... si je ne prends pas plaisir à jouer avec les limites. Je continue de filer mon mauvais coton, et j'assume.

Anaïs

Vendredi 3 décembre 2004 : vive le slam

Non seulement maintenant je sais ce que c'est, mais en plus je commence à le pratiquer, et j'aime ! Le slam, c'est de la poésie mise en voix (et en musique), qu'on peut produire sur scène, qu'on VA produire sur scène (Mme Lecourt a bloqué une date dans le théâtre près du lycée pour une représentation en fin d'année).
Elle me dit souvent :
— Tu es en colère, exprime-toi, montre-le, assume ta singularité.
Il n'a pas fallu me supplier. Depuis un mois, j'ai écrit plein de textes, certains en vers libres, certains rimés et réguliers. Ça vaut ce que ça vaut, mais ça aussi, c'est un super défouloir. Après, il faudra que je trouve une musique de fond, le rythme de la diction, tout ça... Le slam, ça ne se chante pas vraiment, mais ça se clame (un peu comme dans le rap), et surtout ça se vit. Je me vois déjà déclamer ça en public... « assumer ma singularité », oui, déballer ma rage à la face du monde, et ça pourrait me plaire.

Texte d'hier (en hexamètres) :

Tu veux être une mère
Mais t'es une meurtrière :
Ta vie, c'est la prison,
Tu n'as plus de maison.
Tu demandes des nouvelles
Qu'est-ce que tu veux qu'j'te dise ?
Tu crois qu'ma vie est belle ?
C'que t'as fait, ça me brise.
Tu dis que tu regrettes
Ce sont de jolis mots,
Mais qu'est-ce que t'as en tête ?
Tout ça c'est du pipeau.
Tu dis que tu veux m'voir
T'as toujours pas compris
Tu peux garder l'espoir,
Pour moi tout est fini.
Tu veux être une mère
Mais t'es une meurtrière :
Ta vie, c'est la prison,
Tu n'es rien qu'un poison.

Ça claque pas mal, je trouve.

J'ai écrit celui-ci, aussi (après j'arrête : je ne vais pas recopier tout mon cahier !).

Hier j'ai dit qu't'étais morte
Même si ce n'est pas vrai
Pour moi, c'est tout comme, et tout le monde le
                                                sait.

T'es pas entre quatr'planches, mais entre quatre murs
C'est quoi la différence ?
T'es enfermée, tu connais pas l'air pur.
Tes journées sont les mêmes et d'un grand ennui.
La mort, c'est tout pareil,
Le temps semble infini.
De toute façon, tu n'es plus là.
Et j'ai bien dû faire mon deuil.
Que tu sois entre quatr'murs ou entre quatre planches,
Jamais plus tu ne franchiras mon seuil,
Jamais plus, excuse-moi d'être franche...

« L'écriture, chez toi, c'est vraiment un exutoire », m'a dit la prof quand elle m'a lue. Je crois qu'elle a raison. Le slam, pour mon esprit, c'est comme la boxe ou la batterie pour mon corps.

Nathalie

C'est mon anniversaire aujourd'hui. Mon moral n'est pas flamboyant. Pourtant je sors ce soir avec quelques amis. Pourtant j'ai eu Cathy et maman au téléphone. Je ne sais pas si c'est la distance... ou si c'est autre chose. J'ai trente-deux ans, je suis loin de ma famille, je suis célibataire sans enfant, je me sens seule et la culpabilité me ronge. Je ne sais pas pourquoi. Depuis des mois je vis avec cette idée : j'aurais pu empêcher Catherine de commettre son crime. J'aurais dû... et je suis sûre que j'aurais pu la raisonner, qu'elle ne serait pas passée à l'acte.

Quand j'ai senti la haine pousser en elle, et le désir de vengeance, j'aurais dû m'en inquiéter et réagir. Je me suis inquiétée, mais... mollement. J'ai essayé de relativiser, ce n'était pas si grave d'être quittée. Il y avait d'autres hommes. Et surtout elle avait Marc ! Je ne comprenais pas dans quel état elle se mettait. J'y ai vu avant tout une blessure de l'ego. Elle n'a pas supporté d'être la seconde, l'évincée. J'aurais dû la prendre au mot et au sérieux. J'ai manqué de clairvoyance. Il m'a manqué le doute. J'avais trop confiance. Peut-être que, comme Marc, je connaissais bien mal ma sœur.

Et maintenant, nous nous éloignons, sans vraiment le vouloir ni même nous en rendre compte. Parfois je pense que je devrais arrêter de vivre ainsi, à moitié enfermée avec elle. Peut-être que je vis à demi, que je m'empêche d'être heureuse parce qu'elle ne l'est pas. Peut-être que je devrais penser à moi, vivre pour moi… et pour elle, aussi. Vivre à sa place, plutôt que vivoter comme elle. Me donner ce droit-là.

Anaïs

Lundi 27 décembre 2004 : le truc de dingue

Je n'ai pas vraiment les mots, là. Ce qui s'est passé hier, en Asie, dépasse l'entendement. Cette vague ! À ce stade-là, ce n'est même plus une vague : c'est un mur. D'eau, le mur. Un mur qui se dresse et avance, et pulvérise tout sur son passage. Les gens qui étaient peinards sur la plage, les bâtiments, tout... Les bateaux qui se retrouvent sur la terre, des hectares délabrés. Le chaos, le désastre, le malheur. Tous ces morts... C'est horrible. Pas mal de touristes, évidemment, qui venaient passer les fêtes de fin d'année au soleil, au paradis. Le paradis s'est transformé en enfer et personne ne l'a vu venir. Quelle tristesse... Quand on voit les vidéos, on a l'impression d'un film catastrophe. Je n'arrive pas à m'ôter les images de la tête. C'est hyper choquant. Ça me rappelle le 11 Septembre.

Et puis, comme d'hab', je ne peux pas m'empêcher de faire le rapprochement, de comparer, de métaphorer. Le geste meurtrier de celle qui est derrière les barreaux, c'était un peu notre tsunami à nous, celui qui a tout emporté. Et notre enfance, à Flo et moi. Notre bonheur.

On était un peu ces touristes sur la plage en Thaïlande : insouciants et confortables (et même, à vrai dire, assez peu conscients de notre chance). Et puis le meurtre. Et puis la vague : l'arrestation, la garde à vue, la détention, le procès, le verdict (plusieurs vagues, finalement… les ondes de choc). Le déséquilibre, le chaos. Les coups. Tout ce qu'on s'est pris dans la figure. Et le deuil à faire.

Ma mère, avant le drame, c'était l'océan Indien tout calme, à l'apparence inoffensive. Puis elle est devenue un mur d'eau sans que rien ne l'ait laissé présager, par une sorte de transformation aussi imprévisible que diabolique. Elle a tout balayé sur son passage.

Évidemment, on s'en sort pas si mal (au regard de toutes les victimes du tsunami)… On est vivants, en bonne santé. On n'a même pas le droit de se plaindre, à mon avis, en comparaison. Mais bon… Chacun ses traumatismes. Chacun ses blessures. Celles des autres n'enlèvent rien aux nôtres.

N'empêche… Ce cauchemar à l'autre bout de la Terre, ce sont des images qu'on gardera longtemps.

Marc

Pas de carte de vœux, cette fois. Catherine a dû penser que c'était inutile, qu'on n'avait plus rien à se souhaiter ni même à se dire. Elle n'a plus à essayer de s'excuser, c'est déjà fait. Je n'ai pas spécialement de comptes à lui rendre, Josette et Florian lui donnent des nouvelles.

Elle continue d'écrire à Anaïs de temps en temps. Chaque fois, notre fille rejette la missive. Chaque fois cela l'énerve. Elle grogne : « Quand est-ce qu'elle va me lâcher ? » Mais préférerait-elle vraiment une mère indifférente qui l'aurait oubliée ? Je me demande ce qu'Anaïs penserait si sa mère ne lui écrivait pas. Elle lui en voudrait, je crois. Elle est à l'âge où elle n'est jamais contente. Elle fustige tout et son contraire. Je ne sais pas ce que les courriers deviennent : ils disparaissent. Anaïs ne les ouvre pas. Mais jusqu'où est-elle indifférente ? J'ignore si elle les garde ou si elle les jette. En tout cas elle les ignore superbement.

Anaïs

Samedi 26 mars 2005 : choquée !

En petite boxeuse débutante qui aime surtout se défouler sur un sac de frappe, je suis allée voir Million Dollar Baby *au cinéma... et comment dire ? Quel film ! Wouaouh ! Je crois qu'il me marquera longtemps. Hillary Swank est incroyable dedans. Quant à Clint Eastwood... « En même temps, c'est Clint », dirait Pap.*

Bref : film marquant, beau, émouvant, dur, triste... tout. Film qui doit être vu (et qui ne donne pas envie de se mettre aux matchs de boxe, ah, ah, ah : vais rester à cogner mon sac).

Florian

Le 21 avril 2005

Chère maman,

Je t'envoie cette carte de Grenoble, où nous avons passé de bonnes vacances chez tata Nathalie. C'était trop bien de prendre le train tout seuls, avec Anaïs, et de voyager sans papa ni mamie Jo.

On a fait des randonnées dans les montagnes. On a vu des chamois et des lacs. J'ai beaucoup dessiné.

On rentre demain. Lundi, ce sera l'école. Il ne me reste plus que la période 5 à l'école primaire. Après les grandes vacances, ce sera le collège.

J'ai hâte de revenir te voir.

J'espère que ton travail avec les films se passe bien.
      Bisous
         Florian

Anaïs

Mercredi 25 mai 2005 : ça faisait longtemps…

La vie, ça prend du temps. Je veux dire : entre les cours au lycée, les ateliers, la boxe, la batterie, les potes, les fêtes… je n'ai le temps de rien, et la vie file.
J'ai parfois l'impression d'être dans un bolide lancé à toute allure, qui surfe sur la chance, qui flirte avec les glissières de sécurité. C'est comme le funambule, en pire. L'accident peut arriver à tout moment. Je joue avec ça. Ça pourrait être un kif, ce n'est qu'à moitié ça. Je suis au bord du précipice et le vertige est là. Le vide m'appelle, m'aspire. C'est comme la drogue qui dit « reprends-moi ». Est-ce que je suis encore maître à bord, est-ce que j'ai démissionné ? Est-ce que je vis, est-ce que je me laisse vivre ? Est-ce que je suis actrice ou spectatrice ? Est-ce que je suis dans la maîtrise, est-ce que j'ai tout lâché ? Est-ce que je domine, est-ce que je subis ? Où sont mes choix ?
Parfois je me dis : « Ma fille, tu as perdu le combat. » Et il te reste quoi ? Une famille bancale, un père qui refuse la fatalité, un frère qui s'accroche à une mère idéalisée. Et toi, tu es quoi ? Il te reste quoi ? Quelques

coups dans un sac ou sur un instrument, quelques coups d'un soir avec un mec au hasard, des taffes, quelques joints, un verre par-ci par-là, un peu de poésie pour t'exprimer un peu... pour vomir ta bile, en mieux.

Parfois j'ai envie de tout envoyer balader. D'arrêter le lycée, de ne pas me présenter aux épreuves de fin d'année. De me laisser aspirer par le vide, de tout quitter.

Ma seule « réussite », soyons clairs, c'est ma scolarité. J'avoue, il m'arrive d'être tentée de me laisser dériver. Toujours sur le fil, la corde raide. Il s'en faut de peu pour que je reste en l'air. Je ne sais pas ce qui m'évite de tomber ou me rattrape. Moi, ou les miens? Ceux qui comptent sur moi? Un genre d'ange gardien? Pfff, foutaise.

J'ai écrit un nouveau texte de slam. Il s'appelle La Tentation du vide. *Mme Lecourt avait l'air partagée. Entre l'envie de crier au génie (à mon échelle, hein) et le questionnement... à chercher si j'étais en danger... = si j'étais tentée/capable de me foutre en l'air. J'ai essayé de la rassurer : je ne crois pas que je sois faite pour le suicide. Je veux dire : la mort, choisie, ne me tente pas. Peut-être parce que malgré tout je veux croire en la vie. Pour autant, et c'est vrai : je suis attirée par le vide, le sombre, (oserais-je le dire?) le borderline. Flirter avec les limites, avec l'idée de sombrer, avec l'envie de me confronter au moche, au sordide, oui. Peut-être, sans doute, que ne pas manger assez, se prendre une cuite, partir dans les méandres du shit, c'est se saboter, se suicider à petit feu, sur le long terme...*

Si papa savait ce que je fais, ce que j'ai en tête... il m'emmènerait au minimum voir un psy. Ou il m'internerait (je trompe sa vigilance en jouant à la fille qui gère).

Pour ça, et pour le reste, j'ai envie de dire (avec l'ironie qui va bien) : merci, maman.

Souvent je me demande ce que je serais devenue, comment j'aurais grandi. Sans ça. Et avec elle. Plutôt qu'avec ça et sans elle. Sans ailes… puisque me voilà à devoir grandir avec cette tentation du vide.

Putain, faut que j'arrête la poésie et le slam, moi !!!

Anaïs

Jeudi 7 juillet 2005 : c'est papa qui est content

J'y suis allée, au bac. Pas eu le cran de sécher les épreuves. Pas voulu faire ça à mon père (et à moi ?). J'ai donc passé les épreuves de première : maths, sciences et français, of course. *En maths, le sujet était d'un nul... En sciences, la physique ne m'a pas emballée, c'était prévisible ; mais la SVT, ça a été (j'ai choisi le thème «maîtrise de la procréation», sauf que j'avais trop l'impression que c'était papa qui avait conçu le sujet !!! mdr).*

En français, ça a été doublement royal : c'était un corpus de textes de (et sur le) théâtre, donc forcément ça m'allait. Puis pour l'écriture, j'ai choisi le texte d'invention (plutôt que le commentaire ou la dissert'). Le sujet était vraiment fait pour moi, ça ne s'invente pas :

Imaginez un personnage désenchanté, comme le sont ceux des extraits du corpus, en raison d'une désillusion d'ordre sentimental, professionnel, ou existentiel, à votre choix, et rédigez son monologue.

La désillusion, les questions existentielles, un monologue ? Ça me connaît. Je me suis servie de ma colère, de ma rage et de mes déconvenues, et j'ai écrit un texte bien tranchant !!! (Dommage qu'on ne puisse pas le récupérer, j'aurais trop aimé le garder.)

Bilan : 9 en maths, 12 en sciences et... 18 en français (LE gros coef) !

Alors : littéraire, ou pas ?

Anaïs

Dimanche 10 juillet 2005 : au fait

J'ai oublié de parler de notre représentation de slam. Un moment tellement fantastique, pourtant. C'était incroyable.

Je suis montée sur scène presque sans trac (c'était très différent du théâtre, j'ai trouvé ; par exemple à aucun moment je n'ai eu peur d'oublier mon texte). Je me suis placée face au public avec l'impression d'avoir une mission, un message à transmettre, déterminée. Et tant pis pour ceux que ça allait choquer. J'étais là pour dire, pour crier une vérité (mais sans crier). Slam = poésie parlée ; poésie = émotion. Et je voulais faire passer ça. Transmettre et assumer en même temps. Oser dire à tous : « Eh ouais, fille de criminelle, fille de taularde, et alors ? »

Et ça a été un KIF TOTAL. Comme une révélation.

Anaïs

Samedi 27 août 2005 : le p'tit bilan de l'été

Y a ni de quoi se réjouir ni de quoi se vanter. Si je devais résumer, ce serait : « Tu déconnes grave. » 0/20, quoi.

Faut-il lister mes méfaits et mes hontes (ou plutôt mes de-quoi-avoir-honte) ? J'ai fait un peu n'importe quoi. Je ne vais pas énumérer mes frasques... Je ne pense pas utile (ni glorieux) de les écrire ici pour mieux m'en souvenir quand je relirai un jour ce carnet-journal-qui-n'en-est-pas-un.

Je repense aux paroles de Flavie il y a déjà un moment : « Tu files un mauvais coton »... Je ne sais plus trop quoi je file, mais m'est avis que c'est moins noble que du coton. Si j'avais une image (différente), ce serait : tu rames, et c'est pas de l'eau sous ta barque... Tu es plutôt enlisée, et c'est la merde. Oui, voilà où j'en suis.

Même Flo me regarde avec un air de pitié. Quant à papa, je sens bien qu'il ne sait plus quoi faire. Il a même envisagé de me mettre en pension dans un truc hyper strict et pas mixte. Un genre de prison pour les filles comme moi, qu'on doit redresser et faire revenir dans le droit chemin. Je l'ai menacé (du genre je fuguerai ou je me pendrai... comme je ne fais pas dans la dentelle). Il a renoncé. Et je ne sais pas si je dois m'en réjouir. Je sais qu'il cherche avant tout à me protéger, que ça part d'un bon sentiment, que je suis peut-être ma pire ennemie, et qu'il faut me protéger de moi-même, parce que je me fais du mal.

Je continue à glisser et je tombe, un peu au ralenti. Quand viendra la fin de la descente ? Je n'en sais rien.

Parfois je me dis que s'il n'y avait pas les ateliers de poésie-slam et les cours de théâtre, je ne retournerais pas au lycée. À quoi ça tient, au final... Ce n'est pas du tout une histoire de bac et d'avenir (en plus, je pourrais suivre les cours du Cned). Rebelle je suis, rebelle je reste.

Il m'arrive de penser à la déscolarisation. Et même pire : à la marginalisation. Quitter le confort douillet de ma maison et mon petit milieu bourgeois pour la rue et ceux qui y vivent. Me barrer, être libre, fuir la société, vivre de rien... Je sais qu'au fond je pourrais me satisfaire de pas grand-chose, squatter ici ou là, avec des potes.

Mais je n'ai pas le cran. Je pense à Flo, je pense à Pap, à mamie Jo... Je n'ai pas le droit de leur faire ça. Ce qu'ils subissent est déjà trop grand pour eux. Alors, je tiens, je résiste. Je reste. Et j'entrerai dans quelques jours en terminale. Malgré moi.

Anaïs

Jeudi 15 septembre 2005 : repérée...

La rentrée s'est passée. Ni bien ni mal, elle s'est passée. Mme Lecourt est encore ma prof principale, ce qui est plutôt une chouette nouvelle, mais bon. Rien ne me réjouit, clairement. Même pas la reprise de l'atelier, mardi. Je suis arrivée sans entrain, sans sourire, sans rien, et elle n'a pas manqué de le remarquer. Elle a vu mes cernes, ma sale gueule, mon air fantôme. Elle a constaté mon manque de volonté et d'inspiration. «Je n'y arrive pas», j'ai dit. Alors que c'étaient des petits exercices faciles, type Oulipo[1] (lipogrammes et cadavres exquis, en l'occurrence), pour se mettre en jambes de façon ludique en cette première séance. Il n'y avait rien de compliqué. Il suffisait d'en avoir envie. La prof m'a demandé ce qu'il se passait. J'ai haussé les épaules. Alors elle m'a convoquée à un genre de rendez-vous pendant la récré, pour avoir «une petite conversation».

---

1. Ouvroir de littérature potentielle. OU pour «Ouvroir», LI pour «littérature» et PO pour «potentielle». Fondé par Raymond Queneau et François Le Lionnais en 1960, l'Oulipo a inventé la littérature sous contrainte.

J'ai été tentée de ne pas y aller, évidemment. Je voyais déjà le truc, la leçon de morale, tout ça. Pas envie d'entendre ses remarques. Mais j'y suis allée quand même (parce que j'aime cette prof et je sais qu'elle a de la considération pour moi, qu'elle veut certainement m'aider).

Elle m'a redemandé : « Qu'est-ce qu'il se passe, Anaïs ? » Elle a dit qu'elle ne me reconnaissait pas, que j'avais dû passer un été compliqué, qu'elle s'inquiétait pour moi et que, vu ma tête et mon comportement, j'avais besoin d'aide. Elle ne me jetait pas la pierre, elle constatait avec gentillesse. Au début, j'ai haussé les épaules. Je ne trouvais rien à dire. Pas envie de tout déballer, de parler de mes excès, de mon mal-être, de mon sentiment de n'avoir pas de place à prendre dans ce monde, de mon ressenti de vide intérieur, de la culpabilité que j'éprouve, de mon manque d'amour immense, de l'absence de joie, de sens. Frapper dans un sac ou sur une batterie ne me procure plus ni plaisir ni défouloir. Je n'ai plus envie de rien. Tout me paraît inutile. Même moi.

Je n'ai rien dit, mais c'est comme si elle avait deviné. « Je crois que tu es en dépression, Anaïs, et tu as besoin d'aide. » Elle a parlé d'appeler papa le soir même. Et je me suis mise à pleurer en hoquetant. Pas parce qu'elle voulait appeler le padre... pour tout. Comme si je lâchais tout, et qu'au lieu de mots c'étaient des larmes.

Et tout s'est enchaîné. Papa m'a emmenée voir notre médecin généraliste. Ils ont décidé d'une hospitalisation. Carrément. J'aurais pu exprimer mon désaccord, me rebeller une fois de plus, mais je crois que je n'en avais plus la force ni l'envie. « Tu as besoin de soins », *ils ont dit tous les deux. Physiques et psychologiques, sous-entendu. Je n'ai pas démenti... Je sais qu'ils ont raison. Je sais que si rien n'est fait, en bas de la pente il y a un mur et que je vais me le prendre. Il est peut-être temps de redresser la barre, et je n'y arriverai pas toute seule.*

Marc

Mon petit cœur de fille est hospitalisé… Je mentirais si je disais que cela m'étonne. Depuis des mois, elle était mal. Je le voyais bien, mais je me refusais à admettre la gravité de son état, j'étais incapable, en tant que père, de prendre cette décision. J'aurais eu peur qu'elle me déteste. Et puis je crois que j'espérais qu'elle se sorte de sa mauvaise passe un jour, comme par magie. Mais le mal-être était trop fort. Anaïs est en dépression. C'est très grave.

Je m'en veux. J'ai vu sans voir vraiment, comme aveuglé par la confiance que j'avais malgré tout en ma fille. J'ai constaté sans réagir, et j'ai honte. Qu'est-ce qui se serait passé si Mme Lecourt n'avait pas tiré la sonnette d'alarme ? Je suis son père et, oui, j'ai honte. Je ne me suis senti ni culpabilisé ni coupable, mais négligent. Personne ne m'a accusé de rien. Tout le monde sait que notre situation est compliquée. Mais justement : j'aurais dû être plus vigilant. J'aurais dû oser m'imposer, obliger ma fille à aller chez le médecin et reprendre des séances avec un psy, l'emmener de force à l'hôpital… J'aurais dû m'avouer que mon amour n'allait pas suffire à la faire aller mieux.

Jamais je n'aurais pensé qu'être père était si difficile.

Catherine m'a appelé sur le fixe de la maison… Josette l'avait déjà mise au courant des événements lors d'un parloir. Elle m'a accusé de ne pas l'avoir informée directement, moi-même, d'avoir failli à mon rôle de parent. C'était oublier qu'on ne peut pas la joindre en prison… Alors oui, peut-être que j'aurais pu appeler et qu'on lui aurait transmis un message du type « Appelez Marc ».

— Je suis encore sa mère ! a-t-elle crié dans le combiné.

Autant je suis d'accord sur le fait que j'aurais dû la prévenir moi-même, autant je l'ai trouvée gonflée de me juger comme père… Quelle mère est-elle, depuis toutes ces années ? Je ne l'ai pas attaquée sur ce sujet, c'était inutile. Nous avons parlé comme deux adultes, je lui ai relaté mon entrevue avec le psychiatre, je l'ai rassurée parce que lui-même s'était voulu rassurant. Avant de raccrocher, elle m'a soufflé : « C'est ma faute, tout ça… » Je l'ai trouvée enfin lucide, mais je n'ai pas répondu.

Florian

Le 3 octobre 2005

Chère maman,

J'espère que tu vas bien et que tu ne t'inquiètes pas trop pour Anaïs. Papa est rassurant : elle va déjà mieux et tout va bien se passer. Moi je le crois. Il faut que tu le croies aussi.

Ça fait bizarre d'être à la maison sans Anaïs. On n'est plus que tous les deux, entre hommes, comme dit papa. C'est sympa, mais elle me manque. C'est long… J'ai hâte qu'elle rentre.

Au collège, ça va toujours. Je me suis fait des nouveaux copains. Je te raconterai quand on se verra, samedi.
Gros bisous

Florian

Anaïs

Jeudi 20 octobre 2005 : ça y est, je sors

Un mois enfermée... Un mois dans l'unité psy pour adolescents en souffrance d'un hôpital. Un mois. J'ai trouvé ça long. Et pourtant, quand on y pense, ça ne l'est pas tant que ça.

J'ai pensé à ma mère, évidemment. Enfermée pour... combien de mois ? Je n'ai pas fait le calcul. 22 ans × 12 = 264 mois. Ah ouais quand même. J'ai vécu, en tout cas, le sentiment de l'enfermement. Rester dans une chambre ou dans une salle avec d'autres jeunes, ne pas pouvoir sortir du bâtiment, regarder le monde qui vit par la fenêtre et ne pas en faire partie. C'est bizarre. Ça pourrait être déprimant.

Moi j'étais déjà déprimée en y entrant, et j'étais là pour l'être moins ou plus du tout. C'est sans doute différent comme processus. N'empêche : à la sortie, un soulagement. Et des sensations retrouvées, aussi. La brise ou le soleil sur le visage, et l'espace ouvert autour de soi. Et puis se dire, savoir, qu'on va pouvoir faire ce qu'on veut, manger ce qu'on veut (le McDo de demain, je vais le savourer !), vivre, quoi.

Je n'ai aucune envie de plaindre ma mère, de faire preuve d'empathie. Ce qu'elle vit entre ses murs, évidemment que ça n'est pas une vie... mais elle l'a bien cherché, alors, non, je ne la plaindrai pas. Elle doit payer.

Quand je suis sortie de l'hôpital, j'ai pensé à elle, à sa sortie de prison. J'ai tenté de l'imaginer. Je me demande à quoi elle ressemblera, avec vingt ans de plus, je me demande ce qu'elle éprouvera, je me demande si quelqu'un sera là pour elle. Flo, certainement. Moi, certainement pas. Hors de question. Est-ce qu'elle sera soulagée ? Est-ce qu'elle aura peur ? Je n'arrive pas trop à imaginer ce que ce doit être, de redécouvrir la vie, le monde, après une si longue parenthèse. Tant de choses auront changé. Ça ne doit pas être simple de se réadapter. Et puis le regard des autres, tout ça... Pas facile, assurément. Mais encore une fois, je ne vais pas la plaindre.

Mon séjour s'est bien passé. J'ai vu des psys (un -chiatre et des -chologues) presque tous les jours. On m'a filé des vitamines et du fer, pour me requinquer. On a veillé à ce que je mange. On m'a pesée toutes les semaines. Évidemment, je n'ai rien bu ni rien fumé d'illégal. J'avais le droit à la clope (histoire de ne pas me sevrer de tout d'un coup)... mais j'ai réduit petit à petit.

Je suis restée un mois, pour me stabiliser. Pas plus, car je ne souffre d'aucune pathologie psychiatrique (apparemment ils n'ont pas décelé de signe du trouble borderline de ma mère, et j'ai envie de dire ouf). J'allais mal, je vais mieux. Et ils me laissent sortir avec l'obligation de consulter mon psy référent, le Dr Dupré, une fois par semaine. Ça me va. Je l'aime bien. Il est à *l'écoute et pas dans le jugement. Il m'aide à avancer et je suis contente et rassurée à l'idée qu'il me suive encore les mois à venir. À ma sortie, ils m'ont dit que la balle était dans mon camp, que normalement ils n'avaient aucune raison de me voir revenir. Que c'était à moi de choisir. Je l'ai bien compris.*

Demain, ce sont les vacances de la Toussaint (j'ai donc été absente presque toute la première période, mais j'ai pu bosser à l'hôpital et ne pas prendre trop de retard). Papa a pris quelques jours, exceptionnellement. Il ne voulait pas me récupérer pour m'emmener direct chez mamie. Il m'a dit : « J'ai prévu autre chose. » C'est une surprise. Je me demande de quoi il s'agit.

Flo m'a offert un dessin quand je suis arrivée à la maison. C'était trop mignon (même si j'en avais déjà toute une collection puisqu'il m'en a fait passer tout au long de mon séjour, original, ah ah ah). Il était ému de me retrouver, et moi aussi. On s'est serrés fort dans les bras. Il m'a dit que je lui avais manqué. Ça a dû faire beaucoup pour lui, mon absence en plus de celle de l'autre…

Anaïs

Mercredi 2 novembre 2005 : prête pour le retour au lycée !

On est allés en Auvergne, avec Pap et Flo. Dans le genre « trou paumé », y a pas mieux. Des petites montagnes, des villages perdus... « Du grand air », a assuré Pap, dont la mission était de me ressourcer dans de grands espaces loin de la ville et du béton. J'avoue que ça a plutôt bien fonctionné. Après mon enfermement, ça m'a fait du bien. J'ai apprécié. Il avait loué un petit chalet entre Le Mont-Dore et le Sancy. La vue était superbe, et l'impression de bien-être assez immédiate. On y a passé une semaine. Pap ne m'a obligée à rien. J'ai marché un peu avec eux, mais je suis aussi restée tranquille, à lire, surtout (je dévore en ce moment). Et à réfléchir, beaucoup.

J'ai compris plein de trucs. Certains, j'en avais déjà vaguement eu l'intuition. Mais, grâce au psy, j'ai pu mettre des mots et ça a agi comme un révélateur. Je me sens vraiment à un carrefour, maintenant (j'ai quitté mon fil descendant). Il y a deux chemins devant moi : le mauvais et le bon. Le mauvais ressemble à mon fil, il *est fait d'excès et de noirceur, d'addictions et de dépression, il m'emmènera vers le fond, rejoindre peut-être ma mère (était-ce le but inconscient ?). Le mauvais est le chemin de l'autosabotage, du suicide à long terme, à petit feu (suicide personnel, familial, social, tout ce qu'on veut). Le bon, c'est l'antithèse de tout ça : choisir le bien, ce qui est bon pour moi, me recentrer sur mes études et mon avenir, ne pas tout gâcher, grandir, m'élever. Même sans mère, je peux le faire (alors que je m'étais peut-être appliquée à vouloir prouver le contraire). Le Dr Dupré m'a dit que j'en avais la force et les capacités. Qu'il suffisait de le décider. De faire le bon choix.*

Et là, sur les sentiers du Sancy, j'ai décidé du chemin à prendre. Parce que, après tout, la vie en vaut la peine. Et que la colère ne sert à rien... surtout quand on la retourne contre soi.

Josette

Quel bonheur de retrouver ma petite-fille ! J'étais si peinée, si inquiète pour elle. Je n'ose crier victoire trop vite : elle n'est peut-être pas à l'abri d'une rechute, tout est encore fragile. Mais je l'ai retrouvée comme elle était avant, il y a quelques mois… voire quelques années. Elle a repris un peu de joues et de couleurs. Elle a repris des forces. Elle a repris forme humaine. Elle a même quitté le noir total. Elle portait un pull bleu l'autre jour. Ce n'est pas grand-chose, mais cela signifie beaucoup. Et son visage : plus frais, plus doux. Quelque chose dans son regard s'est calmé. C'est subtil, mais moi je le vois. Et puis elle m'a souri. Il me semble que cela fait longtemps que ça n'était pas arrivé. Un vrai sourire, pas un sourire blasé ou ironique, en forme de rictus. Un sourire gentil qui rassure, qui dit qu'elle va mieux.

Anaïs

Mardi 27 décembre 2005

J'ai attendu avant d'écrire. Je voulais être sûre... Je veux dire : c'est bien beau d'annoncer qu'on a choisi le bien, qu'on va prendre le bon chemin. Encore faut-il enclencher la première, puis les autres vitesses, et rouler sur quelques kilomètres. S'assurer qu'on n'est pas tenté de faire demi-tour, retourner au carrefour et s'engager sur l'autre chemin. S'assurer qu'on n'est pas mal, là, que la route est plutôt agréable et prometteuse.

Donc, maintenant, je peux le dire : j'ai bien avancé depuis ma sortie de l'hôpital. Et tout le monde s'en réjouit. Mon père, évidemment, mamie Jo, mon psy, Mme Lecourt... Il faut que je parle d'elle. Cette prof est incroyable. Je pense qu'elle est peut-être une sorte d'ange gardien pour moi. Déjà, c'est elle qui a tiré sur la sonnette d'alarme, comme dit Pap, et je lui dois cela d'abord. Mais il n'y a pas que ça. Il y a le sourire qu'elle a eu, chaleureux, quand je suis revenue et qu'elle s'est exclamée : « Que tu as bonne mine, ça fait plaisir à voir ! » Il y a son soutien discret. Il y a ses ateliers. Elle croit en moi, en mon potentiel. Elle me tire vers le haut, me pousse à me dépasser. Par l'écriture, mais pas seulement. Elle m'engage à réfléchir à mon avenir, à mes études. Mais pas avec l'inquiétude de Pap : avec confiance en moi, avec la certitude que, quoi que j'entreprenne, je réussirai.

J'ignore ce que l'avenir me réserve, mais je sais que Mme Lecourt restera une personne marquante pour moi. Avec elle, j'ai découvert la poésie, le slam, l'écriture, j'ai approfondi mes connaissances en littérature, découvert des auteurs... Je note les phrases, les citations qui me parlent et m'aident à avancer (j'adore aussi les cours de philo). Mon salut passe par tout cela, on dirait. En tout cas j'ai envie de m'en sortir. C'est une intention nouvelle, après des années à me croire liée à un destin funeste à cause de ce que ma mère a fait, à cause d'où elle est.

Je ne suis pas ma mère. Et je vaux mieux qu'elle. Je le prouverai à mes proches et à tout le monde.

Anaïs

Vendredi 14 avril 2006 : Midi 20, *wouaouh !*

Mme Lecourt est décidément une superhéroïne. Lors de l'atelier de la semaine dernière, elle nous a fait écouter quelques chansons d'un CD qui est sorti y a pas longtemps : Midi 20, de Grand Corps Malade. Je ne connaissais pas cet artiste, c'est un slameur. C'est rare, un CD de slam. Je me suis empressée d'aller l'acheter. Depuis, j'écoute l'album en boucle. J'adore, et ça me parle tellement… On a tous nos épreuves dans la vie, et GCM n'y a pas échappé. Il est un peu comme moi (ou je suis un peu comme lui) : l'écriture l'a sauvé. Y a qu'à écouter son single Midi 20, justement (j'adore l'idée, déjà, de résumer notre vie à une journée). À midi moins le quart, j'ai pris mon stylo bleu foncé (…) / J'ai posé des mots sur tout ce que j'avais dans le bide / J'ai posé des mots et j'ai fait plus que combler le vide (…) / Et dans l'obscurité, j'avance au clair de ma plume (…) / Et j'ai slamé mes joies, mes peines, mes envies et mes erreurs…

Bref… Une sacrée découverte. Je ne vais pas le lâcher des yeux, ce Grand Corps Malade. Comme Pink, en *différent évidemment. D'ailleurs, je me suis jetée sur son nouvel album dès sa sortie. J'adore* Stupid Girls *et* Who Knew. *Et le titre* I'm Not Dead *me plaît pas mal aussi. C'est un peu moi. Pas morte. Me sens un peu phénix.*

À part ça, je me suis remise à la batterie. Je n'ai pas repris la boxe. Et j'écris, j'écris, j'écris. J'ai commencé un roman. C'est un secret. Je ne veux ni en parler ni que quiconque le lise. Beaucoup trop personnel. Un roman solo-perso, juste pour moi. Une annexe à ma thérapie (le Dr Dupré m'a engagée à poursuivre, il n'y a qu'à lui que je l'ai dit).

Sinon, je crois que je peux le dire : ma crise d'ado est passée, je suis de l'autre côté. Je sors peu (suis pas une nonne non plus, hein). J'ai remis un peu de couleur à mes fringues et mis les mecs en pause. Je ne m'en porte pas plus mal. C'est marrant, parce que je les intéresse d'autant plus. Je crois qu'ils aiment bien quand la fille leur paraît un peu inaccessible. La fille de la taularde, ex-rebelle, provocante un peu facile, qui devient sage, ça étonne et ça entretient le mystère. Il y a les gens qui applaudissent, et puis il y a ceux qui jugent (qui disent par exemple que je jouais un rôle, mais que j'ai toujours été une petite-bourgeoise-à-papa). Ceux-là, je m'en fiche. J'ai appris à me moquer du regard des autres.

Anaïs

Mercredi 31 mai 2006 : bon...

Ce qui devait arriver un jour est arrivé : papa a une copine. Je ne sais pas si le mot est bien choisi. S'il faudrait plutôt dire « petite amie » ou « amoureuse ». Lui, il nous en a parlé comme ça. Copine... en signifiant plus qu'amicale.

Ça fait bizarre, disons-le tout net. Surtout qu'il nous l'a présentée. Hier soir. Il a choisi un mardi, un jour pas du tout solennel. Il l'a conviée à la maison, autour d'un apéritif.

Elle s'appelle Sam. Samantha. « Mais je déteste mon prénom », a-t-elle déclaré. C'est une belle femme, brune, plutôt grande. Elle était habillée d'un jean et d'un T-shirt. Simple, quoi. Elle n'a pas joué à la femme chic. Et j'avoue que j'ai apprécié. Déjà parce que je n'aime pas ceux qui en font trop, ensuite parce que ça creuse le fossé avec notre génitrice (blonde et toujours tirée à quatre épingles, faut-il le rappeler). Elle a l'air sympa. Elle est orthophoniste.

Depuis, je me pose plein de questions. Du genre : comment ils se sont rencontrés ? Est-ce qu'ils comptent s'installer ensemble ? Je n'ai pas osé. Pour la deuxième, j'avoue que je ne me sens qu'à moitié concernée : en septembre, je pars faire mes études à Bordeaux. Mais Flo... Il lui reste un paquet d'années à habiter sous le toit de Pap. Je me demande comment il va vivre ça, le cas échéant. Quelle place il pourra laisser à Sam... lui qui est resté dans une espèce de nostalgie débile du temps où nos parents étaient ensemble (il ne doit pas se rappeler leurs disputes et tout ça...). Je suis sûre qu'il aimerait les voir réunis un jour... quand elle sortira de prison. Il est un peu à côté de la plaque. En même temps, il ne sait toujours pas que la femme qu'a tuée notre mère était celle de son amant. Ni qu'elle a eu d'autres amants (ce que j'ai appris bien plus tard aussi, un peu par hasard). Il ne sait pas que papa avait d'autres raisons qu'avoir une femme-meurtrière-en-prison pour vouloir divorcer. Il ne sait donc pas que Pap a le droit d'être heureux avec une autre femme.

Il faudra que je lui en parle, un jour. Je me doute que si Pap nous a présenté Sam, c'est que c'est un minimum sérieux. Peut-être qu'il en a testé d'autres... Je ne lui poserai pas la question : ça ne me regarde pas.

Quoi qu'il en soit, elle m'a fait bonne impression. Un bon point pour elle.

Nathalie

Marc a rencontré quelqu'un. C'est idiot, parce que cela devait bien arriver un jour, mais ça me fait bizarre. Il est passé de *avec ma sœur* à seul, et maintenant de seul à *avec une autre*… C'est Anaïs qui m'en a informée. Elle ne savait pas si elle devait le dire à ma mère ou la laisser l'apprendre un jour de la bouche de Marc ou de Florian.

Je suis contente pour lui. Il le mérite. Il a le droit d'être heureux. Il va de l'avant, il a raison. J'en suis encore au surplace, je devrais l'imiter.

Je me demande surtout quand et par qui Cathy va l'apprendre et comment elle va le prendre. Tant que Marc n'avait pas *refait sa vie*, elle avait peut-être une once d'espoir planquée quelque part au fond de son cœur qu'il l'attende ou qu'ils se retrouvent un jour. Je suis certaine qu'elle va ressentir un choc. Cette nouvelle donne, c'est une preuve de plus que les autres vivent sans elle et avancent… malgré elle.

Anaïs

Vendredi 7 juillet 2006 : bachelière avec mention

Trêve de suspense : j'ai mon bac ! Bal L, mention bien, avec une moyenne de 15,8. Pas très loin du très bien.

Pap est content, mamie Jo aussi. Flo aussi, même si ça lui passe un peu au-dessus, l'importance de la mention. Ce qu'il comprend surtout, c'est que je ne serai plus là à la rentrée. Fini le lycée. Bye bye La Rochelle, je me casse ! Lui va rentrer en 5e. Le niveau du collège où les jeunes sont plus bêtes et méchants les uns que les autres. J'espère qu'on ne l'embêtera pas trop, mon Flo... En même temps, trois ans ont passé depuis le procès. C'est de l'histoire ancienne. Pour les autres, en tout cas, j'imagine. Pour nous aussi, un peu, d'une certaine manière. Je veux dire : rien n'a changé, au fond (notre mère a toujours commis un meurtre pour lequel elle purge une peine de prison), mais on y pense moins. On voit défiler les dates, les anniversaires, les Noëls, les fêtes des Mères sans elle, et on s'habitue. C'est triste à dire, mais on s'est habitués, oui, à notre vie sans elle. La colère et le mal-être se sont estompés. Il reste les *questions qui n'auront jamais de réponse, l'incompréhension. Mais il y a une sorte de résignation. Il faut bien... Papa, par exemple, qui vit une histoire d'amour avec une autre femme ; moi, qui me projette dans ma vie d'adulte. Je suis majeure, je vais passer le permis dans quelques jours. Même si j'ai encore besoin de mon père, j'ai acquis une certaine liberté. Quelque part, je ressens une forme d'aboutissement. J'ai l'impression d'avoir réussi à grandir (même si ça n'a pas été sans mal... quand je vois dans quel état j'étais il y a un an !). J'ai réussi à m'en sortir. Sans mère. Vraiment sans mère. J'ai tenu parole : je ne suis jamais retournée la voir, je ne lui ai jamais parlé au téléphone depuis notre dernier parloir, j'ignore ses courriers. Je sais bien qu'elle a des nouvelles de moi par Flo, et surtout par mamie... Je ne peux pas les en empêcher. Mamie Jo m'a dit qu'elle allait demain à Rennes et qu'elle pourrait lui annoncer la bonne nouvelle de mon bac. « Elle sera si fière, j'en suis sûre. » J'avais envie de dire : 1) Ça ne me fait ni chaud ni froid. 2) Fière ? Pour quelque chose à quoi elle n'a pas participé ? Alors qu'elle m'a plutôt mis des bâtons dans les roues ?! Bref... Je ne dois mon bac qu'à moi (et à Pap... et à Mme Lecourt).*

Marc

Je suis si soulagé et si fier de ma fille. Après tout ce qu'elle a traversé, après son hospitalisation en début d'année scolaire, réussir son bac haut la main relevait de l'exploit. Et elle l'a fait. Quelle force de caractère elle a !

D'ici trois mois, elle aura quitté la maison. Je resterai seul avec Florian. Le foyer se vide. En cinq ans, on aura divisé le taux d'occupation par deux. Même si Anaïs rentre le week-end, ce ne sera plus la même chose. D'autant qu'elle risque de prendre goût à la vie bordelaise et de ne pas revenir chaque semaine. Florian ne le dit pas, mais je vois bien que cette perspective l'attriste. En attendant la rentrée, nous allons profiter des vacances, partager de bons moments tous les trois. C'est tout ce qui compte.

Je vais aussi partir quelques jours avec Sam, et cela me met en joie. Après toutes ces années de vie seul ou presque, sentir à nouveau battre mon cœur et passer de doux moments avec une femme est précieux. Je ne ressens aucune culpabilité vis-à-vis de Catherine : c'est elle qui m'a trompé et a brisé notre mariage. Moi, j'aime et je vis.

Josette

Anaïs a eu son bac. C'est merveilleux.

Je l'ai dit à Catherine dès que je l'ai eue au téléphone. Elle savait que les résultats allaient tomber et ne voulait pas attendre le prochain parloir pour connaître la nouvelle. Elle aussi est fière de sa grande fille. Elle veut lui envoyer une carte de «félicitations». Je lui ai demandé si elle était sûre, étant donné qu'Anaïs ne lui répond jamais. Chaque fois c'est une marque d'indifférence de plus, qui blesse son cœur de mère. Elle a dit: «Tant pis.» Elle s'accroche à cela: ne pas abandonner sa fille, jamais. Lui montrer, à sa manière, qu'elle est et sera toujours sa mère, qu'elle est et sera toujours là.

Je ne reproche plus à Anaïs son indifférence, ou l'indifférence qu'elle entend montrer envers sa maman. Je sais que c'est inutile. C'est dommage. Même si j'ai compris la sincérité de sa colère, avec le temps, j'aimerais que peu à peu elle y renonce et aille vers la paix et le pardon. Peut-être que cela est envisageable, avec la fin de l'adolescence… J'aimerais tellement les voir se réconcilier, toutes les deux. C'est mon vœu le plus cher. J'ai même prié pour cela, mais Dieu ne m'écoute pas.

Anaïs

Dimanche 24 septembre 2006 : fin/début

L'été est déjà fini. Je ne l'ai pas vu passer. En juillet, j'ai profité. Les Francos tous les soirs (j'ai notamment vu Cali, Diam's, Yann Tiersen, Bénabar, Indochine, Louise Attaque et La Grande Sophie). Puis vacances avec Pap : destination l'île de Skye, en Écosse (toujours sa manie des grands espaces déserts... mais c'est beau et dépaysant). Puis boulot : j'ai bossé tout le mois d'août comme serveuse dans un resto sur le port (y a pire comme vue), et j'ai fini cette semaine. J'ai bien aimé. J'ai beaucoup marché, mine de rien, j'avais les pieds en surchauffe le soir, mais j'ai bien aimé ce travail, le contact avec la clientèle (détendue, vu que c'étaient les vacances). C'était mon premier job d'été (ça fait bizarre d'avoir une feuille de paye à la fin !). J'ai dit au patron qu'il pouvait compter sur moi pour l'année prochaine.

Maintenant il est temps de rassembler les affaires que j'ai prévues pour ma rentrée à Bordeaux. J'ai trouvé une coloc dans le centre, je n'avais pas envie de me cloîtrer sur le campus. J'espère que ça ira avec les autres. On est deux filles et un couple. J'ai vu une annonce, il restait une place. J'ai trouvé l'appartement et les étudiants accueillants, alors j'ai dit O.K. J'aurai une chambre à moi. Nouvelle vie, quoi.

Je suis inscrite en DEUG de lettres modernes. Je n'ai pas vraiment hésité. Parmi les filières à la fac, c'était une évidence. C'est juste que je ne vois pas encore clairement mon avenir. Parfois je me projette dans l'enseignement. Je voudrais devenir une Mme Lecourt, apporter ce qu'elle m'a apporté, avec passion, transmettre, vivre dans les livres au quotidien. Essayer d'être une bonne prof, une prof qui marque, une prof qui fédère, appréciée des élèves, parvenant à les intéresser (une utopie, peut-être). Et puis parfois, je me dis que mon avenir se trouve sur les planches. Être sur la scène, jouer au théâtre, slamer... Deux projets, deux ambiances... D'un côté un métier stable, de l'autre côté l'incertitude d'une vie d'artiste. Rien à voir. J'ai choisi les lettres, j'ai choisi l'évidence et la passion, j'ai aussi choisi de ne pas inquiéter mon père. Et on verra bien pour la suite... Au moins j'aurai un bagage. Et je compte bien me trouver sur Bordeaux un cours de théâtre ou une petite compagnie pour jouer. Les deux ne sont pas incompatibles. Pour le moment, en tout cas.

En attendant mon départ, je passe pas mal de temps avec Flo. Le soir, je l'aide à s'organiser pour ses devoirs. Sa rentrée s'est bien passée. Il n'est pas spécialement embêté par les autres. Ni pour ses rondeurs qui s'estompent, d'ailleurs (lui aussi a trouvé une forme d'apaisement depuis qu'il voit un psy), ni pour son statut de fils de meurtrière. C'est comme si les gens avaient oublié... Peut-être qu'ils ont trouvé une actualité plus fraîche, un autre bouc émissaire.

Nos six ans d'écart n'ont pas été aussi visibles depuis longtemps : nos vies, d'une certaine manière, se séparent. Il m'arrive de penser que je l'abandonne, et je suis sûre que j'éprouverais moins cela si notre mère était présente pour lui. Ils vont rester « entre hommes », et c'est arrivé si vite... Pap est toujours avec Sam, elle vient régulièrement (quand elle n'a pas ses enfants), mais il n'est pas (encore ?) question qu'elle s'installe à la maison. Flo l'appelle toujours Samantha. Alors qu'elle n'aime pas. On dirait qu'il le fait exprès. Une façon de mettre une barrière, de faire entendre « T'es pas ma mère ». Comme si, malgré la descente du piédestal, malgré la fissure dans la pierre, Catherine restait sa déesse mère.

Anaïs

Samedi 28 octobre 2006 : comme un poisson dans l'eau

C'est officiel : j'adore la fac. J'ai bien fait de ne pas suivre les « lubies » de Mme Lecourt et du padre en refusant d'aller en hypokhâgne. À l'université, je suis dans mon élément. Fini le système de cours du lycée, les heures qu'on ne compte pas tellement il y en a. Bonjour l'emploi du temps allégé, les joies du travail en autonomie, les heures à la BU, le plaisir de mener sa barque comme on l'entend (et d'avoir des notes correctes). J'ai dit non merci au 5 de moyenne qui fait croire à des élèves brillants qu'ils sont nuls et aux nuits de quatre heures... et je ne le regrette pas !

Mes colocs sont sympas. Les deux amoureux, Lilas et Maxime (encore un), sont chouettes et pas trop relous (le genre à se bécoter, ça me saoule, mais eux, ça va). Ils sont en deuxième année d'anglais. Et Caro, elle, est en psycho. Elle est hyper sympa. On discute beaucoup toutes les deux. On discute beaucoup, mais je ne lui ai pas dit pour ma mère, tout ça. Ici, à Bordeaux, je suis presque incognito. Tout le monde n'est pas au courant de l'affaire-Dupuis-de-La-Rochelle, et c'est tant mieux. C'est comme si on avait fait un reset : je redémarre à zéro, je suis une fille comme les autres. Et j'ai un nom tellement commun.

Ici, j'ai l'impression d'oublier (encore plus) ma génitrice. C'est comme si on n'avait plus aucun rapport, elle et moi, qu'elle était vraiment sortie de ma vie... presque comme si elle n'avait jamais existé. Je fais ma vie, en définitive. Je prends mon indépendance. Enfin... heureusement que papa est là pour les finances. Pour le reste, je me débrouille.

Après, je ne fais pas non plus la fille qui n'en a plus rien à carrer de la famille : j'appelle régulièrement à la maison, surtout pour Flo, et mamie Jo. Et tata Nat de temps en temps, mais ce n'est plus comme avant avec elle, je trouve. Peut-être parce qu'on grandit et qu'elle est loin. Pendant les premières années qui ont suivi le placement en détention de sa sœur, elle a été là comme soutien régulier, même si c'était souvent par téléphone, et puis les coups de fil se sont peu à peu espacés. On se voit avec plaisir quand on se voit (à Noël et une fois l'été), mais c'est tout.

Florian

Le 18 novembre 2006

Chère maman,

J'espère que tu vas bien. Moi oui. Je commence à savoir vivre sans Anaïs. Ce n'était pas facile au début. Elle a laissé un vide. Elle me manque. Elle doit te manquer aussi...

Elle ne rentre même pas tous les week-ends. Et elle n'avait pas de vacances à la Toussaint, vu qu'elle venait de commencer les cours à la fac.

Elle m'a dit qu'un de ces jours elle me ferait visiter Bordeaux et que je verrais son appartement. Papa va m'y emmener. J'ai hâte.

Pour Noël, j'ai réfléchi, je voudrais bien un coffret de peinture pour l'aquarelle et des pastels. Ou des fusains, si jamais tu n'as plus trop d'argent.

À bientôt, maman.

Je t'aime toujours

Florian

Josette

Encore un Noël, encore des fêtes de fin d'année sans Catherine. Je ne les compte plus au sens mathématique du terme, mais tout ce temps est inscrit dans ma chair. L'absence est une habitude à laquelle on ne s'habitue pas.

Nous n'avons pas dérogé à notre rituel : Marc, les enfants et Nathalie sont venus pour le repas du jour J. Quand Catherine a téléphoné, Marc et Anaïs sont allés se promener dans le quartier. J'aime recevoir ce coup de fil-cadeau de Noël, mais je déteste ce moment où ils se regardent et quittent la table. On ne les oblige pas à lui parler ! Mais c'est comme s'ils ne supportaient même pas de l'entendre. Parfois je les trouve affreux, parfois je pense qu'ils agissent ainsi parce que ça leur est plus facile. Entendre Catherine ravive peut-être la culpabilité de l'avoir abandonnée, qu'ils ressentent sans l'avouer.

Il y avait quelque chose de nouveau, cette année. Quelque chose qui rendait ce repas un peu étrange par rapport à d'habitude. Ou quelqu'un, dans l'ombre : Samantha, l'amie de Marc. Nous avions tous connaissance de son existence autour de la table. Anaïs semble d'ailleurs l'apprécier. Florian m'apparaît plus circonspect. Peu importe : elle existe. Et cette donnée m'invite à penser que, peut-être, c'était notre dernier Noël ainsi, tous les cinq. Marc aura certainement envie de le fêter l'année prochaine avec cette Samantha... et je ne me vois pas inviter cette personne chez moi, à ma table. Ce serait comme trahir ma fille. Même si c'est sans doute idiot. Par loyauté pour elle, en tout cas, je ne le pourrais pas.

Cette situation attriste beaucoup ma fille. Elle a été remplacée dans le cœur de Marc, et elle craint de l'être dans le cœur de ses enfants. Elle me l'a dit. Elle n'est pas là pour s'imposer. Elle n'est pas là tout court, elle est hors-jeu depuis longtemps. C'est comme si son existence s'effaçait peu à peu, que le temps la gommait de notre vie et de sa famille. C'est si difficile pour elle. Et je la comprends. Mais elle doit comprendre que Marc est en droit de vivre sa vie d'homme.

Catherine, elle, vit sa vie de prisonnière. Elle l'accepte, parce que la punition était juste et que c'est la seule façon de tenir. Son travail lui plaît, elle apprend chaque jour. Elle connaît sa chance d'avoir été choisie parmi les rares élues pour ce contrat avec l'INA : elle restaure les vieux films en vue de leur numérisation. Il faut de la précision et de la dextérité. Et puis Catherine fait partie des femmes les plus diplômées. Sans compter que son comportement est considéré comme exemplaire. Elle n'a jamais eu aucun compte rendu d'incident. D'ailleurs, peut-être à titre de récompense, Catherine va pouvoir bénéficier dès l'année prochaine de la mise en place des UVF (les unités de vie familiale qui ont été expérimentées à Rennes dès 2003 et qui sont des petits logements au sein de la prison). Nous allons pouvoir passer du temps avec elle en dehors d'un parloir, c'est merveilleux. Il me tarde.

Anaïs

Dimanche 18 février 2007

On a déjà bouclé le premier semestre, les partiels sont terminés et se sont bien passés. Je me permets de me reposer. Lecture, ciné, sorties entre copines (les mecs sont rares en lettres modernes). Je mène ma vie d'étudiante d'une main de maître.

J'ai même trouvé une compagnie de théâtre dans laquelle je joue tous les mardis soir. C'est ma seule activité. J'ai dû arrêter la batterie (où pourrais-je m'entraîner ?), j'ai renoncé à frapper dans des sacs de boxe. De toute façon, ma colère est retombée. Je suis à présent dans une sorte d'acceptation. J'ai dépassé le stade de pauvre-fille-de-taularde-incomprise. Ça ne veut pas dire que j'ai pardonné. Accepter son sort et pardonner, c'est très différent. J'en voudrai toujours à ma mère pour ce qu'elle a fait, et pour tout ce qu'elle n'a pas fait, par son absence. Pour tout ce qu'elle a raté.

Je ne suis pas du genre prétentieux, mais je suis assez fière de la jeune femme que je deviens... surtout au regard de celle que j'ai failli devenir. J'aurais pu totalement vriller, c'est clair. Je me suis reprise à temps. J'ai réussi à inverser la tendance, à reprendre le pouvoir sur moi-même alors que j'étais à la dérive. Pap est fier aussi, il me l'a dit.

Je me demande où je serai et ce que je ferai dans quelques années. J'ai des idées, évidemment, mais aucune certitude. C'est assez vertigineux quand on y pense. Tout est ouvert, tout est possible. Même avec une mère en prison.

Anaïs

1ᵉʳ mai 2007 : évidemment, fallait que ça arrive...

Non, mais franchement ! Encore cette histoire de probas... Il y avait combien de chances pour que ÇA arrive ? Sans rire !

Je résume : une soirée, des étudiants. Jusque-là, rien d'anormal. Des étudiants = une infime proportion de la population estudiantine bordelaise. Et bien sûr, dans ce nombre infinitésimal se trouvait un certain Nathan... Lancier ! Lui-même. Le fils aîné de la victime de ma mère !!! Le gars que j'avais croisé sans oser le regarder quelques années plus tôt. Celui qui était sur le banc des parties civiles, dans le camp adverse... camp que, à bien y réfléchir, j'aurais bien intégré a posteriori.

Je ne sais pas trop comment ça s'est produit, parce que dans ce genre de soirée, on ne développe pas son état civil. Nous sommes des prénoms. Enchantée, Nathan, moi c'est Anaïs. Mais il y a eu cet idiot de Maxime (je l'aime bien, mais pas sur ce coup-là...), mon coloc, qui a dit à l'autre : « Anaïs aussi est de La Rochelle ! » Comme si c'était une bonne nouvelle et qu'il fallait se réjouir ! Super point en commun ! S'il n'y *avait eu que celui-là... Bref. Moi, sur le coup, j'avais un doute... Nathan, de La Rochelle, en 2ᵉ année d'anglais, grand, brun... C'était raccord. Bref. J'ai joué à la fille que ça ne troublait pas du tout, et je me suis éloignée dès que j'ai pu. Mais Nathan, de son côté, a dû avoir un doute AUSSI, et a réclamé un développement à Maxime, qui BIEN SÛR a déroulé mon état civil complet. J'ai vu de loin son visage se décomposer, ses yeux se poser sur moi. Il avait compris. J'étais mortifiée. Je n'avais qu'une envie : me barrer. Mais j'avais promis à Caro de rester tard, parce que les fêtes à la coloc « des Gloutons » sont toujours sympas (sauf que pas cette fois). Alors je suis restée, mais dans mon coin. Et j'ai passé une des soirées les plus bizarres de ma vie (Nathan et moi, on s'est évités avec brio du début à la fin).*

Marc

Anaïs m'a appelé pour me raconter dans quelles circonstances elle s'était retrouvée nez à nez avec Nathan Lancier. C'était drôle, dans la façon qu'elle a eue de me narrer cette soirée improbable... mais j'imagine combien elle a dû se sentir mal à l'aise. Néanmoins, je lui ai rappelé cette vérité : elle n'est pas sa mère, elle n'est pas responsable des actes de sa mère... elle est Anaïs. Et elle n'a pas à avoir honte à la place d'une autre.

Sa mésaventure m'a rappelé le jour où j'ai croisé Gilles Lancier. C'était il y a environ deux ans. En ville. J'avais un déjeuner d'affaires dans un restaurant du centre. Apparemment lui aussi. Mais il était dans mon dos, et je l'ignorais. C'est seulement en me levant pour aller payer que je suis tombé sur lui, alors qu'il enfilait son pardessus. Nous étions aussi surpris l'un que l'autre. Nous sommes restés figés quelques microsecondes, puis il m'a demandé pardon, car il était sur mon passage. Il s'est rangé, et j'ai poursuivi jusqu'à la caisse.

Après, j'ai repensé à ce «Pardon», somme toute insolite. Je n'aurais pas cru l'entendre me dire une chose pareille. C'était un peu décalé. Un peu plus et c'était moi qui prononçais ces mots. «Pardon... je voudrais passer.» J'ai pensé que j'aurais aimé avoir l'occasion de lui dire un jour: «Je suis désolé, pour votre femme, pour ce que Catherine lui a fait.» Mais cela n'était ni le lieu ni l'endroit. Et nous étions aussi surpris l'un que l'autre de nous retrouver là, dans ce restaurant. L'instant a été fugace.

Je ne l'ai jamais recroisé depuis ce jour-là.

Anaïs

Dimanche 28 octobre 2007 : il fallait que je sache

Au début, je n'y pensais plus. Après la soirée où j'ai croisé Nathan Lancier himself, j'ai décidé de mettre cette mini-aventure de côté et de l'enfouir dans la zone des moments qu'on préfère oublier (celle du procès de la mère et de mon été 2005).

Et puis, c'est revenu... C'est comme si Nathan était venu me hanter. Le fantôme de sa mère, peut-être. Plus sérieusement : je n'arrêtais pas de penser à lui (pas en mode « il est trop beau », évidemment). Je n'arrêtais pas de me dire que j'avais raté l'occasion de savoir... De savoir comment il allait, comment ILS allaient, son petit frère, sa petite sœur et lui. Et l'envie, le besoin de savoir ont grandi en moi tout l'été. Il fallait que je sache. J'ignore pourquoi, mais c'est devenu très important. Primordial, même. C'est comme si je voulais m'assurer qu'ils allaient bien (dans le meilleur des cas), me rassurer. J'espérais pouvoir me dire : Non, ma mère n'a pas rendu tout le monde fou ou malheureux. Mais j'avais peur, aussi... Ce Nathan avait l'air complètement normal lors de cette soirée. Mais à l'intérieur de lui ? Et quand il est seul ? Et les autres membres de sa famille ? J'ai repensé à ce que papa m'a dit (« Tu n'es pas responsable de ta mère »), et j'ai pris mon courage à deux mains pour parler à Maxime, évoquer son copain de promo, là, qu'on avait croisé à la soirée chez les Gloutons, lui demander d'être en quelque sorte un intermédiaire ou un messager : il fallait que je revoie Nathan, pour une affaire personnelle. Dans le même temps, je me suis demandé si le fils Lancier avait eu l'occasion de balancer sur la mère Dupuis... Mais Maxime ne semblait pas comprendre ce que je sous-entendais. Il m'a promis de faire son possible pour nous mettre en relation. Et deux jours plus tard, il m'a tendu un Post-it avec un numéro dessus et deux lettres : N L.

Je n'étais pas fière au moment d'envoyer un SMS (et je n'avais aucun courage pour appeler). J'ai demandé à Nathan s'il était d'accord pour me voir, pour discuter. Il a répondu oui après un laps de temps qui m'a paru long, et on a trouvé un créneau.

On avait rendez-vous dans un bar. C'était hier.

J'étais déjà assise. Je tremblais, j'avais les mains moites. Il s'est placé face à moi et a planté ses yeux dans les miens. On aurait dit qu'il me sondait. Peut-être cherchait-il sur mon visage les traits de la criminelle. Puis il a dit : « Je ne sais même pas pourquoi je suis venu. » Et j'ai cru mourir.

Mais j'ai repris des forces en dedans et trouvé le courage de lui avouer, en gros, pourquoi j'avais voulu le voir. Mon inquiétude, ma culpabilité mal placée... Je crois qu'il a tout de suite compris que je portais le crime de ma mère comme une seconde peau, très collante et très lourde. Et il n'a pas traîné pour me rassurer : eux *aussi, ils vont aussi bien que possible... même s'ils ont vécu l'inquiétude, l'angoisse, la colère et la haine. Comme moi. Ils ont été très entourés, comme moi, et même plus que moi (parce qu'ils étaient des victimes évidentes alors que les membres de l'entourage d'une meurtrière sont un peu coupables, quoi qu'on en dise). Nathan a une sorte de mamie Josette et un père qui ressemble pas mal au mien. On a beaucoup discuté. Même de nos mères perdues. De nos vies sans elles. Je lui ai raconté comment j'avais tourné le dos à la mienne et comment je m'appliquais à ne jamais lui donner signe de vie.*

À la fin, j'étais soulagée. Je me suis sentie comprise. Presque pardonnée.

Nathan et moi, on ne sera jamais amis. Mais je crois qu'il y a un truc très spécial qui nous lie. Et ce n'est pas seulement parce que ma mère a tué la sienne ou parce que son père a sauté ma mère... C'est aussi parce que, paradoxalement, nous avons des vies assez similaires.

Florian

Dimanche 11 novembre 2007

Maman,

On s'est vus hier, et je t'écris déjà... Enfin, je t'écris, mais toi tu ne recevras pas cette lettre parce que, celle-là, je ne vais pas l'envoyer.

Depuis que tu es en prison, je t'écris presque chaque semaine (en tout cas chaque semaine où on ne se voit pas). Je le fais pour te donner de mes nouvelles et surtout pour te faire plaisir. Et parce que je t'aime. Tu es ma maman.

Mais je me rends compte qu'il y a plein de trucs que je voudrais te dire et je ne le fais pas parce que j'ai peur de te blesser. Je suis le seul qu'il te reste, alors je me dis que je n'ai pas le droit de te faire de la peine. Et je crois que j'ai raison.

C'est pour ça que je ne vais pas envoyer cette lettre. Comme ça, tu resteras sur le bon moment qu'on a partagé hier, nos six heures dans l'appartement de l'UVF. C'est bien, ce truc. On a presque l'impression d'être chez nous (en beaucoup moins bien, c'est trop impersonnel). Tu nous as fait la cuisine comme avant. On a joué au Uno. J'aime bien ces moments.

La prochaine fois, on aura droit à vingt-quatre heures, et c'est super. Vingt-quatre heures, tu te rends compte ! Mamie aussi est contente. Elle dit que c'est comme si tu sortais de prison pour quelques heures. C'est tellement mieux que les parloirs. Mamie dit aussi qu'il vaut mieux venir une fois dans le mois en UVF que de venir pour deux parloirs. Elle a raison. Elle est fatiguée, et puis je dois avouer que moi aussi j'en ai un peu marre de la route.

Voilà, c'est ce que je voudrais te dire : j'aimerais venir moins souvent si ça ne t'ennuie pas. T'écrire un peu moins souvent, aussi. Parce qu'il m'arrive de ne pas toujours savoir quoi te raconter. Surtout que la plupart du temps je t'en ai déjà parlé en parloir ou je vais t'en parler au prochain... Je me répète. Je n'ai pas trop d'inspiration. Et puis je grandis : le samedi, j'ai envie de voir mes copains, de jouer à la console et de faire du BMX... J'ai moins besoin de toi. Enfin, je crois que tu as plus besoin de moi que l'inverse. Et ça, ça ne te plairait pas de l'entendre.

Je l'écris ici, donc... et je vais en parler à papa. Et à mamie Jo aussi.

Je n'aime pas la prison. J'étais tellement petit quand tu as été enfermée que j'ai l'impression qu'on a toujours connu que ça, tous les deux. J'ai plus de souvenirs de portes qu'on déverrouille, de grincements, de bruits de clefs et d'odeurs dégoûtantes que de souvenirs dans notre maison avec toi. J'ai oublié. Heureusement qu'il y a les photos pour me prouver que tu étais là, même en vacances.

J'en ai marre de la prison. Bien sûr que je suis heureux de te voir. Ce n'est pas la question… mais j'y vois plus de négatif que de positif, comme dirait Anaïs. Elle, au moins, elle a de la chance : elle n'a pas à rouler, rouler, rouler, attendre, attendre, attendre et rouler, rouler, rouler dans l'autre sens, et se gâcher un samedi de plus. Le trajet, c'est pire que tout. Je voudrais bien qu'on puisse se téléporter.

Bref… Bon, allez, j'arrête pour cette fois. Peut-être que j'aurai envie de t'écrire d'autres lettres que tu ne liras pas.

Florian

Josette

Je n'ai que soixante-six ans, mais je suis fatiguée. Depuis le début d'année, encore plus. C'est comme si je n'arrivais plus à me remettre de la période des fêtes… alors que je suis très raisonnable et que je n'ai commis aucun excès. Ces «fêtes» qui n'en sont pas vraiment depuis que Catherine est enfermée m'épuisent. Je sens la lassitude s'emparer de moi.

Avec Florian, nous avons pris plusieurs décisions : depuis deux mois, nous accomplissons les allers-retours en train. C'est assez contraignant, il n'y a pas de direct, il faut souvent passer par Paris, mais c'est moins fatigant pour moi. Mon petit bonhomme, qui est de moins en moins petit et se met à pousser comme un champignon, lit ses BD ou bien dessine, et moi je lis un roman ou bien je fais des mots croisés. Et puis, d'un commun accord, même si c'est difficile pour Catherine, nous réduisons le rythme de nos venues : nous laissons trois semaines entre deux parloirs et si nous bénéficions d'un créneau en UVF, comme ce peut être le cas tous les quarante-cinq jours, il arrive que nous laissions passer un mois entier après. C'est un déchirement pour moi, vraiment. Pour

Florian, moins. C'était une demande. Il en a parlé à son père qui me l'a relayée : il n'osait pas me l'avouer. C'est un ado maintenant : il va avoir quatorze ans, il s'éloigne de ses parents au profit de son groupe de copains, c'est normal. Je repense à sa sœur à son âge, et j'espère qu'il aura une adolescence plus apaisée. Les faits sont anciens et il a eu le temps de les digérer.

À force de m'entendre me plaindre d'être fatiguée, Nathalie a fini par se fâcher. Si je ne me décide pas à aller consulter et à procéder à des analyses, elle viendra exprès, pour m'emmener de force chez le médecin. J'ai cédé... Elle dit que cela fait bien trop longtemps que je néglige ma santé, qu'il est temps que je prenne soin de moi. Elle a peur qu'ils découvrent quelque chose. Moi aussi. C'est pour cela que je recule le moment : rester dans le confort de l'ignorance n'est pas déplaisant. « Mais c'est ridicule, maman ! s'écrie-t-elle. Tu perds peut-être un temps précieux ! » Je crois qu'elle n'a pas compris que le temps précieux, c'était avant... quand Catherine était dehors, avec nous.

Anaïs

Dimanche 20 juillet 2008

Cet été, je bosse les deux mois dans un restaurant du port de La Rochelle. Le même que l'année dernière. Ce qui est bien, c'est que je suis à la maison en un claquement de doigts. Pas besoin de me trouver une location, une place dans un camping ou je-ne-sais-quoi qui coûte et te fait perdre une partie de l'argent que tu gagnes. Et je passe du temps avec mon frère. The cherry on the cake.

Flo et moi sommes devenus plus proches après ces deux années d'éloignement. C'est un ado. Il comprend quand je le taquine, il a plus d'humour, il ne geint plus parce que je l'embête (ce qui arrivait tous les jours quand il était petit), il est même plutôt bon en repartie. Bref: on se comprend. Et on discute beaucoup. Surtout quand nous nous retrouvons tous les deux... comme c'est arrivé assez souvent cet été, papa profitant de ma présence pour passer de temps en temps une nuit chez Sam.

Hier, Flo est revenu sur LE sujet. Le sujet si bien intégré qu'on n'en parle plus. Mais hier, tout à coup, il m'a demandé : « Tu sais qui c'était, la femme que maman a tuée ? » Sous-entendu : *tu sais pourquoi elle l'a tuée ? Parce que notre mère est peut-être une cinglée (Nathan l'avait décrite comme ça quand on s'était vus), mais pas au point de s'en prendre à quelqu'un complètement sans raison. Elle avait un truc derrière la tête.*

Je suis partie dans des explications fumeuses sur une base réelle : c'était une femme de son cours de yoga dont elle voulait se venger. « Parce qu'elle arrivait mieux qu'elle à faire les exercices ? » Ce n'était pas une question naïve, c'était une vanne : il ne voulait pas être pris pour un idiot, il voulait la vérité VRAIE. J'ai soupiré. Je lui ai demandé s'il était sûr de vraiment vouloir savoir. Et, du haut de ses quatorze ans, il a dit oui, qu'il était prêt, qu'il avait déjà bien assez attendu. Alors je lui ai dit la vérité. Je croyais qu'il allait tomber des nues. Au lieu de ça, il a conclu en haussant les épaules :

— C'est bien ce que j'ai trouvé sur Internet.

Il m'a sci-ée.

— Mais ! Tu le sais depuis quand ?

— Oh bah... je ne sais pas. Un an et demi, deux ans peut-être ?

— Tu le sais depuis tout ce temps, et tu ne l'as dit à personne ?

Flo a souri. Il avait l'air content de son coup. Et content que je ne lui aie pas menti. C'est comme s'il avait, après ce test, la confirmation qu'il pourrait toujours compter sur moi.

Florian

Le 8 août 2008

Maman,

Je t'ai envoyé une carte postale de Paris la semaine dernière, et là j'avais envie de t'écrire, mais sans que tu me lises. Comme ça... pour voir.

Anaïs m'a emmené passer trois jours dans la capitale, et c'était super. Ça, je te l'ai déjà dit. Mais je ne t'ai pas dit à quel point j'aime être avec ma grande sœur, à quel point je suis fier d'elle et d'être son petit frère. Je ne te l'ai pas dit parce que, même si ça devrait te faire plaisir, ça veut aussi dire qu'elle a pris un peu ta place, avec les années. Ce n'est pas ma mère, bien sûr, mais elle est bien plus qu'une grande sœur.

Souvent, je voudrais t'en parler... mais je ne le fais pas parce qu'elle n'y tient pas et parce que ça te cause du chagrin quand je t'en parle (mais aussi dans le cas contraire, alors ce n'est pas facile).

L'autre jour, je lui ai dit que je savais, pour ta victime, qui c'était et pourquoi tu l'avais tuée. Je l'avais gardé pour moi, je ne l'avais dit à personne.

D'abord parce que j'étais surpris et qu'il m'a fallu du temps. Au début, j'ai même cru que les journalistes avaient écrit n'importe quoi. Mais ils étaient tous d'accord... À toi non plus, je n'ai rien dit. Je suis même sûr que tu crois encore que je ne sais rien. Parce que je ne parais pas être au courant. Anaïs dit que quand je viens te voir, je mets un masque, que je suis faux ou que je joue un rôle. Ce n'est pas vraiment ça. En réalité, quand je te regarde, je ne vois que la maman que j'aime. C'est quand tu n'es pas là, quand je réfléchis seul que je vois l'autre femme, celle que tu as été le jour où tu as commis ton crime. C'est comme si vous étiez deux, mais que je ne voyais que celle qui m'arrange. Celle que j'aime. Il faut dire que je n'arrive toujours pas à y croire, à t'imaginer. Comment toi, tu aurais pu faire ça ? Anaïs dit que tu as un double maléfique. Ça m'est arrivé d'essayer de le dessiner. Parfois sous la forme d'une femme aux deux visages, parfois sous la forme d'un flipbook où ton visage se déforme et devient petit à petit celui du diable.

On en parle, avec Anaïs. Parfois on se raconte nos cauchemars, même si on en fait moins. Elle m'a raconté qu'un jour elle avait rêvé que tu voulais la tuer... avec un couteau. Moi, ça ne m'est jamais arrivé. Je sais très bien que tu n'aurais jamais fait ça. Elle dit qu'elle a dû rêver de ça parce que tu es en colère contre elle... et que, pour toi, quitte à ne plus la voir, autant qu'elle disparaisse. On a rigolé parce que c'était débile. Anaïs sait bien que tu souffres de son absence. Moi je voudrais bien te rassurer, *mais je ne peux pas : elle est bien trop têtue pour te pardonner.*

Moi je t'ai toujours pardonné parce que je sais que tu n'as pas fait ça contre nous.

Florian

Marc

L'Amérique est en liesse. Barack Obama a remporté les élections hier. Quel moment historique, quelle joie, et quel symbole ! Et quel homme ! La classe incarnée. Je l'ai regardé toute la soirée, un peu subjugué. Il y a tant d'espoir qui renaît avec lui. Tout à coup, on a envie d'avoir confiance.

Je regardais Michelle Obama, et je pensais à Catherine. Je pense toujours à elle, même si elle est à l'arrière-plan de ma vie. Je me demande souvent si elle suit les actualités, si elle se rend compte que le monde continue à tourner sans elle, ce qu'elle en perçoit, si elle a conscience des changements qui s'opèrent, des roues qui tournent, du fait que quand elle sortira beaucoup de choses auront changé. Il est évident qu'elle voit tout cela à travers le petit écran. Elle a assisté aux événements, mais elle les a vus sans les vivre. Plus que nous, certainement. Derrière ses murs, elle est hors du monde, et je me demande ce qu'elle retient de tout ce qui se passe, comment et avec qui elle partage ses impressions, sa perception du dehors.

Catherine ne m'appelle plus, ne m'écrit plus. Nous n'avons plus aucun lien, elle et moi. Josette ne m'en parle plus, sauf si je lui pose une question précise. J'en discute un peu plus avec Flo, surtout le samedi soir ou le dimanche, après un parloir ou leurs moments en UVF. Il me donne des nouvelles d'elle, il me raconte comment ils ont passé le temps ensemble. Parfois on évoque le passé. Il aime se la rappeler, quand elle l'emmenait à l'école et venait le rechercher le soir, quand ils passaient aux jeux du parc Charruyer avant de rentrer à la maison, quand elle lui préparait des crêpes et qu'elle riait parce qu'elle ratait le lancer et que la crêpe se retrouvait par terre, quand elle lui racontait des histoires, quand elle lui montrait comment dessiner un chat… Alors, il sourit et je m'étonne qu'il s'en sorte aussi bien. Il a, semble-t-il, été bien moins abîmé que sa sœur, qui, à son âge, entamait une révolte contre le monde. Flo ne revient qu'exceptionnellement sur les faits. Il les a intégrés comme les éléments d'une vérité qu'il connaît mais avec laquelle il a su négocier et qu'il garde à distance, dans une acceptation sage et tacite.

Anaïs

Dimanche 26 avril 2009

Je termine ma licence de lettres. Déjà. Je n'ai pas vu le temps passer. Il faut dire que ma vie d'étudiante me plaît beaucoup. Mes études aussi. Je me suis décidée : je vais passer le CAPES de lettres modernes. Mais avant, je compte avoir ma maîtrise. Le programme de l'année prochaine, donc. Je réfléchis à un sujet pour mon mémoire. Sans doute quelque chose qui allierait le théâtre et la poésie. J'en discuterai avec Mme Lecourt. J'ai toujours gardé contact avec elle. C'est mon modèle et une source d'inspiration.

Bordeaux est une ville agréable. La mer n'est pas très loin, et comme elle participe à mon équilibre, ça tombe bien. J'adore passer un week-end de temps en temps du côté du bassin d'Arcachon, côté Arcachon, ou côté Cap Ferret. C'est dépaysant. Ma meilleure amie, Elsa (que j'ai connue en première année), a une maison par là-bas (enfin, ses parents). On y va de temps en temps. On déguste des huîtres avec un verre de vin blanc en regardant le soleil se coucher. C'est le top. À l'Ascension, on va y passer quatre jours avec quelques copains. On a prévu de monter sur la dune du Pilat. Ça va être génial.

Côté cœur, j'ai une relation régulière avec Mathew, un étudiant anglais en Erasmus. C'est sympa, mais je ne suis pas in love. Je me trouve assez compliquée... J'ai un souci avec l'amour. Je crois que je ne sais pas trop ce que c'est. Et, pour être honnête, je ne suis même pas certaine de vouloir le savoir.

Ici, en tout cas, je suis une fille normale. J'ai des parents divorcés. Quand je rentre le week-end, je vais chez mon père ; je suis fâchée avec ma mère. Point.

Personne ne sait pour les barreaux.

Nathalie

J'ai rencontré quelqu'un. Je veux dire : j'ai rencontré l'homme de ma vie, je crois… j'espère. Parce que j'en ai rencontré, des hommes. Mais il y avait toujours quelque chose qui n'allait pas. Chez eux, chez moi, ou dans notre relation. Cela n'est pas si facile…

J'ai souvent envié ma sœur d'avoir trouvé le bon si vite, si jeune. Et sans pour autant se jeter sur le premier venu, ou se contenter d'une relation peu épanouissante. C'était Marc. Une sorte d'homme idéal, qui plus est validé par notre mère. C'est idiot, mais je crois que ma sœur avait besoin de ça : que son choix soit confirmé par maman. Elle n'aurait peut-être pas assumé d'être avec un homme qui aurait déplu à notre mère. Comme si elle était restée une petite fille en attente de l'approbation de ses parents. Comme si elle se maintenait dans une dépendance affective un peu puérile. Catherine a toujours voulu plaire. À sa mère… à ses professeurs, puis aux hommes… à tous, finalement.

L'avenir lui a prouvé qu'elle ne s'était pas trompée avec Marc : ils ont été heureux et ont fondé une jolie famille. Je n'ai jamais compris, même si j'ai essayé, pourquoi elle avait fui dans d'autres bras, alors qu'elle retrouvait le soir ceux de son mari. Cathy était certainement dans une nouvelle forme de dépendance affective. Et nous avons tous sous-estimé le vide existentiel qu'elle ressentait lorsqu'elle se retrouvait seule. Elle n'a jamais su être seule avec elle-même. Peut-être qu'elle ne s'aimait pas assez. Peut-être qu'elle avait toujours besoin de quelqu'un d'autre pour exister, du regard de quelqu'un pour se trouver estimable.

Mon homme à moi s'appelle Nicolas. Il est kiné. C'est un homme gentil (dans le bon sens du terme), cultivé, drôle, qui aime la vie... Je ne sais pas s'il plaira à ma mère, si elle le trouvera assez bien pour moi. Mais peu importe : il est parfait à mes yeux.

Florian

Le samedi 12 septembre 2009

Salut maman,

J'espère que tu vas bien.
Ma rentrée au lycée s'est bien passée. C'est comme Anaïs l'avait décrit. Super grand, mais cool. Et le self est génial, on mange très bien, il y a un max de choix.
J'ai des profs pas mal, et deux qui ont l'air nuls (dont un qui manque clairement d'autorité, je te parie que ça va chahuter grave pendant ses cours).
Bon… bah voilà. Tout va bien. J'espère que pour toi aussi. On viendra te voir, avec mamie Jo, à la fin du mois. Ce serait cool que tu nous prépares des spaghettis bolognaise et ton gâteau au chocolat. Je sais, je ne suis pas original, mais tu les réussis si bien !
                    Bisous

                                  Florian

Josette

Étrange Noël... Nous étions cinq autour de la table, mais pas les mêmes. Comme je le pressentais, Marc a renoncé à le fêter avec nous. Il a préféré se rendre dans la famille de Sam. Ils ont fait hier soir le réveillon ensemble, avec leurs enfants. Une première. Une nouvelle étape... Tout comme c'était nouveau de voir Nathalie accompagnée.

Parfois il me semble que la vie m'échappe. Et que bientôt elle se jouera sans moi. Ce n'est d'ailleurs peut-être pas qu'une impression. Ma santé se dégrade. J'ai le corps qui me lâche, tout va de travers... et ils m'ont trouvé un truc qui pourrait s'avérer coriace.

Mais je n'ai pas voulu gâcher Noël. Nous étions réunis pour cette fête familiale. J'ai fait comme si tout allait bien. J'ai nié quand on a remarqué ma perte de poids, je m'étais maquillée pour cacher mon teint gris, j'ai souri pour planquer mes angoisses, je me suis activée malgré mes douleurs. Je ne voulais pas les inquiéter.

En réalité, je sais que je n'en ai plus pour très longtemps. Je ne verrai pas ma Catherine libre, je ne serai pas là pour sa sortie de prison. Tous mes espoirs se sont effondrés. Même si je m'en sors cette année, il y aura tant d'autres années d'ici là... Je ne pourrai jamais tenir. Même en y mettant la plus grande volonté. Mon corps a cédé, et mon esprit ou mes prières n'y peuvent plus rien.

Nathalie

Maman est décédée. Tout a été très rapide.

À Noël, j'avais bien vu qu'elle n'allait pas bien même si elle essayait de démontrer le contraire.

Chaque jour, je l'ai appelée. Toujours, elle niait. Elle me disait de profiter de ma vie, de mon amour tout neuf, de ne pas m'occuper d'elle. Il était déjà trop tard, et elle le savait.

Je m'en veux. Et pourtant, ce n'est pas faute de lui avoir seriné de s'occuper de sa santé. Je m'inquiétais pour elle, et j'avais raison. Elle s'est oubliée toutes ces années. C'était son choix… Un choix paradoxal, puisqu'il risquait de lui enlever des chances de voir Catherine ailleurs qu'à Rennes. Elle s'est laissé entraîner vers le fond.

Maman a rejoint mon père. Je n'ai plus de maman. Catherine non plus. Il faut que je la prévienne. Comment va-t-elle réagir ? Sera-t-elle étonnée ? Si oui, c'est qu'elle n'aura pas voulu voir.

Catherine perd son plus précieux soutien. Je revois maman, au procès, la défendre de tout son cœur.

Nous ne sommes plus que deux pour elle : Florian et moi. Florian qui va bientôt mener sa vie, et moi qui vis enfin la mienne… Au fond, Catherine n'a jamais été aussi seule.

Anaïs

Jeudi 15 avril 2010

Mamie est morte le mois dernier. C'est si triste. Jusqu'au bout j'ai cru qu'elle allait s'en sortir parce que ça n'était pas possible autrement. Déjà que je n'ai plus de mère ! Mais il n'y avait plus rien à faire, ont dit les médecins. Alors tata Nat m'a appelée pour m'annoncer la nouvelle. Et c'est moi qui l'ai dit à papa, car elle ne voulait pas s'en charger (ils ne sont plus en contact, tous les deux). Puis papa a prévenu Flo.

Cela fait donc un mois, à peu près... et ma colère est remontée à la surface. Parce que je suis certaine que c'est la faute de la mère. Les soucis, l'inquiétude, le temps passé... C'est tout ça qui a tué mamie. Avant que Catherine ait ses « problèmes », mamie Jo était en pleine santé, dynamique et joviale. Mais à cause de l'affaire, et de toutes ses suites, mamie s'est focalisée, refermée (en temps et en pensées) sur sa cinglée de fille et a oublié de s'occuper d'elle. Sans parler de ses angoisses. Elle s'est rongée de l'intérieur, voilà la vérité.

Je déteste ma génitrice.

Et pour la première fois depuis… une éternité, j'ai pris une feuille et un stylo pour écrire à ma mère (elle qui continue de m'écrire ; c'en est ridicule). Je n'ai pas été très longue. J'ai écrit :

C'est ta faute si mamie est morte.
Pour ça aussi, je t'en voudrai toujours.

Je n'ai pas signé. Je crois que c'est assez clair.

P.-S. : la fille aînée de Josette est venue à l'enterrement… Elle y tenait, paraît-il. Elle a demandé une autorisation de sortie exceptionnelle, qui a été acceptée à la condition qu'elle y aille escortée et menottée, et qu'elle n'y reste que le temps de la cérémonie (soulagement que ça n'ait pas été plus). Ça nous a donné l'occasion de la voir (dans le genre discret… on ne pouvait pas la rater, avec ses gardes du corps). Enfin, « la voir »… Je ne l'ai pas approchée, je suis restée à distance, conformément à ma ligne de conduite. Faut être cohérent dans la vie.

Marc

Voilà déjà trois mois que Josette est partie. Elle a laissé derrière elle un vide certain pour ses deux filles et ses petits-enfants.

Son décès m'a beaucoup affecté. C'était le pilier de la famille et elle a compté pour moi aussi. En plus d'être une belle-mère agréable, elle a été d'un soutien immense depuis que je la connais, et encore plus depuis les soucis judiciaires de sa fille.

À mon grand étonnement, mon ex-femme était présente. Et sacrément encadrée. Je l'ai appris depuis : le juge d'application des peines avait donné son accord le matin même. Je suis heureux pour elle qu'il lui ait accordé cette possibilité. Je n'ose imaginer si elle n'avait pas pu venir ce jour-là. Seule dans sa cellule… ou plutôt, c'est plus probable, dans la chapelle de la prison pour communier avec nous.

Anaïs ne s'attendait pas à voir sa mère. Elle n'a pas eu le temps de s'y préparer, tout s'est passé très vite. J'ai observé son air ahuri quand elle a vu le fourgon pénitentiaire libérer Catherine. Anaïs s'est décollée de moi pour aller se cacher derrière la foule. Elles ne s'étaient pas vues depuis sept ans, elles ne se reverraient pas vraiment. Catherine est allée retrouver sa sœur et Florian les a rejointes. Je suis resté planté là, un peu mal à l'aise.

Nous sommes entrés dans l'église. J'ai trouvé un banc libre dans le fond. Anaïs est venue se placer près de moi. Le reste de la famille est allé au premier rang, Flo y compris, après une brève hésitation.

C'était étrange, cette cérémonie.

Josette et Catherine ne s'étaient pas dit au revoir, et sans doute ignoraient-elles la dernière fois qu'elles se sont vues que ce serait la dernière. Mais Catherine était là pour cet adieu.

Je lui ai dit, après la messe :

— C'est bien que tu aies pu venir.

Elle a souri. Puis elle a murmuré :

— Je voulais voir ma petite fille, aussi...

Et elle a fondu en larmes.

J'ai eu de la peine pour elle. Je suis allé trouver Anaïs, parce que cela me semblait normal d'essayer... mais elle n'a éprouvé aucune pitié. Comme elle est dure, encore... Quand décidera-t-elle enfin de faire un geste de paix envers sa mère ?

Je me suis approché de Nathalie et de son compagnon. J'étais heureux de la voir enfin en couple. Je n'étais pas venu avec Sam. Ce n'était pas sa place. Et heureusement, avec la présence surprise de Catherine ! Avec ma belle-sœur, nous n'avons échangé que quelques mots, les banalités d'usage, hormis à un moment, lorsqu'elle m'a confié, des sanglots dans la voix : « Je n'ai même pas réussi à lui dire tout ce que j'avais sur le cœur avant qu'elle parte », et j'ai senti le lourd poids de ses regrets.

La perte de ma belle-mère m'a beaucoup fait réfléchir. Moi aussi, j'éprouve des regrets. J'aurais pu, j'aurais dû, être plus présent pour elle ces derniers temps. Je considérais que ce n'était plus ma place, mais au nom de quoi ? J'ai ressenti un peu de honte pour mon ingratitude.

Désormais Florian va voir sa mère tantôt seul, en train (pour un créneau en UVF), tantôt en voiture avec moi (pour un parloir simple). Dans ce cas, je l'attends dans un café pendant qu'il est avec Catherine. Mais il est moins motivé. Et c'est compréhensible. Toutes ces heures, ces kilomètres, pour accomplir son devoir de fils, pour être là pour elle. Toute cette culpabilité quand il s'y soustrait.

Au fond, il ne reste plus grand-chose de cette famille que nous avons fondée, Catherine et moi.

Souvent je me demande ce qui se serait passé si ma femme n'avait pas commis ce meurtre, quelle vie on aurait eue, quel avenir aurait été le nôtre. Peut-être que, même sans ce drame, nous aurions fini par nous séparer ? Qui peut savoir ?

Florian

Le 10 août 2010

Salut maman,

Tout va bien ici, en Espagne. On est à Malaga. Il fait hyper chaud.

La colo, c'est pas mal... c'est sûr que ça change des vacances chez mamie (c'est très bizarre de me dire qu'il n'y en aura plus jamais).

Je suis parti avec Bastien, mais je me suis également fait plein de potes sur place. On s'éclate. On se baigne plusieurs fois par jour. Et je dois avouer que la température de l'eau de la Méditerranée est quand même beaucoup plus sympa que celle de l'Atlantique ! (Désolé si je suis maladroit... j'imagine que tu aimerais bien te baigner dans la mer, toi aussi, même dans une eau à 15 °C).

Allez, Mam... J'y retourne.
Bisous
Florian

Anaïs

13 juillet 2011 : CAPES

Après mon année de maîtrise et une année de préparation au CAPES, je suis officiellement professeure stagiaire : j'ai été reçue au concours. Du premier coup ! Pas peu fière, j'avoue. Mais en même temps, il y a de quoi avoir un peu peur, car cela signifie que dès la rentrée prochaine, en parallèle de ma formation, j'aurai deux classes en tant que prof de français. Le grand bain, c'est donc pour bientôt.

Je suis à la fois excitée et totalement morte de trouille. Autant dire que je vais travailler tout l'été pour préparer ma rentrée... Je veux être fin prête. Psychologiquement et pédagogiquement. J'espère que je saurai gérer mon temps, ma classe. Que je saurai faire preuve d'autorité. «Parce que tu as des doutes là-dessus?» s'amuse papa... O.K., mais il ne s'agit pas non plus d'être dans l'autorité autoritariste. Je ne veux pas être une dictateure... Je veux être une Mme Lecourt bis. Une prof qui aime ses élèves, qui sait les faire travailler, qui enseigne avec passion, et qui a foi en chacun.

Voilà mon ambition.

Marc

Florian est entré en terminale, et tout se passe parfaitement bien. Il a toujours été différent de sa sœur. Et je suis soulagé qu'il n'ait pas la même adolescence qu'elle, le même mal-être, le même début d'année scolaire qu'elle au même âge.

Florian vit pour le dessin. Il n'a qu'une idée en tête : vivre de ses crayons, comme dessinateur dans l'édition et/ou les films d'animation. Il va tenter divers concours et, l'année prochaine, il intégrera certainement une école à Paris ou ailleurs.

Je réalise que mes enfants auront tous les deux bientôt quitté le nid. Anaïs a fait sa rentrée dans l'académie de Versailles. Et moi je vais rester ici, à La Rochelle. Mais pas vraiment seul. Avec Sam, nous avons décidé de nous installer ensemble, même si je préfère attendre que Florian soit parti pour concrétiser cela. Je vendrai la maison. Enfin ! Jusque-là je n'ai jamais osé, je ne voulais pas imposer un déménagement aux enfants, bouleverser leurs repères. Tout était assez compliqué. Certains, Fred le premier, ont pensé que j'aurais dû le faire dès le début, pour redémarrer à zéro ailleurs. Mais je n'ai pas voulu… Et pour Catherine aussi : au moins elle pouvait nous imaginer dans nos murs, elle les connaissait. Florian m'a souvent dit qu'il regrettait de ne pas avoir pu visiter la cellule de sa mère... Il aurait aimé l'imaginer dedans, vivant dedans. Elle la lui a souvent décrite, elle lui parlait de ses dessins qui petit à petit ont colonisé son mur. Mais ce n'est pas pareil, il l'a toujours dit. Et il a raison.

Mon téléphone sonne. C'est Fred. L'ami de toujours semble choqué, hésitant. « Tu ne vas pas vouloir le croire... » Sans jouer sur le suspense, il me demande d'allumer ma télé sur la 2. C'est *Faites entrer l'accusé*... L'affaire Dupuis. Le pire cauchemar d'Anaïs... Elle en parlait parfois, sur le mode « Tu verras qu'un jour... » Et c'est arrivé, c'est là : la tête de sa mère devant la France entière. Les faits divers sont des faits publics... ils appartiennent à tout le monde. On les distribue en masse à ceux qui en demandent. C'est gratuit. Et parfois spectaculaire. Et cela pose toujours cette question si fascinante : comment et pourquoi certains passent-ils à l'acte ? Quelle enfance ont-ils eue, quels parents, quelle vie, quel parcours, quelles blessures... Il y a des éléments qui expliquent. Mais cela ne justifie jamais. Encore moins dans les affaires de meurtres en série... C'est fou cette espèce d'attirance sordide pour le glauque.

C'est le début de l'émission. Je n'ai pas raté grand-chose. Je suis d'abord tenté d'éteindre. Ne pas voir pour ne pas revoir. Surtout, ne pas découvrir ce qui va être dit, ne pas assister à cette analyse de notre histoire, que je connais déjà... Mais ma curiosité est la plus forte. Il faut que je sache, peut-être aussi pour me préparer à des questions… demain, au bureau. Tout à coup je pense à Florian. Aux conséquences que cela pourrait avoir sur lui. Et je suis en colère. Parce que tout cela remonte à loin, qu'on a réussi à s'en sortir, que le monde autour de nous semble avoir oublié, et que quelques journalistes ont décidé de replonger le couteau dans la plaie. Mais on ne va pas rouvrir le procès. Tout a été déjà joué, jugé. Je connais l'affaire par cœur, je ne vais rien apprendre.

Et en effet je n'apprends rien. Mais j'assiste, parfois incrédule, au récit de toute l'affaire. On y voit des photos, des coupures de journaux, des extraits vidéo, une sorte de reconstitution. On y entend le procureur de l'époque, l'avocat de la partie civile, et Gilles Lancier en personne, qui raconte tous les stades par lesquels il est passé. Je me demande pourquoi il a accepté de participer à cette émission. Je n'en réfute pas la qualité, ce n'est pas la question. Moi j'ai toujours refusé les interviews des journalistes. Mᵉ Déricourt aussi. J'ai toujours préféré la discrétion. De toute façon, la honte ensevelissait tout et, dans ce cas, on n'a qu'une envie : se cacher.

À la fin, la journaliste qui présente l'émission, ce n'est plus Christophe Hondelatte, conclut ainsi : l'affaire Dupuis est un drame de l'amour passionnel. Tout a été dit… et pourtant la réalité est autrement plus complexe. Je fixe la télé, un peu sonné. Ce qui n'est pas dit, c'est la suite, l'après. Les gens pensent à la victime et à sa famille, mais pas à nous. Est-ce qu'ils s'imaginent que c'est facile ? Comment croient-ils qu'on vit après ça ? Je me repasse le film des années passées, nos difficultés, nos épreuves, nos chagrins. Mais nous sommes toujours debout. Et je parviens à être fier de nous.

Anaïs

Jeudi 22 décembre 2011

Il faut vraiment avoir la vocation chevillée au corps pour aimer ce métier. Ça tombe bien : je l'ai. Il peut être tentant de baisser les bras. Il y a déjà des profs stagiaires qui ont abandonné dans ma classe. C'est compliqué d'enseigner à des élèves qui ont des niveaux très différents, les ados sont à un âge difficile (j'en sais quelque chose et je crois que cela m'aide). On a à cœur de transmettre notre goût ou notre amour pour notre matière, mais on a en face de nous trop de jeunes qui n'aiment pas lire, qui préféreraient s'amuser, être ailleurs, qui ne comprennent pas le sens de tout ça ni l'intérêt d'être en classe. Il faut de la patience, de l'énergie, de l'envie, de la foi. J'en ai à revendre, mais quand même, je l'avoue : je ne pensais pas que ce serait aussi difficile. Je partais avec mes idéaux naïfs. La réalité nous rattrape vite.

C'est comme l'émission… Quand papa m'a prévenue, j'ai eu peur. Ça ressemblait au sursaut de quelqu'un qu'on croit mort, dans les films. J'ai cru que tout allait se réveiller et recommencer. Mais pas du tout. Et puis je vis en région parisienne. Des Anaïs Dupuis, il y en a des quantités. Personne n'aurait pu faire le lien. Pour moi, c'est comme si l'affaire Dupuis concernait une autre femme, comme si ça n'était pas notre histoire. Nous l'avons vécue de l'intérieur. Là, à distance, c'était comme un film. Un drôle de film, avec des têtes de la vraie vie. J'ai même revu Nathan Lancier.

Florian

Le 21 juillet 2012

Hello maman,

Un truc de fou, ce voyage ! New York, c'est vraiment dingue. Les parents de papa m'ont bien accueilli. Ça faisait bizarre de les revoir, au début, après tout ce temps (ils sont venus en France il y a quatre ans, je crois). Mais après, nickel. Ils étaient contents. On a fêté mon bac.

Comme je leur ai dit que je me destinais au dessin, ils m'ont emmené dans tous les musées que je rêvais de voir. On a passé plusieurs jours rien que pour visiter le Met[1] et le MoMA[2]. C'était grandiose !

On a aussi beaucoup marché dans la ville, arpenté de nombreux quartiers. J'ai adoré Manhattan, mais j'ai eu un coup de cœur pour les fresques de street art dans le quartier de Bushwick, à Brooklyn. On a aussi fait des trucs plus historiques, comme prendre le bateau pour

---

1. L'équivalent du Louvre.
2. Museum of Modern Art.

approcher de la statue de la Liberté et aller sur Ellis Island (beaucoup de monde, mais hyper intéressant).

Dès que je trouvais un peu de temps, je griffonnais des croquis sur le carnet à dessin qui ne quittait pas mon sac à dos.

Tout est géant ici. Même les portions dans les restos. J'ai mangé des mégaburgers, bu des litres de Coca (je vais reprendre la muscu en revenant pour gommer les kilos pris ici).

Avant que je reparte, on va aller voir les chutes du Niagara. C'est trop de la balle. J'ai hâte.

Je vais revenir avec plein de trucs. Je me suis acheté un T-shirt trop cool avec « New York loves me » dessus. Marrant, non ?

Bisous

Florian

P.-S. : je me répète, mais New York est vraiment dingue ! Je me verrais bien vivre ici.

Anaïs

Mercredi 2 janvier 2013 : mariage en vue !

Pas le mien… Ça ne risque pas.
C'est Pap. Avec Sam, ils nous ont annoncé leur mariage à Noël. Ce sera en juillet, en petit comité. «Avec les meilleurs», j'ai dit. On était contents pour eux. Enfin… surtout moi. Je crois que Flo a eu un petit temps d'arrêt. Il avait envie de se réjouir, mais il a du mal. Toujours sa loyauté envers la mère… Il n'a jamais vraiment créé de lien avec Sam. Il aurait eu l'impression de trahir sa mère. Bref. No comment… Après, je lui ai dit : «Papa a le droit d'être heureux.» Il le savait déjà.

Et c'est vrai qu'il est heureux, papa. C'est chouette. Même si ça fait bizarre, aussi, de l'imaginer en futur marié, à cinquante-trois ans. Ce sera un jeune marié vieux.

Je suis contente pour eux. Ils forment un joli couple et ils ont l'air vraiment amoureux. Je crois même qu'il l'est plus qu'avec sa première femme. En tout cas il semble beaucoup plus serein.

Sam va s'appeler Samantha Dupuis. Alors qu'elle aurait pu garder son nom. Faut le vouloir, quand même… Ce que l'amour fait faire comme conneries ! En même temps, la génitrice ne porte plus le nom du père : il a refusé qu'elle le garde après le divorce. J'ai toujours pensé qu'on aurait dû rebaptiser l'affaire en « Affaire Lemer ». Mais ça ne fonctionne pas comme ça. Dommage.

Marc

Petit mariage, petit comité. Aucun rapport avec l'amour que je porte à Sam. Je voulais quelque chose de simple, à notre image. Et de très différent de mon premier mariage. Rien de pompeux qui serait une démonstration, un étalage. L'amour et le bonheur ne se mesurent pas au nombre d'invités, à la somptuosité du cadre et au budget. Ils se vivent et ils se lisent sur les visages.

Je suis heureux. Pour la première fois, depuis longtemps, je n'ai plus honte de l'admettre.

Entourés de nos enfants et de nos amis les plus proches, qui ont tous l'air ravis pour nous, tout est parfait. Même mes parents sont venus, et leur présence est une agréable surprise. Ils ont traversé l'Atlantique pour nous. Leur âge avançant, ils évitent les voyages qui leur causent beaucoup de fatigue et ils mettent longtemps à absorber le décalage horaire. Mais ils n'auraient raté cela pour rien au monde.

Et ils ont aimé Sam tout de suite.

J'imagine qu'ils avaient Catherine dans un coin de leur esprit. Un peu comme moi. Autre femme, autre mariage… et nouvelle vie.

Sam et moi avons trouvé notre future maison, et nous allons partir en voyage. Un bonheur n'arrive donc jamais seul. J'ai l'impression que la vie a décidé de me gâter après m'avoir longuement mis à l'épreuve, et j'éprouve un sentiment qui ne m'était pas familier : la gratitude.

Nathalie

Je sais bien que je n'avais pas ma place à ce mariage. C'est plutôt logique de ne pas avoir été invitée. Ce n'est pas cela. C'est simplement que j'ai l'impression de ne plus faire partie de leur famille. Et cette impression grandit. Depuis la mort de maman, c'est évident.

C'est sans doute normal. Je vis loin de chez eux, Marc a refait sa vie, les enfants grandissent et deviennent des adultes... Petit à petit, j'intègre leur passé. Je me sens parfois isolée, inutile... Ce n'est pas si facile d'être présent à distance. Peu à peu, on a beau essayer, les liens s'effilochent. On s'oublie un peu.

J'ai perdu, en partie, ma sœur. J'ai perdu ma mère. Qui est encore là ? Même avec Catherine, ce n'est plus comme avant. À présent, nous nous appelons plus rarement, nous nous écrivons deux fois l'an... Elle me semble aller mieux. Elle a trouvé une sorte d'équilibre entre ses murs. Elle a des amies, des activités... Aux dernières nouvelles, elle a même intégré l'équipe rédactionnelle d'un magazine, *Citad'elles*, écrit par et pour les femmes incarcérées à Rennes.

Il m'est arrivé de passer quelques heures avec elle en UVF. On a partagé un bon moment, on a ri. On a retrouvé une certaine forme de complicité. Mais je ne sais pas... Il y a quelque chose entre nous. Une sorte de gêne. La prison a modifié notre lien. Elle l'a usé, à vrai dire. Et la prison l'a changée, elle aussi, bien sûr. Pas en mal, non. Mais elle a pris en gravité – c'est normal, après tout ce qu'il s'est passé. Il y a toujours une tristesse dans son regard. Et moi, je me comporte comme son miroir. Je ne parviens pas à être heureuse face à elle. Je n'arrive pas à lui raconter les joies de mon existence. Je m'aligne sur elle, et donc je ne peux pas me réjouir devant elle. Je fais un complexe de bonheur.

Mon bonheur, d'ailleurs, qui tient en un mot : Nicolas. Parfois j'ai l'impression que tout l'amour que j'ai à donner se concentre sur lui maintenant, que c'est trop... que je vais lui faire peur. Je repense à Catherine : je ne veux pas être extrême en amour, je ne veux pas devenir folle comme elle. Je lui en parle, parfois. Et il sait me rassurer. Il m'aime comme je suis et il aime le couple que nous formons, fusionnel mais ouvert sur les autres.

Florian

Le 20 février 2014

Salut maman,

Pardon, pardon, pardon si je te néglige. Je suis désolé. Ma vie à Paris et mes cours à l'école des Gobelins prennent tout mon temps. C'est encore plus dense que l'année dernière en prépa ! Je sais : il faut que je vienne te voir. Promis, je viendrai le mois prochain. Même si je suis moins là, je pense bien à toi.

Je me plais, ici. Ma chambre est bien située, j'ai sympathisé avec mes voisins de palier. Je sors souvent le soir. C'est cool. Je vais au cinéma et je fréquente pas mal les expos et les musées le week-end. Je m'intéresse à tout.

Les cours à l'école se passent bien, je fourmille d'idées. Cette première année de cursus en films d'animation correspond exactement à mes attentes. J'approfondis certaines techniques et j'en découvre d'autres, que ce soit en 2D ou en 3D. C'est passionnant. Il y a tant de talents autour de moi ! Je me croyais bon dessinateur, eh bien j'ai encore beaucoup de progrès à faire.

Et toi ? Comment vas-tu ? Appelle-moi pour discuter quand tu auras reçu cette lettre. Je décrocherai cette fois.

Bisous

Florian

Anaïs

Mardi 4 août 2015

J'aime l'été. J'ai toujours aimé l'été ! Il fait bon vivre, je vais un peu partout. J'ai passé une semaine chez Pap et Sam, une semaine dans les Alpes (je suis passée voir tata Nat en coup de vent). Et là, je profite de Paris. Le meilleur moment de l'année : quand la ville appartient plus aux touristes ébahis qu'aux Parisiens râleurs.

J'ai pris une grande décision : je vais passer l'agrégation. Je voudrais travailler en lycée, avec des jeunes un peu plus vieux. Je révise déjà. Je me suis fait un planning de travail. C'est du sérieux. Et puis je prépare ma rentrée.

Je vais donc passer une année scolaire particulièrement chargée, vivre en ermite chez moi avec mes livres. Ça tombe bien, puisque je vis seule. Je suis même à 100 % célibataire. Je n'ai aucune envie d'être avec un mec. Aucune. Évidemment, si je fais LA rencontre, je ne dis pas… mais ce n'est pas pour demain (surtout en mode tanière activé).

Les années passent, et je pense toujours (malgré moi) à celle qui est derrière les barreaux. J'imagine qu'on ne peut pas oublier ses parents, que c'est dans l'ordre des choses. Si elle n'avait pas existé, je ne serais pas là pour en parler. Ni pour lui en vouloir. Je n'ai rien oublié de l'horreur du geste et de l'ampleur du drame qu'on a vécu. J'ai appris à vivre avec, je l'ai surmonté. La colère n'est plus, c'est certain. Mais il reste quelque chose : de la rancœur, de la rancune, plutôt tenaces. Rien ne m'enlèvera de la tête qu'elle a gâché nos existences. Du moins une partie. Car, au final, elles ne sont pas si pourries, nos vies. Papa, Flo et moi, on a malgré tout réussi à être heureux. On a trouvé chacun notre épanouissement. Comme quoi... c'est bizarre et plein de surprises, la vie. Ça me rappelle la chanson de Grand Corps Malade, Au théâtre *(suis toujours aussi fan de ses textes, et je ne rate ni ses albums ni ses concerts) :*

Alors ton histoire défile sous la rumeur des spectateurs / Ton personnage perd l'innocence, t'essaies de rester à la hauteur / Face aux premières piques de l'intrigue, face aux premiers mauvais accords / Derrière les apparences bien lisses, tu découvres l'enfer du décor...

Ma mère a mis sur mon chemin un sacré nœud dramatique... mais je suis bel et bien passée à l'acte III de ma vie.

Anaïs

Lundi 11 juillet 2016 : un succès et un échec

Pap a de quoi être fier : Flo a terminé avec brio son cursus aux Gobelins : il a réussi son bachelor «Animateur et réalisateur de films d'animation» et a décroché un contrat dans la foulée. Nous sommes si heureux pour lui ! Il a beaucoup de talent. Il a aussi beaucoup travaillé.

Moi aussi j'ai beaucoup travaillé… mais ça n'a pas suffi. J'ai raté l'agrégation. J'étais admissible, donc je suis allée aux oraux. Mais je n'ai pas été reçue. J'ai été nulle en littérature comparée.

Ce ne sera donc pas pour cette année. Je resterai en collège à la rentrée (j'aurai sans doute des 3e, c'est déjà bien). J'ai appelé Mme Lecourt pour lui annoncer que j'avais échoué. Elle a riposté : ce n'est pas un échec, c'est une expérience. Et c'est très rare de réussir ce concours du premier coup, tout le monde le sait. Ce sera pour un autre jour. Elle croit en moi. Et moi je crois en ma bonne fée.

Cet été, je vais passer quelques jours en Italie, en Toscane, me reposer et visiter. Ce sera avec Caro et

Elsa, de Bordeaux : nous sommes restées amies toutes les trois. Et, comme moi, elles n'ont ni mari ni enfant. J'ai hâte de partir avec elles.

Marc

Je suis si fier de mes enfants. Malgré un parcours semé d'embûches, ils ont réussi. Ils sont bien dans leur vie, ils ont un métier qu'ils aiment, ils sont heureux. Quelle trajectoire ! Quelle force ils ont déployée tous les deux.

Il arrive encore qu'Anaïs regrette d'avoir vécu ce que sa mère l'a obligée à vivre. Je n'aime pas quand elle insinue cela, qu'elle continue à se poser en victime alors qu'elle a dépassé ce stade depuis longtemps. Elle ne se rend pas compte d'une chose : ce qui s'est passé la constitue et sans cela elle ne serait peut-être pas devenue cette formidable jeune femme qui déplace des montagnes.

Il serait bon qu'enfin elle fasse la paix avec sa mère... et avec sa vie. Elle se sentirait plus légère, c'est évident. Cela passe par le pardon. Moi, j'ai pardonné à Catherine. Cela a pris du temps. Je lui en ai longtemps voulu pour son passage à l'acte, sa trahison et ses mensonges, pour avoir donné à mon nom une notoriété dont je me serais bien passé, pour m'avoir mis en difficulté en tant que père... Mais j'ai fait la paix avec tout cela. Et puis je me dis que sans cela je n'aurais pas rencontré Sam. C'est la meilleure des raisons pour accepter ce que la vie m'a réservé.

Florian

Le 11 novembre 2016

Salut maman,

Cela faisait longtemps que je ne t'avais pas écrit pour te dire ce que j'ai sur le cœur.

Je suis désolé de venir te voir de moins en moins souvent. C'est normal : j'ai ma vie maintenant. J'ai tout à construire. Mon métier me prend du temps, et j'aime aussi tous les à-côtés. Je suis las de devoir quitter Paris en train pour te rejoindre... pour te dire quoi qu'on ne puisse se dire au téléphone ? Que tout va bien ? Tu le sais déjà. Tout va bien, et tu en es heureuse et fière, même si tu penses certainement que si je réussis, comme les autres, à aller bien sans toi, c'est que finalement tu aurais été inutile. Je sais, tu le dis parfois.

Je comprends que tu te sentes un peu abandonnée. Moi je n'y peux rien que papa, Anaïs ou même mamie ne soient plus là pour toi, que Nat ne vienne qu'une fois par an... J'en ai parfois assez d'être ton seul espoir venu du dehors. Moi je veux de la légèreté dans ma vie, et avec toi aussi. Surtout après ce que tu nous as fait vivre.

Je sais bien que tu comprends, au fond. Et que tu t'en veux assez toi-même. Oui : nous vivons sans toi. Mais quelque part, tu l'as choisi. Tu as pris ce risque.

J'ai grandi. Bien sûr que je ne vois plus les choses de la même façon. Évidemment que, avec les années, j'ai appris à t'en vouloir quand même. Parce que j'ai grandi sans mère, et que ça n'est pas normal parce que tu aurais dû être là…

Alors, certes, je ne suis pas Anaïs qui ne sait toujours pas tourner la page à son âge, je suis encore là pour toi. Tu le sais. Tu peux m'appeler quand tu veux. Ne l'oublie pas.

Bisous

Florian

Anaïs

Mercredi 10 octobre 2018

J'ai trente ans, bientôt trente et un, et je suis enceinte.

Ce n'était pas au programme. Et je ne sais pas quoi faire de cette nouvelle. J'ai un homme dans ma vie. Il s'appelle Clément. Il est prof de français, comme moi. On s'est rencontrés l'année dernière, quand il a été affecté dans mon établissement. On est ensemble et on est bien ensemble... mais on ne vit pas ensemble. On est bien comme ça. On n'a jamais projeté d'avoir un enfant. Je ne sais même pas comment cela a pu arriver (je prenais la pilule).

J'ai d'abord paniqué. J'ai même envisagé de ne rien dire à Clément. J'avais peur qu'il panique aussi, qu'il se sente piégé, qu'il se croit dans l'obligation de. Puis je me suis raisonnée. Je lui en ai parlé, en toute honnêteté. Il a eu un temps d'arrêt. Il a pris le temps de réfléchir et il m'a dit :

— J'ai toujours trouvé que trente-deux ans était l'âge idéal pour devenir père.

Comme ça. J'ai exprimé ma surprise, évidemment, et puis j'ai rétorqué :

— *Mais on ne vit même pas ensemble !*

Il m'a demandé si je l'aimais. Et comme j'ai dit oui, il m'a demandé si je pourrais envisager de m'installer avec lui et de faire route ensemble sur le chemin de la vie à deux... J'ai été prise d'un petit vertige, tout à coup. Je me disais que ça allait un peu vite, que peut-être ce trait violet sur le test avait un peu trop de conséquences. Je ne voulais pas qu'on fasse n'importe quoi, ou des choix que l'on puisse regretter. Mais Clément m'a rassurée ; ça fait des semaines qu'il voulait me proposer qu'on vive ensemble, sans l'oser (il faut dire que j'ai peur de la vie à deux autant que j'ai pu avoir peur de l'amour jusqu'à ce que je le rencontre).

On a décidé de se donner un peu de temps pour réfléchir. Il n'y avait aucune raison de se précipiter. Quand on en a reparlé, deux jours plus tard, j'ai abordé « le vrai problème » : je n'arrive pas à me projeter en maman. Je me pose mille questions. J'imagine que c'est normal, que cela arrive à toutes, et même à celles qui l'ont voulu, mais... quel genre de mère pourrai-je devenir ? Je ne sais pas si c'est un manque d'envie ou une peur immense qui crée un manque d'envie. Si j'étais nulle, insuffisante, toxique ? Moi qui ai eu une mère plutôt normale jusqu'à treize ans, je sais qu'on peut verser dans tout autre chose... Ma mère a fait voler en éclats mes repères et mes certitudes... et ma vie, accessoirement.

Clément est au courant. J'ai mis du temps à lui en parler. Je lui ai menti, comme à tout le monde. Mais quand c'est devenu plus sérieux entre nous, j'ai pensé *qu'il fallait qu'il sache la vérité : sa « belle-mère » est en prison pour assassinat. Je me rappelle ses yeux ronds. La tête qu'il a faite ! Alors je lui ai tout raconté. Et tout ce qu'il a trouvé à conclure, après mon récit, c'est un truc du genre : « T'es une sacrée nana, Anaïs Dupuis. »*

Florian

Le 17 décembre 2018

Salut maman,

Nous nous voyons bientôt, puisque je passerai à Noël, mais avant j'ai une grande nouvelle à t'annoncer : Anaïs attend un bébé. Je voulais partager l'info avec toi, je viens juste de l'apprendre !

J'espère que tu seras heureuse pour elle comme moi je le suis.

Bisous

Florian

Anaïs

Lundi 18 mars 2019

Mon ventre s'arrondit presque de jour en jour. Je suis heureuse et j'ai peur. « Est-ce que je serai une bonne mère ? » est la question qui rassemble toutes les autres.

Souvent je pense au fait que je n'ai pas la chance de vivre ma grossesse avec une mère à mes côtés. J'imagine que cet accompagnement est un moment important dans la vie de deux femmes, quand il y a une sorte de passation de la maternité. Peut-être que ça rapproche les mères et leurs filles. Ces dernières peuvent poser des questions, attendre des réponses… Sam m'a dit que je pouvais lui demander tout ce que je voulais. C'est sympa de sa part, mais ça n'est pas pareil.

Clément est à mes côtés. Nous vivons ensemble à présent. Et tout se passe bien.

Tous les jours je parle au bébé. Je lui demande parfois de me pardonner d'avance pour tous les moments où je ne serai pas à la hauteur. Mais je me dis que j'aurai de l'amour à lui donner, et que c'est là l'essentiel.

Je n'évoque pas ma génitrice. Je ne veux pas lui accorder la place qu'elle n'aura pas. Quitte à être une *grand-mère virtuelle... autant qu'elle n'existe pas. Évidemment, je sais qu'elle va sortir... dans maximum douze ans. Mais qu'est-ce que ça changera ?*

On en a discuté, l'autre jour, avec Florian. Il m'a dit que j'étais bête, que je réagissais encore comme une pauvre ado, qu'il était temps que je devienne une adulte, car devenir adulte, c'est pardonner à ses parents, et que j'en suis incapable. Je crois que c'est la première fois que mon frère se permet de me faire la morale. C'était bien vu. Et sans doute pas faux. Sur ce sujet, je n'ai guère évolué. Je suis encore l'ado blessée, butée, revancharde. Il est peut-être plus mûr que moi, le frérot.

Marc

Je suis grand-père d'un petit Léo. Tout s'est bien passé pour la maman.

Je n'en reviens pas. On oublie vite. Sam est heureuse aussi. Elle devient un peu grand-mère, d'une certaine manière. Il ne s'agit pas de remplacer Catherine, il s'agit de remplir un rôle dont elle hérite logiquement.

Parfois je me dis que le fait de devenir mère va peut-être changer des choses pour Anaïs, vis-à-vis de sa propre mère.

Nathalie

J'avais hâte de découvrir mon petit-neveu.

Sitôt que la cloche de mes congés a sonné, j'ai pris la route avec Nicolas en direction de la banlieue parisienne. Pendant les siestes du bébé, nous en avons profité pour visiter quelques musées et voir Florian. Puis nous avons filé vers l'ouest pour un séjour vivifiant dans le Finistère, après un passage par Rennes… mon étape estivale habituelle.

Tout le monde va bien. Anaïs semble s'épanouir dans son rôle de jeune maman. Je la trouve adoucie et émouvante. Léo est un beau bébé sage et rieur.

Catherine accuse le coup, évidemment. Elle est grand-mère sur le papier… c'est tout. Florian lui a donné une photo, qu'elle a punaisée sur un tableau en liège au mur de sa cellule.

— Tu crois que je le verrai un jour ? m'a-t-elle demandé.

Je n'ai pas su quoi répondre. Parfois je suis fatiguée d'essayer de la rassurer.

Florian

Le 28 décembre 2019

Salut maman,

Je te souhaite une bonne année 2020. Chaque année qui passe te rapproche du jour de ta sortie. Si tout se passe bien (et je sais que tu fais tout pour), ce sera en 2023. Tu auras terminé les vingt-deux ans de ta peine de sûreté.

Comme tu le sais, pour moi, si tout va bien, cette année, c'est changement de vie : à moi les States ! J'ai tellement aimé mon séjour après le bac. J'ai vraiment envie de m'y installer et déjà quelques pistes côté boulot.

Mais je reviendrai, tu sais bien.
Je t'embrasse
Florian

Anaïs

Dimanche 12 avril 2020 : tous en prison

Ce fichu virus nous a joué un sacré tour... Voilà : nous sommes tous confinés. Quand je regarde par la fenêtre de notre appartement, je vois le vide, j'entends presque le rien. C'est complètement fou. Paris n'est plus Paris. Si on avait le droit de sortir (autrement que pour effectuer deux courses avec une autorisation), j'irais faire des photos. On ne reverra jamais Paris comme ça.
Bref. Je suis comme tout le monde : je vis chez moi. Je suis comme toutes les mamans : un peu à cran. Clément et moi sommes comme tous les profs : nous enseignons et corrigeons à distance... Je plains les parents qui font l'école à la maison.
Nous vivons tout de même une drôle d'époque...
Ce qui est le plus bizarre, dans cette expérience presque paranormale, c'est que j'ai l'impression de n'avoir jamais été aussi proche de la situation de ma génitrice. Je n'ai pas de barreaux à mes fenêtres, je ne vis pas dans une cellule de 7,60 m², je ne travaille pas pour rembourser une part de ce que je dois aux parties civiles, je peux sortir... mais enfin : je contemple le

reste du monde par la fenêtre, je ne vois plus personne du dehors, je n'ai pas le droit de partir, je ne dispose plus de ma liberté. D'une certaine façon, nous sommes en prison. Et je me demande ce que ça donne, la prison sous Covid. Avec les visites annulées, ce doit être pire que d'habitude. Pour ce qui est de la mère, je n'ai pas de nouvelles. Elle ne m'écrit plus. Depuis la mort de mamie, depuis ma dernière lettre, elle a renoncé.

Flo, en tout cas, est dégoûté plus que la moyenne : lui qui pensait partir aux US ce printemps… Raté.

Je suis comme tout le monde : j'espère que cela ne va pas durer trop longtemps.

Florian

Le 20 novembre 2021

Maman,

Après des mois d'attente, je peux enfin m'envoler pour les États-Unis. Enfin! C'est le mot. Malheureusement pour moi, ils font partie des pays qui ont maintenu leurs frontières fermées le plus longtemps possible. Mais ça y est : c'est ouvert.

Je pars donc demain. Je n'ai pas eu le temps de revenir te voir depuis cet été. Je suis désolé. Mais tu sais comme ça a été compliqué, toute cette période. Je ne compte pas mes heures.

Je suis heureux... et je sais que tu es heureuse pour moi. Je me rappelle ce que tu m'as dit un jour : on ne fait pas des enfants pour les garder avec soi... C'est vrai. Il n'empêche que je culpabilise un peu de mettre un océan entre toi et moi. Je me rassure en me disant que c'est sans doute ce qui se serait passé si tu avais été libre : je serais parti aussi. J'ai décidé de vivre la vie que j'aurais vécue s'il en avait été différemment pour

toi, d'avancer, de vivre toutes les expériences qu'il m'est donné de vivre, de faire mes choix en liberté.
 Je sais que tu ne m'en voudras pas.
 Je prends mon envol, mais je reviendrai te voir.
 Bisous et prends soin de toi
Florian

Anaïs

Lundi 27 décembre 2021

Léo a bien plus profité de son deuxième Noël que du premier (normal). Nous étions réunis en petit comité, avec Clément, chez papa et Sam. Il y avait aussi ses enfants. On ne se voit pas souvent, ils sont un peu plus jeunes que moi, mais on a toujours plaisir à passer du temps ensemble. C'était un bon moment.

Ils ont pris (plus longuement qu'au téléphone) des nouvelles de mes nouvelles fonctions : depuis la rentrée, je suis prof... en prison. Oui, je sais, c'est étonnant pour quelqu'un qui a fait un rejet XXL de cet univers... Mais j'ai vu un reportage qui m'a interpellée. Il a agi comme une révélation. Il m'a hantée un moment, donné envie de me pencher sur le sujet, et j'ai réfléchi. Longuement. Je crois que la curiosité et l'envie de me sentir utile ont été plus fortes que l'aversion ou les doutes. Et j'ai posé ma candidature. On m'a regardée d'un drôle d'air. Cela voulait dire : tu as passé l'agreg pour enseigner en prison, il n'y a pas un souci ? Je n'ai pas dit que ma mère vivait dans l'une de ces structures, je n'ai pas dit que, depuis, je me demandais comment on (les autres) en arrive là, je n'ai pas dit que j'avais été une juge pire que la justice envers elle.

C'est ainsi que je me suis retrouvée moi-même en prison. Chaque semaine, pendant plusieurs heures. J'aide les prisonniers qui ont souvent eu des problèmes avec l'école et qui l'ont quittée sans diplômes à se remettre à niveau, à en préparer un. De moi, ils ne savent rien. Mais eux, parfois, se confient. Je ne vais pas dire que ce sont des anges, évidemment (et je n'ai sans doute pas les plus difficiles), mais ça va, j'arrive à gérer. Côté émotions, c'est parfois compliqué. J'absorbe. C'est tout de même un grand choc. Ils me parlent du dehors, de leur famille, des liens qui se dénouent, de ce qui leur manque. Souvent ils me parlent de la mer, de marcher dans le sable, du soleil sur la peau, des rires des enfants. Toutes ces choses si simples qui n'existent plus pour eux. Et la liste est longue. Je me demande parfois quelle serait celle de ma mère, ce qu'elle évoquerait en premier.

Je vais mettre en place un atelier de poésie-slam, c'est décidé. Je suis sûre que le résultat peut être très fort.

Le soir, je suis contente de rentrer, de retrouver mon homme, mon petit bout et la vraie vie. De respirer du bon air. De prendre la mesure de la chance que j'ai.

Nathalie

D'ici un an, Catherine va peut-être sortir de prison. Avec son parcours sans faute, elle va certainement bénéficier des remises de peine et sortir au bout des vingt-deux ans de sûreté. La date approche, donc.

Je suis contente pour elle. Tout est fait en prison pour préparer sa réinsertion. Non seulement son comportement est exemplaire, mais en plus elle démontre une motivation tous azimuts. Elle suit les activités organisées par l'association « Lire pour en sortir » ; elle a participé à leur concours d'écriture et son texte vient d'être récompensé en intégrant le recueil *La Vie devant nous*. C'est génial. Catherine m'a appelée il y a quelques jours pour me l'annoncer. Elle était si fière ! J'ai bien envie d'acheter le livre et de l'offrir à Anaïs pour Noël.

Catherine accomplit aussi des stages dans une entreprise à l'extérieur. Avec un peu de chance, un CDI l'attendra à sa sortie.

Mais qu'en sera-t-il du reste ? Qui sera là le jour J ? Florian rentrera-t-il exprès ? On ne pourra compter ni sur Anaïs ni sur Marc... Est-ce qu'ils sont prêts à laisser Catherine seule ? Est-ce qu'on a perdu tout esprit de famille ? Est-ce que nous ne sommes pas tous devenus des égoïstes ?

Je me mets à la place de ma sœur : dans un monde idéal, on aurait tous été là pour l'accueillir dehors. On aurait fait bloc autour d'elle, on aurait même peut-être applaudi, il y aurait eu un brin de joie. Celle des retrouvailles. Si maman était encore en vie, je suis certaine qu'elle aurait organisé quelque chose, qu'elle aurait su convaincre.

Moi, j'aimerais être là. Et je serai là. J'ai dit à Catherine de m'appeler dès qu'elle aura sa date de sortie, pour que je puisse prendre mes dispositions.

Anaïs

Samedi 31 décembre 2022

Nous avons passé un fabuleux Noël. Clément m'a plus que gâtée : en juin prochain, nous irons voir ensemble Pink en concert à Paris. Je ne l'ai jamais vue en vrai. Pourtant je suis une fan de la première heure (il n'y a pas toujours de logique, dans la vie). Il a pris des super places. Ça va être géant !

Mais ça n'est pas le plus important.

Clément et moi avons trouvé l'appartement de nos rêves (accessibles) et il est disponible le 2 janvier. Je crois qu'il n'y a pas de pire moment de l'année pour déménager que celui des fêtes... mais pas le choix.

Nous nous sommes donc pliés à la tâche ingrate des cartons. C'est fou ce qu'on accumule. J'ai été très étonnée de tout ce que j'ai amassé en quelques années.

Mais ça n'est pas le plus important.

Ce qui l'est, c'est ce sur quoi je suis tombée en vidant les armoires et les étagères. Je ne me rappelais même plus les avoir pris avec moi (je les croyais chez Pap) : les courriers de la mère, lorsqu'elle m'écrivait encore. Tous regroupés, tous cachetés. Je les ai regardés. Dubitative, perplexe, hésitante. Était-ce le moment de les jeter ? de les ouvrir enfin ? Si j'avais vraiment voulu les jeter, j'avais eu mille occasions de le faire. Je les ai gardés, pour le jour où… si ce jour arrivait. Le jour où j'en aurais envie, où je serais prête et suffisamment solide. Et je les ai ouverts. Tout était déjà classé dans l'ordre chronologique. Il y en avait une vingtaine.

J'ai tout lu. Presque d'une traite. Il m'a fallu me ménager quelques pauses, le temps d'aller chercher un Kleenex, de me moucher, ce genre de choses.

Ce sont les lettres d'une mère enfermée à sa fille qui ne l'est pas, mais surtout à sa fille qui ne veut pas la voir. Une mère qui comprend mais ne peut pas se résoudre. Une mère qui aime sa fille.

Je suis mère, moi aussi. Je peux mesurer et ressentir la force de ses mots bien plus que lorsque j'étais seulement une fille. Je peux me mettre un peu plus à sa place. Je repense à mamie Jo, à son amour inconditionnel. Je connais ça, je l'éprouve pour mon fils. Quoi qu'il fasse dans la vie, je serai là pour lui.

Mais ce qui vaut pour lui ne vaut pas pour ma mère. Elle était l'adulte. Elle aurait dû être l'exemple. Je crois que les enfants ont le droit de ne pas éprouver un amour inconditionnel si leur parent a été défaillant.

Pour autant, et pour la première fois depuis longtemps (un temps difficile à estimer), j'éprouve un peu plus d'empathie pour Catherine. De là à faire la paix ? Non.

Marc

Catherine va certainement sortir d'ici quelques jours.

Elle a appelé Florian pour le lui annoncer. Mais il ne peut pas rentrer dans l'immédiat : avec l'équipe de son studio, ils sont en train de boucler un film d'animation. C'est son premier projet d'ampleur, il ne pourra pas quitter le sol américain avant d'y avoir mis le point final. Mais il lui a promis que c'était une question de jours, qu'il prendrait le premier avion dès le projet achevé. Il lui a promis.

On ne peut pas compter sur Anaïs.

Nathalie sera là, j'imagine. Comité d'accueil à elle toute seule.

Je me suis posé la question de ma présence. Parce que j'aurais aimé que Catherine ne sorte pas de prison pour se retrouver encore plus seule qu'à l'intérieur. Je serais venu en tant que… être humain. Je ne suis plus son mari, je ne serais pas venu en tant qu'ex-mari, je ne suis pas son ami… Mais je serais venu en paix, comme quelqu'un qui lui a pardonné… Sauf que Sam n'aime pas l'idée. Si elle reconnaît que Catherine a été de ma famille, elle craint que cela soit assez confus pour mon ex-femme si je suis là pour l'accueillir. Elle trouve que ça n'est pas ma place, et je ne peux m'empêcher de me dire qu'elle a peut-être raison.

ÉPILOGUE

Catherine

La sortie de prison, c'était mon horizon. Notre horizon à toutes, ou celui de toutes celles qui ont tenu jusqu'à la date tant attendue. Il y en a qui ne l'atteignent jamais, qui meurent en chemin, qu'elles l'aient voulu ou non.

J'ai souvent eu envie d'en finir, au début. Je me disais « à quoi bon ». À quoi bon cette vie qui n'a pas de sens, qui n'a pas d'attrait. À quoi bon vivre quand vos êtres chers vous ont abandonnée. Marc, Anaïs, puis maman... Il n'en restait que deux. Ma sœur adorée et mon fils chéri. Mais l'une a peu à peu appris à vivre sans moi et l'autre est devenu autonome.

Toutes ces années, j'ai imaginé ce moment. Je l'ai rêvé. Moi, avec mon sac sur le dos. Comme dans les films. Et qui, dehors, pour m'accueillir ? Florian est coincé aux États-Unis, maman n'est plus, Marc a fondé une autre famille et je n'ai aucune nouvelle d'Anaïs. Pour ma sœur, c'est différent. Elle m'a demandé de la prévenir du jour et de l'heure, mais je ne l'ai pas fait. Je n'avais pas envie qu'elle soit mon lot de consolation. C'est sans doute bizarre, mais je voulais que ce soient mes enfants ou personne.

Florian n'a pas pu se libérer, mais il devrait pouvoir d'ici dix jours.

Anaïs ne sera pas là. Elle a tenu parole. Toutes ces années, elle n'est pas venue, elle ne m'a pas écrit, elle n'a jamais répondu au téléphone les rares fois où j'ai eu le courage de l'appeler. Elle a fait la morte. Elle s'est rayée de mon existence, elle m'a bannie. Elle m'a prouvé par son silence et son entêtement que ce que j'avais fait était impardonnable. Mais je n'ai pas eu besoin d'elle pour le comprendre. Je l'ai compris assez vite.

Les faits remontent à loin, mais bien sûr je n'ai rien oublié. Tout est en moi, tout y est resté. Les images, les bruits, les odeurs et mon crime. La mort et la souffrance que j'ai infligées. Béatrice qui sort des vapes, Béatrice bâillonnée qui m'écoute lui dire les pires horreurs, ce qui s'est passé entre Gilles et moi, ce que je vais lui faire pour me venger de lui, son regard effaré, Béatrice qui voudrait crier, me faire entendre raison, Béatrice qui prend mes coups, le sang de Béatrice. Tout ça, je l'ai vécu mille, dix mille fois. Mon coup de folie, ma honte et mes remords éternels.

Pendant longtemps, j'ai été dans le déni. Je pensais quasiment que j'avais été dans mon bon droit, que j'avais eu raison. Gilles avait mal agi, je devais le punir. Ma souffrance éconduite m'avait menée à la vengeance, à la haine. Je voulais le détruire. Je ne m'appartenais même plus. C'était une obsession, il fallait qu'il paye. J'aurais pu m'en prendre à lui... mais il n'aurait pas souffert assez longtemps. Au procès, on m'a qualifiée de machiavélique. J'ai souvent pensé à ce terme. Je ne m'y reconnaissais pas, pourtant. La vraie moi, Catherine, celle de la vraie vie, n'était pas cela. Mais je peux comprendre qu'on ait pu croire que je cachais bien mon jeu depuis toutes ces années. Comment démentir, affirmer le contraire, alors que mes actes leur donnaient raison ?

C'est étrange comme j'aurais voulu qu'on me pardonne alors que je ne me pardonne pas moi-même. Je m'en veux pour tout un tas de choses. La liste est si longue... J'ai fait tant de mal. J'ai ôté la vie, brisé d'autres vies et deux familles. Et j'ai perdu les miennes, ma vie et ma famille. J'ai perdu mes enfants. Je n'ai pas vécu avec eux, ni même à côté. J'ai vécu dans un monde parallèle où je ne pouvais pas être une mère. Je n'ai pas participé à l'éducation de mes enfants. J'ai tout raté. Même Florian, qui m'a tant soutenue et aimée malgré tout, m'en veut pour ça. Et c'est normal. Comment pourrais-je lui jeter la pierre ?

Souvent la culpabilité m'a donné envie d'en finir. Je ne méritais pas de vivre. Et certainement que je ne mérite pas de sortir au bout de vingt-deux ans. D'aucuns estimeront que c'est beaucoup trop court, que ma place est toujours derrière les barreaux, que je ne vaux rien, que je suis irrécupérable et dangereuse. Un jury m'a jugée, le juge de l'application des peines m'a donné le droit de sortir, mais la société me jugera toujours. Et moi-même je me condamnerai toujours.

On a préparé ma réinsertion, un CDI m'attend. J'ai changé de nom, changé de coupe et de couleur de cheveux. J'ai peu de chance d'être reconnue de mes concitoyens. Mais en moi, je serai toujours Catherine Dupuis la criminelle. Et il y aura certainement quelqu'un pour me le rappeler tôt ou tard.

J'ai compté chaque jour, j'ai coché sur mon calendrier. Chaque année de passée était une année de moins. Pas après pas, l'attente était plus supportable. Car être en prison, c'est passer son temps à attendre. Attendre l'ouverture des cellules, la promenade de l'après-midi, le prochain parloir, attendre son tour pour téléphoner, attendre du courrier qui ne vient pas, attendre la fin de la période de sûreté, attendre des autorisations, attendre (et appréhender) la sortie. Attendre que passe le temps. Attendre… toujours attendre, pendant dix ans, vingt ans, trente ans… à perpétuité. On apprend la patience et les renoncements. On s'occupe comme on peut pour tuer le temps.

Je vais sortir dans quelques minutes. J'ai laissé derrière moi la cellule qui a été mon abri. J'ai récupéré mes affaires, tous les dessins de mon fils, les courriers, les photos. Je n'ai rien mis à la poubelle. J'ai jeté un dernier regard sur ma cellule vide. Vingt ans ici. J'ai encore du mal à y croire.

Je me revois à mon arrivée. Malgré mes deux années en détention, j'étais perdue. Je ne connaissais plus personne, il fallait tout recommencer, prendre de nouvelles habitudes. Cette fois, l'environnement était entièrement féminin. Hormis les gardiens à l'entrée, les surveillants sont des surveillantes. C'est très étrange à vivre, cette non-mixité. Même si nous croisons des hommes dans certaines activités. Comme les moniteurs sportifs qui encadrent les séances au gymnase, tous les jours de la semaine, à 14 heures.

Je passe des portes, je signe des papiers, j'étreins des gens, je dis au revoir aux sourires qu'on me tend. Il y a des femmes, ici, que je regretterai, que ce soit des détenues ou des surveillantes. Il y a des gens qui ont compté. Mais hormis ceux de ma famille, de moins en moins nombreux et de plus en plus rares, je n'ai accepté aucun lien avec l'extérieur, je n'ai noué aucune correspondance, je n'ai accepté aucun tête-à-tête avec un visiteur de prison. Je voulais être seule. Je voulais ma famille, ou personne. Du dehors. À l'intérieur, c'est différent. On était dans la même galère. J'ai sympathisé avec d'autres femmes, certaines sont devenues des amies. J'espère les revoir après, dans le vrai monde. Entre «longues peines», on se comprenait. On a beaucoup partagé. Des repas, des confidences, des souvenirs, des moments forts. Même des massages. Parce que, bien sûr, ce qui manque le plus en prison, c'est le contact humain. C'était une sorte de colocation. On s'est serré les coudes. Et on se tenait loin des problèmes, des trafics et des histoires colportées par «Radio gamelle».

Ce qui ne me manquera pas : les cris, surtout ceux qui déchiraient la nuit, les pétages de plombs de certaines qui devraient plutôt être en hôpital psychiatrique ou en cure de désintox, les accès de violence.

Les bons souvenirs que je garderai : les heures passées à la médiathèque, tous les livres que j'ai lus, la rencontre avec des auteurs venus nous voir, l'écriture, les interviews que j'ai réalisées pour notre magazine *Citad'elles*, le théâtre (surtout le spectacle de music-hall que nous avons joué au Théâtre national de la ville). Moi, la matheuse, la « commerciale », je suis devenue une littéraire en prison. Et j'ai souvent pensé à ma fille. J'avais le sentiment de me rapprocher d'elle. Plus je multipliais les lectures, plus j'avais de chances de lire un livre qu'elle avait lu. Et chaque fois, je me demandais ce qu'elle en avait pensé. J'ai aimé, aussi, passer des moments « dehors ». Les heures de promenade à courir, celles de l'été, sur un banc, au soleil. Ici, nous voyions les saisons passer. Il y a de la pelouse, des arbres, même des rosiers. Puisqu'on ne me considérait pas comme dangereuse, j'ai pu intégrer l'équipe d'entretien du jardin. J'aimais ça : être au contact d'un peu de nature, respirer l'odeur des fleurs, enlever les mauvaises herbes. J'avais été agréablement surprise en arrivant ici : les espaces extérieurs sont verts et agréables. Ce n'est pas goudronné, tout en béton et laid. Les bâtiments sont jolis. C'est une prison différente des autres prisons, avec sa cour hexagonale dotée d'arcades qui ressemble à un cloître, et sans mirador, sans filet antihélicoptères.

Dans quelques secondes, je serai dehors. Et seule. Chacun avait une bonne raison de ne pas être là : à l'étranger, pas prévenue, fâchée, divorcé ou morte...

Ce jour est un jour spécial et important pour moi, et je vais le vivre seule. C'est comme si on me bannissait encore, après toutes ces années. Comme si je n'avais pas de place parmi eux. Alors, certes, j'ai modifié le tracé de leur vie, je la leur ai gâchée, même...

mais je suis toujours moi, j'ai été ou je suis leur femme, leur sœur, leur mère…

Quoi qu'il en soit, aujourd'hui est le début d'une nouvelle vie. Je vais avoir soixante ans en septembre. J'ai eu le temps de réfléchir pendant près de vingt ans à ce que je ferais une fois dehors. Là, je n'ai qu'une envie : prendre le train et filer voir la mer. D'elle, à Rennes, je n'avais que les cris des goélands (c'était d'ailleurs mon son préféré en détention). Mais j'ai envie de la regarder, d'écouter les vagues, de marcher dans le sable, de fixer l'horizon, et d'admirer un coucher de soleil…

Un dernier gardien m'ouvre la porte. La dernière porte, celle qui signifie tant. Il pleut… Cette fin juillet 2023 ressemble à l'automne. J'aurais rêvé d'un soleil franc, mais on ne choisit pas la couleur du ciel. Et puis cette pluie me semble douce et bienfaisante… C'est la première que je reçois sur mon visage de femme libre.

J'effectue quelques pas, le regard rivé au sol. Puis je lève les yeux.

Il y a deux personnes qui tiennent chacune un parapluie sur le trottoir en face et qui semblent attendre. M'attendre, moi ? La grande, une femme à la silhouette mince, tient la main d'une petite, un petit garçon, je crois, qui se cramponne à un petit parapluie à pois. Ils se tournent vers moi. La femme m'adresse un geste de la main. Mon cœur manque un battement. C'est ma fille, j'en suis sûre. Même si c'est à peine croyable. Mon cœur de mère le sait. Celle que j'ai tant attendue est venue m'attendre.

De ses rêves ou de ses prières, on est parfois exaucé.

UN PETIT MOT

Quand on évoque les faits divers, on évoque souvent la victime et son entourage. Pourtant les meurtriers ont une famille aussi. C'est l'angle que j'ai choisi.

Vous venez de lire une histoire de famille.

Merci, lectrice, lecteur, d'être parvenu·e jusqu'ici… et d'avoir eu, d'abord, envie de lire ce roman. J'espère intensément que vous avez aimé cette histoire, suivre cette famille, avancer avec chacun. J'espère que mes personnages resteront quelque part en vous.

J'ai aimé vivre avec eux, m'interroger sur ces vies. Et en profiter pour me pencher sur de nouvelles thématiques, de nouveaux questionnements, apprendre… J'ai beaucoup lu, écouté, visionné. J'ai découvert de l'intérieur un procès d'assises.

J'ai pu aussi compter sur des auteurs de polars (même si ce n'est pas ce que j'ai écrit) : merci à Olivier Norek pour ses réponses à mes questions et l'échafaudage de ma partie « enquête » (il m'a débloquée comme un kiné peut débloquer une colonne vertébrale coincée, alors MERCI). Merci à Céline Denjean pour ses conseils, aussi.

Merci à mes alpha ou bêta lecteurs : David, Sonia, Karine et Julie, pour votre lecture au fil de mon écriture et vos premières impressions.

Merci à mon éditrice préférée, la seule, l'unique, avec qui je travaille depuis le début : Maïté Ferracci-Buffière. Merci d'avoir su, comme à chaque fois, me pousser à me questionner, couper, déployer, approfondir, ciseler… pour donner le meilleur.

Merci aux équipes des éditions Michel Lafon, emmenées par Elsa : Barbara, Fred, Julie, Aurore, Héloïse, Hannya, Mickaël… pour tout leur enthousiasme et toute leur aide. Derrière un auteur, il y a une maison, et c'est un peu comme une famille. J'ai la chance de m'y sentir bien.

Merci aux équipes du Livre de Poche, entraînées par Audrey, qui donneront une deuxième et longue vie à ce roman le moment venu, et notamment à Zoé, Florence, Sylvie, Anne, Margaux, Julie…

Merci à l'agence de presse Gilles Paris pour sa contribution à faire parler de ce roman.

Merci aux journalistes, blogueurs, instragrameurs, etc., pour leur soutien et la mise en place d'un bouche-à-oreille vertueux.

Et enfin merci aux libraires qui accueilleront ce roman les bras grands ouverts, et à ceux qui m'inviteront chez eux ou en Salons pour nous permettre de nous rencontrer et d'échanger autour de ce livre et des autres.

Quant à moi, je quitte (virtuellement) le pays pour vous emmener ailleurs en 2025…

Laure

DE LA MÊME AUTRICE :

LA DÉLICATESSE DU HOMARD, Michel Lafon, 2017
LA MÉLANCOLIE DU KANGOUROU, Michel Lafon, 2018
L'IVRESSE DES LIBELLULES, Michel Lafon, 2019
L'EMBARRAS DU CHOIX, Michel Lafon, 2019
HISTOIRE D'@, Le Livre de Poche, 2020
LE SOURIRE DES FÉES, Michel Lafon, 2020
LE CRAQUANT DE LA NOUGATINE, Michel Lafon, 2021
LA (TOUTE) DERNIÈRE FOIS, Le Livre de Poche, 2022
LES DOMINOS DE LA VIE, Michel Lafon, 2022
CE QUE DISENT LES SILENCES, Michel Lafon, 2023

LAURE MANEL

est au Livre de Poche

Découvrez le nouveau roman de

Laure Manel

Disponible en grand format
aux Éditions Michel Lafon

Le Livre de Poche s'engage pour l'environnement en réduisant l'empreinte carbone de ses livres. Celle de cet exemplaire est de : **350 g éq. CO₂**
Rendez-vous sur
www.livredepoche-durable.fr

Composition réalisée par MAURY-IMPRIMEUR

Achevé d'imprimer en juin 2025 en Espagne par
CPI Black Print
Dépôt légal 1re publication : avril 2025
Édition 05 - juin 2025
LIBRAIRIE GÉNÉRALE FRANÇAISE
21, rue du Montparnasse – 75298 Paris Cedex 06
marketing@livredepoche.com

76/6220/7